FUEGO SECRETO

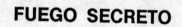

Johanna Lindsey

Fuego Secreto

javier vergara editor
Buenos Aires/Madrid/México/Santiago de Chile

Título original
SECRET FIRE

Edición original
Avon Books

Traducción
Ariel Bignami

ISBN 950-15-0854-4

Impreso en la Argentina/Printed in Argentine.
Depositado de acuerdo a la Ley 11.723.

Esta edición terminó de imprimirse en
VERLAP S.A. - Producciones Gráficas
Vieytes 1534 - Buenos Aires - Argentina
en el mes de octubre de 1989.

Para mi abuela Rosie, una dama muy especial a quien amo

CAPITULO 1

Londres, 1844

Se avecinaba otro aguacero primaveral, pero Katherine Saint John hizo poco caso del cielo encapotado que pendía pesadamente sobre ella. Distraída se desplazaba por el jardincillo, cortando rosas rosadas y rojas que más tarde dispondría para su propia satisfacción, en un jarrón para su sala de recibo y otro para su hermana Elisabeth. Su hermano Warren estaba ausente, en su típico empeño de divertirse en alguna parte, por lo cual necesitaba flores para adornar una habitación donde casi nunca dormía. Y a su padre, George, le desagradaban las rosas, así que no cortó ninguna para él. "Denme azucenas o lirios, o hasta margaritas silvestre; pero guárdense esas rosas tan empalagosas para ustedes, las niñas."

A Katherine no se le ocurriría obrar de otro modo. En tal sentido, era adaptable. Por eso cada mañana se enviaba un criado en busca de margaritas silvestres para el

9

conde de Strafford, aunque no fuesen fáciles de encontrar en la ciudad.

—Eres una maravilla, mi querida Kate— solía decir su padre, y Katherine aceptaba entonces el cumplido como justo.

No era que ella necesitara elogios; lejos de eso. Sus realizaciones eran para su propia sensación de orgullo, para su autoestima. Le encantaba que la necesitaran, y la necesitaban. Tal vez George Saint John fuera el jefe de la familia, pero era Katherine quien dirigía la casa, y ante ella cedía él en todos los aspectos. Tanto la Mansión Molden, aquí en la Plaza Cavendish, como la Residencia Brockley, la finca rural del conde, eran los dominios de Katherine. Ella era la anfitriona de su padre, su ama de llaves y su administradora. Tenía a raya las trivialidades domésticas y los problemas con los arrendatarios, lo cual dejaba al conde libre de preocupaciones para meterse en política, su pasión.

—Buen día, Kit, ¿Vienes a desayunar conmigo?

Cuando alzó la vista, Katherine vio a Elisabeth asomándose por la ventana de su dormitorio, desde donde se divisaba la plaza.

—Ya desayuné, cariño, hace varias horas— contestó Katherine en una voz apenas tan alta como para que se oyera. No era propensa a gritar cuando podía evitarlo.

—¿Café, entonces? Por favor —insistió Elisabeth—. Necesito hablar contigo.

Katherine sonrió asintiendo; luego llevó adentro su cesto de rosas. A decir verdad, había estado aguardando pacientemente a que su hermana despertara, para poder hablar con ella. Sin duda ambas pensaban en el mismo tema, pues las dos por separado, habían sido llamadas al estudio del conde la noche anterior, pero por la misma razón: Lord William Seymour.

Lord Seymour era un joven elegante, de apostura diabólica, que había tomado por asalto a la inocente joven Elisabeth. Se habían conocido a comienzos de la temporada de ese año, la primera de Beth, y desde entonces la pobre muchacha no había mirado a ningún otro hombre. Estaban enamorados. Pero ¿quién era Katherine para mofarse tan solo porque pensara que esa emoción era tonta y un desperdicio de energía que era mejor dedicar a algún empeño útil? Estaba contenta por su hermana menor, o al menos lo había estado hasta la noche anterior.

Mientras se encaminaba hacia la escalera, hizo correr a los criados para cumplir sus indicaciones: enviar arriba una bandeja con el desayuno, llevar la correspondencia a su oficina, enviar al conde un recordatorio de que Lord Seldon tenía una entrevista esa mañana y llegaría en media hora más; despachar dos doncellas al estudio del conde para asegurarse de que estuviera en orden para recibir un huésped (su padre no se distinguía por su pulcritud) y llevar jarrones con agua a la sala de recibo de Beth. Ella arreglaría las rosas mientras conversaban.

Si Katherine hubiese sido de las que postergan las cosas, habría eludido a Elisabeth como a la peste. Sin embargo, no era esa su actitud. Aun cuando no estaba segura todavía de lo que se proponía decir exactamente a su hermana, estaba segura de que no fallaría al pedido de su padre.

–Tú eres la única a quien ella escuchará, Kate– le había dicho su padre la noche anterior–. Debes hacer comprender a Beth que yo no me limité a formular amenazas ociosas. No permitiré que mi familia se asocie con este farsante. –Sabes que no acostumbro ser autocrático. A eso te lo dejo a ti, Kate.– Ambos sonrieron por esto, pues ella podía realmente ser despótica cuando se justificaba, aunque eso era poco habitual, ya que todos se esmeraban para complacerla. George Saint John continuó su defensa.– Quiero que mis hijas sean felices. No dicto la ley, como ciertos padres.

–Eres muy comprensivo.

–Me agrada pensar que es así, por cierto.

Era verdad. Saint John no interfería en las vidas de sus hijos, lo cual no quería decir que se despreocupara. Lejos de eso. Pero si uno de ellos se metía en aprietos –más precisamente, cuando Warren se metía en aprietos–, encomendaba a Katherine arreglar el enredo. Todos dependían de ella para que las cosas anduvieran sin tropiezos.

—Pero te pregunto, Kate, ¿qué otra cosa podía hacer yo? Sé que Beth cree estar enamorada de este mozo. Probablemente lo esté, en efecto. Pero lo mismo da. He sabido por las mejores fuentes que Seymour no es lo que afirma ser. Está a un paso de ir a la cárcel por deudas. ¿Y qué me dijo a esto esa muchacha? "No me importa", dice. "Me fugaré con William si es necesario." Vaya señorita impertinente. — Y luego, en un tono más sosegado, un tono pleno de incertidumbre—: No se fugará realmente, ¿o sí, Kate?

—No, estaba tan solo alterada, padre— lo había tranquilizado Katherine—. Beth dijo simplemente lo que necesitaba decir para aplacar su dolor y su desengaño.

La noche anterior, Elisabeth se había ido a la cama llorando. Katherine se había acostado entristecida por su hermana, pero era demasiado práctica para permitir que ese giro de los acontecimientos la deprimiera. Se sentía responsable en parte, porque había sido la acompañante habitual de su hermana y, de hecho, había estimulado el creciente cariño entre los dos jóvenes. Pero no podía permitir que eso influyera en ella. Todo se reducía a un solo simple hecho: Beth ya no podía casarse con Lord Seymour. Era necesario hacérselo ver y aceptar.

Golpeó la puerta una sola vez antes de entrar en el dormitorio de Elisabeth. Su hermana menor estaba todavía desaliñada, con un peinador de seda rosada sobre su camisón de lienzo blanco. Se la veía exquisita en su melancolía, con los suaves labios estirados hacia abajo en las comisuras. Pero, claro está, pocas cosas podían disminuir la deslumbrante belleza de Elisabeth Saint John.

Las dos hermanas se parecían tan solo en la altura y en el color de sus ojos, ni verdes ni azules, sino una sutil mezcla de ambos colores. Todos los Saint John poseían estos ojos de color turquesa claro, bordeados por un verde azulado más oscuro. Los criados solían jurar que los ojos de Katherine se iluminaban con una luz impía cuando algo lo desagradaba. Falso. Era solo el color claro y el hecho de que sus ojos, que a su criterio eran su único rasgo bueno, tendían a hacer que el resto de sus facciones se esfumaran en la nada.

Para Elisabeth, el bello color turquesa complementaba su cabello rubio claro, las cejas doradas, más oscuras, las armoniosas líneas de su rostro. Tenía una belleza clásica, heredada de su madre. Warren y Katherine se parecían a su padre, con cabello castaño oscuro, una altiva nariz patricia, barbilla enérgica y tenaz, pómulos altos y aristocráticos, y labios llenos, generosos. En Warren, estos rasgos producían un hermoso semblante. En Katherine, eran demasiado severos. Era muy menuda para que se beneficiase con el efecto arrogante de esos rasgos.

Pero lo que a Katherine le faltaba en belleza, lo compensaba en personalidad. Era una mujer cálida y generosa, de personalidad multifacética. A Warren le gustaba burlarse de ella diciendo que era tan versátil, que debería haberse dedicado al teatro. De un modo muy natural, podía adaptarse a cualquier situación, ya fuese para hacerse cargo o para colaborar humildemente, si otros dirigían. Sin embargo, no todos sus rasgos eran intrínsecos. Mucho había aprendido durante el año en que había sido una de las doncellas de la reina Victoria. Si la vida de la corte enseña algo, es versatilidad y diplomacia.

Eso había sido dos años atrás, después de su propia primera temporada, que había sido un fracaso resonante. Ya tenía veintiún años, pronto cumpliría veintidós, y se la consideraba definitivamente dejada de lado. Ese era un término antipático, tan malo como "solterona". Eso se murmuraba de ella, pero no era lo que ella misma se consideraba. Katherine estaba plenamente decidida a casarse algún día, con un hombre reposado, mayor, no guapo y elegante, como los hombres a quienes buscaban todas las jóvenes debutantes, pero tampoco desagradable. Ninguna de sus relaciones negaría que ella podría ser una esposa excelente. Pero no estaba lista todavía para ser esa esposa. Su padre la necesitaba todavía, su hermana la necesitaba, hasta Warren la necesitaba, ya que sin ella tendría que admitir sus responsabilidades como heredero del conde, cosa que no tenía deseo alguno de hacer por el momento.

Con un ademán, Elisabeth despidió a su joven doncella; luego buscó la mirada de Katherine en el espejo, sobre su tocador.

—Kit, ¿te contó padre lo que hizo?

Qué expresión angustiada... Los ojos de Beth brillaban, muy cerca del llanto. Katherine sintió compasión, pero solo porque era su hermana quien sufría. Simplemente no podía entender tanta emoción dedicada a algo tan tonto como el amor.

—Sé lo que él hizo, cariño, y estoy segura de que has llorado hasta hartarte por eso, de modo que ahora anímate. No más lágrimas, por favor.

Katherine no se proponía mostrarse tan fría. Deseaba realmente poder entender. Suponía que era demasiado pragmática. Estaba firmemente convencida de que, si no se podía ganar después de agotados todos los recursos, había que rendirse y ver el lado bueno de la situación. Nadie iba a sorprenderla dándose la cabeza contra un muro.

Beth se volvió con presteza sobre su pequeño escabel de raso, y dos gruesas lágrimas rodaron por la blanca extensión de sus mejillas.

—Para ti es fácil decirlo, Kit. No fue a tu prometido a quien padre rechazó y echó de la casa.

—¿Prometido?

—Pues, por supuesto. Antes de venir a pedir la bendición de padre, William me lo preguntó y yo acepté.

—Entiendo.

—¡Oh, no me hables en ese tono, por favor! —gritó Beth—. ¡No me trates como a una criada que incurrió en una falta!

—Lo siento, Beth —dijo con sinceridad—. Sé que yo misma nunca estuve en esta clase de situación, por eso no me es fácil concebir...

—¿Nunca estuviste un poquito enamorada, tan solo una vez? —insistió Beth, esperanzada. Katherine era la única que podía persuadir a su padre para que cambiara de idea, pero si no se daba cuenta de lo importante que era...

—Sinceramente, Beth, tú sabes que no creo en... Lo que quiero decir es que...

La expresión implorante de su hermana menor estaba haciendo muy difícil aquello. La criada, al llegar con el desayuno en una bandeja, la salvó de decir la verdad: que se sentía enormemente afortunada por ser una de las pocas mujeres de su época que podía ver el amor de manera práctica. Era una emoción necia e inútil. Producía altibajos en los sentimientos que no tenían por qué desordenar la vida de las personas. Pero Beth no quería oír que lo que estaba sintiendo en ese momento era ridículo. Necesitaba comprensión, no escarnio.

Tomando la humeante taza de café que le ofrecía la criada, Katherine se acercó a la ventana. Esperó hasta oír que la criada salía y cerraba la puerta; luego se volvió hacia su hermana, que no se había movido hacia la bandeja con su desayuno.

—Hubo un joven que, según creí, me gustaba— dijo titubeante Katherine.

—¿Te amaba él?

—Ni siquiera se daba cuenta de mi existencia —repuso Katherine, pensando en el joven a quien ella había considerado tan guapo—. Nos vimos durante toda la temporada, pero cada vez que conversábamos, él no parecía verme. Era a las damiselas más atractivas a las que agasajaba.

—¿Entonces has sufrido?

—No... lo siento, cariño, pero verás, yo era realista ya entonces. Ese joven era demasiado guapo para interesarse en mí, aun cuando no estaba en tan buena situación económica y yo soy muy buen partido, es decir, financieramente. Supe que no tenía la menor probabilidad de echarle mano, por eso no me molestó no lograrlo.

—Entonces no lo amabas en realidad —suspiró Beth.

Katherine vaciló, pero finalmente sacudió la cabeza.

—El amor, Beth, es la única emoción predestinada a morir con notable regularidad. Fíjate en tu amiga Marie.

15

¿Cuántas veces ha estado enamorada desde que la conoces? Cinco o seis por lo menos.

–Eso no es amor, sino apasionamiento. Marie no tiene edad suficiente para experimentar verdadero amor.

– ¿Y tú sí, a los dieciocho años?

–¡Sí! –repuso Beth con énfasis–. Oh, Kit, ¿por qué no puedes comprender? ¡Yo amo a William!

Era tiempo de llevar a fondo la dura verdad. Evidentemente, Beth no se había tomado a pecho el sermón de su padre.

–Lord Seymour es un cazafortunas. Perdió toda su herencia en el juego, hipotecó sus fincas y ahora necesita casarse por dinero, y *tú*, Elisabeth, eres dinero.

–¡No lo creo! ¡Jamás lo creeré!

–Padre no mentiría respecto de algo así, y si Lord Seymour te dice otra cosa, será él quien miente.

–No me importa. Me casaré con él de todos modos.

–No puedo permitir que hagas eso, cariño –dijo Katherine con firmeza–. Nuestro padre hablaba en serio... Te dejaría sin un chelín. Tú y William serían mendigos entonces. No permitiré que arruines tu vida por este bribón.

–Oh, ¿cómo se me ocurrió que tal vez tú me ayudarías? –clamó Beth–. Tú no entiendes. ¿Cómo podrías? ¡Si no eres más que una vieja ciruela reseca! –Ambas lanzaron una exclamación simultánea–. ¡Dios mío, Kit, no quise decir eso!

La acusación dolió, sin embargo.

–Lo sé, Beth –Katherine procuró sonreír, pero no lo consiguió.

Llegó otra criada trayendo los dos floreros con agua que ella había pedido. Katherine le indicó su propia sala de recibo; luego se dispuso a salir de la habitación, recogiendo su cesta con rosas. En la puerta se detuvo.

–No creo que debamos seguir hablando de esto por un tiempo. Solo quiero lo mejor para ti, pero en este preciso momento no puedes verlo.

Elisabeth se retorció las manos durante cinco segundos; después se incorporó de un brinco y fue en pos de Katherine, al otro lado del pasillo. Jamás había visto una expresión tan agobiada en el rostro de su hermana. Por el momento William quedó olvidado. Tenía que reconciliarse con Kit.

Con una seña, hizo salir a la criada de la vasta habitación, llena de muebles Chippendale, engalanados con fundas que la propia Kit había bordado. Entonces comenzó a pasearse de un lado a otro, pisando la gruesa alfombra que cubría el suelo de una pared a la otra. Sin hacerle caso, Katherine se dedicó a acomodar las rosas.

—¡No estás reseca! —exclamó Beth—. ¡Y por cierto que no eres vieja!

Katherine alzó la vista, pero todavía no logró sonreír.

—¿Pero a veces soy una ciruela?

—No, una ciruela no, tan solo... tan solo recatada y decorosa, que es como debes ser.

Entonces Katherine sonrió.

—Me volví de este modo al tener que agasajar a tantos ancianos diplomáticos alemanes y españoles en el palacio. Tan pronto como se supo que yo hablaba ambos idiomas con fluidez, nunca me faltaron acompañantes para cenar.

—Qué aburrido —se compadeció Beth.

—Nunca lo digas... Fue fascinante, escuchar sobre otros países de primera mano, casi tan bueno como viajar, cosa que padre no me permitió hacer.

—¿Nunca tuviste que agasajar a ningún francés elegante? Hablas francés tan bien como si hubieras nacido allá.

—Pero también lo hacen todos los demás, cariño.

—Por supuesto —repuso Beth, sin dejar de pasearse de un lado a otro.

No era suficiente. Kit había sonreído, pero aún había dolor en su mirada. ¡Oh, esas horrendas palabras! Ojalá tuviera ella tanto control como Kit. Kit nunca decía nada que no quisiera decir.

Al dar la vuelta por la habitación, se acercó a la ventana que daba a la calle. El carruaje que se estaba deteniendo abajo le pareció conocido.

—¿Padre espera a Lord Seldon?

—Sí. ¿Ya llegó?

Beth se apartó de la ventana asintiendo con la cabeza.

—Nunca me gustó ese viejo chivo pomposo. ¿Recuerdas cuando éramos niñas y tú derramaste esa jarra de agua por la ventana sobre la cabeza del viejo? Me reí tanto que... —Se interrumpió al ver una expresión traviesa en los ojos de Kit. Dios, hacía años que no veía esa expresión.— ¡No te atreverás!

Katherine levantó el otro florero con agua y se acercó lentamente a la ventana. En ese instante, un lacayo de libre ayudaba a Lord Seldon a apearse de su carruaje.

—No debes hacerlo, Kit —le advirtió Beth, pero sonreía de oreja a oreja—. Nuestro padre se enfureció la última vez. Ambas recibimos azotes ¿recuerdas?

Katherine no dijo nada. Aguardó hasta que el confiado Lord Seldon llegó a la puerta, bajo la ventana donde ella estaba, luego derramó el contenido del florero. Se apartó, transcurrió un segundo, luego la joven prorrumpió en risas contenidas.

—Dios santo, ¿viste su expresión? —dijo Katherine entre jadeos—. Parecía un pescado muerto.

Al principio Beth no pudo contestar, pues había abrazado a Kit y reía con demasiada fuerza. Finalmente preguntó:

—¿Qué le dirás a padre? Se pondrá furioso.

—Sí, indudablemente. Y yo le aseguraré que despediré a la torpe criada responsable por semejante afrenta.

—No te creerá —rió entre dientes Beth.

—Claro que sí. No se dará cuenta, no se interesa por los problemas domésticos. Y ahora debo ir a ver a Lord Seldon. No puedo permitir que me salpique todo el vestíbulo. Reza por mí, cariño, que pueda recibirlo muy seria.

Y Lady Katherine Saint John salió rauda del aposento para hacer lo que mejor hacía: apaciguar y componer. Además, había logrado aliviar la tensión entre su hermana y ella.

CAPITULO 2

—¡*Grandmère*, ya llega él!

La joven irrumpió en la habitación como un blanco borrón de encaje y seda. Sin mirar siquiera a su abuela, se dirigió corriendo a la ventana, desde donde podía observar la procesión de elegantes carruajes que avanzaban con lentitud por la larga calzada. Se le pusieron blancos los nudillos de aferrar el repecho de la ventana. Tenía sus ojos de color pardo oscuro dilatados por un miedo muy real.

—Ay Dios, ¿qué haré? —exclamó—. ¡Me azotará!

Lenore Cudworth, duquesa de Albemarle, cerró los ojos con un suspiro. Era demasiado anciana para tanto alarde teatral. Ese dramatismo no hacía falta a su edad. Y su nieta debería haber pensado en las consecuencias antes de deshonrarse.

—Vamos, sosiégate, Anastasia —dijo con calma Lenore—. Si tu hermano te azota, cosa que dudo seriamente, no será más de lo que mereces. Hasta tú debes admitirlo.

La princesa Anastasia se volvió con presteza y luego se quedó, tiesa, retorciéndose las manos.

—Sí, pero... ¡pero él me *matará*! Tú no sabes, *Grand-mère*. Jamás lo has visto encolerizado. No tiene control sobre lo que hace. ¡No se propondrá matarme, pero antes de que él termine conmigo, estaré muerta!

Lenore vaciló, recordando a Dimitri Alexandrov tal como lo viera cuatro años atrás. Entonces, ya a los veinticuatro años, era un hombre inmenso, muy alto y con una musculatura bien asentada por el ejército ruso. Sí, era fuerte. Y sí, era capaz de matar con las manos limpias. Pero ¿a su hermana? No, a su hermana no, pese a lo que ella hubiese hecho.

La duquesa sacudió firmemente la cabeza.

—Puede que tu hermano esté furioso contigo, como bien debe estarlo, pero no habrá violencia.

—Oh, *Grand'mére*, ¿por qué no quieres escuchar? —clamó Anastasia—. Dimitri nunca ha vivido contigo como yo. En toda su vida lo has visto cinco o seis veces, y nunca por mucho tiempo. Yo vivo con él. Ahora es mi tutor. Lo conozco mejor que nadie.

—Has estado conmigo este último año —le recordó Lenore—. En todo este tiempo, ni siquiera le has escrito.

—¿Sugieres entonces que no es el mismo hombre, que habrá cambiado en tan solo un año? No, los hombres como Dimitri nunca cambian. Es ruso...

—Medio inglés.

—¡Fue criado en Rusia! —insistió Anastasia.

—Viaja con frecuencia. Solo pasa la mitad del año en Rusia, a veces ni eso siquiera.

—¡Solo desde que salió del ejército!

Jamás se pondrían de acuerdo en cuanto a la personalidad de Dimitri. Según su hermana, era un tirano, tal como el zar Nicolás. Lenore sabía que eso no era cierto. Su hija, Anne, había contribuido a la personalidad de Dimitri. Petr Alexandrov no había regido de modo absoluto el desarrollo de su hijo.

—Sugiero que te calmes antes de que él entre —dijo

entonces Lenore–. Estoy segura de que le disgustará tanto como a mí esta historia.

Al mirar otra vez por la ventana, Anastasia vio que el primer carruaje se detenía frente a la enorme mansión rural. Con una exclamación ahogada, se precipitó a través de la habitación para arrodillarse a los pies de Lenore.

–Por favor, *Grandmère*, por favor. Tienes que hablar con él. Debes interceder por mí. No estará tan furioso por lo que hice. No es ningún hipócrita. Será porque sus planea quedaron interrumpidos para venir en mi busca. Verás, él se fija metas y planea todo con mucha anterioridad. Puede decirte dónde estará el año próximo día a día. Pero si algo se interpone en sus planes, resulta imposible convivir con él. Tú enviaste por él. Le hiciste dejar de lado sus ocupaciones. Tienes que ayudarme.

Lenore finalmente vio el motivo de esa pequeña representación. *Y ella espera hasta el último instante para que yo no tenga tiempo de pensarlo.* Pero claro que Anastasia Petrovna Alexandrov era una joven inteligente. Consentida, mimada, con una personalidad sumamente voluble, pero inteligente.

¿Así que entonces ella debía calmar a la bestia salvaje? ¿Acaso tenía que ignorar el hecho de que esta jovencita había desobedecido en todas las circunstancias, se había mofado de las convenciones, había hecho sus propias reglas? Anastasia había rehusado inclusive volver a Rusia después de estallar el más reciente escándalo. De no haber sido por eso, Lenore no habría tenido que enviar en busca de Dimitri.

Miró con fijeza aquel rostro exquisito, lleno de ansiedad. Su Anne había sido encantadora, pero los Alexandrov eran personas increíblemente bellas. La duquesa había ido a Rusia una sola vez, cuando Petr murió y Anne la necesitaba. Entonces había conocido a los demás retoños de Petr, sus tres hijos del primer matrimonio y también sus muchos hijos ilegítimos. Eran todos excepcionalmente hermosos, pero ella amaba a los dos que eran nietos suyos. Eran sus únicos nietos. Su hijo, el actual duque de Albemarle, había perdido a su primera esposa antes de que le diese hijos. Nunca se había vuelto a casar ni mostraba ninguna señal de hacerlo. Dimitri sería, por cierto, su heredero.

Lenore suspiró. Esta descarada chiquilla podía atarla a ella en torno a su dedo meñique. Era necesario que Anastasia se fuese de Inglaterra hasta que hubiese tiempo para que se olvidaran sus más recientes escándalos, pero Lenore sabía que volvería a invitar a la muchacha a que viniera. Tal vez la vida fuese turbulenta cuando ella estaba allí, pero siempre era interesante.

—Anda, ve a tu cuarto, hija mía —dijo entonces Lenore—. Hablaré con ese mozo. Pero, tenlo en cuenta, no prometo nada.

Anastasia se incorporó de un brinco y le echó los brazos en torno al cuello.

—Gracias. Y lo siento mucho, *Grandmère*. Sé que he sido una carga para ti...

—Mejor para mí que para tu hermano, supongo, si es tan difícil convivir con él como dices. Ahora vete, antes de que lo traigan aquí.

La princesa huyó corriendo la habitación, y justo a tiempo. Un minuto más tarde, el mayordomo anunció al príncipe Dimitri Petrovich Alexandrov. Al menos el pobre hombre intentó anunciarlo. Sin esperar esas fruslerías, Dimitri entró en la habitación tan pronto se abrió la puerta, y la llenó con su presencia.

Lenore quedó pasmada. ¡Dios santo! ¿Era posible que él fuese más guapo todavía que la última vez que ella lo viera? Sí, lo era en verdad. El cabello dorado, los penetrantes ojos pardos, las cejas oscuras, muy marcadas: todo esto era igual. Pero a los veinticuatro años aún había tenido algo de muchacho. Ahora era un hombre y no se parecía a ningún hombre que ella hubiese visto en sus sesenta y un años. Superaba inclusive a su padre en el aspecto, y ella había creído que ningún hombre era más apuesto que Petr.

Con sus largas piernas recorrió la habitación velozmente; luego se inclinó muy formalmente. Al menos sus

modales habían mejorado, pero ese porte tan imperioso
...¿era ese realmente su nieto? y entonces sus dientes
relampaguearon en una cautivadora sonrisa; sus manos
estrecharon los hombros de la anciana. Esta hizo una
mueca cuando él la alzó totalmente de su sillón para darle
un resonante beso.

–Bájame, grandísimo pillo –casi gritó la duquesa–.
Ten en cuenta mi edad, por favor.

Estaba aturdida. ¡Qué fuerza! Después de todo,
Anastasia tenía mucha razón en estar nerviosa. Si aquel
gigante decidía propinarle la zurra que ella tanto se merecía...

–*J'en suis au regret.*

–¡Deja ya esa basura francesa! –dijo ella secamente–. Hablas bien el inglés. Te agradeceré que lo uses
mientras estés en mi casa.

Dimitri echó atrás su leonina cabeza y rió con un
sonido profundo, vivo, tan masculino... y aún sonreía
cuando depositó a Lenore de nuevo en su sillón.

–Dije que lo lamentaba, *Babushka*, pero tú obviaste
totalmente mis disculpas. Veo que sigues siendo tan briosa
como siempre. Te eché de menos. Deberías ir a vivir a
Rusia.

–Mis huesos jamás podrían soportar uno de esos
inviernos, y tú lo sabes bien.

–Entonces, tendré que venir con más frecuencia. Ha
pasado demasiado tiempo, *Babushka*.

–Oh, vamos, siéntate, Dimitri. Me duele el cuello de
tener que mirarte desde abajo. Y llegas tarde.

Le había causado tal asombro, que ella no podía
resistir el ponerse a la defensiva.

–Tu carta tuvo que esperar el deshielo primaveral
del Neva antes de que pudiera llegar a mí– dijo él mientras
echaba mano de la silla más cercana y la aproximaba a la
duquesa.

–Sabía eso –replicó la anciana–. Pero sé también
que tu barco llegó al puerto de Londres hace tres días. Te
esperábamos ayer.

—Después de tantas semanas en mi barco, necesitaba un día para recuperarme.

—Santo Dios, es el modo más amable en el que he oído expresarlo. ¿Era bonita ella?

—Inconmensurablemente.

Si Lenore había tenido la esperanza de desconcertarlo con su franqueza, fracasó. Ni rubor, ni excusas; apenas una sonrisa indolente. Ella debería haberlo previsto. De acuerdo con Sonia, la tía de Dimitri, que escribía con frecuencia a Lenore, a él nunca le faltaba compañía femenina, y la mitad de esa compañía la formaban mujeres casadas. Anastasia estaba en lo cierto. El sería un hipócrita si le echaba en cara sus pocas indiscreciones, cuando las de él se contaban por centenares.

—¿Qué piensas hacer en cuanto a tu hermana? —arriesgó Lenore, ya que él estaba de buen talante.

—¿Dónde está ella?

—En su habitación. No está demasiado feliz de que tú estés aquí. Parece creer que serás un tanto severo con ella por haber sido llamado aquí para llevarla de vuelta a Rusia.

Dimitri se encogió de hombros.

—Admito que me irrité al principio. Este no fue un momento conveniente para que yo saliera de Rusia.

—Lo siento, Dimitri. Nada de esto habría sido necesario si esa mentecata no hubiera hecho semejante escena cuando encontró a Anastasia en la cama con su marido. Pero en esa fiesta había más de cien invitados, y por lo menos la mitad acudió al rescate cuando se oyeron los gritos de la mujer. Y Anastasia, niña tonta, no tuvo el juicio suficiente para esconder la cabeza bajo las sábanas, para que no la reconocieran. No, se incorporó allí, en enaguas, y discutió con la mujer.

—Es lamentable que Anastasia no fuera más discreta, pero no me malinterpretes, *Babushka*. Los Alexandrov nunca han permitido que la opinión pública influyera en sus acciones. No, la culpa de mi hermana es no haber seguido *tus* dictados.

—Tan solo fue testaruda y se negó a huir de la censura, otro rasgo que ustedes, los Alexandrov, tienen en común, Dimitri.

–La defiendes demasiado, duquesa.

–Pues alivia mi espíritu y dime que no piensas azotarla.

Dimitri tardó un momento en cambiar de expresión; luego prorrumpió en risas.

–¿Qué te ha estado diciendo de mí esa niña?

Lenore tuvo el donaire de ruborizarse.

–Evidentemente desatinos –opinó en tono desapacible.

–Se rebelará ante eso, hijo mío. Más de una vez me ha dicho que el matrimonio no es para ella, y que sus opiniones al respecto provienen de ti por entero.

–Y bien, tal vez cambie de idea cuando se entere de que yo mismo pienso casarme antes de que termine el año.

–¿Hablas en serio, Dimitri? –inquirió Lenore con sorpresa.

–Completamente –replicó él–. Lo que interrumpió este viaje, fue mi noviazgo.

CAPITULO 3

Katherine se aplicó otra compresa fría sobre la frente e inclinó la cabeza hacia atrás, apoyándola en el sofá. Después de su reunión matinal con los criados, para asignarles tareas, se había retirado a su habitación. Y esa terrible jaqueca no se mitigaba. Pero tal vez hubiera bebido demasiado champaña la noche anterior, en su baile. Eso no era nada habitual en ella. Pocas veces bebía licores en las fiestas, y nunca cuando era ella la anfitriona.

Su doncella, Lucy, recorría el dormitorio poniéndolo en orden. La bandeja que había llevado con el desayuno permanecía intacta. Todavía no podía digerir siquiera la idea de comer.

Katherine emitió un largo suspiro. Afortunadamente, el baile de la noche anterior había sido un éxito, pese a su leve embriaguez. Hasta Warren se las había arreglado para aparecer. La velada misma nada tenía que ver con su jaqueca del momento. Había sido causada por Elisabeth, y por el mensaje que había entregado su doncella cuando empezaban a llegar los primeros invitados: que como William no había sido invitado al baile, ella tampoco asistiría.

Era increíble. Ni una palabra de Beth en toda la semana, desde aquella conversación; ni un suspiro, ni una lágrima. Katherine había creído verdaderamente que Beth había aceptado la situación, y se había enorgullecido de ella, de lo bien que manejaba esa cuestión. Y entonces, de buenas a primeras, esta media vuelta, este mensaje que probaba sin lugar a dudas que Beth no se había olvidado de William ni mucho menos... lo cual le hacía preguntarse por qué no había habido más lágrimas si era así en realidad.

¿Qué demonios debía pensar ella? En ese momento preciso no podía pensar nada con su dolor de cabeza.

Un fuerte golpe en la puerta le hizo hacer una mueca. Entró Elisabeth, vestida con una hermosa túnica verde musgo de seda, un atuendo para salir. Sostenía una toca de seda en la mano y llevaba bajo el brazo un quitasol de encaje.

–Dijo Martha que no te sentías bien, Kit.

Ninguna mención de su ausencia la noche anterior, ni siquiera una expresión culpable. Y después de todas las molestias que se había tomado Katherine para el baile, eligiendo solamente a los hombres solteros más aceptables con la esperanza de que alguno atrajera el interés de Beth. En fin, el baile no había sido ninguna molestia en realidad. Agasajar a doscientas personas era algo trivial cuando se sabía cómo hacer para que todo anduviera sin tropiezos.

–Temo haber bebido con cierto exceso anoche, cariño –respondió verazmente Katherine–. Ya se arreglará todo esta tarde.

–Me alegro...

Beth estaba preocupada. ¿Por qué?, se preguntó Katherine. ¿Y adónde iba ella?

Aunque no estaba dispuesta a mencionar todavía a Lord Seymour, tenía que saber adónde se encaminaba Beth. Asomaba una premonición inquietante.

–¿Sales?

–Sí.

–Entonces tendrás que pedir a John que te lleve. Henry está enfermo.

–No... será necesario, Kit. Saldré simplemente a... a caminar.

–¿A caminar? –repitió estúpidamente Katherine.

–Sí. Habrás visto que es un día espléndido, perfecto para caminar.

–No me había dado cuenta. Ya sabes que casi nunca reparo en el tiempo –repuso Katherine. ¿Una caminata? Beth jamás caminaba. Tenía los arcos de los pies tan pronunciados, que le dolían si caminaba. ¿Y qué era tanta incertidumbre, tanto balbuceo?

–¿Cuánto tardarás, cariño?

–No sé –replicó evasivamente Beth–. Tal vez haga algunas compras antes de que llegue el gentío de la tarde.

Katherine quedó muda, y antes de que pudiera recobrarse, Beth hizo un ademán de despedida y cerró la puerta. Entonces los ojos de Katherine brillaron y su jaqueca quedó momentáneamente olvidada al ocurrírsele la más asombrosa idea. Su comportamiento inusitado, esa ridícula declaración sobre ir a caminar, la sugerencia más absurda todavía de que quizá fuese de compras... sin un carruaje para llevar sus paquetes. ¡Iba a encontrarse con William! ¡Y si tenía que hacerlo de modo tan furtivo, sin duda iban a fugarse! Había habido tiempo de sobra para que él obtuviese una licencia. Y en la ciudad abundaban las iglesias.

–¡Lucy!

La pelirroja doncella apareció casi instantáneamente en la puerta del dormitorio.

–¿Lady Katherine?

–¡Pronto, llama a mi hermana, que vuelva aquí!

La doncella salió de la habitación casi volando, alarmada por el tono de angustia en la voz de su ama. Alcanzó a Lady Elisabeth cuando bajaba las escaleras, y ambas regresaron al gabinete de Katherine.

–¿Sí, Kit?

Esta vez su expresión era inequívocamente culpable,

pensó Katherine desesperada, mientras sus pensamientos se adelantaban ya con rapidez.

—Sé buena, Beth, y habla con la cocinera respecto de la cena de esta noche en mi lugar. Realmente no tengo ganas de tomar ninguna decisión por ahora.

El alivio de Beth fue obvio.

—Por supuesto, Kit.

Elisabeth salió y cerró la puerta, dejando a Lucy confusa, mirando.

—Pensé que usted ya...

Katherine saltó del sofá.

—Sí, sí, pero el ir a la cocina la demorará unos minutos mientras me cambio de ropas. Ahora, con tal de que la cocinera no mencione que ya hablé con ella, esto me saldrá de perillas.

—No entiendo, Lady Katherine.

—Claro que no, ni espero que lo hagas. Yo debo impedir que ocurra una tragedia. ¡Mi hermana piensa fugarse!

Al oír esto, Lucy quedó boquiabierta. Había oído las habladurías de la servidumbre con respecto a Lady Elisabeth y el joven Lord Seymour, así como lo que el conde había amenazado hacer si ella se casaba contra sus deseos.

—¿No debería detenerla, milady?

—No... No puedo detenerla sin tener prueba alguna de sus intenciones —dijo Katherine, impaciente, mientras se desabrochaba la túnica—. ¡Rápido, Lucy, necesito tu vestido!— Luego volvió a su primer pensamiento: —Sería demasiado fácil para ella escabullirse de nuevo cuando yo no lo esperara. Y no me es posible tenerla permanentemente encerrada con llave en su habitación. Debo seguirlos hasta la iglesia y allí poner fin a esto. ¡Date prisa, Lucy! Entonces la llevaré a la Mansión Brockley, donde podré vigilarla mejor.

Aunque no entendía nada, la doncella se quitó su uniforme de algodón negro y lo entregó a su ama.

—Pero ¿por qué necesita usted...?

—Vamos, ayúdame a ponérmelo, Lucy. Podrás ponerte mi vestido después de que me vaya. Para que no me reconozcan, por supuesto —dijo respondiendo a la pregunta de su doncella—. Si me ve siguiéndola, no se reunirá con Lord Seymour, entonces no tendré puebas y no podré hacer nada hasta que ella haga otro intento. ¿Me entiendes?

—Sí, no, ¡oh, Lady Katherine, no pensará salir con aspecto de criada! —exclamó Lucy mientras le ayudaba a abotonarse la rígida prenda.

—De eso se trata, Lucy, de estar disfrazada. Aunque Beth me viera, jamás me reconocerá con esto— dijo Katerine, tratando de estirarse la falda sobre sus muchas enaguas—. Esto no servirá. Tendré que quitarme algunos de estos volantes, y especialmente esta enagua tan abultada. Listo, ya está mejor.

Cuatro enaguas cayeron a sus pies, y la falda negra se deslizó fácilmente sobre sus caderas. Un poquito larga ahora, ya que Lucy medía algunos centímetros más que ella, pero eso no podía remediarse.

—No te pones ese delantal largo cuando sales, ¿o sí, Lucy?

—No.

—Me parecía que no, pero no estaba segura. Oh, ¿por qué no me habré fijado nunca en estas cosas? ¿Qué me dices de un quitasol?

—No, milady, solo ese paño que hay en el bolsillo...

—¿Esto? —Katherine sacó un paño de pelo de camello con largos cordeles para atar—. Perfecto. No te molesta que la use, ¿verdad? Bien, quiero estar en mi papel. Supongo que debo quitarme también estos anillos —agregó mientras se quitaba un gran solitario de rubí y otro con varias perlas—. Ahora dame una toca, pronto. Una papalina, creo. Eso ayudará a ocultar mi rostro.

En enaguas, la doncella se precipitó al ropero, de donde volvió con la toca más vieja de Katherine.

—Esta es demasiado elegante en realidad, señora.

Katherine se apoderó del objeto y, velozmente, le arrancó todos los adornos.

–¿Y bien?

–Como dice usted, milady, perfecto. Ya no parece una...

Katherine sonrió al ver que Lucy se ruborizaba sin poder acabar la frase.

–¿Una dama? –sugirió, luego rió entre dientes al ver que la muchacha enrojecía más–. No te inquietes, hija mía. De eso se trataba.

–Oh, milady, esto... esto me preocupa. Los hombres suelen ser terriblemente osados en la calle. Irá usted con varios lacayos...

–¡Cielos, no! –exclamó Katherine–. Beht los reconocería a todos.

–Pero ....

–No, cariño, estaré muy bien.

–Pero ...

–¡Debo partir!

Después de que su ama se marchó y cerró la puerta, Lucy se quedó retorciéndose las manos. ¿De qué se estaba haciendo partícipe? Jamás en su vida Lady Katherine había hecho algo semejante. Tampoco ella sabía, en realidad, qué estaba haciendo. Vaya, si la semana anterior, no más, Lucy había sido abordada por un hombre grandote, a solo dos calles de distancia, y ella llevaba puesto ese mismo vestido. Si no hubiese acudido a salvarla un caballero que pasaba en un carruaje, no sabía qué podría haber ocurrido. Pero ese sujeto no fue el primero que le hizo proposiciones indecentes. Una muchacha trabajadora no tenía ninguna protección. Y al salir de la casa, Lady Katherine parecía una muchacha trabajadora.

Katherine no parecía exactamente una muchacha trabajadora. En su apariencia, sí, pero en su porte, no. Pese a lo que llevara puesto, aún era la hija de un conde. No sabría actuar como una criada aunque lo intentara. No lo intentó. Eso no era necesario. Solo era necesario que Elisabeth no la reconociera si, por casualidad, miraba atrás. Y, en efecto, miraba atrás cada pocos minutos, confirmando las sospechas de Katherine de que le preocupaba que la siguieran. En cada ocasión, Katherine tuvo que bajar la cabeza con rapidez. Pero hasta el momento iba todo bien.

Siguió a su hermana hasta la calle Oxford, donde Beth dobló a la izquierda. Katherine se mantenía muy atrás, ya que le era fácil seguir el rastro del vestido verde que la precedía aun cuando las aceras se volvieron más atestadas.

Beth se encaminaba, por cierto, hacia la calle del Regente, en la manzana próxima, pero eso no mitigó en nada las sospechas de Katherine. Era un sitio tan bueno como cualquiera para reunirse con William, no tan atestado como por la tarde ni mucho menos, pero sin embargo congestionado, con oficinistas que iban de prisa a trabajar, criados que hacían compras para sus patrones; y como era una vía pública importante, la calle estaba colmada de carruajes.

Katherine perdió de vista a Beth cuando se internó en la calle del Regente y tuvo que apresurarse hasta la esquina. Pero allí se detuvo. Beth se había detenido a tres tiendas de distancia y estaba examinando lo que se exhibía en un escaparate. Como no se atrevió a acercarse más, Katherine se quedó donde estaba, impaciente, sin hacer caso de las personas que pasaban junto a ella. Era una esquina muy transitada.

—Hola, primor.

Katherine no lo oyó, pues ni siquiera imaginaba que ese sujeto le hablara.

—Oye, no seas tan despreciativa —insistió el hombre, sujetándole el brazo para lograr su atención.

—¿Cómo dice? —inquirió ella, mirándolo con arrogancia, lo cual no era fácil ya que él le llevaba media cabeza de estatura.

El individuo no la soltó.

—¿Así que eres engreída? Pero eso me gusta.

Lucía traje, hasta llevaba un bastón, pero sus modales dejaban mucho que desear. Era bastante bien parecido, pero Katherine no lo tomó en cuenta. Jamás en su vida un desconocido le había puesto la mano encima. Siempre la habían rodeado mozos de cuadra o lacayos para impedir que eso ocurriera. No sabía qué hacer ante esa situación, pero el instinto la hizo sacudir el brazo para zafarse. El hombre no la soltó.

−¡Váyase, señor! No deseo que me molesten.

−Oye, primor, no te des aires. −Le sonreía, disfrutando del súbito desafío.− Estás allí sin nada mejor que hacer. No te hará daño pasar el rato.

Katherine quedó espantada. ¿Acaso dabía irse con él? Imposible. Ya había comunicado sus deseos.

Echó atrás la mano con la que apretaba por el cordel el paño de Lucy y le lanzó un golpe. El sujeto la soltó para apartarse de un salto. Evitó ser golpeado, pero al hacerlo chocó con otro hombre que aguardaba para cruzar la calzada. Ese individuo le dio un fuerte empellón, con un brusco juramento que hizo arder las orejas a Katherine y enrojeció vívidamente sus mejillas.

Tan pronto como se enderezó, el que la había acosado la miró con enojo.

−Grandísima zorra. Un simple "no" habría bastado.

Las fosas nasales de Katherine se ensancharon de furia. Estuvo a punto de rebajarse a la altura del sujeto para decirle dónde podía guardarse su indignación tan fuera de lugar. Pero tenía demasiada educación para eso. Le volvió la espalda, luego gimió al ver que Elisabeth se había alejado durante la conmoción y estaba ya a casi media calle de distancia.

CAPITULO 4

La demora irritaba a Anastasia. Parecía que el carruaje en que viajaban se hubiese detenido media hora en esa transitada esquina, a la espera de una apertura en la densa congestión de la calle del Regente para poder cruzar al otro lado y continuar su camino. La residencia del tío de ambos estaba a pocas calles de distancia. De haber ido a pie, Anastasia habría podido llegar antes.

–Odio esta ciudad –se quejó la joven.–. Las calles son muy estrechas y están siempre tan atestadas, comparadas con San Petersburgo. Y aquí nadie se apresura jamás.

Dimitri no dijo nada, ni siquiera recordándole que era allí donde ella decía querer quedarse. Permaneció simplemente mirando con fijeza por la ventanilla. ¿Qué esperaba Anastasia? Su hermano apenas le había dicho dos palabras durante todo el viaje a Londres. Pero, claro está, había dicho más que suficiente antes de que ambos partieran de la finca rural de la duquesa.

Recordando la furia de Dimitri, Anastasia se estremeció. No la había golpeado. Ella casi prefería que lo hubiera hecho. Su cólera había sido igualmente espeluznante.

Después de que desvarió y la llamó, entre otras cosas, necia sin juicio, él había dicho mordazmente:

—Lo que hagas en la cama, y en la cama de quién, no es de mi incumbencia. Te concedí la misma libertad que yo gozo. Pero no es por eso que estoy aquí, ¿verdad, Nastia? Estoy aquí porque tuviste la temeridad de burlarte de los deseos de *Grandmère*.

—Pero fue irrazonable de su parte enviarme de vuelta por algo tan secundario.

—¡Silencio! Lo que es secundario para ti no lo es para estos ingleses. ¡Esto no es Rusia!

—No, en Rusia la tía Sonia vigila todos mis movimientos. Allá no tengo ninguna libertad.

—Entonces haré bien si te pongo al cuidado de un marido, que acaso sea más indulgente.

—¡Dimitri, no!

El asunto no estaba en discusión. Dimitri había tomado su decisión. Y ni siquiera eso fue el golpe que ella había previsto como represalia por las molestias que ella le había causado. Llegó poco antes de que él se volviera para alejarse de ella.

—Ruega a Dios que mis planes no hayan sido arruinados por este viaje innecesario, Nastia— le dijo brutalmente—. Si lo fueron, puedes tener la certeza de que el marido que te encontraré no será de tu gusto.

Y luego había sido simpático durante los cuatro días que se había quedado de visita en casa de la duquesa. Pero Anastasia no podía olvidar la amenaza que pendía sobre su futuro. Era demasiado esperar que él no lo hubiese dicho en serio, que fuera solo efecto del enojo. No era tan grave tener un marido si este le concedía libertad y no hacía caso de sus indiscreciones. Y al menos quedaría libre de la rigidez de su tía Sonia. Pero un hombre que le exigiera fidelidad, que le impusiera cruelmente sus deseos, que utilizara a sus criados para espiarla, que la azotara si ella lo desafiaba, eso era enteramente distinto, y con eso exactamente la estaba amenazando su hermano.

Anastasia nunca había sufrido antes la ira de Dimitri.

La había visto caer sobre otros, pero con ella, él siempre había sido indulgente y cariñoso. Eso indicaba cuán intensamente le había disgustado ella en este caso. Ella había presentido que él se pondría furioso, porque ella había ido demasiado lejos al desobedecer a la duquesa. Y el frío silencio de Dimitri desde que salieron del campo era prueba de que no la había perdonado.

Ambos iban solos en el carruaje, lo cual hacía tanto más insoportable el silencio. Los doce criados con quienes viajaba Dimitri iban en otros coches, detrás de ellos, junto con los que Anastasia había traído a Inglaterra. Había también ocho guerreros cosacos que siempre acompañaban al príncipe cuando salía de Rusia, algo imprescindible, suponía la joven, considerando la riqueza de Dimitri. Para los ingleses eran una curiosidad estos guerreros de feroz aspecto, con sus bigotes colgantes y sus uniformes rusos, sus gorros de piel y sus numerosas armas. Nunca dejaban de atraer la atención hacia el séquito del príncipe, pero eran útiles para desalentar a cualquiera que quisiese molestarlo.

—¿No puedes ordenar a tus hombres que nos abran paso, Mitia? —inquirió finalmente—. Tanta espera nada más que para cruzar una estúpida intersección.

—No hay prisa —repuso él sin mirarla—. No zarparemos hasta mañana y no dejaremos la casa en la ciudad esta noche. No habrá escándalos aquí, en Londres, para que los encuentre el zar cuando visite a la reina de Inglaterra este verano.

Anastasia se encolerizó por la advertencia, destinada enteramente a ella. Era la primera noticia que tenía de que el zar Nicolás visitaría Inglaterra. Y a decir verdad, había pensado salir esa noche, que posiblemente fuera su última noche de libertad por mucho tiempo.

—Pero, Mitia, este carruaje es sofocante. Hemos estado aquí sentados...

—Ni siquiera cinco minutos —la interrumpió él bruscamente—. Deja ya de quejarte.

La joven lo miró ceñuda; luego se asombró al oírlo reír de pronto entre dientes. Pero el príncipe aún miraba algo por la ventanilla, de modo que ella no se sintió ofendida, solo furiosa.

–Me alegro de ver que disfrutas de este paseo tan aburrido– se mofó ella con sarcasmo. Pero cuando no obtuvo respuesta, insistió secamente: –Y bien, ¿qué te divierte tanto?

–Esta moza que rechaza a un admirador... ¡Qué mujercita impetuosa!

Dimitri estaba intrigado, aunque sin saber con certeza por qué. La mujer tenía una figura bastante agradable, pero nada llamativa. Sus pechos empujaban un corpiño demasiado ceñido, una cintura pequeña, caderas estrechas, todo enfundado en un vestido negro que no le sentaba bien. El príncipe vio su rostro por un momento brevísimo, y además desde cierta distancia, ya que estaba en la esquina opuesta, al otro lado de la calzada. No era una belleza, pero tenía cierta personalidad, ojos enormes en un rostro pequeño, una barbilla decidida.

No era el tipo de mujer que habitualmente atraía su interés. Era demasiado menuda, casi como una niña, salvo por esos senos pujantes. Pero lo divertía. Tan altanera indignación en un envoltorio tan pequeño... ¿Y cuándo era la última vez que una mujer lo había divertido en realidad?

Un puro impulso lo hizo llamar a Vladimir a la ventanilla. Vladimir era su brazo derecho, indispensable para él, ya que se ocupaba de la comodidad de Dimitri en todo. No hacía preguntas ni emitía juicios. Obedecía al pie de la letra todos y cada uno de los pedidos del príncipe.

Unas palabras al fiel sirviente, y Vladimir partió. Pocos instantes más tarde el coche reanudaba su marcha.

–No puedo creerlo –dijo Anastasia desde el lado opuesto del carruaje, sabiendo bien lo que acababa de hacer Dimitri–. ¿Ahora buscas prostitutas en la misma calle? Debe haber sido excepcionalmente bonita.

Dimitri no hizo caso de su tono sardónico.

–No particularmente. Digamos que picó mi vanidad... Me gusta tener éxito donde otros han fracasado.

–Pero ¿de la calle, Mitia? Podría estar enferma o algo peor.

–Eso te agradaría, ¿verdad, querida mía? –replicó él secamente.

–En este momento, sí –repuso la muchacha.

Su rencor no logró más que una sonrisa inexpresiva.

Al otro lado de la calle, Vladimir tropezó con la dificultad de conseguir un coche y, al mismo tiempo, no perder de vista a la figurita de negro que se alejaba sin detenerse por la calle del Regente. No había en las inmediaciones ningún coche para alquilar, él no hablaba muy bien inglés y su francés era deficiente. Pero el dinero resolvía casi todos los problemas, y este también. Tras varios intentos, pudo inducir al conductor de un carruaje privado, pequeño y cerrado, para que abandonara su puesto, donde esperaba a su patrón. El equivalente de casi un año de salarios bien valía el riesgo de perder su trabajo.

Ahora, a buscar a esa mujer... Era obvio que el carruaje no podría alcanzarla en una calle tan atestada. El conductor recibió la orden de seguir en pos de Vladimir con la mayor rapidez posible. El conductor no hizo más que sacudir la cabeza ante las excentricidades de los ricos, como presumía que era ese individuo; alquilar un carruaje y después no utilizarlo... Pero con tanto dinero en el bolsillo, ¿quién era él para discutir?

Vladimir alcanzó a la mujer casi al final de la calle, pero solo porque ella se había detenido sin motivo alguno aparente. Se quedó inmóvil en medio de la acera, mirando adelante en línea recta.

–¿*Madamoiselle*?

–¿*Oui*? –dijo ella un tanto preocupada, mirándolo apenas.

Excelente. Ella hablaba francés. Casi ningún campesino inglés lo hacía, y él había temido tener dificultad para comunicarse con esa joven.

–Escúcheme, por favor, señorita. Mi amo, el príncipe Alexandrov, quisiera contratar sus servicios por esta noche.

Habitualmente no hacía falta más que mencionar el

título de Dimitri para concluir transacciones como esa. Por consiguiente Vladimir se sorprendió cuando solo recibió de la mujer una mirada de fastidio. Y al ver su rostro con claridad, se sorprendió todavía más. No era del gusto de Dimitri, en absoluto. ¿En qué estaría pensando el príncipe al querer que ese pajarillo estuviese en su cama esa noche?

Katherine se fastidió, por cierto, de que la molestaran otra vez ¿y para qué? Sin duda una fiesta o reunión social que requería sirvientas adicionales. Pero ¿contratarlos en la calle misma? Jamás había oído decir tal cosa. Pero ese sujeto era extranjero, de modo que ella debía hacer concesiones.

Por eso no lo rechazó sin más ni más, como a ese otro individuo. Se había dado cuenta del error cometido. Como estaba disfrazada de criada, era necesario que al menos tratara de representar dicho papel. Al no hacerlo antes, había estado a punto de causar un alboroto con su irreflexivo ataque contra aquel otro hombre. Provocar una escena en la cual podría ser reconocida por alguno de sus allegados era impensable; sin embargo, casi lo había hecho poco antes, neciamente.

Una cosa que Katherine jamás permitiría, era que se relacionara su nombre con un escándalo. Se enorgullecía de un comportamiento impecable, muy por encima de todo reproche. ¿Qué hacía entonces allí? Solo podía culpar a esa horrible jaqueca por enturbiar su pensamiento. Con la cabeza despejada, se le habría ocurrido un plan mejor que disfrazarse de criada.

El desconocido aguardaba su respuesta. Debía ser un sirviente sumamente bien pago, ya que su chaqueta y sus pantalones eran de calidad superior. Era alto, de edad mediana y no mal parecido, con cabello castaño y ojos celestes. ¿Qué le respondería Lucy? Probablemente la muchacha coquetearía un poco para hacer más digerible su negativa. Katherine no podía llegar a eso.

Sin perder de vista a Elisabeth, que después de cruzar la calzada se había detenido, respondió:

–Lo lamento, señor, pero no necesito trabajo adicional.

–Si se trata de dinero, el príncipe es extremadamente generoso.

–No necesito dinero.

Vladimir empezó a preocuparse. La mujer no se había impresionado con el título del príncipe. Tampoco parecía ni remotamente interesada en este honor que se le concedía. Si realmente se negaba... no, imposible.

–Diez libras –ofreció.

Si creía que eso pondría fin al regateo, se equivocaba. Katherine lo miraba con fijeza, incrédulamente. ¿Acaso estaba loco él al ofrecer semejante salario? ¿O no se daba cuenta de cuál era la tarifa habitual para los criados en Londres? La única otra posibilidad, era que él estuviese desesperado. Y Katherine comprendió, incómoda, que probablemente no hubiese en toda Inglaterra una criada que no abandonara su puesto para aceptar ese trabajo por una noche a tal precio. Y sin embargo, ella no podía aceptar. Si duda él pensaría que *ella* estaba loca.

–Lo siento...

–Veinte libras.

–¡Absurdo! –exclamó Katherine, ya desconfiando de aquel sujeto. Sí, estaba loco–. Podrá contratar a toda una legión de criadas por menos que eso. Y ahora discúlpeme.

Le volvió la espalda, rogando que él se marchara. Vladimir suspiró. Tanto ridículo regateo desperdiciado por un error. ¿Una criada? Ella había malinterpretado totalmente.

–Señorita, perdóneme por no haber hablado claro al principio. Mi amo no requiere los servicios de una criada. La vio y desea compartir su compañía esta noche, por lo cual se le pagará generosamente. Si tengo que ser más explícito...

–¡No! –Con las mejillas ardiendo, Katherine lo enfrentó de nuevo.– Yo... entiendo muy bien ahora.

Dios santo, ¿cómo se había puesto en tan demente situación? Su instinto le aconsejaba abofetearlo; el insulto

41

era extremo. Pero Lucy no se ofendería. Lucy se emocionaría.

—Me halaga, naturalmente, pero no me interesa.

—Treinta libras.

—No —replicó ella secamente—. A ningún precio. Y ahora márchese... Una voz masculina la interrumpió.

—Ya llegué, jefe, si está listo para partir ahora.

Al mirar atrás, Vladimir vio el carruaje a pocos pasos de distancia.

—Muy bien. Llévenme a la vuelta de esta calle... Yo le diré cuándo detenerse. —Dicho esto, cubrió con su mano la boca de la mujer y la arrastró al interior del carruaje.— Es una criada fugitiva —explicó al boquiabierto conductor.

—¿Fugitiva? Escúcheme, jefe, si ella no quiere trabajar para usted, es asunto de ella, ¿o no? No puede usted obligarla. —Varias libras más, puestas en su mano, cambiaron el tono del conductor.— Como usted diga.

El grito de Katherine había muerto bruscamente en su garganta. ¿Acaso nadie había presenciado aquel rapto, aparte del conductor del carruaje? Pero nadie les gritó que se detuvieran. El desconocido había actuado con tanta rapidez, tardando apenas unos segundos para empujarla dentro del vehículo, que era dudoso que alguien lo hubiese advertido.

De inmediato le empujaron el rostro y el pecho contra el asiento. Mientras el carruaje empezaba a moverse, le quitaron la toca y le cubrieron la boca con un pañuelo y lo anudaron atrás, en su cabeza. Un duro codo en la espalda le impedía resistirse; luego le doblaron los brazos a la espalda y se los sujetaron con presión suficiente para tenerla contra el asiento. En esta posición, torcida de costado, apenas podía mover las piernas, pero de todos modos alguien le echó una pierna encima de las suyas para inmovilizarla.

El hombre era lo bastante fuerte como para sujetarle los brazos con una sola mano, que cambió al cabo de un momento, y ella comprendió por qué cuando la envolvió en su chaqueta. Las ventanillas, por supuesto. Aunque el coche estuviera cerrado y oscuro por dentro, si se detenía, cualquiera que pasara a su lado podría ver el interior por la ventanilla.

Ella había tenido razón al recelar del sujeto. Estaba realmente loco. Cosas como esa simplemente no le ocurrían a Katherine Saint John. Pero tan pronto como ella le dijese quién era en realidad, tendría que dejarla libre. Lo haría... ¿o no?

Se inclinó sobre ella y su voz le llegó suavemente a través de la tela de su chaqueta.

—Lo siento, pichoncita, pero no me dejaste otra alternativa. Las órdenes del príncipe deben obedecerse. No consideró que pudieras negarte a su pedido. Ninguna mujer lo rechazó antes. Las mujeres más bellas de Rusia se disputan este honor. Ya verás por qué cuando venga a ti. No hay hombre como el príncipe Dimitri.

A Katherine le habría gustado mucho decirle lo que podía hacer con ese honor. ¡Vaya, así que no había hombre como el príncipe! Aunque fuera el hombre más apuesto del mundo, ella no quería saber nada con él. Según ese sujeto, debía sentirse agradecida porque la raptaran. ¡A quién se le ocurría!

El vehículo se detuvo. Katherine tenía que escapar de ese lunático. Pero no le daba ocasión de hacerlo. La chaqueta que la envolvía le sujetaba eficazmente los brazos a los costados. El desconocido la levantó. Luego echó a andar, llevándola en sus brazos, uno apretándola bajo las rodillas, teniéndolas firmes contra su pecho e inmovilizadas. Katherine no podía ver nada a través de la chaqueta, que también le cubría el rostro.

Repentinamente, sin embargo, sintió olor a comida. ¿Una cocina? ¿Así que entonces él la entraba por la puerta de atrás? En eso había esperanza. No quería que su príncipe supiera lo que él había hecho. Había dicho que ese Dimitri no había considerado la posibilidad de que ella rehusara. Un príncipe nunca recurriría a tales medidas para obtener una mujer. Después de todo, ella no tendría que humillarse explicando quién era. Bastaba con que hablara con el príncipe y le dijese que no estaba interesada. Se la pondría en libertad de inmediato.

Las rodillas del desconocido le rozaron las nalgas al subir escalones y más escalones. ¿Dónde estaba ella? El carruaje no había andado muy lejos, no más de lo que ella habría tardado en llegar a su casa. Dios santo, ¿acaso esa era alguna casa de la Plaza Cavendish, cercana a su propio hogar? ¡Qué ironía! Pero no sabía de ningún príncipe que se hubiese mudado al barrio. ¿O es que existía un príncipe? ¿Acaso era este, simplemente, algún perverso sujeto que raptaba mujeres jóvenes para su propia diversión, inventando cuentos extravagantes para facilitar su tarea?

Su captor habló de nuevo, pero en un idioma que Katherine no reconoció, aunque estaba familiarizada con casi todos los idiomas europeos. Una mujer contestaba en el mismo extraño lenguaje... ¡Ruso! El desconocido había mencionado Rusia. ¡Eran *rusos,* los bárbaros del norte! Por supuesto... en ese país abundaban los príncipes. ¿Acaso toda la antigua aristocracia no llevaba allí esos títulos?

Se abrió una puerta. Pocos pasos más y la joven fue cuidadosamente puesta de pie. Le quitaron de encima la chaqueta. De inmediato Katherine se arrancó la mordaza. Su primer impulso fue desahogar su furia sobre el desconocido, que permanecía inmóvil, mirándola con fijeza y de manera extraña. Le costó muchos esfuerzos no dejarse llevar por tal impulso.

—Contrólate, Katherine —se dijo ella en voz alta—. No es más que un bárbaro, con mentalidad de bárbaro. Probablemente ni siquiera sepa que ha cometido un delito.

—No somos bárbaros —dijo él en francés.

—¿Habla usted inglés? —inquirió ella.

—Solo algunas palabras. Conozco "bárbaro". Ya me han llamado así ustedes, los ingleses. ¿Qué más dijo?

—No importa. Hablaba conmigo misma, no con usted. Es una peculiaridad mía.

—Eres más hermosa con el cabello suelto. El príncipe quedará complacido.

—Con lisonjas no conseguirá nada, señor.

—Mil perdones —Vladimir se inclinó levemente, con deferencia; luego, al sorprenderse haciéndolo, se detuvo. Esa moza era muy arrogante para ser una criada... Pero claro, era inglesa y él debía tenerlo en cuenta. —Me llamo Vladimir Kirov. Debemos hablar...

—No, no tengo nada más que decirle, señor Kirov. Tendrá la bondad de informar a su amo que estoy aquí. Hablaré con él.

—No vendrá hasta esta noche.

—¡Tráigalo! —Le pasmó cómo se elevaba su voz, y sin embargo él se limitó a sacudir la cabeza.— Estoy lista para gritar hasta quedar sin voz, señor Kirov —le advirtió en un tono que consideró muy razonable, dadas las circunstancias—. Usted me ha insultado, me ha maltratado y sin embargo aún estoy tranquila, como puede usted ver. No soy una mentecata para perder la cabeza ante una pequeña adversidad... Pero estoy llegando al límite. No estoy en venta por ningún precio. El rescate de un rey no alteraría ese hecho. Será mejor, pues, que me deje ya en libertad.

—Eres terca, pero eso no cambia nada. Te quedarás... —Alzó una mano al ver que ella abría la boca. No te recomiendo gritar. Al otro lado de esta puerta hay dos guardias que vendrán de inmediato a hacerte callar. Eso sería muy incómodo para ti, además de innecesario. Te daré algunas horas para que vuelvas a pensarlo.

Katherine no le creyó ni por un momento con respecto a los guardias, hasta que abrió la puerta para salir y los vio allí, de pie. Eran hombres de aspecto feroz en uniformes idénticos: largas chaquetas, pantalones abolsados, botas altas, amenazantes espadas colgando de sus caderas. Increíble. ¿Acaso todos los habitantes de la casa serían partícipes de ese delito? Evidentemente, sí. Su única esperanza seguía siendo el príncipe.

CAPITULO 5

—¿Qué haré, Marusia? —preguntaba Vladimir a su esposa—. El la desea. Ella se niega a compartir su lecho. Hasta ahora, nunca me había encontrado con este dilema.

—Pues búscale otra mujer —replicó ella con soltura, creyendo que la solución era así de simple—. Sabes lo que ocurrirá si él queda insatisfecho esta noche. Será imposible complacerlo durante todo el viaje de vuelta. No sería tan grave si su abuela no lo hubiese regañado por su excesiva promiscuidad... Pero le advirtió que no se acercara a sus criadas y él obedeció por deferencia. El príncipe debe tener una mujer esta noche, antes de que zarpemos, o todos sufriremos por su frustración. Será diez veces peor que al venir acá, cuando esa estúpida condesa cambió de idea a último momento y no zarpó con él.

Vladimir ya sabía todo eso. Su problema no era tan solo que nunca antes le había fallado al príncipe; era cuestión de garantizar un viaje placentero para todos ellos. No era que el príncipe no pudiera permanecer célibe por nece-

46

sidad, como lo haría en el viaje de vuelta a Rusia. Pero cuando no era imprescindible hacerlo, como esa noche, no quisiera Dios que él no consiguiera lo que deseaba, ya que cuando Dimitri no era feliz, ninguno de sus allegados lo era. Vladimir se sirvió otro trago de vodka y lo bebió. Marusia continuó rellenando un ganso con *kasha* para la cena de Dimitri. Creía resuelta la cuestión. Su esposo le había dicho únicamente que la mujer que él había conseguido para el príncipe le estaba causando problemas.

—Marusia, ¿por qué razón una mujer... oye, no es ninguna dama, sino una campesina inglesa, una criada... por qué no la complacería que un príncipe la considerara deseable?

—Debe sentirse halagada. Ninguna mujer del mundo dejaría de sentirse al menos halagada, aunque no quisiera acostarse con él. Muéstrale el retrato. Eso la hará cambiar de idea.

—Sí, lo haré, pero... pero no creo que eso influya esta vez. No se sintió halagada, Marusia. Se sintió insultada. Lo vi en su rostro. No entiendo. Ninguna mujer lo ha rechazado antes, vírgenes, esposas, princesas, condesas, hasta una reina...

—¿Qué reina? ¡Nunca me dijiste eso!

—No importa —repuso él con brusquedad—. Eso no es para habladurías, y a ti, mi querida esposa, te encanta chismorrear.

—Bueno, todo hombre debería ser rechazado al menos una vez. Le hace bien.

—¡Marusia!

La mujer rió con regocijo.

—Bromeo, marido mío. Todo hombre, excepto nuestro príncipe. Ahora deja de preocuparte. Ya te lo he dicho, ve y búscale otra mujer.

Vladimir contempló lúgubremente su vaso vacío y volvió a llenarlo.

—No puedo. No me dijo "Quiero una mujer esta noche. Búscamela". Me señaló esta pichoncita y dijo: "Esa. Arréglalo." Y ella ni siquiera es hermosa, Marusia, salvo por sus ojos. Podría encontrarle diez o doce mujeres más a su gusto antes de esta noche. El quiere esta. Debe tenerla.

—Debe estar enamorada —dijo Marusïa, pensativa—. Esa es la única razón por la cual una mujer de clase baja rechazaría tal honor. No hay campesina en Rusia...

—Esto es Inglaterra —le recordó él—. Tal vez aquí piensen de otra manera.

—Ya hemos estado aquí antes, Vladimir. Nunca has tenido este problema antes. Te digo que ella está enamorada de alguien. Pero hay drogas que pueden hacerla olvidar, enturbiar su memoria, hacerla más complaciente...

—El creerá que está ebria —replicó severamente Vladimir—. Eso no le agradará en absoluto.

—Al menos la tendrá.

—¿Y si no da resultado? ¿Si ella recuerda lo suficiente como para pelear contra él?

Marusia arrugó la frente.

—No, eso no servirá. Se pondría furioso. No necesita tomar a una mujer por la fuerza. No lo haría. Ellas se pelean por lanzarse a sus pies. Puede tener cualquier mujer que quiera.

—Pues quiere a esta, que no lo quiere a él.

Marusia le lanzó una mirada de disgusto.

—Ahora empiezas a preocuparme. ¿Quieres que hable con ella, a ver si logro averiguar cuáles son sus objeciones?

—Puedes intentarlo —admitió Vladimir, ya dispuesto a hacer cualquier cosa.

La mujer movió la cabeza asintiendo.

—Entre tanto, ve y habla con Bulavin. Puede que no sea nada, pero la semana anterior se jactaba de conocer un modo de lograr que una mujer le rogara que le hiciera el amor, cualquier mujer. Quizá tenga algún tipo de poción mágica —agregó sonriendo.

—¡Qué disparate! —se mofó él.

—Nunca se sabe —bromeó la mujer—. Los cosacos siempre han vivido cerca de los turcos, y nunca se ha comentado que estos sultanes tuvieran problemas con sus jóvenes esclavas, que en su mayoría eran cautivas inocentes.

Vladimir desechó la idea con un ademán y un gesto de enojo, pero hablaría con Bulavin. Ya estaba desesperado.

Katherine no podía permanecer inmóvil. Caminaba en círculos por la habitación, mirando cada pocos minutos, ceñuda, el enorme ropero que los dos guardias habían empujado frente a la única ventana. Con su escasa corpulencia, no podía moverlo, aunque estaba vacío. Lo había intentado en vano, durante media hora.

Se hallaba encerrada en un dormitorio bastante grande, que estaba en desuso. Hasta la cómoda estaba vacía. Un empapelado rosado y verde (la reina aprobaba esa combinación) cubría los muros. El moblaje era de estilo Hope, bastante incómodo, que evidenciaba la influencia griega y egipcia en la decoración. Un cubrecama de raso verde, muy caro, sobre la cama. Riqueza. La Plaza Cavendish, ella estaba segura. Si tan solo pudiera salir de esa habitación, podría llegar a su casa... pero ¿para qué? Elisabeth, a quien viera por última vez sola, esperando en la esquina, ya se habría reunido con William. *Estará casada antes de que yo llegue a casa.*

Esa estúpida mascarada, esa espantosa situación, ... todo para nada. Elisabeth casada con un bribón cazafortunas. Eso, y solo eso, ponía a Katherine furiosa contra aquellos rusos. Ese bárbaro, ese idiota cabeza dura que la había llevado allí... por su culpa la vida de Beth estaba arruinada ya. No, él no. El no había hecho más que cumplir órdenes. Su príncipe era realmente el responsable. ¿Quién diablos creía ser, enviando a un criado en busca de ella por un motivo tan salaz? ¡Qué arrogancia!

Le cantaré cuatro frescas, pensó Katherine. Debería

hacer que lo encarcelen. Conozco su nombre, Dimitri Alexandrov... Pensarlo era agradable, pero ella no lo haría. Sería peor el escándalo que el delito cometido. Nada más que eso le hacía falta: el nombre de los Saint John arrastrado por el fango.

—Pero si Beth no está en casa cuando yo vuelva, y si no está soltera todavía, juro por Dios que lo haré.

Había una esperanza, aunque remota, de que ese día Elisabeth se reuniera con William tan solo para hablar con él, para hacer planes. Necesitaba aferrarse a esa idea. Entonces no todo estaría perdido, y esta sería tan solo una experiencia irritante que ella haría todo lo posible por olvidar.

—Le traigo merienda, señorita, y otra lámpara. Este cuarto es muy oscuro con la ventana bloqueada. Usted habla francés, ¿no? Yo lo hablo muy bien porque es el idioma de nuestros aristócratas. Algunos de ellos ni siquiera hablan ruso.

Este torrente de palabras brotó cuando una mujer cruzó de prisa la habitación, llevando una pesada bandeja que depositó sobre una mesa redonda y baja, entre dos sillas. Era media cabeza más alta que Katherine, de edad mediana, con cabello castaño recogido y unos bondadosos ojos azules. No había llamado a la puerta. Uno de los guardias, después de abrirla para que ella pasara, la había vuelto a cerrar.

La mujer ordenó lo que traía en la bandeja. Un delgado florero, que contenía una sola rosa, se había caído. Afortunadamente no contenía agua. Trasladó la lámpara a la repisa de mármol de la chimenea. Ya estaba encendida, y su luz fue bienvenida. Luego regresó a la bandeja y empezó a levantar tapas.

—Son *katushki* —explicó revelando un plato con albóndigas de pescado en una salsa de vino blanco—. Soy la cocinera, por eso sé que le gustarán. Me llamo Marusia.

Junto a los *katushki* había un panecillo de centeno, una ensalada, fruta, un pedazo de pastel como postre y una botella de vino. Una merienda muy apetitosa. El aroma de los *katushki* era delicioso. Y Katherine se había perdido el desayuno. Lástima que fuese demasiado empecinada para comerlo.

—Gracias, Marusia, pero puede llevarse eso. No aceptaré nada en esta casa, ni siquiera comida.

—No es bueno que no coma. Es usted tan menuda... —dijo Marusia con asombro.

—Soy menuda porque... soy menuda —respondió Katherine con parquedad—. No tiene nada que ver con la comida.

—Pero el príncipe es tan grande... ¿Ve usted?

Prácticamente metió un retratito bajo la nariz de Katherine, de modo que ella no pudo evitar mirarlo. El hombre reproducido en la miniatura era... imposible. Nadie podía tener realmente esa apariencia.

Katherine apartó la mano de la mujer.

—Muy gracioso. ¿Acaso con este ardid piensan hacerme cambiar de idea? Aun cuando ese fuera realmente su príncipe Alexandrov, mi respuesta seguiría siendo no.

—¿Es casada?

—No.

—¿Tiene entonces un amante a quien quiere mucho?

—El amor es para los idiotas. Yo no soy ninguna idiota.

Marusia arrugó la frente.

—Entonces dígame, se lo ruego, por qué se niega. Este es verdaderamente mi príncipe —insistió, señalando el retrato—. No le mentiría, ya que lo conocerá esta noche. En todo caso, este retrato no le hace justicia. Es un hombre lleno de vida, energía y hechizo. Y pese a su corpulencia, es dulce con las mujeres...

—¡Basta ya! —exclamó Katherine, perdido el control—. Dios mío, ustedes son increíbles. ¡Primero esa bestia que me rapta, ahora usted! ¿Ese príncipe no puede encontrar él mismo sus mujeres? ¿Se da cuenta qué repugnante es que usted interceda por él, como si yo estuviese en venta? Pues no lo estoy, y no hay suma de dinero que pueda comprarme.

51

—Si objeta usted al dinero, piense solamente en un hombre y una mujer disfrutando de mutua compañía. Y mi amo corteja habitualmente él mismo a sus mujeres. Solo que hoy no hay tiempo. Está en los embarcaderos, comprobando que todo esté en orden con respecto al barco. Verá usted, mañana zarparemos rumbo a Rusia.

—Me alegro mucho saberlo —declaró secamente Katherine—. La respuesta sigue siendo no.

Vladimir tenía razón. Esa moza era peor que testaruda, era imposible. Tenía el desdén de una princesa, pero la estupidez de la sierva más vil. Nadie en su sano juicio se negaría a pasar una noche con Dimitri Alexandrov. Había mujeres que pagarían por tal privilegio.

—No ha dicho todavía por qué se niega —señaló Marusia.

—Ustedes han cometido un error, nada más. No soy del tipo de mujer que pensaría siquiera remotamente en acostarse con un desconocido. Simplemente no tengo interés.

Al salir de la habitación, sacudiendo la cabeza, Marusia soltó una ristra de palabras en ruso. En el pasillo se encontró con su marido, que la aguardaba expectante. Aunque detestaba desilusionarlo, no tenía otra alternativa.

—Es inútil, Vladimir. Creo que teme a los hombres, o bien no le gustan. Pero no cambiará de idea. Estoy segura. Será mejor que la dejes ir e informes al príncipe Dimitri, de modo que pueda hacer otros arreglos para esta noche.

—No, tendrá la primera que eligió —dijo Vladimir, empecinado, entregándole un saco atado con un cordel—. Mezcla un poco de esto en la comida para su cena.

—¿Qué es?

—La poción mágica de Bulavin. Por lo que él afirma, el príncipe quedará muy complacido.

CAPITULO 6

El baño fue entregado al caer la tarde.

Katherine había observado con desconfianza la llegada y la partida de un trío de criados. Ellos habían traído la bañera de porcelana, que llenaron con agua humeante y aceite de un frasquito, que impregnó la habitación con aroma de rosas. Nadie le había preguntado si quería darse un baño. No lo deseaba, por cierto. En esa casa no se quitaría ni la menor prenda.

Pero entonces Vladimir Kirov entró a la habitación. Probó la temperatura del agua, luego sonrió. Katherine se esmeró en ignorarlo. Permaneció sentada en un sillón, rígida, tamborileando furiosamente con los dedos.

Kirov fue a detenerse frente a ella en actitud tan imperiosa como su tono.

–Te bañarás –dijo.

Lentamente Katherine alzó la vista hacia él, y después, de la manera más condescendiente, la apartó otra vez.

—Debió usted preguntar antes de tomarse tantas molestias. Yo no me baño en casas extrañas.

Vladimir ya estaba harto de su arrogancia.

—No fue un pedido, moza descarada, sino una orden. Harás uso del baño tú misma, o los hombres que custodian este cuarto te ayudarán. Aunque quizás ellos disfruten de eso, no creo que te resulte una experiencia agradable.

Quedó satisfecho al ver con cuánta rapidez había recobrado la atención de la joven. Sus ojos, grandes y ovalados, llamearon enormemente. Eran el mejor rasgo de la mujer, con su color brillante. De una belleza excepcional, dominaban su rostro pequeño, dándole un aire de rara inocencia. ¿Era posible que eso hubiera atraído a Dimitri? Pero no, él no podía haber apreciado los ojos desde tan lejos.

Ese vestido tan poco sentador tendría que ir a la basura. Su severo color negro eliminaba el colorido de su tez, dejándole la cara de un blanco enfermizo. El rosado tinte que en ese momento le teñía las mejillas era una mejora, pero no duraría. Ella tenía buena piel, lisa y sin mancha, pero un poco de cosmético le vendría bien. Kirov lo hubiera ordenado, pero habría que sujetarla para hacérselo aplicar. Y no quería que el cuerpo de la mujer mostrase magullones que el príncipe objetaría.

La suave iluminación y las sábanas verdes tendrían que ser el único realce de la mujer. Vladimir se convenció de que tenía todo en orden. Ella estaría perfumada después del baño, narcotizada con la cena que pronto le llevarían, y vulnerable sin sus vestimentas.

—Aprovecha el agua mientras aún está caliente —Vladimir continuó impartiendo órdenes—. Enviaré una doncella para que te ayude. Pronto llegará tu cena, y esta vez comerás o se te ayudará para que lo hagas. No es nuestra intención que pases hambre mientras estés aquí.

—¿Y cuánto tiempo más debo estar aquí? —dijo Katherine entre dientes.

–Cuando te deje el príncipe, yo haré que te lleven adonde quieras ir. Sería inusitado que él requiriera tu compañía por más de unas horas.

Katherine pensó furiosamente que solo le llevaría unos minutos vituperar al libertino y luego se podría marchar.

–¿Cuándo vendrá él?

Vladimir se encogió de hombros.

–Cuando esté listo para retirarse por esta noche.

Katherine bajó los ojos; un caliente color le tiñó de nuevo las mejillas. Ese día había oído hablar de sexo más que en todos sus veintiún años, y todo de una manera tan natural, sin turbación alguna. Esos criados de Alexandrov debían hacer esa clase de cosas a cada rato, ya que no sentían nada de vergüenza. Era como si no viesen absolutamente ningún mal en secuestrar en la calle a una mujer inocente para ofrecérsela a su amo.

–¿No se da cuenta de lo que hace es un delito? –inquirió con calma.

–Pero una trasgresión muy pequeña, por la cual recibirá usted recompensa.

Katherine quedó tan aturdida, que no pudo contestar, y Kirov salió antes de que la cólera de ella tuviese ocasión de estallar. ¡Ellos creían estar por encima de la ley! No, tal vez no. Simplemente creían que *ella* pertenecía a las clases inferiores, y la ley favorecía a la gente bien nacida allí, sin duda en Rusia también. En cuanto a ellos se refería, abusar de ella no era nada, pues ¿qué podía hacer ella contra un poderoso príncipe? Pero Katherine no les había dicho que estaban equivocados. No les había dicho quién era ella en realidad, y que raptar a la hija de un conde era un asunto muy diferente.

Supuso que debería haber hablado con franqueza al respecto, pero la idea de confesar una charada tan necia era demasiado embarazosa. Y no sería necesario hacerlo para obtener su libertad. Sería suficiente con mostrar su antipatía a Alexandrov.

Fue una joven doncella quien entró para ayudarla a

bañarse. Katherine no quería ninguna ayuda, pero era obvio que la muchacha solo hablaba ruso, ya que pasó por alto las protestas de Katherine y no cesó de parlotear en su propio idioma mientras doblaba cada prenda que Katherine dejaba caer al suelo en su prisa por terminar de una vez con su calvario. Y luego, tan pronto como ella se metió en la bañera, la jovencita salió de la habitación llevándose todas las vestimentas de Katherine, incluyendo sus zapatos.

¡Rayos y centellas! ¡Ellos pensaban en todo! Y en la habitación no había nada con que ella pudiera cubrirse, salvo las ropas de cama. ¡Era el colmo! Ella había procurado guardar calma. Había hecho todo lo posible por disimular cada ofensa y tratar todo el asunto como un simple error. Al final habría sido cortés con el príncipe cuando explicara la arbitrariedad de su criado. Pero ya no. El sufriría la cólera de ella.

Katherine se frotó con violencia hasta que cada centímetro de su piel tuvo un brillo rosado. Antes de que terminara llegó su cena, entregada otra vez por Marusia.

—¡Quiero que me devuelvan mis ropas! —reclamó Katherine tan pronto como se abrió la puerta.

—Todo a su tiempo —replicó con calma la mujer.

—¡Las quiero ya!

—Debo advertirle que no alce así la voz, pequeña. Los guardias tienen órdenes...

—¡Al infierno con ellos, y al infierno con usted!

Katherine salió furiosa de la bañera, se envolvió rápidamente con una toalla y se fue a la cama antes de que ellos se les ocurriera sacar de la habitación también esas mantas. Como el pesado cubrecama era demasiado grueso y abultado, y no le servía, quitó la sábana de arriba, que se echó en torno a los hombros como una capa corta. El raso verde absorbió enseguida la humedad de su piel.

Marusia quedó bastante sorprendida. Cuán pequeño bulto de furia, todo rosado y brillante después del baño. La ira hacía centellear sus ojos, florecer sus mejillas, y su cuerpo... vaya, qué perfección se había ocultado bajo ese feo vestido negro. Allí el príncipe no encontraría defecto alguno.

–Ahora coma, sí, y después, acaso tenga tiempo para dormir un poco antes de ...

–¡Ni una palabra más! –la interrumpió Katherine con brusquedad–. Déjeme. No hablaré con nadie, salvo Alexandrov.

Juiciosamente, Marusia se marchó. De todos modos no quedaba nada que hacer, salvo esperar que en las jactancias de Bulavin hubiese algo de verdad.

Visiones de esos robustos guardias sujetándola y metiéndole comida en la garganta, empujaron a Katherine hasta la mesa. Poco tuvo que ver con ello el hecho de que estaba experimentando punzadas de hambre desde hacía tres horas. Pero la comida era deliciosa: pollo en una salsa cremosa, patatas y zanahorias hervidas, y pastelillos de miel. El vino blanco también era excelente, pero ella estaba en realidad demasiado sedienta para apreciarlo, ya que no había bebido nada en todo el día. Vació dos vasos antes de que volviera la joven criada con otra bandeja. Esta contenía una jarra de agua helada, demasiado tarde, pues Katherine ya había saciado su sed, además de una garrafa grande de coñac y dos vasos. La dejó junto a la cama.

¿Entonces se acercaba finalmente la hora en que el gran príncipe se presentaría? Era obvio. Muy bien, que llegara mientras ella se encontraba todavía en la cima de su cólera... Pero él no llegó pronto, y el tiempo siguió transcurriendo con lentitud, igual que toda la tarde.

Katherine terminó de comer, luego empezó a pasearse otra vez de un lado a otro. Pero al cabo de diez o doce vueltas por la habitación, cuando a cada instante esperaba que se abriera la puerta para dar paso al esquivo príncipe, sintió que la piel empezaba a hormiguearle donde el raso la rozaba. Nervios. Ella, que siempre era firme como una roca, experimentando nervios.

Deteniéndose junto al coñac, se sirvió un vaso. El coñac era un gran fortificador. Lo bebió de un trago, cosa nada juiciosa, pero no había tiempo que perder. El príncipe llegaría en cualquier instante y ella necesitaba tranquilizarse, tener control. Se sentó, exhortándose a la calma. Su método no dio resultado. El cosquilleo continuaba, a decir verdad empeoraba.

Se incorporó de un salto y se sirvió otro coñac. Esta vez lo sorbió. No era tan tonta como para embriagarse por nerviosidad. Era como si cada nervio de su cuerpo vibrara de energía, apremiándola a moverse, a actuar. Permanecer inmóvil era imposible. Nunca en su vida había sentido tal inquietud. Y luego hubo algo más. Creyó poder sentir realmente la sangre que le corría por las venas... imposible y, con todo, se sentía tan extraña y... caliente.

Se abrió la puerta, pero era tan solo la joven doncella, que venía a llevarse la bandeja. No tenía objeto hablarle, ya que la muchacha no podía responder sino en ruso. Tan pronto como salió la doncella, Katherine fue a servirse otro trago pero se detuvo. No se atrevía. Se sentía ya un poco atolondrada, cuando definidamente necesitaba conservar el juicio.

Al sentarse en la cama, se oyó gemir. Sus ojos se dilataron de pronto al oír tal sonido. ¿Qué le ocurría? Tenía que ser la condenada sábana. Debía deshacerse de ella, aunque fuese por unos instantes.

Katherine dejó caer la sábana, luego se estremeció al sentir que resbalaba por sus brazos y su espalda para rodearle las caderas. En un movimiento reflejo, cruzó los brazos sobre sus senos desnudos, luego sintió una sacudida hasta los mismos dedos de sus pies. Nunca había tenido tan sensibles los pechos. Pero la sacudida había sido placentera. Tampoco había sentido eso antes.

Cuando bajó la vista y se miró, le sorprendió ver que tenía la piel enrojecida. Y sus pezones eran duras y pequeñas protuberancias que le cosquilleaban; el cosquilleo estaba en todas partes. Se frotó los brazos, luego volvió a gemir. También su piel estaba sensible en todas partes. Algo andaba mal, indudablemente. Le dolía, no, no era dolor... no sabía qué era, pero la recorría en olas impetuosas y culminaba en su entrepierna.

Inconscientemente, Katherine se recostó en la cama, retorciéndose inquieta. Estaba enferma. Debía estar enferma. La comida. Y entonces comprendió, repentinamente, que debían haberle puesto algo en la comida.

—Oh, Dios mío, ¿qué me han hecho?

Pero no podían haber querido que ella se enfermara. Pero ¿qué otra cosa podía estar causándole tanto calor y tan furiosa inquietud, al punto de que, al parecer, no podía controlar los movimientos de su propio cuerpo?

En un momento de terrible desesperación, se arrojó sobre la cama. Sintió fresca la sábana contra su ardiente piel. Se estiró boca abajo y, por algunos benditos instantes, sintió algún alivio. Una placentera languidez la envolvió, y empezó a sentir esperanzas de que la crisis hubiera terminado ... pero eso no duró. Pudo sentir que esas calientes oleadas de sensación recomenzaban con creciente fuerza, y en su entrepierna un insistente palpitar, un sordo dolor. *¡Oh, Dios!*

Retorciéndose, se volvió de espaldas en medio de la cama, con los brazos a los costados. Agitaba la cabeza de un lado a otro, su respiración brotaba en leves jadeos. Estaba perdiendo totalmente el control; su cuerpo se arqueaba, se retorcía, embestía, sin que ella se diera cuenta siquiera de que lo hacía. No tenía conciencia del tiempo. Su desnudez, la situación en la que estaba, todo quedó olvidado en la fiebre incendiaria que la consumía.

Veinte minutos más tarde, cuando el príncipe Alexandrov entró a la habitación, Katherine ya no podía pensar en nada, salvo el calor que le quemaba el cuerpo. No lo oyó entrar. No supo que él se detenía mirándola, con sus aterciopelados ojos oscuros, fascinados por cada movimiento de la mujer.

Dimitri había quedado atraído por la imagen erótica que ella presentaba. Su cuerpo, que ondulaba y se arqueaba rodando sobre la cama, parecía presa de pasión sexual. Siempre había percibido esos movimientos en sus compañeras de lecho más apasionadas, había sentido tales movimientos debajo de sí, se había deleitado en ellos, pero nunca los había observado desde cierta distancia. La escena tuvo un efecto inmediato. El príncipe sintió que su virilidad se erguía, cobrando vida bajo la bata suelta que era lo único que lo cubría.

¿Qué se había estado haciendo esa pequeña rosa inglesa para ocasionar tan febril extremo de excitación? ¡Qué sorpresa era ella! Y él, que durante toda la noche había estado lamentando el impulso que lo había hecho enviar a Vladimir en pos de ella. Al fin y al cabo, no había en ella realmente nada que despertara su pasión. Eso había creído hasta entonces.

Cuando finalmente Katherine advirtió la presencia de Dimitri, él se hallaba inmóvil al pie de la cama.

Ese retrato... Adonis redivivo. Imposible. No podía ser real... ella deliraba. Pero no, esto era carne y sangre.

—Ayúdeme. Necesito... —La joven tenía la garganta tan reseca por el calor, que apenas logró pronunciar esas palabras. Se pasó lentamente la lengua por los labios. – Un médico.

La semisonrisa de Dimitri se tornó gesto ceñudo. Cuando finalmente la miró a los ojos, había tenido otra sorpresa. Qué color, y humeantes de pasión. Había estado seguro de que ella iba a decir que lo necesitaba a él. ¡Un médico!

—¿Te sientes ...mal?

—Sí... con fiebre. Tengo mucho calor.

Su gesto de enojo se convirtió en sombrío ceño. ¡Enferma! ¡Maldición! Y después de haber hecho que él la deseara.

Una cólera irrazonable lo dominó. Fue hacia la puerta. Eso le costaría la cabeza a Vladimir. La voz de la joven lo detuvo.

—Por favor... agua.

Por alguna razón, la patética súplica movió su compasión. Habitualmente la habría dejado al cuidado de sus sirvientes. Pero él estaba cerca, y darle agua llevaría tan solo un momento. No era culpa de ella si estaba enferma. Vladimir debería haberlo informado antes de que él se presentara a verla. Se le habría debido llevar a un médico de inmediato.

No consideró la posibilidad del contagio, y de que acercarse a ella postergara su partida del día siguiente. Le alzó la cabeza para acercarle el vaso a los labios. Ella bebió algunos sorbos; volvió la mejilla hacia la muñeca de él y la frotó contra ella. Entonces todo su cuerpo se volvió hacia él, como atraído por el contacto.

Dimitri la soltó, pero al perder la fresca piel del ruso, ella lanzó un gemido.

–No... tanto calor... por favor.

La mujer temblaba. ¿De frío?, se preguntó él. No tenía caliente la mejilla. Le tocó la frente; estaba fresca. Sin embargo, obraba como si ardiera de fiebre. ¿Qué clase de enfermedad era esa? ¡Y, rayos, aún la deseaba!

Enfurecido otra vez, salió de la habitación llamando a gritos a Vladimir. El criado apareció instantáneamente.

–¿Mi príncipe?

Dimitri nunca había golpeado a un sirviente con furia. Hacerlo habría sido el colmo de la injusticia, porque sus criados le eran fieles pero en ese momento, su frustración estuvo a punto de hacerlo olvidar de todo eso.

–¡Maldito seas, Vladimir, esa mujer está enferma! ¿Cómo es posible que no lo supieras?

Vladimir había anticipado esto, sabía que debería dar explicaciones. Pero mejor entonces, cuando la dosis había surtido efecto, que antes, cuando él tendría que haber admitido su fracaso.

–No está enferma –se apresuró a responder–. Se le dio cantárida en la comida.

Dimitri retrocedió, asombrado. ¿Cómo no se había dado cuenta él mismo de lo que aquejaba a la mujer? Había visto antes una mujer a quien le habían suministrado ese potente afrodisíaco, durante el año que había pasado en el Cáucaso. Ella había sido insaciable. No habían bastado quince soldados para satisfacerla. Seguía reclamando más y el efecto había durado horas.

Dimitri se disgustó, sabiendo que él solo no podría

ocuparse de la mujer, que probablemente tuviera que llamar a sus guardias para que ayudaran a aliviar su sufrimiento, ya que era sufrimiento. Ella ardía por tener un hombre entre sus piernas, dolorida de necesidad. Pero, pese a su disgusto, su virilidad palpitaba de anhelo. Ella no estaba enferma. La poseería y ella imploraría más. Era una situación excepcional, que causaba toda clase de pensamientos placenteros.

–¿Por qué, Vladimir? Yo ansiaba una noche de descanso, no una maratón sexual.

La crisis había pasado. Vladimir advirtió que el príncipe había aceptado la idea, aunque no era lo que él se había propuesto. Y al final quedaría muy satisfecho. Eso era lo único que importaba.

–Fue difícil de persuadir, mi señor. No se la pudo comprar e insistió en que no se acostaba con desconocidos.

–¿Quieres decir que me rechazó? –Dimitri se regocijó al pensarlo–. ¿No le dijiste quién era yo?

–Por supuesto. Pero estas campesinas inglesas tienen una alta opinión de sí mismas. Creo que la descarada moza quería ser cortejada antes. Le expliqué que no había tiempo para eso, aunque usted no necesita esforzarse por alguien como ella –agregó con cierto desdén–. Perdóneme, príncipe Dimitri, pero no se me ocurrió hacer otra cosa.

–¿Cuánta droga le suministraste?

–No sabíamos con certeza cuánta utilizar.

–¿Entonces podría durar horas, o toda la noche?

–Por todo el tiempo que desee divertirse, mi señor –fue la simple respuesta.

Dimitri lanzó un gruñido y despidió a Vladimir con un ademán. Luego entró de nuevo en la habitación, bastante sorprendido por lo ansioso que estaba de volver a ver a la mujer, que seguía sacudiéndose sobre la cama, y gemía de modo bastante audible. Cuando Dimitri se sentó a su lado, ella volvió los ojos hacia él. Se calmó un poco, pero no pudo aquietar su cuerpo.

–¿Un médico?

—No, palomita, temo que un médico no pueda ayudarte en lo que te aqueja.

—¿Me estoy muriendo entonces?

El príncipe sonrió con dulzura. Ella realmente ignoraba lo que le ocurría, o que hubiese solo una cura capaz de aliviarla. Pero él se lo mostraría con gusto.

Se inclinó y suavemente rozó los labios de la joven con los suyos. Los ojos de ella se abrieron, dilatados de sorpresa. Dimitri no pudo contener la risa. ¡Qué combinación de inocencia y atractivo sexual...! Le resultaba deliciosa.

—¿No te gustó eso?

—No, yo... oh, ¿qué me ocurre?

—Mi criado se tomó la atribución de vencer tu timidez con un afrodisíaco. ¿Sabes qué es eso?

—No, pero... me enfermó.

—Enferma no, pequeña. Está haciendo exactamente lo que se supone que haga... excitar tu deseo sexual hasta un grado intolerable.

Katherine tardó un momento en aceptar que no se había equivocado en cuanto a lo que él quería decir; luego exclamó:

—¡Nooo!

—Sssh... —la tranquilizó Dimitri, tomándole la mejilla con una mano. De inmediato el rostro de ella se apoyó de nuevo en la palma del hombre—. No le desearía esto a ninguna mujer, pero hecho está, y puedo ayudarte si lo permites.

—¿Cómo?

La joven desconfiaba de él. Dimitri podía verlo en su mirada. Vladimir tenía razón. Realmente ella no quería tener nada que ver con él. De no haber sido por la droga, él habría fracasado con ella, tal como había fracasado aquel patán en la calle. Qué interesante. Aun cuando él recurriera a todo su considerable hechizo, tenía la sensación de que sería en vano. ¡Qué desafío! Ojalá hubiese más tiempo...

Pero estaba la droga. La cantárida lograría lo que no se podría lograr con esfuerzos humanos. El la poseería. Y

63

su vanidad estaba lo bastante picada como para sacar toda la ventaja posible de la situación y someter a esta florecilla inglesa.

Dimitri no respondió a la pregunta de la muchacha. Siguió acariciándole la mejilla, que estaba delicadamente sonrojada, al igual que el resto de su hermoso cuerpo.

–¿Cómo te llamas?

–Kit... no, Kate... quiero decir, Katherine.

–Entonces, Kit y Kate por Katherine –sonrió él–. Un nombre imperial. ¿Has oído hablar de nuestra Catalina, Emperatriz de todas las Rusias?

–Sí.

–¿Y no tienes apellido?

Ella apartó su rostro.

–No.

–¿Un secreto? –rió él–. Ah, pequeña Katia, yo sabía que me divertirías. Pero los apellidos no importan. De cualquier manera, seremos demasiado íntimos para utilizarlos.– Mientras hablaba, bajó la mano libre al seno de Katherine. Esta lanzó un grito penetrante y torturado.– ¿Demasiado sensible? Necesitas alivio inmediato, ¿verdad?

Y movió la mano hacia el oscuro triángulo de bucles castaños que ella tenía entre las piernas.

–¡No! ¡Oh, no, no debe hacer eso! –Pero mientras protestaba, ella alzó las caderas hacia los dedos del hombre.

–Es el único modo, Katia –le aseguró él con voz grave–. Solo que no te das cuenta todavía.

Katherine gimió al acelerarse la palpitación con el contacto del hombre. Su mente se rebelaba contra lo que él hacía con los dedos, pero se veía impotente para impedírselo. Tal como lo había estado para cubrirse cuando él apareció. Necesitaba la frescura de sus manos, que la calmaban. Necesitaba...

–¡Oh, oh, Dios! –clamó mientras el placer estallaba en olas estremecidas, vibrantes, que no cesaban nunca, inundando sus sentidos, arrastrando consigo ese calor insoportable.

Katherine bajó flotando a un mar de dichosa languidez. Toda la tensión se había disipado, dejándola saciada e infinitamente relajada.

—¿Ves, Katia? —la voz del hombre le quitó la tranquilidad—. Era la única manera.

Katherine abrió de pronto los ojos. Se había olvidado de él. ¿Cómo pudo olvidar? Era él quien le había aportado el alivio de ese calor que derretía. Oh, Dios, ¿qué le había dejado hacer ella? ¡Estaba allí sentado, mirándola, y ella estaba desnuda!

Se sentó a medias, buscando frenéticamente a su alrededor la sábana que la había cubierto, pero se había deslizado al suelo mucho tiempo atrás, fuera de su alcance. Quiso tomar el cobertor, que estaba al pie de la cama, pero el hombre anticipó su intención y tendió un brazo sobre el estómago de la joven, sujetándola a su lado.

—Derrochas energía inútil, cuando solo tienes unos minutos de tregua. Todo empezará de nuevo, pequeña. Conserva tu vigor y relájate mientras puedes.

—¡Miente! —dijo Katherine con horror—. No... no es posible que vuelva a empezar. ¡Oh, por favor, déjeme ir! ¡No tiene derecho a retenerme aquí!

—Eres libre para irte —repuso él con magnanimidad, aunque estaba muy seguro de que ella no abandonaría la cama—. Nadie te lo impide.

—¡Ellos lo hicieron! —Katherine recordó su ira, que creció y estalló—. ¡Ese... ese bárbaro, Kirov, me raptó y me ha tenido todo el día prisionera en esta habitación!

Ella era adorable en su furia. Dimitri sintió un deseo avasallante de besarla, mezclado con el deseo de tomarla en sus brazos. Esta sorprendente joyita era potente, y él ardía por poseerla después de verla llegar a su clímax. Pero debía ser paciente. No hacía falta que le arrebatara lo que ella pronto daría de buen grado.

—Lo siento, Katia. A veces mi gente excede lo que es razonable en sus esfuerzos por complacerme. ¿Qué puedo hacer para resarcirte?

—Solo... solo... ¡oh, no, no!

Empezaba la fiebre, el calor que fluía por su venas y

65

que rápidamente iba en aumento. Ella lo miró por un momento en abyecta aflicción antes de apartarse con un gemido. El dolor había vuelto. El no había mentido. Y ahora ella sabía qué necesitaba, qué anhelaba su cuerpo. La moral, la vergüenza, el orgullo, todo desapareció como lluvia por una alcantarilla.

–¡Por favor! –se retorció ella, buscando de nuevo esos aterciopelados ojos suyos–. ¡Ayúdeme!

–¿Cómo, Katia?

–Tóqueme... igual que antes.

–No puedo.

–Oh, por favor...

–Escúchame –dijo él, tomándole el rostro entre las manos para sujetarla–. Tú sabes lo que debe ser.

–No entiendo. ¡Dijo que me ayudaría! ¿Por qué no quiere ayudarme?

¿Es posible que ella fuese tan inocente?

–Lo haré, pero tú debes ayudarme. Yo también necesito alivio, pequeña. Mírame.

Se abrió la bata. Debajo de ella estaba desnudo, y Katherine contuvo su aliento, al ver su virilidad osadamente erguida hacia adelante. Katherine comprendió y entonces un ardiente color inundó de carmesí sus mejillas.

–No ... no puede usted –susurró balbuceante.

–Debo hacerlo. Es lo que realmente necesitas, Katia, que yo penetre en tí. Estoy aquí para ti. ¡Usame!

Era lo más cerca que había llegado Dimitri a rogarle a una mujer. El que ahora lo hiciera demostraba la magnitud de su deseo... no podía recordar que alguna vez hubiera deseado tanto a una mujer. Y cuán innecesario era que él le rogara nada. Ella no podría resistir por mucho tiempo, la droga no lo permitiría.

No dijo nada más, esperando sin tocarla, viéndola revolcarse torturada por el deseo. Observar su innecesario sufrimiento era casi doloroso. Bastaba con que lo pidiera y tendría alivio. Pero resistía la droga y resistía la cura. ¿Era orgullo? ¿Acaso podía ser tan necia?

Dimitri estaba a punto de tomar el asunto en sus

66

manos, enviando al cuerno las protestas de la joven, cuando ella se volvió hacia él, con ojos implorantes, los labios tentadoramente separados, el cabello todo enmarañado y la carne temblorosa. ¡Dios, que bella era así, tan increíblemente sensual!

—No puedo soportar más. Alexandrov, haga lo que quiera, por favor, cualquier cosa... solo hágalo ya.

Dimitri sonrió con asombro. Esa mozuela había logrado convertir una súplica en una orden. Pero él estaba muy dispuesto a obedecerla.

Quitándose la bata, se tendió en la cama, junto a la mujer, y la atrajo hacia sí. Al sentir el contacto fresco de la piel del hombre, ella suspiró, pero el suspiro se transformó pronto en un quejido. Había esperado demasiado tiempo. De nuevo tenía la piel demasiado sensible, en todas partes, pero especialmente en los senos.

El quería sentir ese exquisito cuerpo bajo sus manos. Tendría que aguardar.

—La próxima vez, Katia, no esperes tanto —dijo con brusquedad por la frustración.

—¿La próxima vez? —repitió ella; sus ojos se pusieron redondos.

—Esto durará horas, pero no hace falta que sufras. ¿Me entiendes? No me rechaces más.

—No... no lo haré... pero ¡por favor, Alexandrov, dése prisa!

El príncipe sonrió. Ninguna mujer lo había llamado jamás Alexandrov, no en la cama, al menos.

—Dimitri o Su Alteza —la corrigió riendo entre dientes. Ella lo golpeó con sus puños diminutos—. Está bien, pequeña... Calma. Tranquilízate.

Dimitri ya no podía esperar más. Las caderas de la mujer empujaban violentamente contra él, encendiendo su pasión hasta extremos alarmantes. Rodó sobre ella, apoyándose en los codos, mientras sus largos brazos mantenían muy encima de ella la colosal anchura de su pecho. Se inclinó para saborear la dulzura de los labios entreabiertos de la joven, y eran dulces, embriagadores, pero los giros de la parte inferior del cuerpo de ella no le permitían olvidar el objetivo inmediato.

Se apartó de la boca de ella para situarse en posición, sosteniéndole el rostro entre sus grandes manos. Quería observarla de nuevo cuando ella recibía su placer, ver el éxtasis reflejado en sus ojos. Empujó hondo... y ella gritó. Pero era demasiado tarde. Estaba desflorada.

–¡Dulce Jesús! –susurró Dimitri. ¿Por qué no me lo dijiste, mujer?

Ella no contestó. Había cerrado los ojos, y de uno de ellos resbalaba una sola lágrima. Dimitri maldijo en silencio. ¡No era una muchacha ruborosa, sino una mujer! ¿Qué demonios hacía con su virginidad todavía intacta? No era algo que las criadas valoraran habitualmente. Solo la nobleza la usaba como mercancía cuando transaba matrimonios importantes.

–¿Cuántos años tienes, Katherine? –preguntó entonces con suavidad, secando sus ojos húmedos.

–Veintiuno –murmuró ella.

–¿Y lograste mantenerte virgen tanto tiempo? Increíble. Debes trabajar en una casa penosamente falta de hombres.

–Mmmmm...

Dimitri rió. La joven ya no escuchaba, sino que aprovechaba el duro miembro incrustado en lo profundo de ella, ondulando provocativamente, atrayéndolo más aún... exquisita. El ruso gimió, apretando los dientes, dejándola satisfacerse lo más posible, pero ella no tardó mucho en elevarse en la cúspide del placer. Y aunque él habría prolongado su propio placer, las vibrantes pulsaciones que sentía dentro de ella fueron su ruina. Se sumó al clímax de la mujer, refregando sus caderas contra ella y oyéndola clamar al explotar una vez más.

Con el corazón todavía latiendo con fuerza y erráticamente, Dimitri se apartó para sentarse en el borde de la cama y se sirvió coñac. Ofreció otro a Katherine, pero ella sacudió la cabeza sin mirarlo. Tendría que lavarle las manchas de su virginidad, pero esperaría hasta que ella pudiera apreciarlo mejor. Al pensarlo sonrió. Ya estaba anticipándose a llevarla a otro clímax.

Volvió a su lugar, sentándose de costado, apoyando su brazo en el lado opuesto de la cadera de Katherine. Ella seguía negándose a mirarlo hasta que él apoyó la fría base redonda de la copa de coñac en un puntiagudo pezón. Rió entre dientes, deleitándose en el modo en que llamearon los ojos de la joven.

—Tendrás que aplacarme, Katia. Me agrada jugar con mis mujeres.

—No soy una de sus mujeres.

Su tono de encono hizo que el insistir fuese un placer.

—Pero lo eres... por esta noche.

Se inclinó y azotó el otro pezón de la mujer con la punta de su lengua. Como reacción, Katherine se sacudió y luego lanzó un gemido cuando él le tomó todo el pezón en la boca. Instintivamente las manos de la joven se posaron en el cabello de él para apartarlo. Dimitri respondió a esta resistencia cerrando suavemente los dientes sobre el pezón de Katherine, hasta que ella se rindió y lo dejó hacer lo que deseaba. Pero pronto estuvo lista de nuevo para él.

Dimitri salió del lecho para traer el paño del baño de ella, remojándolo antes en el agua fría. Cuando volvió junto a ella, lo aplicó primero a su cuerpo, esperando hasta que el ardor interior de la joven fue casi furioso, luego mojó el paño con agua helada de la jarra y se lo apretó entre las piernas.

Katherine enloqueció con el placer combinado: frío helado para calmar el ardor y estímulo donde más lo necesitaba. Conoció así una nueva vía de placer hasta que finalmente él terminó de limpiarla.

Dimitri la dejó de nuevo para lavarse, y cuando volvió, se acomodó entre las piernas de la mujer para succionar sus senos. Ella no tenía fuerza de voluntad para protestar. Lo necesitaba. Eso se había demostrado fuera de toda duda. Si él insistía en "jugar" con ella entre cada crisis, esa era la cruz que debía llevar. Pero en realidad, también de eso derivaba placer, así que ¿cómo podía quejarse?

Katherine llegó a otra cumbre de placer frotándose contra la pelvis de Dimitri mientras él seguía acariciándole los senos. Y luego él volvió a utilizar los dedos, mientras su lengua exploraba cada centímetro de su boca. El doble estímulo en cada ocasión aumentaba su placer, magnificando la intensidad hasta un grado casi insoportable. Empero, nada fue tan completamente satisfactorio como cuando él usó finalmente el cuerpo de la mujer, llenando con su honda penetración una necesidad más intensa.

Y así continuó durante toda la noche. Lo que él dijo resultó cierto. Ella no volvió a sufrir. Mientras ella obedeciera todas sus órdenes, él estaba allí para calmar, para aliviar y para darle hora tras hora el más increíble éxtasis, con sus manos, su boca, todo su cuerpo. Lo único que pedía a cambio era que Katherine le permitiera jugar con ella, acariciarla como él quisiera. Ella estaba segura de que él ya conocía íntimamente cada centímetro de su cuerpo. Pero no le importaba. Esa noche no era real. No tenía base alguna en la realidad. Se disolvería como la droga, para ser olvidada con la mañana.

CAPITULO 7

—Vladimir, despierta. ¡Vladimir! —Marusia le sacudió el hombro con fuerza hasta que finalmente él abrió un ojo. Ya es hora. Lida lo ha oído andar por su habitación. Será mejor que te ocupes de enviar de vuelta a la pobre muchacha.

—¿Pobre muchacha? ¿Después de las que me ha hecho pasar?

—Sí, pero ¿por cuáles la hicimos pasar nosotros? Mira afuera, esposo mío. Amanece.

En efecto, el cielo estaba teñido de violeta. Instantáneamente Vladimir despertó del todo y apartó el cubrecama con que lo había cubierto Marusia antes de bajar a la cocina para encender el fuego. Aún estaba vestido con las ropas del día anterior. Había permanecido en pie la mitad de la noche, aguardando a que el príncipe saliera de la habitación de la mujer. No había pensado quedarse dormido ni mucho menos; solo reposar unos instantes en la cama.

—Es probable que se esté levantando temprano, nada más —dijo Vladimir—. Sabes que no necesita dormir mucho. No es posible que se haya quedado con ella toda la noche.

—Si se quedó o no se quedó, dice Lida que está despierto, y más vale que saques a esa mujer de la casa antes de que él salga de su habitación. Ya sabes que no le gusta tropezarse con esas mujeres ocasionales una vez que se sacia de ellas.

Vladimir le echó una mirada que decía "No hace falta que me lo digas" antes de recoger un fardo de ropas y subir las escaleras hacia la planta alta. El pasillo estaba desierto. Los guardias habían sido licenciados la noche anterior, antes de llegar Dimitri. Había sido imprescindible que él no sospechara nada hasta que viera a la mujer. Si la moza, sin custodia, había logrado marcharse del predio por su cuenta, a Vladimir no le parecería mal, aunque le debía algo por sus molestias.

Sin ruido, abrió la puerta. Era posible que Lida estuviese equivocada, y que solo hubiese oído andar por su cuarto al valet de Dimitri. Empero, tan remotas eran las posibilidades de encontrar todavía allí al príncipe, que Vladimir se reprochó el ser tan cuidadoso. Y la habitación estaba vacía, salvo por la mujer. *Ella* estaba allí todavía, profundamente dormida bajo el cubrecama de raso.

Dejando caer las ropas de la joven sobre una silla, se acercó a la cama y la sacudió.

—Basta —gimió ella.

Vladimir sintió un momentáneo escozor de piedad. Ella había sido verdaderamente usada. En la habitación cerrada, el olor de las actividades de la noche era abrumador. Por cierto, eso era lo primero: dejar que entrara algo de aire puro.

Empujando, apartó de la ventana el pesado ropero, jadeante por el esfuerzo; luego recibió con agrado la brisa del amanecer, que entró flotando.

—Gracias, Vladimir —dijo el príncipe a sus espaldas.

—¡Mi señor! —exclamó Vladimir, volviéndose con presteza—. Discúlpeme. Tan solo iba a despertarla y...

—No lo hagas.

–Pero...

–Déjala dormir. Lo necesita. Y tengo ganas de ver cómo es cuando está en su sano juicio.

–No... no lo recomiendo –respondió Vladimir, vacilante–. No es una joven muy tratable.

–¿No lo es? Vaya, eso me parece fascinante, considerando cuán tratable ha sido durante toda· la noche. A decir verdad, no puedo recordar cuándo disfruté tanto.

Vladimir se tranquilizó. El príncipe no estaba jugando con las palabras, como a veces lo hacía en su estilo sardónico, sino que estaba verdaderamente complacido. El ardid había dado resultado. Ahora, con tal de que pudieran zarpar sin que ningún contratiempo alterara ese buen talante. Pero la mujer... no, seguramente Dimitri la había cautivado, y esta mañana no sería intratable.

Dimitri se volvió hacia el lecho, donde solo eran visibles sobre la almohada un delgado brazo y una pálida mejilla, ya que sus abundantes bucles castaños, en absoluto desorden, ocultaban todo lo demás. Se había visto obligado a regresar a esa habitación. Había decidido bañarse y dormir algunas horas, antes de que se iniciaran los turbulentos preparativos para la partida. Se había bañado, sí, pero no había podido desalojar de sus pensamientos a la mujer.

Había dicho la verdad a Vladimir. No creía haber pasado jamás una noche tan insólita y, sin embargo, tan deliciosa. Por lógica, debería estar tan exhausto como la mujer. Pero claro que él se había controlado, había contenido su propio placer, conservando deliberadamente su fuerza al satisfacerla de otras maneras. La idea de tener que llamar a varios de sus hombres para reemplazarlo si él se cansaba le había repugnado. Y además, simplemente no había querido compartir ese tesoro.

Era increíble, pero realmente se había desilusionado cuando ella sucumbió finalmente al sueño. No estaba cansado todavía; a decir verdad, se sentía muy vigoroso.

–¿Sabías que era virgen, Vladimir?

–No, mi señor. ¿Tuvo importancia?

–Creo que para ella, sí. ¿Cuánto ibas a pagarle?

Teniendo en cuenta esa nueva información, Vladimir duplicó la cifra que tenía pensada.

Cien libras inglesas.

Dimitri lo miró de reojo.

—Que sean mil... no, dos mil. Quiero que ella pueda derrochar en algunas ropas elegantes. Ese trapo que llevaba puesto era atroz. Por cierto, ¿no tenemos nada más adecuado que pueda ponerse cuando despierte?

Vladimir no debería haberse sorprendido, en realidad. La generosidad del príncipe era famosa. Y sin embargo, esa mujer no era más que una simple campesina inglesa.

—Casi todas las pertenencias de las criadas fueron llevadas ayer al barco, mi señor.

—Y supongo que Anastasia no accedería a ceder uno de sus vestidos. No, por supuesto que no lo haría. Estuvo toda la noche enfurruñada porque no le permití salir de parranda en Londres anoche. Creo que en este momento disfrutaría de cualquier motivo para mortificarme.

Vladimir titubeó, pero si Dimitri deseaba vestir a la moza con galas... no, él no se atrevía a mencionar que las ropas de la condesa Rothkovna habían partido de Rusia con ellos, aunque ella no. Tal vez Dimitri apreciaría la sutil venganza de regalar *todas* las ropas de la condesa, ya que indudablemente había terminado con ella después del modo en que lo había decepcionado, pero Vladimir no se atrevía a obsequiar tan costoso vestuario a esa campesina intratable. Un vestido más sentador era una cosa; uno demasiado costoso otra muy distinta.

—Enviaré a una de las mujeres en busca de algo adecuado cuando abran las tiendas —sugirió Vladimir, pero agregó: —Si cree usted que ella permanecerá aquí tanto tiempo.

—No, no te molestes. Fue tan solo una idea, y el placer de ordenar que desechen ese trapo —respondió Dimitri con un ademán de despedida—. Te llamaré cuando ella esté lista para marcharse.

¿Entonces el príncipe se quedaría con ella en la habitación? ¿Tan interesado estaba? Vladimir vaciló de nuevo. Nunca había antepuesto sus deseos a los del maestro, como lo acababa de hacer. Empero, no tenía que apaciguar al príncipe. Dimitri estaba todavía de excelente humor. Pero a Vladimir le desagradaba demasiado esa mujer, después de toda la frustración y ansiedad que había causado con su tozudez, aunque al final hubiera complacido a Dimitri. En su opinión, ya se le estaba dando demasiado. Si él podía evitarlo, ella no recibiría ningún agregado más.

—Como usted quiera, mi señor.

Vladimir salió, cerrando con suavidad la puerta, y bajó para contar a Marusia el más reciente capricho del príncipe. Pero lo más probable era que ella se riera, recordándole que también el padre de Dimitri había sido fascinado por una inglesa, al punto de casarse con ella. Gracias a Dios que *esta* moza inglesa no era de la nobleza, como lo fuera Lady Anne.

Mientras tanto, en la habitación, Dimitri apagó las lámparas que habían estado encendidas toda la noche; luego se estiró en la cama de donde había salido apenas unas horas antes. Katherine yacía boca abajo, con el rostro vuelto hacia él. Dimitri le apartó el cabello de la mejilla para verla mejor. Ella no se movió siquiera.

En el sueño, las severas líneas de su rostro se suavizaban, tal como antes, en su pasión. Dimitri no podía olvidar esa pasión. Por supuesto, no la había producido él, sino la droga... por cuyo motivo él quería poseerla una sola vez más, sin que la droga la dominara. En parte se veía ante un desafío, un deseo de ver si podía estimular en ella esas mismas cimas de pasión. Pero, perversamente, sentía también una necesidad de probar que, en realidad, no era posible que ella fuese tan increíblemente atractiva y sensual como lo había sido bajo la influencia de la cantárida.

Por el momento, sin embargo, ella necesitaba unas horas más de sueño para recuperar fuerzas. Tener que esperar era inconveniente; la paciencia no era una de las mejores cualidades de Dimitri Alexandrov. Pero no tenía nada más que hacer esa mañana antes de zarpar.

CAPITULO 8

La actividad en la casa iba en aumento, pues al príncipe le gustaba dejar un sitio tal como lo había encontrado. Los sirvientes del duque de Albemarle, licenciados el día anterior porque al príncipe le gustaba tener únicamente a su propio personal a su alrededor, no encontrarían nada fuera de lugar cuando volvieran ese día, más tarde. Pero en la habitación de la planta alta, todo estaba silencioso aún.

Vladimir, que al fondo del pasillo aguardaba pacientemente que lo llamaran, presumió que el príncipe se había quedado dormido. Había pasado tres horas más con la mujer; debía estar dormido. Pero aún quedaba tiempo antes de que tuvieran que estar en el embarcadero. Esperaría antes de molestarlo.

Dimitri estaba bien despierto, nada fatigado todavía. Estaba él mismo sorprendido por su paciencia, ya que la mañana transcurría con diabólica lentitud. Y había logrado abstenerse de tocar a Katherine hasta entonces. Pero al fin la tomó en sus brazos y empezó a despertarla con caricias. Ella luchó contra él, malhumorada.

– ¡Ahora no, Lucy! ¡Anda, vete!

Dimitri sonrió, preguntándose solo vagamente quién podría ser Lucy.

La noche anterior, Katherine le había hablado en francés porque él la había interpelado antes en ese idioma, y ella lo hablaba de manera excelente. Pero el inglés le cuadraba mucho mejor, y el tono imperioso que utilizaba era casi gracioso. Con todo, no era el inglés, el idioma que él prefería, por lo cual no se molestó en usarlo.

– Vamos, Katia, acompáñame – la instó mientras sus dedos jugaban con la sedosa piel del hombro de ella –. Me aburro esperando a que despiertes.

Ella abrió los ojos. Pestañeó una sola vez, pero, al parecer no lograba enfocar la mirada con claridad. No dio ninguna señal de reconocerlo, tampoco ninguna de sorpresa, ni siquiera de confusión. Era como si no lo viese siquiera. Pero lo veía. Lentamente se apartó hasta quedar a la distancia de un brazo estirado. Entre tanto su mirada se desplazaba sobre él, hasta los mismos dedos de los pies; luego volvió a subirla de un modo que era muy desalentador, ya que Dimitri tuvo la clara impresión de que ella lo encontraba menguado.

A decir verdad, Katherine tenía dificultad de aceptar que él era real. "Otra vez Adonis", había sido su primer e irritante pensamiento. El príncipe de cuento de hadas. Su mirada práctica dudaba verdaderamente de lo que estaba viendo, ya que la realidad no creaba hombres como ese.

– ¿Acaso desapareces al dar la medianoche?

Dimitri rió encantado.

– Si dices que me has olvidado tan pronto, pequeña, con gusto refrescaré tu memoria.

Katherine enrojeció con llameante color desde las raíces del cabello hasta el cobertor, que apretaba fuertemente sobre sus pechos al sentarse en la cama. Sí que recordaba.

– ¡Oh, Dios! – gimió para luego preguntar: – ¿Por qué estás aquí todavía? ¡Al menos podrías haber tenido la decencia de dejarme hacer frente sola a mi vergüenza!

—Pero ¿por qué estarías avergonzada? No has hecho nada malo.

—Bien lo sé yo —admitió ella con amargura—. Se me hizo mal a mí... Y tú... oh, Dios, ¡vete y basta!

Deslizó las manos por el rostro para cubrirse los ojos. Tenía los hombros encorvados de abatimiento. Se mecía inquieta, dando a Dimitri una tentadora visión de su lisa espalda y una pequeña parte de su trasero.

—No estarás llorando, ¿o sí? —preguntó él con naturalidad.

Katherine calló, pero no bajó las manos, de modo que su voz brotó en un murmullo.

—No lloro, ¿y tú, por qué no te marchas?

—¿Por eso te ocultas, esperando a que me marche? Si es así, más vale que te des por vencida. Me quedo.

Las manos de la joven se apartaron, revelando unos ojos entrecerrados que centelleaban de inquina.

—¡Pues me iré yo!

Y empezó a hacerlo, aunque no pudo mover el cobertor que intentó arrastrar consigo. Dimitri, que estaba estirado encima de él, ni siquiera hizo ademán de moverse. Katherine se retorció para hacerle frente.

—¡Levántate!

—No —repuso él simplemente, cruzando los brazos en la nuca de un modo absolutamente tranquilo.

—Ya pasó la hora de los juegos, Alexandrov —le advirtió Katherine en tono helado—. ¿Qué diablos quieres decir?

—Katia, por favor, pensé que habíamos desechado las formalidades —le regañó él con dulzura.

—¿Debo recordarte que no hemos sido presentados?

—¡Cuánto decoro! Muy bien —suspiró él—. Dimitri Petrovich Alexandrov.

—Olvidas tu título —se mofó ella, desdeñosa—. Príncipe, ¿verdad?

Una sola ceja oscura se alzó inquisitivamente.

—¿Eso te agrada?

—No me importa en lo más mínimo, ni en un sentido

ni en otro. Y ahora agradecería un poco de intimidad para poder vestirme y salir de este sitio, si no tienes inconveniente.

– Pero ¿qué prisa tienes? Tengo tiempo de sobra...

– ¡Yo no! Dios santo, se me ha tenido aquí la noche entera. ¡Mi padre estará enloquecido de preocupación!

– Un asunto sencillo. Enviaré a alguien para informarle que estás a salvo, si tan solo me das la dirección.

– No pienso darte los medios para que me vuelvas a encontrar. Cuando me vaya de aquí, me verás por última vez.

Dimitri deseó que ella no hubiera dicho eso. Causó en él una sensación de pesar, totalmente inesperada. Comprendió que, si tuviera tiempo, le encantaría llegar a conocer mejor a esa joven. Era tan estimulante... la primera mujer con la cual se había tropezado que parecía genuinamente indiferente a su título, su riqueza y su hechizo. Y dicho sin exagerar, sabía que él atraía físicamente a las mujeres.

Impulsivamente Dimitri se volvió hacia ella y preguntó:

– ¿Te gustaría visitar Rusia?

Katherine lanzó un resuello.

– *Eso* no merece respuesta.

– Cuidado, Katia o empezaré a pensar que no te agrado.

– ¡No te conozco!

– Me conoces muy bien.

– Familiarizarme con tu cuerpo no es conocerte. Sé tu nombre y sé que hoy te marchas de Inglaterra. Es todo lo que sé de ti... no, retiro eso. ¡También sé que tus criados llegan a cometer actos criminales para complacerte!

– Ah, ya llegamos al centro de la cuestión. Objetas el modo en que nos conocimos... Eso es razonable. No tuviste muchas opciones al respecto. Pero, Katherine, tampoco yo. En fin, eso no es exactamente verdad. Sí tuve una opción. Podría haberte dejado sola para que sufrieras.

La joven lo miró con enojo por el intencionado comentario.

—Si esperas que te agradezca por tu ayuda de anoche, debo desengañarte. No soy estúpida. Sé exactamente por qué se me dio esa droga inmunda. Fue en beneficio tuyo, porque me había negado a aceptar tus planes para la noche. Y eso me recuerda algo: quiero que tu criado sea juzgado. No se saldrá con la suya.

—Vamos, mujer, no ha habido ningún daño. Es cierto que ya no eres virgen, pero eso debe causar regocijo y no lamentos.

Si no hubiera sido una situación tan horrenda, y ella la víctima, tal vez Katherine se hubiese reído de semejante absurdo, pues no tenía duda de que Dimitri era sincero. Estaba realmente convencido de que ella no había sufrido ninguna gran pérdida, lo cual evidenciaba con claridad los alcances de su conducta libertina. Pero si ella trataba esa actitud como le habría gustado, no haría más que confundirlo, teniendo en cuenta quién creía él que era ella, o mejor dicho, lo que ella era. Y sin embargo, tenía la sensación de que él no opinaría otra cosa si supiera la verdad.

Tuvo que controlar su ira.

—Pasas convenientemente por alto el hecho de que fui secuestrada, literalmente arrastrada de la calle, arrojada dentro de un carruaje, amordazada y luego introducida furtivamente en esta casa, donde estuve todo el día encerrada. Se abusó de mí, fui amenazada...

—¿Amenazada? —repitió Dimitri con gesto ceñudo.

—Sí, amenazada. Estaba a punto de gritar a pleno pulmón cuando se me dijo que los guardias apostados junto a la puerta no vacilarían en impedírmelo si lo hacía. De igual modo se me advirtió que se usaría la fuerza si no me bañaba ni comía.

—Fruslerías —dijo el ruso con un ademán de indiferencia—. No sufriste ningún daño en realidad, ¿o sí?

—¡Eso nada tiene que ver! ¡Kirov no tenía derecho a traerme aquí, ni a mantenerme cautiva!

—Ya estás objetando en demasía, pequeña, teniendo

en cuenta que, en definitiva, gozaste. Deja pasar esto. Si alborotas será inútil. Y Vladimir ha recibido instrucciones de tratarte con generosidad ahora.

–¿Otra vez dinero? –inquirió ella en un tono engañosamente suave.

–Por supuesto. Yo pago por mis placeres...

–¡Oh, Dios! –chilló la joven con furia–. ¿Cuántas veces debo decirlo? ¡No estaba, no estoy ni estaré jamás en venta!

–¿Rechazarías dos mil libras?

Si él pensaba que la medida de su generosidad causaría en ella un cambio inmediato, pronto salió de su error.

–No solamente las rechazo, sino que con gusto te diría qué puedes hacer con ellas.

–No, por favor –repuso él, disgustado.

–Tampoco podrás comprar mi silencio, de modo que no te molestes en seguir insultándome.

–¿Silencio?

–Dios santo, ¿acaso no me escuchaste?

–Cada palabra –le aseguró él, sonriendo–. Y ahora, ¿podemos acabar con esto? Ven, Katia.

Cuando él se estiró hacia ella, Katie se apartó, alarmada.

–¡No! ¡Por favor!

El tono implorante de su propia voz la enfureció, mas no pudo evitarlo. Después de la noche anterior, la aterraba su propia reacción si él llegaba a tocarla. Nunca había conocido un hombre tan apuesto como él. Había en su belleza algo casi hipnótico. Que él la hubiera deseado, que le hubiese hecho el amor toda la noche, era asombroso. Le costaba un esfuerzo deliberado concentrarse, protegerse con su justificada ira, y no tan solo simplemente mirarlo.

En vez de fastidiarse por la respuesta de Katherine, Dimitri quedó complacido. Estaba demasiado familiarizado con que las mujeres no pudiesen resistirlo, para interpretar mal el dilema de Katia. Debía aprovechar su ventaja, pero vaciló. Pese a que aún la deseaba, ella estaba demasiado agitada en ese momento y no era probable que se calmara enseguida.

Con un suspiro, bajó la mano.

—Muy bien, pequeña. Tenía esperanzas... en fin.— Se sentó en la orilla de la cama, pero la miró por sobre el hombro con una sonrisa cautivante, devastadora.— ¿Estás segura?

Katherine gimió por dentro. Le habría gustado fingir ignorancia de lo que él sugería, pero no pudo hacerlo. La mirada del ruso era explicativa de por sí. ¡Dios santo! ¿Cómo era posible que aún quisiese hacer el amor después de los excesos de la noche anterior?

—Muy segura —repuso Katherine, rogando que él se marchara.

Dimitri se incorporó, pero no para irse todavía. Se acercó a la silla donde estaban colgadas las ropas de la joven y volvió al pie de la cama para entregárselas.

—Deberías aceptar el dinero, Katia, lo quieras o no.

Ella miraba con desagrado el vestido negro. El observaba las enaguas, pensando que ella tenía mejor gusto, al menos en cuanto a ropa interior.

Dimitri agregó con dulzura:

—Si te ofendí al ofrecer demasiado, fue solo con la idea de que te gustaría mejorar tu vestuario. Lo pensé como un regalo, nada más.

La mirada de la joven subió y subió hasta encontrar la de él. ¿Por qué no había notado la noche anterior cuán increíblemente alto era él?

—Tampoco puedo aceptar regalos tuyos.

—¿Por qué?

—Porque no puedo; eso es todo.

Finalmente Dimitri se fastidió. ¡Ella era imposible! ¿Quién era esa mujer para rechazar su generosidad?

—Pues lo aceptarás y no quiero oír hablar más de esto —afirmó en tono imperativo—. Ahora enviaré una doncella para que te ayude, y después Vladimir te llevará...

—No te atrevas a enviar de nuevo a esa bestia aquí —lo interrumpió la joven con brusquedad—. Ya ves, no me has escuchado para nada. Te dije que haré arrestar a Kirov.

—Lamento no poder aplacar tu sensibiliad herida permitiendo eso, querida mía. No dejaré a mi servidor en Inglaterra.

—No tendrás otra alternativa, como no la tuve yo —repuso Katherine. Cómo le encantaba poder decir *eso*.

La sonrisa del príncipe fue condescendiente.

—Olvidas que partiremos hoy.

—Se puede demorar tu barco —replicó ella.

Los labios de Dimitri se apretaron en gesto amenazador.

—A ti también, hasta que sea demasiado tarde para que causes cualquier molestia.

—Hazlo, pues —repuso ella con temeridad—. Pero me subestimas si piensas que la cosa terminará allí.

Dimitri se negó a seguir con sutilezas. Le sorprendía haberse quedado a discutir tanto tiempo. ¿Qué podía hacer ella, de cualquier manera? Las autoridades inglesas no se atreverían a detenerlo por lo que afirmara una mera criada. Era una idea risible.

Con un brusco movimiento de cabeza, Dimitri salió de la habitación. Pero en la mitad del pasillo se detuvo. Se estaba olvidando de que aquello no era Rusia. Las leyes rusas estaban hechas para la aristocracia. Las leyes inglesas tomaban en cuenta el bienestar de la plebe. Allí no se desechaba la opinión pública. Por cierto, esa moza podía causar una alarma pública que bien podría llegar a oídos de la reina.

Nada más que eso le hacía falta a Dimitri, cuando el zar estaba por llegar a Inglaterra. Aquí el sentimiento público ya era decididamente antirruso. Los ingleses habían amado al zar Alejandro por haber derrotado a Napoleón, pero su hermano menor Nicolás, que lo había sucedido, era considerado un entremetido que siempre se inmiscuía en los problemas de otros países. Eso era muy cierto, pero no tenía nada que ver. Dimitri estaba entonces en Inglaterra porque no había querido que el comportamiento escandaloso de Anastasia avergonzara al emperador de Rusia.

—¿Ya se marcha ella, príncipe Dimitri?

—¿Qué? —Cuando alzó la vista, el príncipe vio a Vladimir de pie frente a él.— No, me temo que no. Tenías razón, amigo mío. Es una joven muy antipática, y con su sinrazón ha causado cierto problema.

—¿Mi señor?

Súbitamente Dimitri rió.

—Quiere ver que te pudras en alguna prisión inglesa.

La falta de preocupación de Vladimir por esta noticia evidenció la capacidad de Dimitri para proteger a su gente.

—¿Cuál es el problema?

—No creo que ella piense ceder, ni aun después de partir nosotros.

—Pero la visita del zar...

—Exactamente. Salvo por eso, no importaría. Entonces, ¿qué piensas, Vladimir? ¿Tienes alguna sugerencia?

Vladimir tenía una en particular, pero sabía que Dimitri no aprobaría eliminar a la impertinente moza.

—No es posible persuadirla... —dijo. Al ver que Dimitri alzaba una ceja, gimió por dentro—. No, no lo creo. Supongo que será necesario detenerla.

—Lo mismo pienso yo —replicó Dimitri, y luego, perversamente, sonrió, como si de pronto la solución le agradara—. Sí, temo que deberemos retenerla con nosotros, al menos durante unos meses. Se la puede enviar de vuelta aquí en uno de mis buques, antes de que el Neva se congele otra vez.

Vladimir apretó los dientes, enfadado. No había pensado en pasarse meses tratando con esa enfurecedora mujer... Allí, en Inglaterra, se podría encontrar alguien que la tuviese encerrada. No hacía falta que se la llevaran consigo... Pero si Dimitri ni siquiera pensaba en esa posibilidad, quería decir que, evidentemente, no había terminado con ella. ¿Qué fascinación hallaba en esa moza en particular?

Aunque supuso que no hacía falta preguntar en qué

carácter se la retendría, no podía darse el lujo de cometer más errores.

–¿Y su situación, señor?

–Criada, por supuesto. No veo razón alguna para desperdiciar sus talentos, cualesquiera sean. Eso se podrá verificar más tarde... Por ahora, llévala a bordo del barco con la menor conmoción posible. Bastará con utilizar uno de mis baúles de ropa. Es tan diminuta, que cabrá. Y después de todo, tendrás que ocuparte de conseguirle ropas, al menos lo suficiente para el viaje.

Vladimir asintió con presteza, ya que el cargo que desempeñaría la mujer, después de lo que él había creído antes, hacía mucho más aceptable la situación.

–¿Algo más, mi príncipe?

–Sí; no se le debe hacer daño –observó Dimitri, ahora en tono de clara advertencia–. Ni siquiera un minúsculo magullón, Vladimir, así que ten cuidado con ella.

¿Y cómo iba él a lograrlo, si tenía que meterla en un baúl?, se preguntó Vladimir, mientras Dimitri se alejaba. Lo dominó el mal humor. ¡Así que criada! En ese momento, el príncipe estaba simplemente irritado con la descarada moza. Su fascinación era intensa todavía.

CAPITULO 9

—Aquí —Vladimir Kirov sostenía abierta la portezuela del camarote para los dos lacayos que llevaban el baúl
del príncipe.— ¡Cuidado! Por amor de Dios, no lo dejen
caer. Muy bien. Pueden retirarse.

Vladimir se acercó al baúl y contempló la cerradura.
Tenía la llave en el bolsillo de su chaqueta, pero no la sacó.
En realidad, no había ninguna razón para liberar a esa mujer todavía. Faltaba una hora más para que zarparan. Y
solo para estar seguros, a ella no le haría daño permanecer
donde estaba hasta que fuese demasiado tarde para una
posible fuga.

Oyó un ruido dentro del baúl; sin duda ella golpeaba
los costados con sus pies. Sonrió sin compadecerla en lo
más mínimo por su situación. No debía estar nada cómoda,
como se lo merecía por su temeridad. ¡Pretender que él
fuera a la cárcel, vaya! ¿Y por qué motivo? No se le había
hecho ningún daño real.

Katherine era de opinión diferente. Ahora tenía un

agravio más que sumar a los otros contra esos rusos bárbaros. Amarrarla y meterla en un baúl, solo para sacarla de la casa, era intolerable. Pero qué debía esperar, después de haber sido tan irreflexiva como para advertir al príncipe qué se proponía hacer. ¿Cómo podía haber sido tan estúpida?

No tenía duda alguna de que *él* era responsable por ese último insulto. Le había advertido que no le volviese a enviar a Kirov, y sin embargo, fue esa bestia quien entró en la habitación poco después de marcharse el príncipe, antes de que ella estuviese siquiera completamente vestida. Debió haberla puesto sobre aviso el hecho de que no estuviese solo. El corpulento sujeto que lo acompañaba, no uno de los guardias del día anterior, sino vestido con la librea negra y dorada de un lacayo, había dado la vuelta tras ella y, antes de darse cuenta, Katherine fue atacada, amordazada otra vez, con sus muñecas atadas a la espalda y hasta los tobillos ligados.

Después el lacayo, que no había dicho una sola palabra (ninguno de los dos lo hizo a decir verdad), la había alzado como si no pesara nada y la llevó abajo. Pero, en vez de salir de la casa, como ella había supuesto que estarían haciendo, la habían llevado a otra habitación, y antes de que ella lo hubiese vislumbrado siquiera, la depositaron en un baúl, con las rodillas alzadas, y cerraron la tapa.

La joven estaba increíblemente apretada. Doblada por la cintura, con la cabeza tocando apenas un extremo del baúl, estaba tendida sobre las manos, que habían perdido toda sensibilidad mucho tiempo atrás, y apenas podía mover los pies. Pero de nada le servía patalear. Era obvio que no iban a soltarla hasta que se les diera la gana.

No tenía idea de dónde podía hallarse en ese momento. Le había parecido que viajaban en un coche por los traqueteos que la sacudían, y sabía que después el baúl había sido trasladado otra vez, pero no se imaginaba dónde lo habían depositado, ya que poca cosa podía oír, salvo su propia trabajosa respiración. Se le estaba haciendo cada vez más difícil respirar, pues el aire era caliente y pesado, ya que apenas se veía una leve abertura de la tapa.

Pensaba que, si se la dejaba allí mucho tiempo más, bien podría asfixiarse. Pero si meditaba sobre esa posibilidad, sentiría pánico, y le parecía juicioso conservar la calma, para que el aire durara más. No obstante, al transcurrir los minutos convirtiéndose en horas, tuvo que considerar la posibilidad de que esa fuera la solución de los rusos para el problema que ella había suscitado. Si pensaban que ella cumpliría su amenaza, ¿cómo podían permitirse liberarla? No podían, y era muy factible entonces que ese baúl estuviera destinado a ser su ataúd. Pero acaso el príncipe Dimitri podría realmente hacerle eso después de... después... no, ella no quería, no podía creerlo. Pero Vladimir lo haría, sin duda alguna. Katherine no se equivocaba en cuanto a la antipatía que sentía por ella.

—¿Qué hiciste con la inglesita? —preguntó Marusia a su marido.

Fastidiado a su vez, Vladimir replicó:

—La puse en el camarote, con los baúles de ropa sobrantes. Supongo que tendré que colgar una hamaca para ella.

—¿Qué reacción tuvo?

—Me pareció mejor esperar hasta que estemos lejos de Londres antes de soltarla.

—¿Y bien?

—No tuve tiempo aún.

—Entonces ¿hiciste agujeros en el baúl? Ya sabes que los baúles de Dimitri son herméticos.

Vladimir palideció. No se le había ocurrido pensar en agujeros... hasta entonces, nunca había encerrado a nadie en un baúl.

Marusia lanzó una exclamación, interpretando correctamente la expresión de Vladimir.

—¿Estás loco? ¡Ve, y ruega que no sea demasiado tarde! ¡Ve!

Antes de que Marusia hubiera silenciado su grito, Vladimir salió corriendo de la cocina. Recordaba las palabras del príncipe, y repiqueteaban en su cerebro. Ella no debía sufrir daño alguno, ni siquiera un minúsculo magullón. Y si un diminuto magullón iba a causar un alboroto, ¿qué locura se iba a provocar si él, con su mezquina venganza, había matado a la mujer? Pensarlo era intolerable.

Marusia lo seguía de cerca, y ambos corriendo con tan loca prisa, se evidenciaron en el barco. Cuando pasaron a la carrera frente al camarote de Dimitri, se les habían sumado cinco criados curiosos y varios tripulantes. Dimitri, que se había despertado pocos minutos antes, envió a Maxim, su valet, a averiguar a qué se debía tal conmoción.

Tan pronto como salió, Maxim vio que todos se apretujaban en un camarote cercano.

—Entraron en la despensa, Su Alteza —informó. El príncipe viajaba con tantas posesiones personales, hasta ropa de cama y vajilla, que hacía falta un camarote adicional tan solo para acomodar sus baúles. Sin duda, alguno se habría caído—. Tardará apenas un momento.

—Aguarda —lo detuvo Dimitri, dándose cuenta de que probablemente hubieran puesto en la despensa a Katherine, quien ahora estaría causando un disturbio—. Debe ser la inglesa. Tráemela aquí.

Maxim asintió, sin pensar siquiera en preguntar qué inglesa. No estaba enterado de todos los asuntos del príncipe, como Vladimir, sino que tenía que esperar a oírlos de Marusia, quien no era capaz de guardar un secreto. No se le ocurriría interrogar a Dimitri directamente. Nadie interrogaba al príncipe.

Dentro de la despensa, Vladimir estaba demasiado alterado para percibir siquiera que tenía público cuando abrió el baúl y levantó la tapa. Ella tenía los ojos cerrados. No hubo ningún movimiento, ni siquiera un sobresalto por el repentino aflujo de luz. Vladimir sintió que el pánico iba en aumento y lo ahogaba. Pero luego el pecho de la joven se expandió al llenarse de aire, y entonces, una y otra vez, ella aspiró profundamente, entre jadeos, para colmar sus pulmones.

En ese momento Vladimir la amó realmente por no

estar muerta. Poco duró tal sentimiento. Cuando ella abrió los ojos y los clavó en los del ruso, él vio que una furia asesina se acumulaba en esas esferas de color turquesa. Lo dominó de nuevo el deseo de dejarla simplemente allí, pero Marusia le dio un codazo para recordarle que no podía hacer eso.

Con un gruñido, Vladimir se inclinó para alzar del baúl a Katherine y ponerla de pie. De inmediato la joven se desplomó, cayendo hacia adelante, contra él.

– ¿Ves lo que ha hecho tu ligereza, marido mío? Es probable que la pobrecita tenga los pies entumecidos – dijo Marusia, mientras bajaba la tapa del baúl, ya que no había silla –. Y bien, acuéstala aquí y ayúdame a quitarle estos cordeles.

Katherine tenía entumecidos no solamente los pies, sino las piernas enteras. Lo descubrió cuando se le entrechocaron las rodillas al ser depositadas encima del baúl. También en las manos había perdido toda sensación mucho tiempo atrás. Y no ignoraba qué pasaría cuando empezara a recobrar la sensibilidad. No sería agradable.

Vladimir le desató las muñecas mientras Marusia se afanaba a sus pies, diligente. Sus zapatos habían quedado olvidados, una de las cosas que ella no había llegado a ponerse cuando Kirov entró en su habitación. Tampoco había tenido tiempo para acomodarse el cabello, que colgaba suelto y enmarañado en su espalda y sus hombros. Pero lo más embarazoso era su vestido, que estaba parcialmente desabotonado adelante, mostrando el fino corpiño de su camisa blanca que resaltaba contra el negro del vestido. Y cuando advirtió el gentío que, desde la puerta, la observaba con fijeza y curiosidad, un vivo color le inundó las mejillas. Nadie la había visto *jamás* con semejante aspecto, y, en esa diminuta habitación había más de seis personas con ella.

¿Quiénes eran todas esas personas? A decir verdad, ¿dónde estaba ella, en nombre de Dios? Y entonces, al sentir el balanceo, comprendió. Lo había presentido en el baúl, pero había suplicado estar equivocada. Oyó que junto a la

puerta hablaban en ruso (ya podía reconocer el idioma con facilidad) y supo que estaba en un barco ruso.

Zafó los brazos del cordel y los puso por delante con un gemido mientras flexionaba cuidadosamente los hombros y los codos. Detrás de ella, Vladimir fue a quitarle la mordaza, pero ella sintió que sus dedos vacilaban en el cabello de ella. Era muy perspicaz. Debía saber que ella no aceptaría en silencio esta última fechoría. Le tenía preparada tal reprimenda, que a él le arderían las orejas antes de que ella terminara. Pero Vladimir vacilaba todavía y Katherine aún no podía mover los dedos para quitarse sola la mordaza. A sus espaldas oyó un torrente de palabras en ruso, y el grupo que estaba junto a la puerta se dispersó con rapidez. Cayó la mordaza, pero Katherine tenía la boca demasiado seca y no pudo hacer más que graznar la palabra "agua". Marusia fue por una jarra mientras Vladimir daba la vuelta y empezaba a masajear los pies de Katherine. A ella nada le habría gustado más que derribarlo de un sólido puntapié, pero todavía no podía mover las piernas.

—Te debo mis disculpas —dijo Vladimir sin mirarla. Su tono era huraño, como si sus palabras fueran forzadas—. Debí haber perforado el baúl para que entrara aire, pero ni siquiera se me ocurrió, lo siento.

Katherine no le creyó. ¿Y qué decir de haberla metido en ese baúl? ¿Dónde estaba su arrepentimiento por eso?

—Ese no fue... tu único... error, grandísimo... grandísimo...

Se dio por vencida. Simplemente le costaba demasiado hablar con la garganta reseca y la lengua que parecía un objeto hinchado en su boca. Y como estaba recobrando la sensibilidad en las piernas, la incomodidad aumentaba a cada segundo. Tuvo que apretar los dientes para no gemir.

Llegó el agua, y Marusia sostuvo la copa en los labios de Katherine. Bebió con avidez, sin pensar en el decoro. Al menos una parte de su cuerpo había hallado alivio inmediato. Pero el resto de su ser protestaba a gritos, ya que mil agujas atacaban sus piernas y sus manos hasta que creyó que no podría soportarlo. Pese a su resolución de no hacerlo, lanzó un gemido.

—Golpea los pies, pequeña *angliiski*. Eso ayudará.

La otra mujer dijo esto con bondad, pero Katherine estaba demasiado dolorida para apreciar su compasión.

—Yo... yo... ¡oh, al infierno contigo, Kirov! ¡Ya no descuartizan más a los delincuentes, pero lograré que se reviva esa costumbre para ti!

Sin hacerle caso alguno, Vladimir siguió frotándole enérgicamente los tobillos y los pies, pero Marusia rió entre dientes mientras hacía lo mismo con las manos de la joven.

—Al menos sus bríos no se ahogaron en ese baúl.

—Es una lástima —gruñó Vladimir.

Katherine se encolerizó más aún por la grosería de ellos al hablarse en ruso.

—Hablo cinco idiomas. El de ustedes no es uno de ellos. Si no utilizan el francés, que yo entiendo, no me molestaré en decirles por qué la armada de la reina perseguirá a este barco hasta la mismísima Rusia si es necesario.

—Qué disparate —se mofó Vladimir—. Ahora nos dirás que tu reina inglesa te escucha.

—No solo eso —replicó Katherine—, también tengo su amistad, desde que serví un año en la corte como una de sus damas de compañía. Pero aun cuando así no fuera, bastaría con la sola influencia del conde de Strafford.

—¿Tu patrón?

—No le sigas la corriente, Marusia —le advirtió Vladimir—. Un conde inglés no se preocuparía por el paradero de una de sus criadas. Ella no pertenece a su amo, como nosotros al nuestro.

Katherine percibió el desprecio con el que Kirov decía esto, como si se enorgulleciera de ser propiedad de alguien. Pero la irritó el hecho de que, evidentemente, él no creyera nada más de lo que ella había dicho.

—Tu primer error, y el más atroz, fue creer que soy una criada. No te corregí porque no quería que se conociera mi verdadera identidad. Pero has llegado demasiado lejos con este asunto del secuestro. El conde no es mi patrón, sino mi padre. Soy Katherine Saint John, *Lady* Katherine Saint John.

Marido y mujer se miraron. Katherine no vio la expresión de Marusia, que parecía decir a su esposo: "¿Ves? Ahora puedes entender esa imperiosa arrogancia, ese altanero desdén." Pero la expresión de Vladimir no evidenciaba un ápice de preocupación por lo que había revelado Katherine.

–Quienquiera seas, desperdicias tu ira conmigo –dijo a Katherine con calma absoluta–. Esta vez no actué por mi propia cuenta. Me atuve a órdenes, a órdenes específicas, aun en cuanto al uso del baúl. No obstante, el descuido de no ventilarlo adecuadamente fue mío. No se te debía hacer daño. Y tal vez debería haberte dejado libre antes...

–¿Tal vez? –explotó Katherine, deseosa de asestarle un golpe en la cabeza.

Habría continuado, pero en ese momento recorrió sus piernas una oleada de dolor debilitante, que dispersó sus pensamientos y la hizo doblarse con un fuerte gemido. Con un tirón, apartó de Marusia sus manos y se clavó los dedos en los muslos, pero sin lograr efecto alguno. Sus piernas, con violencia recuperaban plena vida.

Durante los últimos cinco minutos, Maxim había permanecido inmóvil en el vano, escuchando en fascinado silencio la conversación entre esas tres personas, pero finalmente recordó su deber.

–Si ella es la inglesa, el príncipe quiere verla de inmediato.

Vladimir miró por sobre el hombro, otra vez presa de temor.

–Ella no está en condiciones de...

–El dijo *ahora*, Vladimir.

CAPITULO 10

Dimitri apoyó la cabeza en el sillón de respaldo alto y alzó los pies descalzos al escabel que tenía ante sí. Era un sillón cómodo, firme, bien acolchado, y servía para recordarle que era un hombre que pocas veces se privaba de algo, ya fuesen mujeres, lujos o hasta estados de ánimo. La silla era una de ocho que él había comprado, todas idénticas, una para cada dormitorio de los que había en la finca que poseía en toda Europa, además de otra que llevaba consigo en sus viajes. Cuando encontraba algo que le cuadraba, nunca dejaba de comprarlo. Siempre había sido así. La princesa Tatiana era uno de esos objetivos. Ella le cuadraría. Entre todas las rutilantes bellezas de San Petersburgo, ella era la joya más preciada. Y si se iba a casar, ¿por qué no con la más bella?

Dimitri no había pensado en Tatiana desde que mencionara a su abuela que la estaba cortejando, y no la habría recordado entonces de no haber sido porque acababa de despertar después de un desagradable sueño con ella.

Tatiana lo había obligado a perseguirla, y él no había alcanzado su meta ni siquiera en el sueño.

No era que él quisiera casarse con ella ni con ninguna otra mujer. No lo deseaba. ¿Para qué necesitaba esposa cuando jamás le faltaba compañía femenina? Ella sería simplemente una responsabilidad más, cuando él ya era responsable por miles. Y este arreglo matrimonial no habría sido necesario para nada si su hermano mayor, Mijail, no hubiese extendido neciamente su servicio militar en el Cáucaso, tan prendado de combatir contra los turcos que se había quedado año tras año hasta que finalmente la suerte lo abandonó. A principios del año anterior había caído detrás de las líneas, y aunque nunca se había recuperado su cuerpo, demasiados camaradas suyos lo habían visto caer baleado para que hubiese alguna esperanza de que aún viviera.

Fue un día negro para Dimitri cuando se lo dijeron. No porque abrigase un gran cariño por ese hermanastro suyo, que provenía del primer matrimonio de su padre. Los Alexandrov habían sido una familia estrechamente unida cuando el padre de ellos aún vivía. Pero el ejército siempre había fascinado a Mijail, que hizo de él su vida tan pronto como tuvo edad suficiente. Después de eso, Dimitri lo había visto pocas veces, salvo ese único año en que también él había servido en el Cáucaso.

En ese año, Dimitri había visto suficientes matanzas como para durarle toda la vida. No disfrutaba del peligro, como Mijail. Había deseado aventuras, como muchos de sus jóvenes amigos de la Guardia Imperial, y tal como ellos, las encontró sobradamente. Fue suficiente para hacerlo renunciar al ejército. Ni siquiera la distinción de pertenecer a la Guardia lo retuvo. Aunque era hijo menor, no necesitaba al ejército como carrera, como casi todos los demás hijos menores de la aristocracia. Tenía riqueza propia, aparte de la vasta fortuna de su familia. Y tenía cosas mejores para hacer con su vida que arriesgarla innecesariamente.

Ojalá Mijail hubiera sentido lo mismo... Aparte de

eso, si tan solo hubiese hallado tiempo para casarse y tener un heredero antes de morir, entonces Dimitri no habría sido el último varón Alexandrov legítimo. Tenía otros cinco hermanastros, pero eran todos bastardos. Y la hermana de su padre, Sonia, había puesto perfectamente en claro que era obligación *de él* casarse y dejar un heredero antes de que algo le ocurriera como a Mijail. No importaba que Mijail hubiera arriesgado su vida cada día, y Dimitri no. La muerte de Mijail había conmovido tanto a tía Sonia, que no quería ni oír hablar de algún retraso.

Hasta entonces, la vida de Dimitri había sido despreocupada. Mijail había sido el jefe de familia desde que el padre de ambos muriera en la epidemia de cólera de 1830, y él había tomado todas las decisiones fundamentales. Dimitri había supervisado casi todas las posesiones de la familia, pero solo porque las finanzas se habían vuelto una fascinación, un modo de arriesgarse sin peligro, y él estaba dispuesto a hacerlo. Pero ahora *todas* las responsabilidades recaían sobre Dimitri: las vastas posesiones, los siervos, los hermanos bastardos, hasta los cinco o seis hijos bastardos de Mijail. Y pronto una esposa también.

Mil veces había maldecido a su hermano por morirse y dejarlo a él para que lo controlara todo. Ya su vida no parecía pertenecerle. Esta dificultad con su hermana era un digno ejemplo. Si Mijail hubiera estado con vida, la duquesa le habría escrito a él. El problema hubiera sido suyo, aun cuando Anastasia solo era hermanastra de Mijail. Indudablemente él habría trasladado el problema a Dimitri, pero la diferencia era que Dimitri no habría estado en pleno galanteo y no le habría molestado nada un viaje a Inglaterra. Viajar, cosa que él adoraba, era otra cosa que últimamente se restringía.

Al menos su hermana era una responsabilidad que él pronto podría encomendar a otro cuando lograra casarla. Empero, otra responsabilidad la sustituiría cuando él mismo se casara. Si hubiese estado dispuesto a aceptar el fracaso en lograr un objetivo que él mismo se había fijado, habría renunciado a elegir a la princesa Tatiana.

Tatiana Ivanova lo había sorprendido al mostrarse muy difícil de conquistar. El cortejarla le había llevado tiempo y considerable esfuerzo, más de lo que había dedicado a ninguna mujer, y con suma frecuencia había tenido que ejercer el mayor control sobre su mal genio para soportar las idas y venidas que ella le imponía. Tal vez le halagara que él la cortejase, pero era una joven totalmente consciente de su propia deseabilidad. Sabía que podía tener a cualquier hombre que quisiera, y no tenía prisa para elegir entre sus docenas de pretendientes.

Pero ninguna mujer jamás había podido resistir a Dimitri por mucho tiempo. No era vanidoso al respecto; tan solo era la simple verdad. Y en el preciso momento en que finalmente lograba avances con la princesa, en el preciso momento en que parecía derretirse el hielo en torno al frígido corazón de esa mujer, había llegado la carta de la duquesa. Era muy mala suerte. Y sin embargo, no le preocupaba que Tatiana eligiese a otro mientras él se hallaba ausente. Lo que le irritaba era el retraso, y el hecho de que con su ausencia él había perdido terreno y probablemente tuviera que recomenzar su galanteo, cuando lo único que deseaba era resolver el asunto para poder dedicarse a otras cosas.

El golpe en la puerta fue una distracción bienvenida. Dimitri no quería ni necesitaba estar pensando en su inminente situación matrimonial cuando no podía hacer nada al respecto hasta que llegara a Rusia, para lo cual faltaban muchas semanas.

Entró Maxim, quien sostuvo la puerta abierta para Vladimir, que lo seguía llevando en brazos a Katherine. A primera vista, la joven inglesa parecía dormida. Pero entonces Dimitri advirtió el blanco de sus dientes, que apretaban su labio inferior, sus ojos fuertemente cerrados y sus manos que oprimían la tela de su falda.

El príncipe se incorporó de un salto, con una celeridad que paralizó de alarma a los dos criados.

—¿Qué le ocurre a ella? —La pregunta fue dirigida a Vladimir en un tono escalofriante.

—Nada, su Alteza —se apresuró a tranquilizarlo Vladimir—. Simplemente ha perdido la sensibilidad en sus miembros, y ahora la está recobrando... —Hizo una pausa, ya que la expresión de Dimitri se ensombrecía a cada segundo.— Fue una precaución dejarla en el baúl hasta que llegáramos al mar. En el río ella habría podido escapar nadando hasta la orilla. Evité los riesgos, teniendo en cuenta la importancia...

—No salimos todavía del Támesis, y ¿acaso debo señalar que hay otros modos de garantizar que ella no pudiera huir? ¿Quieres decirme acaso que acaban de soltarla?

Vladimir asintió con aire culpable.

—A decir verdad, había olvidado cuánto se tarda en llegar a la costa, y en la confusión de la partida, con la moza encerrada bajo llave, yo... yo no pensé más en ella, hasta que Marusia me lo recordó.

Esas semiverdades parecieron apaciguar a Dimitri en cierto grado. Su expresión se suavizó un poco, aunque no por completo. Vladimir sabía que el príncipe no podía tolerar la incompetencia, y él había cometido más errores desde que había conocido a la inglesa, que en toda su vida anterior. Con todo, Dimitri era un hombre razonable, no un tirano. Y no castigaba por simples deslices humanos.

—Ella será tu responsabilidad, Vladimir, así que no seas tan olvidadizo en el futuro, ¿me oyes?

Vladimir gimió por dentro. El ser responsable de esa mujer era de por sí un castigo.

—Sí, mi príncipe.

—Muy bien, déjala allí.

Apartándose, Dimitri señaló el sillón que acababa de desocupar. Rápidamente Vladimir depositó allí su carga y dio un paso atrás, rogando que la mujer no desplegara más histrionismo. No tuvo tanta suerte.

Con una exclamación ahogada, pero muy audible, Katherine cayó de rodillas. Le cayó para adelante el cabello, que le colgaba hasta los pies, y la fina camisa se abrió por el peso de sus senos en esa posición, revelando a los tres hombres un tentador montículo.

Viendo que Dimitri ponía otra vez gesto de enojo, Vladimir se apresuró a decir.

– Su Alteza, sus incomodidades pasarán en pocos instantes.

Dimitri no le hizo caso. Apoyando una rodilla frente a Katherine, le asió los hombros con suavidad, pero con firmeza, obligándola a sentarse. Luego le subió la falda sobre las rodillas y, tomándole con ambas manos una delgada pantorrilla, la empezó a masajear.

El reflejo natural de Katherine fue lanzar puntapiés. Había escuchado en silencio la conversación entre los dos rusos, solo porque temía gritar si abría la boca. Pero ya el terrible hormigueo menguaba, tal como había predicho Vladimir; aún estaba presente, pero era tolerable. Empero, no lanzó puntapiés. Su hirviente cólera necesitaba un desahogo mejor, uno que no fuera mal interpretado, y ella lo buscó. Su mano azotó sonoramente la mejilla del príncipe.

Dimitri se inmovilizó. Maxim palideció, horrorizado. Las palabras brotaron de Vladimir sin pensarlo.

– Ella pretende ser de la nobleza, Su Alteza... hija de un conde, nada menos.

Todavía reinaba el silencio. Vladimir no sabía con certeza si el príncipe había oído, y en tal caso, si la afirmación tenía importancia. No estaba seguro de por qué se le había ocurrido explicar tan increíble ultraje, y con algo que era ciertamente una mentira. Si él no hubiese dicho nada, tal vez la moza hubiera sido arrojada por la borda, con la eterna gratitud de él.

Dimitri había alzado instantáneamente la vista, encontrándose con una tempestad turquesa en los ojos de Katherine. Ese no había sido un leve bofetón insultante. En ese golpe había habido una potente furia, y lo sorprendió tanto, que su reacción quedó en suspenso. Y ella no había terminado aún.

– ¡Tu arrogancia no merece ni un desprecio, Alexandrov! Que te hayas atrevido... que hayas ordenado mi... ¡oh!

Cerró los puños sobre la falda. Con todas las fibras de su ser, se esforzaba por controlarse, cosa que le resultaba sumamente difícil. ¡Y él permanecía allí, arrodillado, mirándola con asombro!

–¡Malditos! ¡Llévenme de vuelta a Londres! Insisto... no, ¡exijo que lo hagan de inmediato!

Dimitri se incorporó con lentitud, obligando a Katherine a estirar el cuello para mantener el contacto visual. Distraído, se tocó la mejilla sin dejar de mirarla, y luego, repentinamente, un destello de humor apareció en sus oscuros ojos.

–Ella exige, Vladimir –dijo Dimitri sin mirar al criado.

Al oír ese tono burlón, el otro hombre se tranquilizó.

–Sí, mi príncipe –suspiró.

Una sola mirada por sobre el hombro.

–¿Hija de un conde, dijiste?

–Eso afirma ella.

Esos ojos aterciopelados se deslizaron sobre Katherine, quien comprobó que, pese a su furia, podía ruborizarse, pues ellos fueron a posarse, no en su rostro, sino en su corpiño abierto, del cual ella se había olvidado hasta ese momento. Y si tal audacia no bastaba, descendieron con lentitud por su cuerpo, hasta detenerse finalmente para admirar sus piernas, de las cuales también se había olvidado la joven.

Con una exclamación ahogada, se bajó la falda y luego empezó a toquetear la fila de botones que se alineaba en el frente del vestido. Por su decoro, logró que el hombre que estaba delante de ella riera entre dientes.

–¡Bribón! –susurró sin alzar la vista hasta cerrar el último botón a la altura de su garganta–. Tienes los modales de un golfo, pero claro que eso no debería sorprenderme en lo más mínimo, ya que tu moral es igualmente decadente.

Vladimir Kirov alzó los ojos al cielo raso. Maxim no se había recobrado de su primera impresión cuando lo volvieron a estremecer esas palabras. En cuanto a Dimitri, su regocijo aumentó.

—Debo felicitarte, Katia —le dijo finalmente—. Tu talento es notable.

Momentáneamente, ella bajó la guardia, sorprendida.

—¿Talento?

—Por supuesto. Dime, ¿tuviste que esforzarte, o esta habilidad se te da de modo natural?

La joven entrecerró los ojos con suspicacia.

—Si estás insinuando...

—Insinuando, no —la interrumpió Dimitri con una sonrisa—. Te aplaudo. Imitas a la perfección a tus superiores. ¿Fue un papel que representaste en escena? Eso explicaría...

—¡Basta ya! —clamó Katherine, incorporándose de un salto, con las mejillas ardiendo al comprender.

Pero, lamentablemente, el estar de pie junto al príncipe la puso en clara desventaja. Era la primera vez que hacía tal cosa, y fue algo por demás intimidatorio. Dimitri era tan alto comparado con la reducida estatura de la joven, que ella se sintió ridícula. La parte superior de su cabeza llegaba apenas a los hombros del ruso.

Katherine se apartó precipitadamente hasta hallarse fuera de su alcance; luego se volvió con tal rapidez, que su cabello voló hacia afuera en un amplio arco. Ya segura a esa distancia, recobró su dignidad. Cuadrando los hombros, echando adelante la barbilla, fijó en el príncipe una mirada de absoluto desdén. Y sin embargo, había perdido en parte su furia. Dimitri no se burlaba de ella. Había sido sincero al valorar el "talento" de la joven, y eso la asustaba.

No había considerado la posibilidad de que él no le creyese. Había dado rienda suelta a su cólera porque nunca había dudado ni por un momento que, una vez que él supiese quién era ella, se apresuraría a resarcirla. No era eso lo que ocurría. El ruso creía que ella fingía y eso le causaba gracia. ¡Dios santo! ¿una actriz? Lo más cerca que ella había estado de una era en el palco de su padre, en el teatro.

–Haz que salgan tus lacayos, Alexandrov –dijo. Pensándolo mejor, y al darse cuenta de que no podía darse el lujo de enemistarse con él, se corrigió: –*Príncipe* Alexandrov.

El maldito aún tenía en sus manos todas las cartas, y aunque eso era absolutamente irritante, ella sabía ser flexible... hasta cierto punto.

No se le ocurrió pensar que acababa de emitir una orden. A Dimitri, sí se le ocurrió. Durante una fracción de segundo, alzó las cejas; luego alisó el ceño, intrigado.

Con un brusco ademán despidió a los dos hombres que aguardaban tras él, pero no habló hasta que oyó cerrarse la puerta.

–¿Y bien, querida mía?

–Soy Lady Katherine Saint John.

–Sí, eso encajaría –repuso él, pensativo–. Recuerdo haber conocido a un Saint John en una de mis visitas a Inglaterra, muchos años atrás. El conde de... de... ¿era Stafford? No, Strafford. Sí. El conde de Strafford, muy activo en las reformas, muy conocido en público.

Esto último fue dicho con intención, sugiriendo que en Inglaterra cualquiera podía conocer ese hombre. Katherine apretó los dientes, pero el que él hubiese conocido a su padre le dio esperanzas.

–¿En qué carácter conociste al conde? Es probable que pueda describir el ambiente tan bien como tú, tal vez mejor, ya que estoy familiarizada con todos los amigos de mi padre y con sus hogares.

El príncipe sonrió tolerante.

–Descríbeme entonces la finca rural del duque de Albemarle.

Katherine dio un respingo. *Tenía* que nombrar a alguien a quien ella nunca había visto...

–No conozco al duque, pero he oído decir...

–Por supuesto que sí, querida mía. También él es muy conocido en público.

La actitud del ruso la irritó sobremanera.

–Mira, soy quien digo ser. ¿Por qué no quieres

creerme? ¿Dudé acaso de que fueras príncipe? Lo cual, de paso sea dicho, no me impresiona, ya que no desconozco la jerarquía rusa.

Dimitri rió entre dientes. Antes lo había intuido, nada más, pero ahora ella lo había expresado con claridad: que lo encontraba singularmente defectuoso. Eso debía fastidiarlo, y sin embargo se ajustaba muy bien al papel que ella representaba. Había sabido a primera vista que ella le resultaría divertida, pero nunca había supuesto que encerraría tantas sorpresas.

—Pues dime qué grandes verdades conoces, Katia.

Aunque sabía que él no hacía más que seguirle la corriente, ella necesitaba convencerlo.

—Todos ustedes, los nobles rusos, llevan el mismo título, aunque la antigua aristocracia tiene más rango que la nueva; al menos eso me han dicho. Muy democrático, realmente, y sin embargo la verdad es que un príncipe en Rusia es meramente el equivalente de un duque, un conde o un marqués inglés.

—No estoy del todo seguro de que apruebe eso de "meramente", pero ¿adónde quieres llegar?

—Somos iguales —dijo ella con énfasis.

Dimitri sonrió.

—¿Lo somos? Sí, se me ocurre un caso en el que podríamos serlo.

Sus ojos se deslizaron sobre el cuerpo de ella, para no dejarle dudas.

Katherine apretó los puños con desesperación. Al recordársele lo sucedido entre ellos la noche anterior, quedaba indefensa. Su ira se había centrado en la arrogancia y la condescendencia del príncipe, no en el hombre real que tenía ante sí. Hasta ese momento, sus emociones enfurecidas le habían impedido percibirlo como otra cosa que el objeto de su escarnio. Pero su presencia la estremecía, igual que esa mañana.

Por primera vez se detuvo en la vestimenta de Dimitri, o su falta de ella. Solo llevaba puesta una bata corta de terciopelo, ceñida con un cinturón sobre unos pantalones blancos sueltos. Estaba descalzo. También tenía desnudo el pecho, revelado por el cuello abierto de la bata color esmeralda. Las doradas ondas de su cabello, un poco largo para la época, estaban despeinadas, como si acabara de levantarse de una cama. Su informal atavío indicaba lo mismo.

Cualquier réplica que pudo haber formulado Katherine a la última afirmación del ruso, quedó olvidada al comprender ella dónde debía estar en el dormitorio de él. No había mirado a su alrededor. Desde que abriera los ojos, solo había mirado a Dimitri. No se atrevía a mirar en torno, temiendo ver que una cama revuelta fuese su perdición. El había ordenado que la llevaran *allí*. Y *ella*, como una mentecata, había insistido en que se los dejara solos para esta importante confrontación.

Este nuevo dilema superó al anterior. Dimitri había querido tenerla allí, y eso podía deberse a una sola razón. Desde el primer momento le había seguido la corriente, utilizando su hechizo y sutiles insinuaciones en lugar de fuerza. Pero luego vendría la fuerza, y ella sabía que no tendría la menor posibilidad. Con solo mirar el tamaño del hombre, se sentía débil y desvalida.

Tantos pensamientos alarmantes que convergían sobre ella al mismo tiempo, hacían que Katherine desatendiera el hecho de que estaba en un barco, y que ese camarote debía servir a todas las necesidades de Dimitri, tanto placer como negocios. Pero afortunadamente, ese fragmento de información fue innecesario entonces, ya que fue salvada de averiguar lo que pudiera haber sucedido luego cuando se abrió la puerta y un remolino de colorido tafetán fucsia penetró en la habitación.

Esa joven alta, de dorado cabello, era hermosa. Maravillosa sería una palabra mejor, al menos para Katherine, quien quedó en efecto maravillada al ver aparecer tan repentinamente esta visión en tan vistosos colores. Pero la entrada sin previo anuncio de la mujer logró dos cosas, por las cuales Katherine quedó agradecidísima: por fin hizo apartar de Dimitri los ojos de Katherine, de modo que sus pensamientos pudieran recobrar sus procesos lógicos normales. Y, además, reclamó toda la atención de Dimitri.

Tan pronto como se abrió la puerta, ella había hablado en un tono claro, aunque malhumorado.

—Mitia, esperé horas mientras tú te pasabas el día durmiendo pero no... esperaré... más.– Pronunció con lentitud las dos últimas palabras al detenerse viendo, finalmente, que él no estaba solo. Desechó a Katherine con una sola mirada, pero toda su actitud cambió cuando vio el fastidio con que Dimitri se volvía hacia ella. —Lo siento –se apresuró a manifestar–. No me di cuenta de que estabas en tratativas.

—Lo cual no tiene nada que ver –dijo Dimitri con mordacidad–. No me extraña que la duquesa se desentendiera de ti, Anastasia, si esta falta de buenos modales es otro de los nuevos defectos que has adquirido.

La mujer cambió de actitud otra vez, poniéndose a la defensiva por esta reprimenda delante de una desconocida.

—Es importante, o yo no habría...

—¡No me importa si el buque se incendia! ¡En el futuro obtendrás permiso antes de molestarme, a cualquier hora y por cualquier motivo!

Al observar este despliegue autocrático de mal genio, Katherine se sintió casi divertida. Aquí estaba un hombre que no se había dejado importunar por ninguna otra cosa, ni siquiera el bofetón de ella, que había sido tan enérgico como ella pudo darlo, fanfarroneando ahora por una interrupción secundaria. Pero, claro está, ella había conocido rusos en la corte, y también oído contar numerosas anécdotas al embajador inglés en Rusia, que era amigo íntimo del conde y sabía que los rusos eran intrínsecamente volubles, con rápidos cambios de temperamento y de humor.

Hasta ese momento, el príncipe no había evidenciado ninguna tendencia hacia tan variable disposición. Al menos ese despliegue de mal genio era consolador en cuanto se parecía más a lo que Katherine habría podido esperar de un ruso. Siempre más fácil era habérselas con lo predecible.

Evaluando sus alternativas con rapidez, Katherine

decidió arriesgarse. Asumiendo una actitud servicial que le era ajena, intervino con lo que estaba por convertirse en un acalorado coloquio, a juzgar por la expresión de la mujer, ya encolerizada.

—Mi señor, no me importa esperar afuera mientras atiendes a la señora. Yo saldré y...

—Quédate donde estás, Katherine —le espetó él por encima del hombro—. Anastasia se marcha.

Dos órdenes, una para cada una de ellas. Pero ninguna de las dos mujeres tenía la intención de obedecer sin dar pelea.

—No me evadirás, Mitia —insistió Anastasia, golpeando el suelo con un pie para asegurarse de que él notara cuán alterada estaba—. ¡Falta una de mis doncellas! ¡La muy zorra ha escapado!

Antes de que Dimitri pudiera responder esto, Katherine, moviéndose lenta, pero firmemente en torno a él y hacia la puerta, dijo con decisión:

—Mis asuntos pueden esperar, mi señor.— Equivocadamente agregó: —Si alguien se cayó por la borda...

—Disparates —la interrumpió Anastasia, sin reconocer siquiera la ayuda de Katherine—. Esa ladina criatura se escabulló del barco antes de que zarpáramos. Durante el viaje a Inglaterra estuvo mortalmente enferma, igual que mi Zora. Simplemente no quiso embarcarse otra vez. Pero yo me niego a prescindir de ella, Mitia. Me pertenece y quiero recobrarla.

—¿Esperas que haga volver al barco por una sierva, cuando sabes que les he ofrecido a todos la libertad cuando la quieran? No seas estúpida, Anastasia. Tendrás cualquiera entre cien mujeres para reemplazarla.

—Pero no aquí y ahora. ¿Qué haré ahora, con Zora enferma?

—Tendrá que bastar una de mis criadas, ¿de acuerdo? —La pregunta fue, en realidad, una orden.

Anastasia sabía que ese era el final; él no cambiaría de idea. No había esperado, en realidad, que él hiciera volver el barco. Simplemente había necesitado una excusa para desahogar en él parte de su frustración por ese viaje forzado, para obligarlo a comprender un poco más sus sentimientos, y esa doncella fugitiva le daba tal excusa.

–Eres cruel, Mitia. Mis doncellas están bien entrenadas. Tus criadas no sabrían nada de ser damas de compañía. Solo saben cómo servirte a ti.

Mientras ellos discutían por contratiempos domésticos, Katherine aprovechó su distracción para acercarse a la puerta. No se molestó en repetir otra vez que esperaría afuera hasta que el príncipe quedara libre para reanudar su propia conversación. Abrió en silencio la puerta y por ella se escabulló, cerrándola en igual silencio.

CAPITULO 11

El estrecho corredor estaba iluminado tenue pero adecuadamente. En un extremo colgaba un fanal, y en el otro se derramaba por los peldaños la luz de sol que penetraba por la puerta abierta que comunicaba con la cubierta. El corredor estaba desierto, lo cual hizo titubear a Katherine. Esto era demasiado fácil. Le bastaría con subir a la cubierta por esos peldaños, llegar a la barandilla y deslizarse con rapidez por encima de ella. Pero, durante veinte segundos, Katherine no hizo más que permanecer inmóvil junto a la puerta de Dimitri, conteniendo el aliento.

Tras dos días de tan pésima suerte, era natural dudar de que una oportunidad como aquella estuviera de pronto a su alcance. Su corazón empezó a latir con violencia. Aún había peligro. No podía sentirse realmente a salvo hasta que sus pies tocasen la ribera y pudiera ver cómo el barco seguía su marcha hasta que no fuese sino un punto oscuro sobre las aguas... y un mal recuerdo.

El príncipe no quería volver a Londres ni siquiera por

una integrante de su propio grupo, de modo que ciertamente no lo haría por ella.

Aunque las voces que se elevaban coléricas dentro del camarote eran indistinguibles, sirvieron para recordarle que en cualquier momento Dimitri podía advertir su ausencia. No tenía tiempo que perder. Solo podía agradecer que esta oportunidad para la fuga hubiese aparecido antes de que el buque llegara a la desembocadura del Támesis y dejara atrás la costa de Inglaterra. Una vez en el mar, no habría fuga posible.

Se apartó de la puerta y corrió hacia la escalera, tropezando con los dos primeros escalones en su prisa. Pero ese momento de perder el equilibrio le salvó de precipitarse atropelladamente en los brazos de un tripulante, que pasaba por lo alto de la escalera. Aunque no sabía qué hora era realmente, debía ser muy entrada la tarde. Si ya hubiese sido de noche tendría una preocupación menos. Pero a la noche esa opotunidad se habría perdido, el río habría quedado atrás. Tenía simplemente que correr el riesgo de que la vieran.

Su corazón galopaba cuando subió los escalones lentamente.

Uno de los criados entró en la línea visual de Katherine mientras ella permanecía nerviosa e inmóvil en la puerta. Era la joven doncella que la había atendido la noche anterior, quien a unos tres metros de distancia hablaba y reía con uno de los marineros ¡y en francés!

La cubierta bullía de actividad; podían oírse gritos, risas, hasta cantares. Nadie parecía advertir la presencia de Katherine, quien se acercaba como al descuido a la barandilla. Mantenía la mirada fija tan solo en ella, esas tablas de madera que anunciaban la vuelta a la libertad. Por eso, cuando asió la baranda superior y finalmente alzó la vista, vio consternada cuán lejos estaba en realidad la tierra firme. Habían llegado a la boca del Támesis, esa extensión de agua cada vez más ancha que abrazaba al mar. Al parecer, kilómetros y kilómetros la seperaban de la libertad que ella había creído a corta distancia como para cruzarla a nado. Y sin embargo, ¿qué otra alternativa tenía? Navegar hasta Rusia era imposible, cuando aún estaba Inglaterra a la vista.

Cerró los ojos y ofreció una breve plegaria por la fuerza adicional que, lo sabía, necesitaría; dejó fuera el aterrador pensamiento de que bien podía estar al borde de una tumba líquida y no de la libertad.

Le dolía el pecho por la violencia con que le latía el corazón. Jamás había estado tan asustada. Y sin embargo, se había alzado la falda y las enaguas para que no la estorbaran cuando trepara a la barandilla. En el instante en que su pie descalzo se apoyaba en una tabla intermedia para subir, un brazo se deslizó en torno a su cuerpo y una mano se enganchó bajo su rodilla levantada.

Aunque habría debido estallar de cólera por lo injusto de verse detenida en el último instante, Katherine no hizo tal cosa. A decir verdad, sintió tal alivio cuando se le quitó el problema de las manos, que casi quedó aturdida. Más tarde se lamentaría del destino que conspiraba siempre contra ella, pero no en ese preciso momento, cuando se disipaba su temor y su corazón recobraba su ritmo normal.

El sentimiento contradictorio de ser salvada en vez de vencida duró apenas unos segundos, hasta que bajó la vista y vio el terciopelo verde que cubría el férreo brazo que le circundaba las costillas, debajo mismo de sus senos. Y si eso no hubiera bastado para indicarle de quién era el pecho contra el cual se apretaba su espalda, reconoció la mano que le aferraba el muslo con tal firmeza, que ella no podía posar su pie en la cubierta.

Conocía íntimamente esa mano; la había besado la noche anterior incontables veces con placer, con patético ruego, con gratitud. Aunque esos recuerdos la avergonzaban, sabía instintivamente que el sentir otra vez el contacto de ese hombre la devastaría. ¿Acaso no había procurado mantenerse lejos de él? Era demasiado pronto, la experiencia estaba demasiado fresca en su espíritu, para que ella hubiese conformado las defensas necesarias. Fue como si la droga estuviese todavía en su cuerpo, obrando su magia contra ella. Tal vez realmente lo estuviera.

El brazo de Dimitri se movió dos centímetros más arriba, y ella quedó mortificada al sentir que le cosquilleaban los pezones al endurecerse. ¡Y él ni siquiera los estaba tocando, tan solo apretando el brazo bajo los senos de ella!

Dimitri sentía tanto como Katherine el dulce peso que se apoyaba en su brazo. Hallaba dificultades para resistir el ansia de llevar sus manos a esos suaves montículos, sentir de nuevo con qué perfección colmaban sus palmas. Pero también advertía que no estaban solos, que sin duda había docenas de ojos curiosos enfocados en ellos. Empero, no lograba decidirse a soltarla. Era tan agradable la sensación de abrazarla otra vez... Por su mente pasaban imágenes sin cesar: los ojos llameantes, los suaves labios entreabiertos en un grito de placer, las caderas agitadas.

El calor le atravesó la ingle, peor que antes, en el camarote, cuando contemplara el abierto corpiño de la joven y las cremosas colinas de sus senos, que asomaban por sobre el encaje de su camisa. Si entonces no hubiese estado tan placenteramente excitado, no se habría irritado tanto con Anastasia por su inoportuna interrupción. Y si no hubiese estado tan irritado con ella, habría notado antes el vuelo de esta avecilla, o se habría percatado, por sus solas palabras, de lo que ella se proponía.

Ni Dimitri ni Katherine advirtieron cómo pasaban los minutos sin que ninguno de los dos pronunciara una sola palabra. Otros lo advirtieron. Lida se escandalizó al ver que el príncipe aparecía en cubierta vestido como estaba, hasta descalzo, y se acercaba a la inglesa. Ella ni siquiera la había visto allí, junto a la barandilla.

Los marineros que se hallaban en cubierta la encontraban muy sugestiva, con su larga cabellera agitada por el viento, y ningún adorno en su sencillo corpiño que distrajese la mirada de esos senos erguidos y bien delineados. Y cuando el príncipe se acércó a ella junto a la borda, en más de un rostro curtido apareció una sonrisa intencionada al ver el cuadro íntimo que ambos formaban. Era, en realidad, un cuadro erótico, con el pie de Katherine aún apoyado en la barandilla, las faldas levantadas sobre la rodilla, mostrando el torneado giro de una lisa pantorrilla, el príncipe acariciando atrevidamente la pierna expuesta, o eso parecía; ella reclinándose en él, de modo que Dimitri apoyaba la barbilla en la cabeza de la joven al sujetarla contra sí.

Katherine habría muerto de vergüenza si se hubiese podido ver en ese momento, o peor, si hubiese sabido de la lujuria que estaba engendrando entre la tripulación. Sus modales impecables, su sentido de la propia valía, su gusto y su estilo decoroso (¡nunca usaba escotes pronunciados!), solo habían originado respeto hacia ella en los hombres que conocía. En su hogar ella era la voz de la autoridad... también allí, nada más que respeto, si bien mezclado con cierto temor.

Nada de lo sucedido la noche anterior parecía real, pese a que los recuerdos eran tan potentemente claros. Y lo que estaba ocurriendo en ese preciso momento era estrictamente unilateral... o eso creía ella. Tan entrampada estaba en su propio tumulto, que se hallaba totalmente ajena al de Dimitri.

Fue él quien primero reparó en la posición de ambos, y por qué él se había precipitado a ese sitio en primer lugar. Inclinando la cabeza, su voz resonó en ronca caricia junto al oído de la joven inglesa.

– ¿Volverás conmigo o debo llevarte alzada?

Casi deseó no haber hablado. No se había preguntado por qué ella no había dicho nada, por qué ni siquiera había movido un músculo en todo ese lapso. Esta silenciosa aceptación de su frustrada fuga no estaba en el carácter de ella, como no lo había estado su desempeño final en el camarote, si tan solo él le hubiese prestado atención.

– De no haber estado distraído, habría sospechado inmediatamente de esos mansos "mi señor" que tan obedientemente brindaste en mi camarote. – Su voz ya no era ronca, pero aún seguía siendo profundamente acariciadora. – Pero no estoy distraído ahora, pequeña, así que, basta de triquiñuelas.

Katherine trató una vez más de zafarse, pero fue totalmente inútil.

– ¡Suéltame!

No fue un dulce ruego, sino una orden. Dimitri sonrió. Le agradaba ese rol arrogante que ella asumía, y le complacía que ella no hubiese decidido abandonarlo todavía, simplemente porque no estaba obrando en su favor.

– No has contestado mi pregunta – le recordó él.

– Prefiero quedarme aquí mismo.

– No te ofrecí esa alternativa.

– Entonces exijo ver al capitán.

Dimitri rió entre dientes, apretándola levemente sin advertir que lo hacía.

– ¿Otra vez exigencias, querida mía? ¿Qué te hace pensar que con esta obtendrás más que con las otras?

– Temes permitirme que lo vea, ¿verdad? – lo acusó la joven –. Ya sabes, podría gritar. No es muy digno, pero tiene su utilidad.

– No, por favor – respondió el príncipe, mientras se sacudía de risa sin poder contenerse –. Me rindo, Katia, aunque solo sea para ahorrarte la molestia de tramar un modo de llegar al capitán más tarde.

Katherine no le creyó, ni siquiera cuando él llamó a uno de los marineros cercanos y, al volverse, ella vio que este iba de prisa a cumplir su orden. Pero cuando vio que un oficial aparecía por el alcázar y se dirigía hacia ellos, lanzó una exclamación ahogada al recordar por fin su posición: aún tenía la falda levantada y las enaguas licenciosamente exhibidas.

– Suéltame, ¿quieres? – siseó dirigiéndose a Dimitri.

El también había olvidado que aún le sujetaba una pierna, lo cual había sido un movimiento puramente impulsivo, innecesario para detenerla. Retiró el brazo, pero no apartó la mano de inmediato, dejando que sus dedos recorrieran el muslo de la joven mientras ella bajaba el pie. Oyó que ella contenía de pronto el aliento por tan deliberada osadía, pero no lo lamentó en lo más mínimo, ni siquiera cuando ella se volvió para mirarlo con furia.

Aunque arqueó una ceja con aire inocente, Dimitri sonreía cuando, volviéndose hacia el hombre que se detuvo frente a ellos, hizo breves presentaciones. Serguei Mironov era un hombre de estatura mediana, robusto, de alrededor de cincuenta años. En su bien recortada barba se entremezclaba el gris con el castaño, profundas arrugas rodeaban sus ojos pardos, que no expresaban la menor irritación por verse alejado de sus tareas. Su informe azul y blanco estaba impecable. Katherine no dudó de que fuese, en realidad, capitán de ese barco, pero no le agradó la deferencia que él mostraba hacia Dimitri.

–Capitán Mironov, ¿cómo puedo explicarle esto? –Lanzó una mirada titubeante a Dimitri, dándose cuenta repentinamente de que no convenía, de buenas a primeras, acusar de iniquidades a un príncipe ruso, al menos ante un capitán también ruso. –Se ha cometido un error. Me... me encuentro con que no puedo salir de Inglaterra en este momento.

–Tendrás que hablar con más lentitud, Katia. Serguei entiende el francés, pero no cuando se lo habla tan a prisa.

La joven inglesa hizo caso omiso de la interrupción de Dimitri.

–¿Me entendió usted, capitán?

El otro hombre movió la cabeza afirmativamente.

–Una equivocación, dijo usted.

–Exactamente –sonrió Katherine–. Entonces, si es usted tan amable, agradecería sobremanera que me llevaran a tierra... si no fuera demasiada molestia, claro está.

–Ninguna molestia –repuso el marino, complaciente, pero luego miró a Dimitri–. ¿Su Alteza?

–Continúe su rumbo actual, Serguei.

–Sí, mi príncipe.

Y el capitán se alejó, mientras Katherine se quedaba mirándolo boquiabierta. Rápidamente la cerró y se volvió hacia Dimitri.

–Grandísimo miserable...

–Te lo advertí, querida mía –repuso él, amable–.

Verás, este barco y todo lo que hay en él me pertenece, incluyendo al capitán y su tripulación.

–¡Eso es barbarie!

–De acuerdo –replicó él encogiéndose de hombros–. Pero hasta que el zar acepte contrariar a la mayoría de sus nobles y abolir el sistema millones de rusos seguirán siendo propiedad de unos pocos elegidos.

Katherine contuvo la lengua. Aunque mucho le habría gustado atacarlo sobre esta cuestión, ya le había oído decir a la bella Anastasia que él había ofrecido la libertad a sus propios siervos, de modo que probablemente coincidiera con cualquier argumento que ella pudiera exponer, y en ese momento no tenía ninguna gana de coincidir con él en nada. Tomó otro rumbo.

–Hay en este barco una cosa que no te pertenece, Alexandrov.

Dimitri sonrió apenas, y en esa sonrisa estaba el conocimiento de que, aun cuando ella tenía razón en principio, se hallaba sin embargo a la merced de él. Katherine no necesitaba oírlo decir para entender este sutil mensaje. El problema consistía en aceptarlo.

–Ven, Katia, discutiremos esto en mi camarote, durante la cena.

Cuando el príncipe quiso tomarle el brazo, ella lo retiró diciendo:

–No hay nada que discutir. Llévame a la costa o déjame saltar del barco.

–A mí me exiges, a Serguei le haces dulces pedidos. Tal vez deberías cambiar de táctica.

–¡Vete al infierno!

Y Katherine se alejó con andar majestuoso, tan solo para darse cuenta tardíamente de que no tenía adónde ir, ningún camarote propio donde retirarse, ningún sitio en todo el barco, el barco *de él,* donde pudiera esconderse. Y el tiempo pasaba; Inglaterra se perdía cada vez más en la distancia a cada segundo que transcurría.

Cuando llegaba a la escalera, la joven se detuvo, se volvió hacia el príncipe.

–Pido disculpas, príncipe Alexandrov. No suelo ser tan irascible, pero dadas las circunstancias... en fin, dejémoslo. Estoy dispuesta a ser razonable. Si me llevas a tierra, juro olvidar que nos conocimos. No acudiré a las autoridades. Ni siquiera diré a mi padre lo que ocurrió. Tan solo quiero irme a casa.

–Lo siento, Katia, de veras que sí. Si el zar Nicolás no visitara a tu reina este verano, no sería necesario llevarte lejos de Inglaterra. Pero a los periódicos ingleses les encantaría tener un motivo para atacar a Nicolás Pavlovich. No les daré ese motivo.

–Juro que...

–No puedo correr ese riesgo.

Katherine estaba tan furiosa, que lo miró a los ojos.

–Oye, esta mañana estaba alterada. Dije muchas cosas que no quería decir. Pero ahora ya te he dicho quién soy. Sin duda verás que no puedo darme el lujo de reclamar retribución, que no puedo hacer nada sin enredar a mi familia en un escándalo terrible, y eso es algo que no haría jamás.

–Estaría de acuerdo si fueses en efecto una Saint John.

Ella emitió un sonido que era a medias gemido, a medias grito.

–¡No puedes hacer esto! ¿Sabes lo que causarás a mi familia, la angustia que sufrirán por no saber qué me ocurrió? ¡Por favor, Alexandrov!

Notó que a él le picaba la conciencia, pero eso no modificó la situación.

–Lo siento –repitió. Alzó la mano para acariciarle la mejilla, pero la bajó al ver que ella se apartaba–. No lo tomes tan a pecho, pequeña. Te enviaré de vuelta a Inglaterra tan pronto como termine la visita del zar.

Katherine le dio una última oportunidad.

–¿No cambiarás de opinión?

–No puedo.

Como no quedaba nada por decir, ella le volvió la espalda y bajó la escalera. No se detuvo al oírlo vociferar llamando a Vladimir. Pasó frente al camarote, encontró la despensa y se sentó en el baúl donde antes había estado encerrada. Allí esperó sin saber qué esperaba.

CAPITULO 12

—¡Virgen María y Jesús! —estalló Vladimir—. ¿Qué dije yo? ¡Dímelo! Solo pedí que le llevaras las ropas y le extendieras la invitación de Dimitri para cenar. ¡Pero tú me miras como si te sugiriera un asesinato!

Marusia bajó la vista, pero tenía la boca tercamente apretada.

—¿Por qué me lo pides, de todas maneras? Dijiste que él la hizo responsabilidad tuya. El solo hecho de que yo sea tu esposa no significa que comparta esa responsabilidad.

—Marusia...

—¡No! No lo haré, así que no vuelvas a pedírmelo. La pobrecita ya ha sufrido bastante.

—¡La *pobrecita*! Esa pobrecita gruñe como una loba.

—Ah, ya sabemos entonces. Temes hacerle frente después de lo que hiciste.

Vladimir se sentó pesadamente al otro lado de la mesa. Miró ceñudo la espalda de la cocinera, cuyos hombros se sacudían sospechosamente. Sus dos ayudantes de cocina, que pelaban patatas en un rincón, se esmeraban en simular que no tenían orejas. No era ese el sitio adecuado para discutir con su esposa. Lo sabrían todos a bordo antes de la mañana.

—¿Cómo es posible que mi pedido deje de complacerla? —inquirió él, pero con suavidad.

—Tonterías. Sabes que ella no aceptará las ropas ni la invitación de él. Pero tienes tus órdenes, ¿verdad? Pues no seré *yo* quien le imponga a ella más pesares. —Bajó la voz, teñida de repugnancia consigo misma. —Ya hice bastante.

Los ojos de Vladimir se dilataron al comprender finalmente qué la había convertido en una arpía.

—No puedo creerlo. ¿Qué motivo tienes para sentirte culpable?

Marusia alzó la vista, con una expresión donde se había disipado toda hostilidad.

—Todo es mi culpa. Si no hubiera sugerido que la drogaras...

—No seas necia, mujer. Yo también había oído los comentarios de Bulavin. Tarde o temprano habría acudido a él sin tu sugerencia.

—Eso no modifica el hecho de que fui muy insensible, Vladimir. No pensé en ella. Ella no significaba nada para mí, apenas una de las mujeres sin nombre que él utiliza entre sus más encumbradas conquistas. Después de conocerla y ver cuán diferente era ella de todas las demás, me avergüenza decir que seguí sin pensar en nada, salvo complacerlo a él.

—Y así debe ser.

—Lo sé —repuso ella secamente—. Pero eso no cambia nada. ¡Ella era virgen, marido mío!

—¿Y qué?

—¿Y qué? ¡Que ella no estaba dispuesta, eso es! ¿Me tomarías tú si no estuviera dispuesta? No, respetarías mis deseos. Pero nadie ha respetado los deseos de ella desde que tú la arrastraste desde la calle. Ninguno de nosotros lo ha hecho.

—El no la forzó, Marusia —le recordó él con voz queda.

—No tuvo que hacerlo. La droga se ocupó de eso, y *nosotros* le dimos la droga a ella.

Vladimir arrugó la frente.

—Pues *ella* no se ha quejado de su pérdida. Lo único que hace es sisear, gruñir y exigir. Y olvidas que será bien compensada. Cuando se la devuelva a Inglaterra será rica.

—Pero ¿y ahora, qué? ¿Qué me dices de obligarla a venir con nosotros?

—Sabes que fue necesario.

Marusia suspiró.

—Lo sé, pero no por eso es justo.

Tras un momento de silencio, Vladimir dijo con suavidad:

—Debiste haber tenido hijos, Marusia. Se ha despertado tu instinto maternal. Lamento que...

—No. —La mujer se inclinó sobre la mesa para tomarle la mano. —Yo te amo, marido mío. Nunca lamenté mi elección. Pero... pero trátala bien. Ustedes, los hombres, jamás toman en cuenta los sentimientos de una mujer. Toma en cuenta los de esa joven cuando trates con ella.

Vladimir asintió.

Vaciló antes de llamar a la puerta. Tras él, Lida, con expresión avergonzada, tenía los brazos llenos de paquetes. Vladimir había reprendido mucho a la jovencita por llevar el cuento de las sábanas manchadas a Marusia y, sin duda, a cualquier otro que la escuchara. De no haber sido por esa condenada virginidad, su esposa nunca habría compadecido tanto a la inglesa; al menos eso creía él. Y su remordimiento se le había contagiado. Pese a todas las dificultades que había causado la joven, Marusia había logrado que él sintiera piedad por ella. Su compasión duró el lapso que tardó en abrirse la puerta.

Allí estaba ella, erguida, como una imagen de arrogante altivez y demoledora malicia. Y no se apartó para que él entrara.

—¿Qué quieres?

Vladimir tuvo que contenerse para no inclinarse automáticamente en deferencia a ella, tan imperioso era su tono. Esa superioridad de ella aguijoneó su mal genio, como la primera vez, al conocerla. Ningún siervo de los Alexandrov se atrevería a darse tales aires, ni siquiera aquellos elevados a nuevos cargos envidiables. Las bailarinas clásicas, los cantantes de ópera, los capitanes de navío como Serguei, los arquitectos, los actores que habían representado para la corte imperial, todos ellos sabían cuál era su lugar, pese a todo. La inglesita, no. No, ella se ponía por sobre todos los demás.

Le hacía falta una buena palmada que la bajara de su pedestal, y todos los instintos de Vladimir le reclamaban dársela. No lo hizo. En cambio se acorazó para recordar la súplica de Marusia. ¿Cómo era posible que su esposa se compadeciera de esa zorra?

—Te he traído algunos artículos indispensables que necesitarás para el viaje —anunció mientras se adelantaba un paso, obligando a Katherine a hacerse a un lado para que Lida pudiera entrar con las ropas—. Ponlos allí —dijo a la muchacha, indicando la tapa de uno de los muchos baúles que había en el camarote.

Le fastidiaba saber que, indudablemente, la descarada moza quedaría complacida con esas nuevas ropas, que eran muchas.

—Hay un vestido que está terminado y parece cercano a tu tamaño —Vladimir volvió a dirigirse a Katherine, pero evitando mirarla hasta haber dicho lo que tenía que decirle. —Los demás están todos en diferentes etapas de la confección, según la modista, pero aquí Lida te ayudará si no tienes talento para la aguja. Tuvimos suerte de encontrar algo con tan poco tiempo, pero sigue habiendo algunas cosas que se pueden comprar con dinero si el precio es justo. —Sonrió para sí al oír la exclamación ahogada de la inglesa, pues su púa dio en el blanco pensado. —Sin duda tendrás todo lo que necesitarás. La doncella de la princesa fue muy minuciosa. Si no, basta con que me lo digas.

—Has pensado en todo ¿verdad? ¿Me compraste un baúl también?

—Puedes usar ese, ya que ahora está vacío.

Katherine siguió su movimiento de cabeza e hizo una mueca al ver el baúl que tan íntimamente conocía.

—¿Cómo adivinaste que yo soy sentimental?

Sin poder contenerse, Vladimir sonrió al oír tan patente sarcasmo. Pero ella no lo advirtió. Seguía mirando fijamente el baúl.

—Lida te ayudará a cambiarte, puesto que no queda mucho tiempo. El príncipe te aguarda, y no le gusta que lo hagan esperar.

Katherine se volvió hacia él, con rostro inexpresivo.

—¿Para qué?

—Te ha invitado a cenar con él.

—Olvídalo —repuso ella concisamente.

—¿Cómo dices?

—No eres sordo, Kirov. Transmítele mi excusa cortés, si es necesario. Exprésalo como gustes. La respuesta es inequívocamente negativa.

—Inaceptable —empezó él, pero fue como si Marusia estuviese allí, hurgándole las costillas—. Muy bien, transaremos. Cámbiate, ve a su camarote y dile *tú* que no deseas aceptar su invitación.

Con calma, ella sacudió la cabeza.

—No me has entendido bien. No pienso acercarme siquiera a ese hombre.

Con la conciencia limpia, Vladimir podía decirle a Marusia que lo había intentado, pero entonces sonrió con particular agrado.

CAPITULO 13

Bañado, rasurado y ataviado con una de sus chaquetas formales más elegantes, Dimitri apartó a Maxim con un ademán cuando se le aproximó con un corbatín blanco.

—Esta noche no, o ella pensará que trato de impresionarla.

El valet asintió con la cabeza, pero reservó una mirada para la mesa dispuesta para dos, iluminada con velas; la vajilla con reborde de oro y las copas de centelleante cristal, la botella de champaña en un recipiente con hielo. ¿Y ella no se iba a impresionar? Tal vez no. Si era realmente hija de un conde, y Maxim se inclinaba a creer que lo era por lo que había visto hasta entonces, estaría habituada a tales lujos.

El príncipe, en cambio, era otra cuestión. Esa noche estaba de lo mejor, y no solo en su apariencia. Maxim no lo veía así a menudo. Indudablemente el estímulo de un nuevo desafío, la tensión sexual, tenían sus efectos, pero había también otra cosa que Maxim no podía definir. Fuera lo que fuese, hacía que esos ojos de color castaño oscuro chispearan de anhelo como nunca antes.

Esa inglesa era una mujer afortunada. Aun cuando la seductora atmósfera del camarote no la impresionara, el príncipe no podría dejar de hacerlo.

Pero cuando llegó ella, pocos minutos más tarde, Maxim cambió drásticamente de opinión. Pronto se enteró de algo que Dimitri tardaría más en aprender: no presuponer nunca nada acerca de esa mujer en particular.

Vladimir no la acompañaba, sino que la llevaba amarrada y echada sobre su hombro. Con una sola mirada de disculpa hacia Dimitri, la depositó en el suelo y le desató rápidamente las muñecas. Hecho esto, ella se arrancó la mordaza... razón por la cual Dimitri no había tenido aviso previo de lo que ocurría antes de esa sorprendente llegada. La joven tardó apenas un segundo en arrojar el trapo a Vladimir antes de volverse con celeridad para clavar en Dimitri la ardiente furia de sus ojos.

—¡No lo toleraré! ¡No! —gritó ella—. Dile a este grosero animal tuyo que no debe volver a ponerme las manos encima o juro que... juro...

Se interrumpió y Dimitri coligió que estaba demasiado alterada para contentarse con simples amenazas verbales, ya que buscaba desatinadamente a su alrededor algún tipo de arma. Cuando ella posó los ojos en la bien provista mesa, él se adelantó de un salto, pues no quería sacrificar una fortuna en cristal y porcelana por esa rabieta, sin mencionar las posibles heridas, al menos cuando aún no sabía qué la había causado.

Tan eficaces como gruesas sogas, los brazos del príncipe se ciñeron en torno a ella, sujetándole firmemente los brazos a los costados.

—Está bien —le dijo al oído con voz tensa—. Cálmate y desentrañaremos este pequeño drama...

La sintió relajarse entonces, aunque solo levemente, y miró hacia el supuesto reo. —¿Vladimir?

—Ella se negaba a cambiarse de vestido y a reunirse con usted, mi señor, por eso Boris y yo la ayudamos.

Dimitri sintió que la ira de la mujer recobraba toda su energía, al percibir que su pequeño cuerpo pugnaba por zafarse de él.

– Me desgarraron el vestido... ¡me lo arrancaron!

– ¿Quieres que sean flagelados?

Katherine calló totalmente. Miraba con fijeza a Vladimir, que se hallaba erguido a escasa distancia de ella. La expresión del criado no cambió. Era un hombre orgulloso. Pero ella vio que contenía el aliento a la espera de su respuesta. Sentía temor. Ella no lo dudó. Y se tomó un momento para saborear el poder que Dimitri le ofrecía inesperadamente.

Se imaginó a Vladimir atado a un mástil, sin chaqueta ni camisa, y ella misma empuñando un látigo alzado sobre la espalda desnuda del ruso. No era tan solo por haberla vestido como si ella fuese una niña y no pudiese hacerlo sola, metiéndole los brazos en ceñidas mangas, introduciéndole los pies en sendos zapatos. Tampoco era por amordazarla y atarla de nuevo mientras se le cepillaba el cabello, inclusive mientras se le aplicaba perfume detrás de las orejas. En su imaginación, blandía el látigo por todo lo que le había hecho ese hombre, y él se merecía cada vengativo azote.

Fue agradable contemplar esa imagen durante pocos instantes, pero Katherine no pediría que se hiciera tal cosa, por mucho que odiara a ese hombre. No obstante, le inquietaba pensar que Dimitri lo haría.

– Ya puedes soltarme, Alexandrov – dijo con calma, siempre mirando con fijeza a Vladimir –. Creo que ahora tengo controlado mi espantoso mal genio.

No le sorprendió que él vacilara. Nunca hasta entonces había ofrecido un espectáculo tan vergonzoso. Pero no estaba turbada. Ya era suficiente. Ellos simplemente la habían empujado demasiado lejos.

Cuando por fin Dimitri la soltó, ella se volvió con lentitud hacia él, con una ceja alzada en actitud interrogante.

– ¿Tienes la costumbre de flagelar a tus criados?

– Detecto una censura.

Desconfiando de su repentino gesto ceñudo, ella mintió.

—En absoluto. Es mera curiosidad.

—Entonces no, nunca lo he hecho, lo cual no quiere decir que esa regla no tenga excepciones.

—¿Por mí? ¿Por qué?

El príncipe se encogió de hombros.

—En fin de cuentas, creo deberte eso.

—Sí, me lo debes, y mucho más —admitió ella—. Pero no reclamaba sangre.

—Muy bien —repuso él antes de volverse hacia Vladimir—. En el futuro, si sus deseos difieren de los míos, no discutas con ella. Simplemente tráeme el problema.

—¿Y qué resuelve eso? —inquirió Katherine—. En vez de que él me obligue a hacer algo que no quiero hacer, lo harás tú.

—No necesariamente. —La severidad de la expresión de Dimitri se aligeró por fin. —Vladimir cumple mis órdenes al pie de la letra, aun cuando se encuentra con dificultades, como acabas de comprobar. Por otro lado, yo puedo escuchar tus argumentos y revocar mis órdenes, si hace falta. No soy un hombre irrazonable.

—¿No lo eres? Temo no haber visto nada que indique lo contrario.

Dimitri sonrió.

—Todo esto es prematuro, ¿sabes? Fuiste invitada a acompañarme para cenar, de modo que pudiéramos discutir tu situación entre nosotros y llegar a un acuerdo aceptable para ambos. No habrá necesidad de más batallas, Katia.

Katherine deseó poder creer eso. Pero el hecho era que ella había barruntado el motivo de esa invitación a cenar, y la había rechazado porque temía que se le explicara su situación en términos inequívocos. Prefería no saber.

Pero ya que estaba allí y era imposible seguir eludiéndolo, tanto daba terminar de una vez.

—Y bien —dijo Katherine con forzada serenidad—, ¿soy una prisionera o una huésped renuente?

126

Aunque su franqueza era estimulante, no cuadraba con los planes de Dimitri para esa noche.

—Siéntate, Katia. Antes comeremos y...

—Alexandrov... —empezó ella en tono de advertencia, pero fue interrumpida con una sonrisa que la desarmó.

—Insisto. ¿Champaña?

Acatando su leve ademán, ambos criados salieron de la habitación. Dimitri se dispuso a servir el champaña. Katherine lo observaba con una sensación de irrealidad. ¿Decía él que era un hombre razonable? Ni siquiera esperaba su respuesta, sino que estaba llenando las dos copas de cristal sobre la mesa de la cena.

Por el momento le seguiría el juego. Después de todo, no había comido nada en todo el día, y solo una vez el día anterior. El problema era que no creía poder disfrutar de esa cena por sabrosa que fuese la comida, no con un acompañante tan perturbador y no con su futuro inmediato en tela de juicio.

Eligió el sillón más alejado del sitio donde Dimitri se hallaba de pie y se deslizó en él. Grueso asiento y respaldo de mullido terciopelo. Muy cómodo. Exquisito mantel de encaje. Suave luz de velas. Había otras lámparas en la habitación, pero lo bastante lejos como para no menoscabar ese ambiente íntimo. Era una habitación vasta y lujosa. ¿Cómo era posible que ella no lo hubiese advertido antes? La enorme alfombra de piel blanca. Una pared entera cubierta de libros. La cama. Un bello sofá y un sillón haciendo juego en raso blanco y cerezo oscuro, y el sillón grande donde ella se había sentado antes, se agrupaban en torno a un hogar. Un escritorio antiguo. Más cerezo en las mesas y armarios. Más alfombras de piel. La habitación era realmente espaciosa. Tal vez antes hubiesen sido dos camarotes o más. Era el barco de él; quizás él lo hubiese diseñado de esa manera.

El príncipe se sentó frente a ella. Aunque miraba a todas partes menos a él, la joven sabía que él la observaba.

—Prueba el champaña, Katia.

Automáticamente ella fue a tomar la copa, pero se contuvo y retiró la mano.

–Será mejor que no lo haga.

–¿Prefieres otra cosa?

–No, yo...

–¿Crees que tiene droga?

Ella lo miró entonces con ojos muy abiertos. No había pensado en eso para nada.

Se incorporó de un salto, pero Dimitri tendió el brazo y le sujetó la muñeca.

–Siéntate, Katherine –dijo con voz firme, en tono de orden–. Si eso te hace sentir mejor, yo seré tu catador de comida por esta noche. –Aunque ella no cedía, la soltó. –Tienes que comer alguna vez. ¿Vas a preocuparte por la comida durante todo el viaje, o confiarás en mí cuando te digo que no será drogada otra vez?

La joven se sentó rígidamente.

–No creía que lo hicieras, pero Kirov piensa por su cuenta y...

–Y ha sido debidamente reprendido. Te dije que no volvería a suceder. Confía en mí –agregó con más suavidad.

Katherine deseó no haber estado mirándolo mientras tanto. No podía apartar de él sus ojos. Tenía la camisa blanca de seda abierta en el cuello, lo cual le daba un aire disoluto, pese a la elegancia de su negra chaqueta de gala. Los hombros eran muy anchos, los brazos, vigorosos. Era realmente corpulento, este príncipe de cuento de hadas, tan cabalmente masculino.

Por más que Katherine tratara de eludir la verdad, se sentía atraída. Y sin la protección de su cólera, no tenía defensa alguna contra tan potente atracción.

Lida salvó a Katherine de hacer el papel de tonta mirando así al príncipe, cuando llegó trayendo el primer plato. Desde ese momento, Katherine se concentró en su comida, percibiendo apenas vagamente que Dimitri le hablaba mientras comían, contándole algo de Rusia, anécdotas sobre la vida en la corte de ese país, sobre alguien llamado Vasili que era evidentemente un amigo íntimo. Supuso que hacía comentarios apropiados cuando era necesario, ya que él no dejaba de hablar. Y sabía que él procuraba tranquilizarla. Era amable al intentarlo, pero ella nunca, jamás estaría tranquila en presencia de él. Era simplemente imposible.

—No has estado escuchando en realidad, ¿o sí, Katia?

Había elevado la voz para atraer la atención de la joven. Ella alzó la vista ruborizándose un poco. En la expresión de Dimitri, el fastidio parecía reñir con la burla. Katherine imaginó que él no estaba habituado a que alguien lo ignorara.

—Lo siento, yo... yo... —Buscó una excusa e inmediatamente se le ocurrió una. —Estaba muerta de hambre.

—¿Y preocupada?

—Sí, en fin, dadas las circunstancias...

Dimitri dejó su servilleta y volvió a llenar su copa. Había consumido él solo casi todo el champaña. La primera copa de Katherine estaba todavía intacta.

—¿Y si nos trasladamos al sofá?

—Yo... prefiero no hacerlo.

Los dedos del ruso aferraron la copa. Afortunadamente Katherine no lo advirtió.

—Entonces, sin duda, hablemos ahora de lo que te inquieta, así podrás gozar del resto de la velada.

Demasiado tarde percibió Katherine la irritación del príncipe. ¿Y qué demonios quería decir con eso? No tenía intención alguna de quedarse en ese camarote más tiempo del necesario. Para gozar del resto de la velada, tendría que estar sola, pero dudaba que él propusiera permitírselo. Pero lo primero era lo primero.

—Tal vez contestes ahora a mi pregunta anterior. Me siento como una prisionera, y sin embargo tú me invitas aquí esta noche como si yo fuese tan solo una invitada. ¿Soy lo uno o lo otro?

—Ni lo uno ni lo otro, creo, al menos en el sentido más estricto. No hay razón para que estés encerrada durante todo el viaje. Después de todo, en el mar no podrás escapar. No obstante, la ociosidad engendra desasosiego y es, además, un mal ejemplo para mis servidores. Tendrás que hacer algo para ocupar tu tiempo mientras estés con nosotros.

Katherine juntó las manos sobre el regazo. El tenía razón, por supuesto, y esto era más de lo que ella podía haber esperado. No recordaba la última vez que su vida no había estado llena a rebosar de un tipo u otro de actividad. Allí estaba la biblioteca del príncipe, pero aunque le gustaba mucho leer, ella no se imaginaba sin hacer nada más que eso día tras día. Necesitaba estímulo para su mente, estar planeando, acomodando, haciendo algo útil o interesante. Si él tenía alguna sugerencia, ella estaría agradecida, dado, especialmente, que había temido *estar* encerrada en un camarote durante todo el viaje.

– ¿Qué pensabas tú? – preguntó la joven. Su ansiedad fue inconfundible.

Por un momento Dimitri la miró con fijeza, sorprendido. Había esperado que ella se rebelara de inmediato ante la idea de trabajar. Tenía planeado ofrecerle entonces que fuese su amante, así podría seguir representando ese papel de gran señora hasta hartarse. Tal vez ella lo había malinterpretado. Sí. Al fin y al cabo, él no había conocido hasta entonces una mujer que no prefiriera una existencia ociosa y consentida a otras faenas domésticas.

– Las posibilidades son limitadas a bordo, ¿comprendes?

– Sí, me doy cuenta de eso.

– A decir verdad, hay solo dos puestos disponibles para que los consideres. La elección está en tus manos, pero debes optar por uno u otro.

– Ya te hiciste entender, Alexandrov – dijo Katherine con impaciencia –. Termina de una vez.

– ¿Recuerdas haber visto a Anastasia aquí hace unas horas? – inquirió él, tenso.

– Sí, por supuesto. ¿Tu esposa?

– ¿Supones que soy casado?

– No supongo nada. Era simple curiosidad.

Dimitri arrugó el entrecejo. Habría querido que ella sintiera algo más que curiosidad por él. La pregunta de

130

Katherine le había recordado a Tatiana; tomó nota mental de no llevarla consigo en ningún viaje. Si esa velada había sido difícil, teniendo él que llevar el peso de la conversación, las veladas con Tatiana serían mucho peor, ya que dominaba una conversación al no hablar más que de sí misma. Pero en su preferencia de acompañante había una gran diferencia. Tatiana no lo excitaba; la pequeña Katherine sí. Ni siquiera su irritante franqueza modificaba eso. Tampoco su arrogante indiferencia.

Aunque no tenía ese tipo de belleza artificial que postraba a los hombres a los pies de Tatiana, Katherine era fascinante. Sus ojos extraordinarios, sus labios sensuales, su barbilla dura y tenaz. Y desde que la llevaran a la habitación, él no había logrado quitarle los ojos de encima.

El nuevo vestido era una mejora indudable. De organdí azul, con mangas ceñidas y un escote amplio que se curvaba hasta el borde de sus hombros. Estos eran de un blanco cremoso, al igual que su hermoso cuello. ¡Dulce Jesús, cómo ansiaba saborearla! Pero ella estaba allí, tan reservada como esa mañana. A diferencia de la noche anterior, no había ahora ningún ruego provocativo. Y sin embargo, él no podía evitar el recordar.

La quería en su cama. En ese momento no le importaba cómo lograrlo, mientras no tuviera que forzarla físicamente. El plan que se le había ocurrido era perfecto por cuanto haría fácil para ella sucumbir a él. Mientras ella no abandonara el rol que estaba desempeñando, el plan daría resultado. Si él estaba fastidiado con la momentánea brusquedad de la joven, era porque había abrigado la esperanza de conquistarla seduciéndola en cambio, pero esa puerta había estado cerrada para él toda la noche.

–La princesa Anastasia es mi hermana –dijo entonces Dimitri a Katherine.

La joven no pestañeó siquiera, aunque ese pequeño dato la hizo sentir ... ¿qué? ¿Alivio? Qué absurdo. No era más que sorpresa. Había pensado primero amante, segundo esposa, hermana no, en absoluto.

–¿Y bien?

131

–Si recuerdas haberla conocido, entonces recordarás también que se encuentra en necesidad supuestamente extrema de una nueva dama de compañía, al menos hasta que lleguemos a Rusia.

–Explícate de una vez.

–Acabo de hacerlo.

La joven lo miró con fijeza, sin que en su rostro se moviese un solo músculo para indicar emoción, sorpresa o ira. Dimitri la miró a su vez con ojos escrutadores, intensos, a la espera.

–Mencionaste dos alternativas, Alexandrov. ¿La segunda es igualmente ingeniosa?

Aunque había tenido la esperanza de aparentar desenfado, su tono expresó sarcasmo. Al detectarlo, Dimitri se regocijó y se tranquilizó considerablemente. De pronto se sintió como el cazador a punto de matar certeramente a su presa. Ella rechazaría la primera sugerencia, y eso dejaba solo la segunda.

Se incorporó. Katherine se puso tensa. Dimitri dio la vuelta en torno a la mesa hasta detenerse junto a ella. La joven no alzó la vista, ni siquiera cuando él cerró las manos sobre sus brazos y suavemente la levantó de pie. A Katherine se le hizo imposible respirar al cerrársele la garganta de pánico. Un brazo de él la rodeó; su otra mano le alzó la barbilla. Katherine mantuvo baja la mirada.

–Te deseo. Mírame, Katia –dijo él. Su voz era hipnótica; su aliento le acariciaba los labios–. No somos extraños. Ya me conoces íntimamente. ¿Compartirás mi cama, mi camarote? Yo te trataré como a una reina. Te amaré tan cabalmente que no advertirás el transcurrir de las semanas. ¡Mírame!

Ella apretó más los párpados. La pasión del príncipe devastaba sus sentidos. En otro instante más él la besaría y ella moriría.

–¿Al menos me responderás? Ambos sabemos que hallaste placer en mis brazos. Déjame ser otra vez tu amante, pequeña.

–¿Y si hay un hijo?

132

No era eso lo que Dimitri esperaba oír, pero la pregunta no le desagradó. Y bien, ella era cautelosa. Podía ser tan cautelosa como gustara, mientras al final dijera "sí". Pero era la primera vez que le preguntaban por hijos. En Rusia se daba por sentado que el padre se ocuparía del sustento de sus bastardos. No era algo en lo cual él pensara, ya que siempre tenía mucho cuidado de *no* procrear descendientes indeseados. A diferencia de su padre y su hermano, él no quería que un hijo suyo fuese rotulado como bastardo. Y sin embargo, la noche anterior no había sido cuidadoso. No volvería a descuidarse así, pero eso nada tenía que ver. Ella quería la verdad.

—Si hay un hijo, no le faltará nada. Los mantendré a ambos, a ti y a él, durante el resto de sus vidas. O si lo prefieres, me llevaré al niño y yo mismo lo criaré. Sería decisión tuya, Katia.

—Eso es muy generoso, supongo, pero me pregunto por qué no mencionas el matrimonio. Pero claro que nunca llegaste a responder si estabas casado o no, ¿verdad?

—¿Qué tiene que ver eso?

La repentina brusquedad del tono del príncipe quebró la fantasía.

—Olvidas quién soy —dijo ella.

—Sí, olvido quién *dices* ser. Una dama esperaría matrimonio, ¿o no? Pero eso, querida mía, debo rechazarlo. Y ahora respóndeme.

Esos últimos insultos quebraron la represa del mal genio de Katherine, desencadenando una verdadera inundación.

—¡No, no, no y *no*! —De un empellón, se apartó de él y se abalanzó en torno de la mesa hasta que pudo mirarlo con esa barrera protectora entre ambos.— ¡No a todo! Dios mío, yo sabía que tramabas algo con esa primera sugerencia tuya, pero no pensé que fueses tan despreciable. Y pensar que te creí sincero al ofrecer un "arreglo aceptable".

La frustración aguijoneó el mal genio del propio Dimitri. El cuerpo le palpitaba de anhelo mientras ella daba rienda suelta a otra rabieta. Al cuerno con ella, y al cuerno con esa charada suya.

—Se te han dado alternativas, Katherine. Elige una, no me importa cuál. —Y en ese momento no le importaba.— ¿Y bien?

Katherine se irguió en toda su estatura, apretando con los dedos el borde de la mesa. Estaba otra vez calmada, pero esa calma era engañosa. Sus ojos la desmentían.

—Eres detestable, Alexandrov. ¿Ser dama de compañía de tu hermana, cuando dirijo no una sola casa, sino dos; cuando desde hace varios años soy administradora de los bienes de mi padre, además de su consejera comercial? Lo ayudo a escribir sus discursos, agasajo a sus camaradas políticos, vigilo sus inversiones. Soy versada en filosofía, política, matemática, crianza de animales, y domino cinco idiomas. Tras una pausa, decidió arriesgar. —Pero si tu hermana es aunque sea la mitad de culta, accederé a tu absurda propuesta.

—Rusia no es partidaria de convertir a sus mujeres en literatas, como evidentemente lo son los ingleses —se mofó él—. Pero claro está, poco de lo que afirmas puede demostrarse, ¿verdad?

—No tengo que demostrar nada. Sé quién soy. Reflexiona sobre lo que me haces pasar. Alexandrov. Llegará el día en que compruebes que te digo la verdad. Ahora haces caso omiso de las consecuencias, pero entonces no podrás hacerlo. De eso te doy mi palabra.

El puño de Dimitri golpeó la mesa con violencia, haciéndole dar un salto para apartarse de ella. La luz de las velas vaciló. La copa del príncipe se derramó. La de ella, todavía llena, esparció champaña sobre el mantel.

—¡Eso para tu verdad, tus consecuencias y tu palabra! Más vale que te preocupes por el aquí y el ahora. Elige o yo lo haré por ti.

—¿Me obligarías a ir a tu cama?

—No, pero tampoco quiero que se desperdicien tus talentos cuando podrías ser útil. Mi hermana te necesita; la servirás.

–¿Y si no, me harás flagelar?

–No hacen falta medidas tan dramáticas. Unos días de encierro y estarás contenta de servir.

–No cuentes con eso, Alexandrov. Estaba preparada para eso.

–¿A pan y agua? –insistió él, poniéndola a prueba.

La joven se puso rígida, pero su respuesta fue automática y daba la medida de su desprecio.

–Si eso te place.

Dulce Jesús, ella tenía respuesta para todo. Pero con empecinamiento y balandronadas no llegarías muy lejos. Dimitri ya había perdido la paciencia, sus planes reducidos a cero. La ira lo decidió.

–Sea, pues. ¡Vladimir! –gritó; la puerta se abrió casi instantáneamente–. Llévatela.

CAPITULO 14

Mientras Katherine pasaba la velada con Dimitri, habían reacondicionado su camarote. Aún estaban allí los baúles, que eran muchos, pero se los había apartado empujándolos contra la pared. Su ropero era un baúl, otro baúl su silla y otro, su mesa. Una celda muy incómoda, en verdad. Si Katherine no detestaba todavía su prisión, sí llegó a odiar esa hamaca en los días siguientes. Cuatro veces cayó al suelo antes de darse por vencida y dormir donde se había desplomado.

Katherine siempre había soñado con viajar, desde que a los diez años había ido con su familia a Escocia para la boda de cierta prima lejana. Había descubierto entonces que le gustaba navegar. A diferencia de su hermana y su madre, había disfrutado a bordo, sintiéndose más saludable que nunca. A esa edad ya estaba muy inmersa en la vasta gama de estudios que su padre le permitía emprender. Había querido visitar los países sobre los cuales estaba aprendiendo. Fue un sueño que nunca fructificó.

Hasta había considerado seriamente las propuestas matrimoniales de varios dignatarios extranjeros a quienes había conocido en el palacio, debido tan solo a su deseo de viajar. Pero una aceptación habría significado marcharse para siempre de Inglaterra, y ella no era tan audaz como para hacerlo.

Fueron esos sus únicos ofrecimientos de matrimonio. Habría podido haber otros, pero ella no alentaba a que la cortejaran. Y sin estímulo alguno, los ingleses la hallaban demasiado formidable, demasiado competente... acaso temían competir. No era que ella no se viese casada tarde o temprano. Simplemente, no había sido el momento adecuado para eso. Después de una sola temporada frívola, había servido a la reina durante un año. Tal vez habría seguido disfrutando de la vida en la corte si su madre no hubiese muerto. Pero así fue, y Katherine la reemplazó como la única persona en la familia a quien todos llevaban sus problemas, incluyendo a su padre. Pero aun cuando la casa habría caído en el caos sin ella, había pensado casarse. Solo había querido tener a Beth decorosamente casada antes, y a Warren lo bastante sofrenado como para llevar en parte la carga. Entonces habría hecho un esfuerzo por encontrar marido.

A raíz de su pérdida de la virginidad, era probable que debiera conformarse con un cazafortunas por marido. Empero, eso estaba bien. Comprar un marido era cosa habitual. Si ella hubiera abrigado la esperanza de casarse por amor, probablemente estaría devastada. Era una suerte que ella fuese demasiado práctica para tan estúpidos sueños.

Pero su único sueño se había hecho realidad. Se le estaba imponiendo aquello para lo cual jamás había tenido tiempo. Estaba viajando. Navegaba en un barco rumbo a un país extranjero. Y no hubiese sido normal si no hubiera sentido algún grado de excitación mezclada con todas sus otras emociones. Tal vez Rusia no hubiese aparecido en su itinerario imaginario, pero claro que tampoco habría optado por viajar prácticamente como una prisionera.

Lo más práctico sería sacar el mejor partido posible. Estaba en su naturaleza el hacer precisamente eso. Y podía, si no hubiese sido por esas necias emociones que pugnaban contra sus inclinaciones naturales.

El orgullo se había convertido en su peor enemigo. Le seguía de cerca esta irrazonable terquedad de la cual ni siquiera ella había advertido que era capaz. La injusticia la tornaba inflexible. La cólera servía únicamente para mortificarse. Al fin y al cabo, ceder costaría tan solo un poco de orgullo. Ni siquiera necesitaba hacerlo con elegancia. Se lo llamaba "rendirse bajo coacción". Las personas lo hacían constantemente, en todos los ámbitos de la vida.

Si tenía que obligársele a hacer algo, Dios santo, ¿por qué no algo en lo cual ella habría encontrado inmenso placer? ¿Por qué el príncipe tenía que elegir por ella, quitándole la única alternativa a la cual ella habría cedido con gusto al final? ¿Por qué lo rechazaba ella, en primer lugar? Otras mujeres aceptaban amantes. Un amorío, así lo llamaban. Se lo debía denominar con más justeza un asunto carnal. Lujuria envuelta en un bonito paquete. Pero fuera lo que fuese, ella sentía todos los síntomas. Tanto le atraía ese hombre, que ni siquiera podía pensar con claridad en su presencia.

Y él la deseaba. ¡Qué fantasía increíble! Este príncipe de cuento de hadas, este dorado dios la deseaba. *A ella.* Eso hacía vacilar la mente. Eso desafiaba a la razón. Y ella se negaba. ¡Mentecata estúpida!

Esos pensamientos llenaban sus horas de vigilia y no hacían más que aumentar su sensación de frustración. Pero ella sabía cómo ponerle fin. Bastaba con que hiciera de criada para la bella princesa. En eso no había ninguna dificultad. Entonces ella estaría libre en el barco, podría vislumbrar litorales de otros países, observar cómo el sol salía y se ponía en el mar; por cierto, disfrutar del viaje.

Pese a que aborrecía la idea de oficiar de criada, sabía que eventualmente podía hacerlo. A ese respecto, el príncipe era perspicaz. Solo en cierta medida podía soportar su propia compañía sin tener absolutamente nada que hacer. Hasta la ropa que ella debía modificar había sido retirada y se le había dado a otras para que trabajaran en ellas. Con las manos y la mente ociosa, se entontecía de aburrimiento.

Al parecer, el príncipe no estaba tomando mejor que ella el confinamiento de Katherine.

Lida fue la primera en hacerle percibir el ataque de conciencia del príncipe. Al menos eso era lo que Katherine presumía que debía ser, pues la jovencita juraba que el negro humor del príncipe se disiparía si tan solo Katherine fuese razonable y accediera a lo que él quería. Lida no sabía qué era lo que él quería, pero en cuanto a ella se refería, nada podía ser tan terrible ni digno de suscitar su cólera, porque cuando él estaba enfurecido, todos sufrían.

Katherine nada decía a esto. No se defendía, no ofrecía razones ni presentaba excusas. Tampoco se mofaba. El primer día de su encierro percibió el silencio y supo que algo andaba definitivamente mal. Era algo horripilante, como si ella fuese la única persona viva en todo el barco. Y sin embargo, le bastaba abrir su puerta para ver sus dos guardias sentados en el corredor, bien vivos, aunque totalmente silenciosos.

Marusia fue más explícita todavía ese mismo día, más tarde.

—No pregunto qué hiciste para desagradar al príncipe. Yo sabía que era inevitable.

Eso era demasiado interesante para dejarlo pasar.

—¿Por qué?

—Nunca conoció a nadie como tu, *angliiski*. Tienes un carácter que iguala al de él. Esto no es tan malo, creo yo. El pierde interés muy pronto con casi todas las mujeres, pero tú eres diferente.

—¿Entonces, basta con que yo haga eso para lograr que él pierda interés en mí? ¿Tener controlado mi mal genio?

Marusia sonrió.

—¿Tú quieres que él pierda interés? No, no contestes. No te creeré.

Katherine desaprobó esto.

–Te agradezco por la comida, Marusia, pero realmente no tengo ganas de hablar sobre tu príncipe.

–No pensé que las tuvieras. Pero esto debe decirse, porque lo que hagas no solo te afecta a ti, sino a todos nosotros.

–Eso es absurdo.

–¿Ah, sí? Todos somos conscientes de que tú eres la causa del malhumor actual de Dimitri. En Rusia, cuando se pone de talante sombrío, no importa tanto. Se va a sus clubes, a fiestas. Bebe, juega, pelea. Desahoga su mal humor sobre extraños. Pero en el barco no hay salida. Nadie se atreve a elevar su voz por encima de un susurro. Su talante afecta a todos, nos deprime.

–Es nada más que un hombre.

–Para ti no es nada más que un hombre. Para nosotros es más. En nuestro fuero íntimo sabemos que no hay nada que temer. Es un buen hombre y lo amamos. Pero cientos de años de saber que un solo hombre tiene el poder de vida y muerte, son miedos que no se desconocen fácilmente. Dimitri no es así, pero igual es el amo. Si él no es dichoso, ¿cómo puede serlo cualquiera de nosotros, quienes lo servimos?

Marusia tenía más que decir cada vez que venía. Y Katherine recibía con agrado esas estimulantes discusiones que aliviaban el aburrimiento. Pero no estaba dispuesta a aceptar responsabilidad por lo que estaba pasando fuera de su reducido camarote. Si los criados de Dimitri tenían miedo de convertirse en blanco del mal humor de él ¿qué le importaba a ella? Había defendido sus derechos. No habría podido hacer otra cosa. Si se ponía de mal talante el príncipe, eso en secreto le alegraba. Sin embargo, era pésimo de parte de él asustar tanto a sus criados, que acudían a suplicarle a ella para que se reconciliase con él. ¿Acaso debía ella dejar de lado sus principios por personas que le eran prácticamente desconocidas?

Pero entonces, al tercer día, llegó Vladimir, lo cual obligó a Katherine a reevaluar su posición. Si él podía humillarse, aunque rígidamente, cuando Katherine sabía cuánta antipatía le tenía, ¿cómo podía ella seguir aferrándose a su orgullo tan egoístamente? No obstante, él le brindó la excusa que ella necesitaba para transar.

—El príncipe cometió un error. Lo sabe, y esta es la razón por la cual su cólera se dirige contra sí mismo y empeora en vez de mejorar. Como jamás tuvo intención alguna de tratarte como prisionera, sin duda presupuso que la amenaza de tal tratamiento sería lo único necesario para doblegarte a su voluntad. Pero subestimó tu resistencia a sus pedidos. Empero, compréndelo, ahora es una cuestión de orgullo, para un hombre, aplacarse y admitir que se equivoca es más duro que para una mujer.

—Para algunas mujeres.

—Quizá, pero ¿qué puede costarte servir a la princesa, cuando no lo sabrá ninguna de tus propias relaciones?

—Cada día que pasasás en este camarote, el humor de él se hace más sombrío. ¿Lo meditarás por favor?

Eran dos palabras mágicas, "por favor", especialmente viniendo de Kirov, pero Katherine no estaba lista para sacarlo todavía del atolladero.

—¿Por qué no puede meditar *él*? ¿Por qué debo ser yo quien ceda?

—El es el príncipe —declaró simplemente Vladimir, pero ya había perdido la paciencia con ella—. Virgen María, si hubiese sabido que tu comportamiento podía tener semejante efecto en él me habría arriesgado a malquistarme con él en Londres y le habría encontrado alguna otra mujer. Pero él te deseaba a ti, y yo quise evitar que ocurriera precisamente esto. Fue un error. Lo lamento verdaderamente, pero lo hecho, hecho está. ¿No ves la posibilidad de cooperar al menos un poco? ¿O acaso te parece que fracasarías en la tarea?

—No seas absurdo. Lo que la princesa requeriría de una criada no puede ser tan diferente de lo que yo requeriría de una de las mías.

—¿Dónde está entonces el problema? ¿No dices que has servido a tu reina?

–Eso fue un honor.

–Servir a la princesa Anastasia también lo es.

–¡De ninguna manera! No cuando yo soy su igual.

El rostro de Vladimir enrojeció entonces de ira.

–En tal caso tal vez te cuadre mejor la otra sugerencia del príncipe.

Y dicho esto se fue, dejándola tan enrojecida como él.

CAPITULO 15

– Quiero ver al señor Kirov.

Katherine miró a un guardia y al otro. Los rostros vacíos, faltos de entendimiento, eran idénticos.

Cada día, una pareja diferente de guardias se sentaba al otro lado de la puerta de Katherine, que no se cerraba con llave. Ese día eran dos cosacos, quienes evidentemente no entendían francés. Ella repitió su pedido esta vez en alemán, luego en holandés, en inglés y por último, desesperada, en español. Nada. Los guardias se limitaban a mirarla con fijeza, sin moverse de sus puestos.

Ella se sintió tan frustrada que habló en voz alta:
– Todos quieren que cedas, Katherine, pero ¿acaso te lo facilitan?

Debería olvidarlo y basta. ¿Y qué si se había atormentado la noche entera para llegar a esa decisión? Ese no era más que el cuarto día de su encierro. Podía resistir mucho tiempo más, aunque Marusia no le llevara comida a escondidas. Pero, además, estaba la excusa a la cual se afe-

143

rraba. Cedería, no por sí misma, sino por el bien de otras personas.

Mentirosa. Quieres salir de ese camarote. Es así de simple.

Hizo un intento más, antes de que su orgullo se reafirmara.

—Ki-rov —dijo, usando las manos para describirlo—. ¿Me entienden? Un tipo grandote. El servidor de Alexandrov.

Al oír el nombre del príncipe, los dos cosacos revivieron. Sus rostros se iluminaron con sonrisas. Uno de ellos se incorporó con tal celeridad, que casi se cayó. De inmediato partió por el corredor hacia el camarote de Dimitri.

Katherine sintió pánico.

—¡No! ¡No quiero hablar con *él,* so idiota!

Antes de que el guardia llegara a la puerta de Dimitri, esta se abrió y salió el príncipe.

Por sobre la cabeza del cosaco, la mirada del príncipe se clavó en la suya mientras escuchaba la perorata del guardia, no en ruso, sino en algún otro idioma que Katherine no había oído jamás. Experimentó grandes deseos de retirarse tras la puerta de su camarote. No había pensado hablar con Dimitri. Se había propuesto comunicar su decisión a Vladimir, para que *él* pudiera decírselo al príncipe y ella no tuviera que volver a verlo. Había vencido él, y la inglesa no tenía ganas de verlo deleitarse por su victoria.

Pero ella no era cobarde. Viéndolo acercarse, resistió a pie firme.

—¿Querías ver a Vladimir?

Los ojos de la joven se dilataron.

—Vaya, esos... esos... —Miró con furia a los guardias que permanecían a respetuosa distancia. —¿Así que me entendieron todo?

—Saben algo de francés, pero no lo suficiente...

—No me digas —se mofó ella—. Igual que el capitán, ¿cierto?

El príncipe la observó con expresión totalmente vacía de emociones.

–Tal vez pueda ayudarte yo.

–No –repuso ella con demasiada presteza–. Sí. No.

–Sí puedes decidirte...

–Está bien –replicó ella casi secamente–. Iba a dar el mensaje al señor Kirov, pero ya que estás aquí, tanto da que te lo diga yo misma. Acepto tus condiciones, Alexandrov –anunció. Dimitri la miró simplemente con fijeza. Un ardiente color rosado empezó a teñir las mejillas de la mujer–. ¿Me has oído?

–Sí. –La sorpresa de Dimitri era muy evidente; su sonrisa era casi enceguecedora por lo radiante. –Es que no esperaba... quiero decir, había empezado a pensar que...

Guardó silencio, ya que se le trababa la lengua, lo cual era una experiencia totalmente nueva para él. Y aún no encontraba palabras. Dulce Jesús, él que iba precisamente a hablar con ella, a pedirle que olvidara sus estúpidas exigencias, y ella hacía esto. Aún debería él decirle que lo olvidara, que él había sido un grosero al tratar de obligarla a hacer algo, y sin embargo... sin embargo era demasiado placentera la sensación de ganarle esta batalla. Y en verdad le parecía haber librado una batalla esos últimos cuatro días, con su propia conciencia, con su propio carácter.

Antes, nunca había tratado tan implacablemente a ninguna mujer, y todo porque la deseaba mientras ella no quería saber nada con él. Empero, ella cedía, cuando él se había convencido de que jamás lo haría y que no tenía objeto seguir tratando de someterla a su voluntad. Entonces aún había, después de todo, esperanzas de que ella sucumbiera tarde o temprano a sus reclamos más personales.

–¿Te interpreto correctamente, Katia? ¿Ahora accedes a trabajar para mí?

En fin, tú sabías que él pondría el dedo en la llaga, ¿no, Katherine? Esta era la mismísima razón por la cual no querías verlo... Escucha cómo te late el corazón y sabrás la otra razón.

–No sé si lo llamaría trabajar –repuso Katherine, tiesa–. Ayudaré a tu hermana porque, al parecer, ella lo necesita. A tu hermana, Alexandrov –subrayó– no a ti.

–Es igual, puesto que yo pago sus gastos...

–¿Sus gastos? ¿Acaso vas a mencionar el dinero otra vez?

Dimitri había estado a punto de hacerlo. Trabajando para él, ella ganaría diez veces lo que habría podido percibir en Inglaterra por el mismo trabajo. Cualquier otra mujer querría saber eso. Pero el sesgo de la mirada de Katherine le aconsejó no mencionárselo a ella.

–Muy bien, que no se hable de jornales –aceptó Dimitri–. Pero siento curiosidad, Katia... ¿Por qué variaste de idea?

Ella respondió a la pregunta del príncipe con una propia:

–¿Por qué has estado de tan pésimo humor estos últimos días?

–¿Cómo lo... qué diablos tiene eso que ver con esto?

–Nada, probablemente, salvo que se me dijo que yo era la causa. No di crédito a *eso* ni por un instante, por supuesto, pero además se me dijo que, en el barco, todos andaban de puntillas debido a tu mal genio. Eso es realmente insensible de tu parte, Alexandrov. Tu gente se esfuerza tanto por complacerte, aun en detrimento de otras personas, y tú, fíjate, ni siquiera lo adviertes cuando los vuelves locos de miedo. ¿O acaso lo sabías y simplemente no te importaba?

Mucho antes de que Katherine terminara, él arrugaba la frente.

–¿Ya has terminado de criticarme?

Los ojos de la joven se dilataron de fingida inocencia.

–Me preguntaste por qué cambié de idea, ¿verdad? Solo trataba de explicar...

Dimitri comprendió entonces que ella lo aguijoneaba deliberadamente.

–¿Así que has capitulado por el bien de mis criados, verdad? Si hubiera sabido que serías tan noble, querida mía, habría hecho caso omiso de las necesidades de mi hermana e insistido en que te ocuparas en cambio de las mías.

—Si serás...

—Vamos, vamos —la amonestó él, con su buen humor lo bastante restaurado como para burlarse de ella—. Recuerda tu sacrificio antes de hacer nada que pudiera provocar otra vez mi mal genio.

—¡Vete al demonio!

Echando atrás la cabeza, el príncipe rió con regocijo. Cómo contradecía la furia de ella su apariencia. Qué dulce inocencia aparentaba en su vestido rosado y blanco de seda ondulada, de pudoroso cuello alto y sin adornos, su cabello sujeto atrás con una simple cinta, como lo usaría una niña. Y sin embargo tenía los labios apretados, sus ojos centelleaban de inquina y su barbilla cuadrada sobresalía amenazadoramente. ¿Realmente le había preocupado a él que su tratamiento insensible pudiera quebrar los estimulantes bríos de la joven inglesa? Habría debido saber que no era así.

Ya sin reír, pero sonriendo todavía, Dimitri sostuvo la mirada furiosa de Katherine y se encontró una vez más atrapado por el curioso efecto que ella siempre parecía tener en él.

—¿Sabes que este carácter tuyo me excita?

—No puedo decir lo mismo del tuyo... —empezó la joven, pero calló repentinamente al comprender el sentido de sus palabras.

Su corazón pareció dar un vuelco. Se le cortó la respiración. Quedó hipnotizada viendo cómo los ojos del príncipe se tornaban más negros que pardos. Y cuando la mano de Dimitri se deslizó suavemente sobre su cuello, bajo la cabellera, y la atrajo lentamente hacia sí, quedó indefensa para impedir lo que sabía que sobrevendría.

Tan pronto como los labios del hombre tocaron los de ella, Katherine volvió a experimentar cada sensación erótica que había tenido cuando estaba bajo la influencia de aquella exótica droga. Se le volvieron de jalea las piernas, de blanda masa la mente. Sin trabas, la lengua de Dimitri se deslizó entre los dientes de la mujer para explorar despaciosamente su boca; el calor se encendió en la entrepierna de Katherine. Instintivamente lanzó hacia adelante las caderas, sin estímulo alguno de él. A decir verdad, Dimitri seguía sujetándola tan solo por el cuello. Era ella quien apretaba su cuerpo contra el del hombre, anhelando el contacto, anhelando...

La reacción de la joven hacia él asombró totalmente a Dimitri. Había esperado batir de brazos y piernas, no que el cuerpo de la mujer se volviera blando y dócil. Debería haberla besado antes, en vez de tratar de convencerla para que se acostara con él, lo cual, según indicaba su firme resistencia hacia él, era el único modo en que podría lograrlo.

Qué estúpido había sido. No la había situado en esa bien conocida categoría de mujeres que decían no cuando en realidad querían decir que sí. Y sin embargo... sin embargo no había remilgos en Katherine. En sus fogosas emociones no había simulación alguna. Ella no estaba entre las mujeres ladinas y embusteras a las que estaba habituado, y eso lo dejaba sumido en la confusión, aunque le encantaba su repentina buena suerte.

Cuando el beso terminó, Katherine se sintió desolada. Dimitri deslizó la mano por la mejilla de ella, y tal como lo hiciera aquella noche funesta, ella apoyó la mejilla en la palma del ruso, sin darse cuenta de que lo hacía. Fue al oír que él contenía bruscamente el aliento por el tierno gesto de ella, que Katherine recuperó su sano juicio. Abrió los ojos a la realidad y gimió apesadumbrada, al mismo tiempo que se ponía velozmente en movimiento. Puso las manos de plano sobre el pecho de Dimitri y empujó con fuerza. El príncipe no se movió siquiera, pero como no la tenía sujeta en modo alguno, ella estuvo a punto de trastabillar por su propio impulso. Retrocedió a su propio camarote. La distancia que hubo entre ellos era cuanto necesitaba la joven para recuperar el control, pese a que aún le latía el pulso con celeridad.

Lo miró con enojo y, cuando él dio un paso hacia ella, alzó una mano diciendo:

—No te acerques más, Alexandrov.

—¿Por qué?

—No lo hagas y basta. Y no te atrevas a intentar eso otra vez.

—¿Por qué?

—Mal rayo te parta con tus *porqués*. ¡Porque no quiero que lo hagas, por eso!

Dimitri no llegó más lejos de la puerta. Allí se apoyó en el marco, cruzando los brazos sobre su anchuroso pecho mientras estudiaba a la joven, pensativo.

Ella estaba aturdida. Qué bueno. Además estaba nerviosa y acaso un poco asustada también, lo cual daba al príncipe una sensación de poderío que no había experimentado antes en presencia de ella.

Tontuela... ¿Por qué era tan renuente a gozar de los placeres de la carne? Pero él había aprendido en ese encuentro algo que lo satisfaría por el momento. Después de todo, ella no era indiferente hacia él. Había en esa mujer una pasión que no requería ningún afrodisíaco para aflorar. Tan solo necesitaba un suave contacto, y habría otras oportunidades... de eso se ocuparía él.

—Muy bien, Katia, me has convencido de que aborreces los besos —dijo en tono risueño, pues ambos sabían cuán ridícula era tal afirmación—. Ven conmigo, pues, y te presentaré a mi hermana. No me temes ahora realmente, ¿o sí? —agregó al ver que ella no se movía.

Katherine se erizó, porque él tampoco se había movido aún.

—No, pero si quieres que vaya contigo, será mejor que marches adelante.

Dimitri rió, pero al seguirlo por el corredor, ella creyó oírle decir:

—Tú ganas esta vuelta, pequeña, pero no prometo ser siempre tan obsequioso en cuanto a tus deseos.

CAPITULO 16

–¿*Ella*, Mitia? ¿Piensas que no he oído hablar de ella? ¿Crees que no sé que es la putilla a quien recogiste de la calle esa tarde en Londres? ¿*Esto* me das como dama de compañía?

Así fue recibida Katherine por Anastasia Petrovna Alexandrova después de que Dimitri las presentó y explicó la presencia de Katherine. La joven rusa la había mirado una sola vez antes de ignorarla y atacar a su hermano como si este le hubiese propinado el más horrendo insulto.

La insultada era Katherine; y sin embargo, cuando se recuperó de la sorpresa de oír que difamaban su personalidad, reaccionó al desdén de la princesa de modo por demás inusitado. Se puso delante de Dimitri, quien mostraba todos los signos de perder los estribos en pocos segundos, y cuando Anastasia ya no podía ignorarla más, sonrió diciendo:

–Mi estimada joven, si no fuese yo una dama y, *además*, de temperamento moderado, tal vez me viese ten-

150

tada a atontarla a bofetadas por sus modales ofensivos, sin hablar ya de su menosprecio hacia mí. Pero como es obvio que la han informado mal a mi respecto, supongo que debo ser tolerante e indulgente. Pero pongamos algo en claro. No soy una ramera, princesa. Y nadie me está *dando* a usted, como lo expresa con tanta arrogancia. Accedí a ayudarla porque evidentemente no es capaz de desenvolverse sola. Pero a eso lo entiendo perfectamente. Vaya, míreme. Sin mi propia dama de compañía conmigo en este viaje, no he podido hacer nada con mi cabello, y vestirse es tedioso por demás sin un poco de ayuda. Ya ve entonces que sí entiendo su dilema, y como no tengo nada mejor que hacer...

Katherine podría haber continuado con su sutil sarcasmo, pero estaba demasiado próxima a la risa al ver la expresión sorprendida de la princesa y, además, se había hecho entender. Faltaba por ver si eso serviría de algo.

Tras ella, Dimitri se acercó y se inclinó para susurrar:

—¿Temperamento tolerante, Katia? ¿Cuándo podré conocer a esa mujer a quien describiste?

La inglesa se apartó de él con presteza antes de volverse para agraciarlo con la misma sonrisa falsa que había brindado a la princesa.

—Sabes, Alexandrov, no creo que tu hermana esté tan desvalida como sugeriste. Parece muy capaz de...

—No sea tan apresurada —interrumpió Anastasia, temiendo haber ido demasiado lejos y estar a punto de perder a una criada supuestamente competente, cosa que ella necesitaba desesperadamente—. Pensé que tendría que entrenarla, como haría con las servidoras de Dimitri, pero si es una dama, como dice, eso será innecesario. Acepto su ayuda. Y, Mitia... te agradezco que pensaras en mí.

Irritaba a Anastasia el tener que decir siquiera eso a cualquiera de los dos. Aún estaba furiosa con su hermano por arrastrarla de regreso a su tierra y por sus amenazas acerca de un futuro esposo. Tener que agradecerle por algo en ese momento contrariaba sus inclinaciones. ¡Y la inglesa! Anastasia sentía hervirle la sangre. Sin duda Dimitri estaba cansado de esa putilla, y por eso se la encajaba a ella. ¡Así que una dama! Pero era posible que supiese más acerca de atender a una dama que los demás criados de Dimitri, y por eso podría ser útil. Empero, Anastasia no olvidaría el insulto que le había propinado esa *campesina*.

–Las dejaré entonces, para que se conozcan mejor –dijo Dimitri.

La sonrisa de Anastasia no llegaba a sus ojos. La expresión de Katherine habría sido vacua, salvo por la línea tirante de su boca. Dimitri sabía que podía ser difícil entenderse con su hermana. Y había presenciado de primera mano el mal genio de Katherine. Tal vez no habría debido juntar a esas dos, pero hecho estaba. Si no daba resultado, pues aún quedaba la segunda posición para que la llenara Katherine.

La mirada que le lanzó Dimitri poco antes de salir, advirtió a Katherine lo que él había estado pensando. Quería que ella fracasara. Lo ansiaba. ¡Qué bribón! Pues ella no fracasaría. Aunque le costara la vida, sería amable con esa niña malcriada y antipática.

Esa decisión menguó después de escuchar la larga lista de obligaciones que Anastasia tenía pensadas para ella. Debía ocuparse del baño de la princesa, su aseo, sus ropas, sus comidas. Esa muchacha quería monopolizar todos sus momentos de vigilia, hasta hacerla posar para un retrato, lo cual sorprendió verdaderamente a Katherine. Anastasia se consideraba una artista de talento, y su pintura era lo único que tenía para ocuparse durante el viaje.

–Lo llamaré "La margarita" –dijo Anastasia refiriéndose al retrato.

–¿Me compara usted con una margarita?

Anastasia se regocijó ante la oportunidad que se le ofrecía, una ocasión de menospreciar a esa mujer.

–Pues, ciertamente no es ninguna rosa. Sí, una margarita un poco tostada por el sol, con ese cabello opaco... aunque sí tiene ojos vivaces –admitió al verlos dilatarse.

En realidad tenía ojos hermosos, admitió para sí Anastasia, y un rostro que tal vez no fuese bonito en el sentido clásico, pero sin duda era interesante. A decir verdad, sería un desafío pintarla. Cuanto más la miraba Anastasia con ojos de artista, en vez de hacerlo con inquina, más la entusiasmaba ese desafío.

—¿Tiene un vestido amarillo? —inquirió—. Debe hacerse con un vestido amarillo ¿entiende usted? por el efecto de la margarita.

Mantén la calma, Katherine. Te está aguijoneando y no es realmente muy hábil. Poco te ha costado poner en su sitio a otras mejores que ella.

—No tengo vestido amarillo, princesa. Tendrá usted que improvisar o acaso imaginar...

—No, debo verlo... pero ¡por supuesto! Usarás un vestido mío.

Hablaba en serio.

—No, no haré tal cosa —respondió Katherine, tiesa.

—Pero debe hacerlo. Accedió a que yo la pintara.

—No accedí, princesa. Usted lo dio por sentado.

—Por favor.

Esta palabra sorprendió a las dos. Anastasia apartó la vista para ocultar un rubor revelador, asombrada no tanto por haber suplicado a esa mujer, sino porque el retrato se hubiera vuelto de pronto tan importante para ella. Sería lo más dificultoso que había hecho en su vida, no como esos recipientes con fruta o esos prados salpicados de flores silvestres, donde una escena se parecía tanto a otra, ni los pocos retratos de amigas suyas que había hecho, donde el ser rubias y bonitas constituía también uniformidad. No, aquí tenía como tema algo original. Simplemente tenía que pintarla.

Al verla ruborizarse, Katherine se sintió como una zorra mezquina. Se estaba negando a hacer lo único que, en realidad, no le molestaría hacer. Qué mala voluntad. ¿Y por qué? ¿Porque la princesa era consentida y decía cosas que probablemente no sintiera? ¿O porque era la hermana de Dimitri y decirle que no era como decírselo a él, un placer?

—Muy bien, princesa. Posaré para usted algunas

153

horas por día —aceptó Katherine—. Pero debo insistir en un lapso similar para mí misma.

Con las demás tareas se las arreglaría según se presentaran. En ese momento no tenía objeto entrar en una discusión (no le frotaría la espalda a nadie) cuando tenía esta oportunidad de llegar a conocer a Anastasia cuando tuviera las uñas enfundadas.

CAPITULO 17

Esa tarde se desencadenó la primera de varias tormentas con las que el barco se toparía en las semanas venideras. No fue una tempestad violenta, apenas un fastidio para casi todos los que iban a bordo, en particular Anastasia. Se adaptaba bien al viaje por mar, salvo en esas circunstancias, como admitía sin vacilar. El mayor movimiento del buque la envió derecho a la cama.

Katherine salió del camarote de la princesa decidida a ver qué podía hacer con respecto a lavar y planchar varios vestidos, incluyendo uno dorado que, según habían resuelto ambas, iría muy bien para el retrato. Después tendría para ella misma el resto de la tarde. Lo malo era que no sabía nada de nada sobre lavar y planchar ropas. Pero Anastasia había insistido en que los sirvientes de Dimitri, acostumbrados solo a ocuparse de un hombre, no sabían nada de atavíos femeninos y arruinarían todo aquello que tocaran.

—Y lo mismo haré yo.

–¿Mi señora?

Katherine se detuvo de pronto, asombrada de oírse llamar así. ¿Y por Marusia? La otra mujer la esperaba en la puerta de su propio camarote. Sonreía de oreja a oreja y hacía señas a Katherine para que se acercara. La joven lo hizo con rapidez, cuando advirtió que el corredor no era sitio para demorarse, cuando el camarote de Dimitri estaba a pocas puertas de distancia. No tenía el propósito de volver a toparse con él allí.

–¿Cómo me llamó? –inquirió Katherine antes de entrar en su cuarto.

Marusia no prestó atención a la brusquedad de su tono.

–Sabemos quién es usted, mi señora. Solo el príncipe y mi esposo lo dudan.

Que alguien le creyera fue un gran alivio, y sin embargo nada cambiaba mientras Dimitri dudara todavía.

–¿Por qué *él* no me cree, Marusia? Las ropas y las circunstancias no modifican lo que es una persona.

–Los rusos pueden ser intratables. Se aferran tercamente a sus primeras impresiones. Para Vladimir hay más razón aún, porque en Rusia se lo castigaría con la muerte por raptar a una *aristo*. Ya ve usted por qué no se atreve a admitir que usted es más de lo que él supuso al principio.

–No estamos en Rusia y yo soy inglesa –le recordó Katherine.

–Pero las costumbres rusas no se desconocen simplemente porque estemos un tiempo fuera del país. En cuanto al príncipe... –Marusia se encogió de hombros– ¿quién sabe por qué no acepta lo obvio? Es posible que opte por no tenerlo en cuenta porque no quiere que sea cierto. También es posible que la tentación que usted representa para él nuble su buen criterio.

–En otras palabras, ¿tan ocupado está urdiendo maneras de seducirme que no tiene tiempo para pensar en nada más?

El tono ofendido sorprendió a Marusia, pero al cabo de un momento no pudo contener la risa. Aunque ya sabía que no debía pensar en la inglesita en función de otras mujeres, le seguía pareciendo increíble que Dimitri hubiese conocido finalmente a una mujer que no se enamoraba instantáneamente de él. Hasta la princesa Tatiana estaba locamente enamorada de él, como sabían todos excepto Dimitri. Según los criados de Tatiana Ivanova, esta había decidido fingir indiferencia hacia Dimitri para que este la valorara mejor una vez que la conquistase.

Al ver que Katherine no apreciaba su buen humor, Marusia se puso seria.

–Lo siento, mi señora. Es solo que... ¿verdaderamente no siente nada por el príncipe?

–Lo aborrezco –replicó Katherine sin vacilar.

–Pero ¿lo dice en serio, *angliiski*, o solo su ira la lleva a ...?

–¿Otra vez se pone en tela de juicio mi integridad?

–No, no, pensé tan solo... dejémoslo ya. Pero es una pena que sienta usted eso, porque él está muy prendado de usted. Pero usted ya sabe eso, por supuesto.

–Si se refiere a sus intentos de embaucarme y llevarme a su cama, le aseguro que no soy estúpida, Marusia. Un hombre puede desear a una mujer a quien no respeta, a quien no conoce y que ni siquiera le agrada. De no ser así, jamás se habría inventado la palabra "ramera". ¡Y no se atreva a fingir que mi franqueza la escandaliza, porque no le creeré!

–No es eso, mi señora –se apresuró a asegurar Marusia–. Es esta conclusión a la que usted ha llegado equivocadamente. Por cierto que el príncipe es tan lujurioso como cualquier joven de su edad, y con suma frecuencia sus relaciones significan poco o nada para él. Con usted ha sido diferente desde que la vio por primera vez. ¿Acaso cree que para él es habitual recoger a una desconocida en la calle para que comparta su lecho? Nunca hizo esto antes. Usted le agrada, mi señora. Si no fuera así, no la seguiría deseando todavía. Si no fuera así, sus emociones no estarían tan cerca de la superficie en cuanto a usted se refiere. ¿No ha notado la diferencia desde que usted accedió a sus exigencias? Por eso estoy aquí, para agradecerle, en nombre de todos, por cualquier sacrificio que haya tenido que hacer.

Katherine percibía la diferencia —ya nadie susurraba, desde arriba llegaban gritos y risas, aun en plena tormenta— y no podía negar que le hacía bien pensar que ella era responsable por esa vuelta a la normalidad. Tampoco podía negar el leve estremecimiento que la había recorrido al oír a Marusia afirmar que Dimitri gustaba de ella. Pero eso nada tenía que ver, ni era algo que debiera admitir ante nadie, salvo ella misma. En cuanto a su sacrificio, no era tan difícil entenderse con Anastasia... mientras su hermano no estuviera cerca. En cuanto a las demás alusiones, en fin, esas personas debían entender que su posición no había cambiado simplemente porque ella ya no era virgen. No toleraría una campaña para que ella aceptara acostarse con Dimitri, como había aceptado los esfuerzos de ellos por sacarla de su camarote.

—No sé cómo son las cosas en Rusia —dijo Katherine—, pero en Inglaterra una dama no espera que se le hagan otras propuestas que las de matrimonio. Vuestro príncipe me insulta cada vez que él... cuando él...

Esto hizo gracia a Marusia.

—¿Ningún hombre le pidió antes que fuera su amante, mi señora?

—¡Claro que no!

—Es una lástima. Cuanto más se le pide eso a una, menos parece un insulto.

—Basta ya, Marusia.

Un fuerte suspiro, luego una semisonrisa dijeron a Katherine que Marusia no era de las que se rinden tan fácilmente. Pero retrocedió por el momento.

—¿Eso le ha dado la princesa? —preguntó señalando los vestidos que Katherine llevaba colgados de un brazo.

—Debo limpiarlos y plancharlos.

Marusia estuvo a punto de reír al ver la expresión de disgusto mezclado con decisión que pasó por los rasgos de Katherine.

–Por eso no debe preocuparse, señora. Se los daré a Maxim, el valet de Dimitri, y él se los devolverá aquí. No hace falta que se entere Anastasia.

–Sin duda él tiene ya bastante que hacer.

–En absoluto. También se ocupará de sus propias vestimentas, y usted se lo permitirá, sí, porque es quien tuvo que atender al príncipe estos últimos cuatro días y es él quien más agradecido le está a usted por hacer las paces con él. Será un placer para él ayudarla de cualquier manera posible.

Katherine luchó contra su orgullo durante unos dos segundos, antes de entregar los vestidos.

–Al amarillo hay que ajustarlo a mis medidas.

–¿Ajá?

–La princesa quiere pintar mi retrato vestida con él.

Marusia sonrió para esconder su sorpresa. En ese entonces Anastasia estaba furiosa con el mundo y se desquitaba con todos. Marusia habría apostado que habría sido particularmente desagradable con la inglesita, y habría apostado además que el resultado habría sido una batalla campal.

–Debe haber simpatizado con usted –comentó Marusia sonriendo todavía–. Y realmente pinta muy bien. Es su pasión, superada únicamente por los hombres.

–Eso tengo entendido.

Entonces Marusia rió.

–¿Le habló, pues, de sus muchos amantes?

–No, solo del que le costó ser expulsada de Inglaterra y cuán injusto fue todo eso.

–Es muy joven. Para ella, todo aquello con lo cual discrepa es injusto, en especial su hermano. Durante toda su vida hizo lo que le place. Ahora, repentinamente, le tiran de las riendas y ella, naturalmente, objeta.

–Se lo habría debido hacer antes. Tal promiscuidad es inaudita en Inglaterra.

Marusia se encogió de hombros.

–Los rusos ven esas cosas de manera diferente. Ustedes tiene una reina que vería con malos ojos tales cosas. Nosotros tenemos una zarina que estableció la moda jactándose de sus amantes, frente al mundo entero. Lo mismo hizo su nieto Alejandro, y al zar Nicolás fue criado en esa misma corte. No es de extrañar entonces que nuestras damas no sean tan inocentes como las de ustedes.

Katherine contuvo la lengua, recordando que Rusia era otro país, otra cultura, y ella no tenía derecho alguno a juzgar. Pero, Dios santo, tenía la sensación de ser una criaturita a quien se arrojaba a Babilonia.

Había enmudecido de escándalo al escuchar las quejas de Anastasia por haberse malquistado con su abuela debido a su pequeño amorío, como ella lo llamaba, al punto de que la duquesa había hecho llamar a Dimitri para que se la llevara de vuelta. Fue entonces cuando Katherine comprendió quién era Anastasia: la princesa rusa de quien hablaban todos los chismosos poco tiempo atrás. Ella misma había oído la anécdota. Solo que no había hecho la conexión cuando Dimitri le mencionó al duque de Albemarle.

El duque era tío de ellos por el lado de su madre. Ellos eran medio ingleses. Al saberlo, Katherine habría debido sentirse mejor. No fue así. La sangre nada importaba cuando alguien se criaba en la barbarie.

CAPITULO 18

—¿Katia?

El corazón de Katherine dio un brinco. Debería haberlo pensado mejor antes de tratar de pasar a escondidas frente a la puerta abierta del camarote de Dimitri. Mal rayo lo partiera por dejarla abierta.

Katherine borró de su rostro la mueca y miró adentro. El príncipe estaba sentado a su escritorio, con una pila de papeles ante sí y un vaso de vodka junto al codo. Había encendido la lámpara sobre su escritorio. La luz daba marcado relieve a su rostro, haciendo que el dorado de su cabello pareciera casi blanco. La joven se esmeró en apartar la vista después de esa primera mirada.

En tono impaciente, indicando con claridad que no le agradaba verse retrasada por él, Katherine dijo:

—Me disponía a subir a la cubierta.

—¿Bajo la lluvia?

—Un poco de lluvia no daña.

—En tierra, tal vez. En un barco, la cubierta estará resbaladiza y...

La mirada de Katherine volvió hacia la de él.

—Mira, Alexandrov, o soy libre dentro de la nave, como me prometiste, o lo mismo da que permanezca encerrada en mi camarote. ¿Es lo uno o lo otro?

Las manos apoyadas en las caderas, la barbilla echada hacia adelante, estaba dispuesta a la batalla, quizás hasta la ansiaba. Dimitri sonrió, pues no tenía intención alguna de complacerla.

—Por supuesto, ve y mójate. Pero cuando vuelvas, quisiera hablar contigo.

—¿De qué?

—Cuando vuelvas, Katia —repitió él, antes de volver la mirada a sus papeles.

Katherine fue despedida concisamente, cerrado el tema. Apretó los dientes y se marchó con andar majestuoso.

—"Cuando vuelvas, Katia" —lo imitó ella en voz baja y furiosa mientras subía pisoteando los escalones—. No hace falta que lo sepas antes de tiempo, Katia. No, entonces acaso pudieras prepararte y eso no conviene, ¿verdad? En cambio, preocúpate por ello. ¿Qué demonios se propone él ahora?

Tan pronto como pisó la cubierta, la lluvia que le azotaba el rostro atrapó toda su atención, y la arrogancia de Dimitri quedó temporariamente olvidada. Katherine se acercó a la barandilla, y clavó su mirada en la turbulencia del mar y el cielo, la Naturaleza en la cumbre de su primitivismo. Y ella casi se lo había perdido. Ya podía ver al sol que asomaba entre las nubes a la distancia mientras descendía hacia el horizonte. Pronto el buque dejaría atrás la tormenta.

Pero por el momento Katherine disfrutaría de lo que jamás soñaría disfrutar en su tierra: ser sacudida por el viento y quedar empapada sin correr en busca de reparo, sin preocuparse por una toca o un vestido arruinados o por quién podría verla. Era un placer pueril, pero tan regocijante que tuvo deseos de reír, y así lo hizo cuando trató de juntar lluvia en las manos ahuecadas para beberla y lo consiguió, y cuando el viento jugó al libertino con sus faldas.

Estaba todavía muy animada cuando finalmente los vientos más fríos del cercano anochecer la obligaron a bajar. Y no se intranquilizó cuando se acercó a la puerta de Dimitri, todavía abierta, y recordó que quería verla. Lo había hecho esperar casi dos horas. Si con eso había logrado irritarlo, la ventaja sería de ella.

—¿Aún querías hablar conmigo, Alexandrov? —inquirió amablemente la joven.

Dimitri estaba todavía sentado detrás de su escritorio. Al oír la voz de Katherine, dejó la pluma y se reclinó en su silla para observarla. No pareció sorprenderlo su aspecto. Mojado el cabello, algunos mechones pegados a la frente y su mejilla, su vestido transparente y adherido al cuerpo. La expresión "seda ondulada" cobraba un sentido más exacto con un charco formándose a sus pies.

Si la expresión del príncipe no evidenció su fastidio, su voz sí lo hizo, aunque no por la razón que esperaba Katherine.

—¿Tienes que seguir siendo tan impersonal cuando te diriges a mí? Mis amigos y parientes me llaman Mitia.

—Qué bonito.

Ella pudo oírle suspirar desde el otro lado de la habitación.

—Entra, Katia.

—No, no creo que deba hacerlo —continuó ella con esa misma irritante despreocupación—. No querría llenarte de agua el suelo.

Un estornudo arruinó el efecto que procuraba lograr, y si se hubiese molestado en establecer el contacto visual, habría visto que Dimitri recuperaba su buen humor.

—¿Dijiste que un poco de lluvia no haría mal? Ve y cámbiate de ropas, Katia.

—Lo haré tan pronto como me digas...

—Cámbiate primero.

Ella estaba por insistir en terminar con esa charla,

pero en cambio cerró la boca. ¿Para qué? Ya había representado antes esa escena. Y como antes, él había logrado aguijonearla hasta la exasperación. Pero esta vez... esta vez la joven dio un portazo antes de alejarse. Quería tener el placer de golpearla con fuerza al regresar. Maldita puerta. ¿Para qué demonios la dejaba él abierta, de todos modos?

Para poder detenerte, Katherine, como lo hizo. ¿Qué clase de libertad tienes si no puedes subir a cubierta, no puedes ir siquiera al comedor, sin que él lo sepa?

Dios santo, ahora ella creía que todos los motivos de él giraban a su alrededor, cuando era más que probable que simplemente tuviera calor y tratara de atrapar algo de la refrescante brisa que soplaba por el corredor. Después de todo, él venía de Rusia, país del eterno invierno. Lo que para ella era fresco, para él sería caluroso.

Una ilusa, eso eres tú, Katherine, cuando sabes muy bien que no eres tan importante para él. Es probable que ni siquiera piense en ti cuando no estás cerca. ¿Por qué iba a hacerlo? Y su puerta no estará siempre abierta. Y aun cuando lo esté, él no te detendría en cada ocasión.

Aunque aquello sonaba muy razonable, no alivió ni siquiera la mitad de la exasperación que ella sentía por ser tratada como una niña, y eso era lo que él había hecho, despidiéndola sumariamente como si ella fuese una niña o una criada, ordenándole cambiarse como si ella no tuviese juicio para hacerlo sin que él se lo dijera.

Katherine cerró con violencia su propia puerta. Luego, impaciente, atacó los botones de su corpiño, tarea que dificultaba la tela mojada. Habría dado cualquier cosa por tener allí a Lucy aunque fuera por un solo minuto, y el hecho de no tenerla la enfureció todavía más.

Cuando su vestido cayó al suelo, ella lo alejó de un puntapié. Zapatos, enaguas y el resto de su ropa interior cayeron en el mismo montón antes de que Katherine se diese cuenta de que estaba demasiado oscuro en la habitación para hallar ropas limpias en el baúl. Se golpeó el pie tratando de llegar al aguamanil para tomar una toalla. Más leña al fuego.

—Más vale que tu charla sea esencial, mi arrogante príncipe, eso es cuanto tengo para decir. —Su voz la reconfortó en las tinieblas, y la acicateó cuando tuvo una vela encendida—. Acaso el tenerme en suspenso sea tu idea de...

—¿Siempre hablas contigo mismo, Katia?

Katherine quedó paralizada. Cerró los ojos, apretó la toalla que sostenía en torno a su cuerpo, y su espíritu se rebeló. *No está allí. No se atrevería.* No quiso volverse para mirar, ni aun cuando oyó acercarse sus pasos tras ella. *Concédeme un solo favor, te lo ruego, Señor. Cúbreme con algunas ropas. Un pequeño milagro.*

—¿Katia?

—No puedes entrar aquí.

—Ya estoy aquí.

—Entonces vete ya, antes de que yo...

—Hablas demasiado, pequeña. Hasta contigo mismo hablas. ¿Tienes que estar siempre tan a la defensiva y en guardia? ¿De qué tienes miedo?

—No tengo miedo —insistió ella débilmente—. Hay maneras decorosas de actuar, y el que vengas aquí sin ser invitado no es una de ellas.

—¿Me habrías invitado a entrar?

—No.

—Ya ves, entonces, por qué no llamé.

Estaba jugando con ella, aprovechándose de su dilema, y ella no sabía qué hacer al respecto. No había ninguna dignidad en estar de pie sin otra cosa que una toalla. Qué aspecto valeroso estaba presentando ella. ¿Cómo podía vilipendiarlo cuando ni siquiera podía volverse y hacerle frente de manera directa?

Sí que tenía miedo. Dimitri estaba directamente detrás de ella. Podía sentir su respiración sobre su propia cabeza. Su aroma la rodeaba. Mirarlo sería su perdición.

—Quiero que te marches, Alexandrov —dijo ella. Le asombró su tono tan calmo, cuando todo su sistema nervioso se precipitaba hacia el pánico—. Iré a buscarte dentro de unos minutos, después de que yo...

—Quiero quedarme.

Pronunció tan simplemente esas palabras, que sin embargo lo decían todo. Ella no podría obligarlo a salir si él no quería, y ambos lo sabían. La nerviosidad de la joven estalló en un encono irrazonable cuando finalmente se volvió hacia él.

—¿Por qué?

—Qué pregunta tonta, Katherine.

—¡No lo es, demonios! ¿Por qué yo? ¿Y por qué *ahora*? La lluvia acaba de empaparme. Parezco una rata ahogada. ¿Cómo es posible que tú... qué motivo tendrías para...?

Dimitri rió entre dientes al verla en apuros.

—Siempre lo desmenuzas todo con tus cómos y porqués. ¿Quieres la verdad, pequeña? Sentado tras mi escritorio, te imaginé quitándote esas ropas mojadas, y fue como si lo hicieras ante mí, tan nítida era la imagen. Ya ves, mi recuerdo de ti es tan tentador como la persona real. Puedo cerrar los ojos y volver a verte enmarcada en raso verde...

—¡Calla!

—Pero ¿acaso no querías saber por qué podía desearte ahora?

En ese preciso momento, el contacto de las manos de Dimitri impidió que Katherine respondiera. A decir verdad, sus pensamientos quedaron tan totalmente enmarañados que renunció a ellos. El toque del hombre era suave como un susurro, desplazándose con lentitud sobre la piel desnuda de los hombros de ella hasta que finalmente sus manos rodearon la delgada columna del cuello de la mujer.

Con los dedos sobre la nuca de Katherine, sus pulgares se estiraron bajo la barbilla de la joven para inclinarle la cabeza hacia él.

—No debí haberte desvestido mentalmente —dijo mientras sus labios le rozaban la sien, después la mejilla—. Pero no pude evitarlo. Y ahora te necesito, Katia, te necesito —susurró apasionadamente poco antes de que su boca capturara la de ella.

Aunque los temores de Katherine se hacían realidad,

no se resisitió al beso del príncipe, no podía. Como la miel, como un vino muy dulce, él tenía tan buen sabor, la hacía sentirse tan deliciosamente traviesa... *Pero ¿y las consecuencias, Katherine? Tienes que resistir. Usa tu imaginación, como lo hizo él. Finge que es Lord Seldon quien te ciñe en sus brazos.*

Lo intentó, pero su cuerpo sabía la diferencia y le rogó que lo pensara mejor. ¿Por qué tenía que resistirse? ¿Por qué? En ese momento ella no recordaba la razón ni lo deseaba en realidad.

Tan solo unos minutos para saborearlo, Katherine. ¿Qué daño pueden hacer unos minutos?

Tan pronto como ella apretó su delgado cuerpo contra el de Dimitri, este dio rienda suelta a su pasión. El triunfo se encumbraba en su sangre, aguzando sus sentidos como nunca antes, porque antes nunca había parecido tan importante triunfar.

Había estado en lo cierto. Katherine era susceptible únicamente a un asalto directo a sus sentidos. Pero él no olvidaba lo sucedido esa mañana. No se atrevía a hacer una pausa ni aun para respirar, no se atrevía a darle a ella un instante de tregua, pues entonces ella alzaría de nuevo su escudo de indiferencia y esa dorada oportunidad se perdería.

Pero lo que ella le estaba haciendo... Dulce Jesús, él no iba a poder actuar lentamente. Hasta le costaba no aplastarla con el poder de su deseo. Las pequeñas manos de ella se movían frenéticamente sobre la espalda de él, introduciéndose en su cabello, asiendo, apremiando. Su lengua se batía a duelo con la de él, no de modo vacilante, sino con audaz empuje. No era posible que él se equivocara. Ella estaba tan ávida como él. Pero de todos modos él no iba a correr ningún riesgo.

Sin interrumpir el beso, Dimitri abrió los ojos para averiguar dónde estaba la cama de ella. Debería haber tomado nota de ello al entrar, pero lo había embelesado tanto verla envuelta nada más que con una toalla flojamente colocada, que no advirtió otra cosa. Pero ahora, al mirar en torno y no encontrar ninguna cama, su mirada voló de vuelta a lo que a primera vista había desdeñado aceptar. ¡Una hamaca!

Fue como un chapuzón de agua fría. ¿Sentenciado por falta de una cama? Inconcebible. Estaba la alfombra. Era gruesa y... ¡no! No podía poseerla sobre la alfombra. Esta vez, no. Esta vez tenía que ser perfecta, así tendría munición que utilizar para persuadirla en la próxima ocasión.

Katherine estaba tan armonizada con la pasión de Dimitri, que esta momentánea distracción suya fue como una campana de alarma repicando en su cabeza. No sabía qué la causaba; eso no tenía importancia. Pero se sintió bruscamente llevada de vuelta a una percepción de lo que ella estaba haciendo... y de lo que estaba haciendo él. La estaba alzando en sus brazos. Se encaminaba hacia la puerta con lentitud, sin interrumpir nunca el contacto de sus labios. Pero había una diferencia en el beso de él, un aumento de ardor que magullaba, como si... como si... *Te tiene calculada, Katherine. Sabe lo que hace falta para convertirte en una cáscara descerebrada.*

Pero era demasiado tarde. Queriéndolo o no, ella había recobrado su sano juicio. Apartó la cabeza para quebrar el poderío del hombre.

—¿Adónde me llevas?

El príncipe no se detuvo.

—A mi habitación.

—No... no puedes sacarme así de este sitio.

—Nadie te verá.

La voz de Katherine había sido vacilante. Luego restalló como una fusta.

—Suéltame, Dimitri.

El príncipe se detuvo, más no soltó a la joven. Sus brazos se tensaron dolorosamente, y ella barruntó que esta vez no renunciaría a su ventaja con tanta facilidad.

—Yo te ayudé cuando lo necesitabas —le recordó él—. ¿Lo niegas acaso?

—No.

– Entonces tú no puedes hacer menos por mí.

– No lo haré.

Se puso rígido y habló con brusquedad.

– Lo justo es justo, Katia. Yo te necesito ahora, en este momento. No es tiempo de rememorar tu absurda virtud.

Eso sí la encolerizó.

– ¿Absurda virtud? No me compares con tus mujeres rusas, quienes evidentemente no tienen virtud alguna. ¡Soy inglesa! Mi *absurda virtud* es muy normal, gracias, y no cambiará por asociación. Ahora suéltame, Dimitri, ya mismo.

El príncipe sintió el impulso de dejarla caer simplemente, tan furioso estaba con ella. ¿Cómo podía cambiarse de un extremo a otro con tal soltura? ¿Y por qué él hablaba siquiera con ella? Ya sabía que las defensas de ella no se podían perforar con palabras.

Dimitri dejó que las piernas de Katherine resbalaran al suelo, pero su otro brazo, con el que le ceñía la espalda, lo bajó más aún para colocar a la mujer en la curva de su duro cuerpo. La fricción aflojó la toalla que ella tenía acomodada sobre los senos, y solo el estar apretados los cuerpos de ambos impidió que la toalla cayera.

– Empiezo a pensar que no sabes lo que quieres, Katia.

Katherine gimió cuando la otra mano del ruso le asió la barbilla en preparación para un nuevo ataque. Ella no sería capaz de contrarrestarlo; no otra vez, no entonces. Aún le faltaba recobrarse del anterior. Pero él estaba equivocado, muy equivocado. Ella sabía exactamente lo que quería.

– ¿Me forzarías, Dimitri?

El príncipe la soltó tan repentinamente, que ella trastabilló.

– ¡Jamás! – respondió, casi gruñendo.

Sin quererlo, ella lo había insultado. No había tenido esa intención. Tan solo había hecho un último esfuerzo desesperado por contenerse en cierta medida, pues temía que, cuando se le entregara, él la dominaría tanto, en espíritu y cuerpo, que no quedaría nada de Katherine Saint John.

La frustración total de Dimitri era inconfundible. Cuando ella lo miró, tras un frenético intento de sujetar la toalla, él se pasaba las manos por el cabello como si pretendiese arrancarse todos los rubios mechones. Y luego se interrumpió, clavándole una mirada de expresión confusa, y colérica al mismo tiempo.

–Dulce Jesús, ¡eres dos mujeres diferentes! ¿Adónde se va la audaz cuando regresa la gazmoña?

¿Acaso estaba ciego? ¿No podía ver que ella temblaba todavía de deseo, que su cuerpo clamaba por el de él? *Mal rayo te parta, Dimitri, no seas tan caballeroso. Presta oídos a mi cuerpo, no a mis palabras. Tómame.*

Dimitri no oyó la muda súplica. Tan solo veía la oportunidad perdida, sentía el tormento de la pasión insatisfecha.

Después de una última mirada ardiente, Dimitri se marchó, dando un portazo en su furia. Pero una vez afuera, se arrepintió de su pulla deliberada, y lamentó la expresión de congoja que había aparecido en las facciones de Katherine por esa causa. No se podía llamar gazmoña a ninguna mujer que besara como ella. Ella lo deseaba, y aunque fuera lo último que hiciese en su vida, él la obligaría a admitirlo.

Esta vez había perdido su oportunidad por desdeñar una alfombra. Y no porque no hubiese hecho antes el amor en sitios inverosímiles. Una vez, por un desafío de Vasili, había hecho el amor en su palco del teatro, y nada menos que durante el intervalo, cuando era más probable que lo descubrieran. Maldición, deseaba que Vasili estuviese allí para hablar con él. Tenía el don de encarar los problemas de modo que parecían sencillos.

Había fallado la seducción, todas las aproximaciones directas habían fallado, incluyendo una apelación al sentido de la equidad de Katherine. Ella no lo tenía. Era tiempo entonces de cambiar de táctica, quizás imitar su actitud de supuesta indiferencia. A las mujeres les encanta decir que no, pero no les gusta que las ignoren. Eso tal vez diese resultado. Claro que requeriría paciencia, de la cual él carecía en grado sumo.

Con un fuerte suspiro, se alejó. Al menos ella lo había llamado Dimitri. Escasa compensación.

A la mañana siguiente, muy temprano, llevaron una cama a la habitación de Katherine.

CAPITULO 19

—¿Cuáles son sus planes para cuando lleguemos a San Petersburgo, Katherine?

Abandonando su pose, Katherine clavó una mirada penetrante en Anastasia, pero la muchacha había formulado esta pregunta, como tantas otras, sin apartar la vista del lienzo en el cual trabajaba. Katherine advirtió que, en el rincón, Zora había dejado de coser para esperar su respuesta. Aunque la madura criada no estaba totalmente recuperada de su mareo, sí tenía períodos en los que se sentía bastante bien para retomar algunas de sus tareas.

¿Era posible que Anastasia no supiese, en realidad, que Katherine estaba prisionera? Zora lo sabía, al igual que todos los sirvientes. Pero, por supuesto, si Dimitri había dado a entender que no quería que su hermana lo supiera, ninguno de los criados contrariaría sus deseos, ni siquiera la doncella personal de Anastasia.

—No lo he pensado mucho —mintió Katherine—. Quizá deba usted preguntárselo a su hermano.

La evasiva respuesta atravesó la concentración de Anastasia el tiempo suficiente para una sola mirada.

–Se movió. Incline otra vez la cabeza, con la barbilla alta... eso es. –Después de comparar la pose de Katherine con su reproducción en la tela, se volvió a tranquilizar. –¿Que se lo pregunte a Mitia? ¿Qué tiene eso que ver con él? –Y entonces olvidó por un momento el retrato, sobresaltada al pensar algo. –No tendrá todavía la esperanza de... quiero decir, seguramente se dará cuenta... Ay, Dios.

–¿Darme cuenta de qué, princesa?

Demasiado turbada para responder, Anastasia se apresuró a fingir que estaba absorta en su pintura. No deseaba simpatizar con Katherine. Era el blanco perfecto para que Anastasia descargara parte de su inquina, pero su propósito fracasaba. También había querido retratarla como una grosera campesina, una mujer tosca y vulgar, una corporización de la rusticidad. Tampoco eso había resultado. Anastasia había iniciado tres veces el retrato antes de rendirse finalmente y pintar lo que veía, y no lo que había querido ver.

El hecho era que a la princesa Anastasia sí le agradaba Katherine, su franqueza, su calmo control –tan diferente del temperamento ruso–, su tranquila dignidad, su seco sentido del humor. Le agradaba inclusive su obstinación, tan parecida a la propia. Al principio se dieron varios casi enfrentamientos en cuanto a las tareas que Anastasia consideraba apropiadas para que las ejecutase Katherine, pero cuando esta se negó de plano y no quiso discutirlo, ni ceder, Anastasia desarrolló cierto respeto, que condujo a la admiración, especialmente después de que dejó de pensar que Katherine era menos de lo que afirmaba ser. Había empezado realmente a considerarla una amiga.

Súbitamente, sentía piedad por la inglesa, y eso la turbaba. No solía simpatizar con las mujeres que gemían y se lamentaban por amores perdidos, como lo hacían con tanta frecuencia sus amigas. No comprendía el dolor del rechazo, porque nunca había sido rechazada, ningún hombre había dejado de interesarse por ella. Era ella quien ponía fin a sus amoríos, revoloteando de uno al otro según sus caprichos. En eso se parecía mucho a su hermano.

La diferencia entre ellos era que Dimitri jamás se involucraba. El amaba a las mujeres en general, a ninguna en particular, y agasajaba a todas aquellas que lo atraían. Anastasia no. Se enamoraba frecuentemente. Solo era lamentable que tal sentimiento nunca durara mucho. Pero no se debía confundir eso con la melancolía de esas mujeres que aman a hombres que no retribuyen tal sentimiento.

Anastasia no había pensado que Katherine, quien había evidenciado tener un carácter tan pragmático, pudiera situarse en esa categoría. Pero si no, ¿por qué creería que a Dimitri le importaría lo que ella hiciera cuando llegaran a Rusia? Era obvio que él había comprendido su error al traerla consigo. No pasó ni una semana antes de que él perdiera todo interés y se la asignara a Anastasia. Desde entonces no se había preocupado más por ella. ¿Acaso Katherine no sabía qué significaba eso?

−¿Darme cuenta *de qué*, princesa?

Al oír repetida la pregunta, Anastasia enrojeció, viendo que Katherine percibía su incomodidad.

−Nada. No sé en qué estaba pensando.

−Sí, lo sabe −insistió Katherine, sin darle tregua−. Hablábamos de su hermano.

−Oh, muy bien −repuso la princesa. La persistencia era otro rasgo de Katherine que ella había percibido y admirado... hasta ese momento−. Creía que usted era diferente, que no era como todas las demás mujeres que se enamoran de Mitia cuando lo conocen. Después de todo, no se alteró ni mostró signo alguno de sufrir porque él no la atiende. Pero se me acaba de ocurrir que acaso no advierte que él es... en fin, que él... −Eso no servía. Ya estaba bastante turbada. Katherine lo estaría más aún si pensaba que Anastasia la compadecía. −¿En qué estoy pensando? Usted lo sabe, por supuesto.

−¿Saber *qué*?

−Que Mitia no es el hombre adecuado con quien involucrarse durante un lapso prolongado. No creo que sea capaz siguiera de amar a una sola mujer en particular. Vea, nunca lo ha hecho. Por cierto, es poco habitual que alguna mujer retenga su interés durante más de dos semanas. La única excepción son sus pocas amantes, pero no las *ama*. Son meras conveniencias, nada más. Aguarde... La princesa Tatiana es otra excepción, pero va a casarse con ella, de modo que tampoco cuenta, en realidad.

–Princesa...

–No, no hace falta que lo diga. Yo sabía que usted era demasiado juiciosa para prendarse de él. Se asombraría si supiera cuántas mujeres no son tan sensatas. Pero es fácil enamorarse de Mitia. Atiende a las mujeres. A cada una que agasaja, se dedica plenamente durante todo el tiempo que dura su interés. Y nunca hace promesas que no cumplirá, por eso ninguna puede decir que él la engaña.

Katherine apenas oyó la última parte de lo que decía Anastasia. Aún resonaba en sus oídos la palabra "casarse". Se le había oprimido el estómago y sentía náuseas, lo cual era absolutamente ridículo. Nada le importaba que Dimitri se casara. En un momento dado, hasta había pensado que tal vez Anastasia fuese su esposa. ¿Y si tenía novia, qué?

Mal rayo partiera a Anastasia por suscitar ese sentimiento. Y allí estaba sentada, a la espera de algún tipo de respuesta. Explicar su situación, explicar lo que ella sentía en realidad por Dimitri, no haría más que prolongar la conversación. Y era posible que la hermana de él no le creyese.

–Tenía usted razón, princesa –logró afirmar Katherine, impasible–. Soy lo bastante sensata como para no prendarme de su hermano, ni de ningún otro hombre, dicho sea de paso. A decir verdad, me encanta que él casi haya olvidado que estoy aquí.

Anastasia no le creyó ni por un minuto. Aunque el tono fue indiferente, las palabras fueron claramente defensivas. Le hicieron pensar que Katherine estaba, en efecto, enamorada de Dimitri. Pero después de habérsele explicado cuán sin esperanzas era semejante pasión, tal vez empezara a olvidarlo. Habiendo hecho al menos eso por ella, presuponiendo que la había ayudado, Anastasia se sintió mejor.

Fue una suerte que Dimitri no eligiese ese momento para inmiscuirse entre ellas. Quince minutos más tarde, cuando lo hizo, Katherine había puesto coto a su enojo, había tenido varias discusiones con su voz interior y estaba de nuevo sosegada, y convencida de que las breves revelaciones de Anastasia no la habían alterado en lo más mínimo. Pero Dimitri sí la alteraba. Después de no verlo durante semanas, su aparición en ese momento fue demasiado.

Katherine había olvidado el efecto devastador que él podía tener sobre ella... no, no era olvido, en realidad, sino que ella dudaba de sus recuerdos. Pero se había engañado a sí misma. Dimitri era todavía el príncipe de cuento de hadas.

Vestía severamente de negro y gris, pero no importaba lo que llevaba puesto. ¿Tenía más largo el cabello? Sí, un poco. ¿Solo había curiosidad en la breve mirada que le lanzó a ella? Probablemente ni siquiera eso.

Desde aquel tormentoso día, tanto tiempo atrás, cuando la sorprendiera en su camarote, él había renunciado a perseguirla. Y ella se alegraba, por supuesto. Ciertamente eso hacía más tolerable ese viaje... *Pero menos excitante, Katherine. Echas de menos el desafío de enfrentar la perspicacia de él con la tuya. Y nunca te sentiste tan halagada en tu vida, como por su interés en ti. Echas de menos eso también, y... otras cosas.*

Suspiró interiormente. Lo que ella sintiera entonces no importaba, como no había importado antes. Su posición no cambiaría. Lady Katherine Saint John no podía aceptar un amante, ni siquiera uno tan excitante como Dimitri. Eso bastaba para hacer que deseara no ser una dama.

—¿Qué es esto?

Su tono era de curiosidad. Por supuesto... ¿cómo iba a saber que Anastasia la había estado pintando a ella? La princesa casi nunca salía de su camarote, y él no había venido a visitarla. Y Anastasia no era de las que renuncian con facilidad a un enojo. Aún estaba furiosa con su hermano; a decir verdad, lo había estado eludiendo deliberadamente, tal como él había estado eludiendo a Katherine.

–Realmente, Mitia, ¿qué te parece que es?

Esta no fue una pregunta, solo una réplica que evidenciaba la irritación de Anastasia. No le agradaba ser interrumpida, y menos por él.

No obstante, su sarcasmo fue ignorado. Dimitri fijó su atención en Katherine, sin poder disimular su sorpresa.

–¿Tú has aceptado esto?

–Realmente, Alexandrov, ¿qué te parece que es?

Katherine no pudo resistirse a responder lo mismo. Debería haberlo resistido. Dimitri rió jovialmente. Ella no se había propuesto divertirlo.

–¿Buscabas algo, Mitia? –inquirió Anastasia con gesto ceñudo.

No buscaba nada. En fin, sí, pero no era algo que él pudiera admitir ante su hermana, ni especialmente ante Katherine. El día anterior había decidido averiguar qué resultado arrojaba su nueva táctica. Este juego de paciencia lo había puesto a prueba hasta el límite. Cada vez que había querido ir en busca de Katherine, se había resistido, pero ya no. Esa mañana había tenido que esperar otra vez, simplemente porque ella se había encerrado allí con Anastasia, posando para un retrato, nada menos. Era lo último que él esperaba ver.

Katherine seguía siendo, para él, la mujer más sensual y atractiva que viera en su vida. El solo estar con ella en la misma habitación bastaba para incitar su sexualidad. Necesitaba saciarse de ella, hacerle de nuevo el amor una y otra vez hasta eliminarla de su sistema. Lo único que podía dar resultado era el aburrimiento, que tan pronto le llegaba con otras mujeres. De eso estaba convencido.

Jamás había pensado que llegaría el día en que desearía aburrirse, cuando tan a menudo había lamentado su incapacidad para entablar una relación duradera con una mujer debido a ese aburrimiento. Las mujeres de su conocimiento eran tan solo eso, conocidas. Por cierto, la única mujer a quien podía realmente llamar amiga era Natalia, y eso únicamente después de dejar de acostarse con ella. Pero habría preferido el aburrimiento antes que esa obsesión que estaba monopolizando sus pensamientos y causándole más frustración de la que antes había experimentado.

Dimitri no había respondido a la pregunta de Anastasia, ni pensaba hacerlo. Seguía sonriendo al acercarse a ella, aparentemente para observar su obra, pero en realidad para tener una excusa que le permitiese mirar a Katherine y compararla con el retrato. Ese era el plan; pero como todo plan relacionado con Katherine, este falló también. Dimitri no pudo apartar sus ojos de aquel retrato.

Sabía que su hermana era hábil en su pasatiempo, pero no *tan* hábil. Empero, no era eso lo que lo tenía paralizado. La mujer del retrato era y no era la que él deseaba. El parecido estaba allí; bien podían ser gemelas. Pero esta no era la mujer que él veía cada vez que cerraba los ojos. En vívido color, allí estaba el retrato de una aristócrata, majestuosa, digna, patricia en cada matiz de su pose, una auténtica dama.

En ese rutilante vestido dorado, con el cabello tirante, trenzado y echado sobre un hombro, una tiara posada en su cabeza, habría podido ser una joven reina medieval, orgullosa, indómita, y bella... sí, Anastasia había captado una belleza que no era fácilmente discernible...

Dulce Jesús, ¿en qué estaba pensando él? ¡Era una actriz! Todo eso era una representación, la pose, la simulación.

Tocó el hombro de Anastasia para lograr su atención.

—¿Ella ya ha visto esto?

—No.

—La princesa no me lo permite —intercaló Katherine, pues había oído la pregunta—. Lo custodia como a las joyas de la corona. ¿Tan espantoso es?

—No, de ningún modo —replicó Alexandrov. Percibió que Anastasia se ponía tiesa al oír tan inexpresiva respuesta con respecto a su obra maestra—. Ah, Katherine, ¿te molestaría salir por unos instantes? Quisiera hablar en privado con mi hermana.

—Por supuesto.

Katherine se amoscó porque él la había tratado con la indiferencia que mostraría a cualquier otra criada. Pero ¿qué había esperado ella en realidad, después de tanto tiempo? La total desatención de Dimitri hablaba por sí sola. Empero, Anastasia se había acercado demasiado a la verdad. Inadvertidamente, Katherine había abrigado esperanzas sin darse cuenta... ¿de qué?, no lo sabía con certeza. Pero había dentro de su ser un gran hueco lleno de congoja. Racionalmente aceptaba que la indiferencia de él era preferible, pero tenía ganas de llorar.

Dentro del camarote, Anastasia se volvió hacia su hermano, quien de nuevo miraba con fijeza el retrato.

—¿Y bien? —inquirió la muchacha, sin tratar siquiera de ocultar su resentimiento.

—¿Por qué no le has mostrado esto?

La inesperada pregunta desconcertó a la princesa.

—¿Por qué? —Y repitió pensativa: —¿Por qué? Porque en otras ocasiones, mi modelo se impacientó cuando no veía una semejanza inmediata y se negó a posar el tiempo suficiente para que yo terminara. —Luego se encogió de hombros. —Es probable que con Katherine, esto no fuera suficiente. Sabe bastante de pintura como para entender que no debe juzgar una obra inconclusa. Y ha sido una modelo excelente, a quien ni siquiera le molestó posar durante horas enteras. He podido adelantar mucho. Como vez, ya casi está terminado.

Dimitri seguía contemplando el retrato, preguntándose en qué pensaría Katherine mientras posaba hora tras hora con tanta paciencia. ¿Alguna vez pensaría en él? ¿Alguna vez recordaría esa única noche que habían pasado juntos? ¿Acaso había dado resultado su última jugada? Por cuanto advertía él, no. Ella casi ni lo había mirado.

—Quiero ese retrato —dijo él bruscamente.

—¿Qué dices?

Dimitri la miró con impaciencia.

—No me hagas repetirme, Nastia.

—Pues no puedes llevártelo.

Dicho esto, Anastasia tomó su pincel y lo introdujo con fuerza en el pote ocre amarillo. Dimitri le sujetó el brazo por encima del codo para impedirle que, en su repentino enojo, arruinara el cuadro.

—¿Cuánto? —inquirió él.

—No puedes comprarlo, Mitia —repuso la joven, complacida al negarle algo—. No está en venta. Y además, pensaba regalárselo a Katherine. He disfrutado de su compañía durante este tedioso viaje y...

—Entonces, ¿qué quieres por él?

—Na... —La princesa se detuvo de pronto. Mitia hablaba en serio. Y si tanto quería el cuadro, era probable que ella pudiera pedirle y conseguir cualquier cosa a cambio. —¿Por qué lo quieres?

—Es lo mejor que has hecho hasta ahora —declaró simplemente el ruso.

Anastasia arrugó la frente.

—Esa no fue la impresión que diste cuando Katherine estaba aquí. "¿Tan espantoso es? No, de ningún modo" —lo remedó, aún fastidiada por la inexpresiva respuesta de su hermano.

—Dime tu precio, Nastia.

—Quiero volver a Inglaterra.

—Por ahora, no.

—Entonces quiero elegir a mi propio marido.

—Eres demasiado joven para tomar tal decisión. Pero te concederé el derecho a rechazar mi elección, si tu negativa es razonable, lo cual es más de lo que te habría concedido Misha si aún viviera.

Eso era muy cierto. El hermano mayor de ambos casi no se había preocupado por ella, y simplemente habría dispuesto su matrimonio, probablemente con alguien a quien Anastasia no conociera siquiera, alguno de sus compinches del ejército, sin duda. Y lo que le ofrecía Dimitri era más de lo que la princesa habría podido esperar, aun cuando no hubiesen estado de malas por sus indiscreciones.

–Pero ¿y si tu idea de lo que es razonable difiere de la mía?

–¿Por ejemplo?

–Demasiado viejo, demasiado feo o detestable.

Dimitri le sonrió, por primera vez en mucho tiempo con la antigua calidez que reservaba solo para ella.

–Son todas objeciones razonables.

–¿Lo prometes, Mitia?

–Prometo que tendrás un marido que sea aceptable para ti.

Anastasia sonrió entonces, mitad pidiendo disculpas por su reciente conducta y mitad con regocijo.

–El retrato es tuyo.

–Muy bien, pero ella no debe verlo, Nastia, ni ahora ni cuando esté concluido.

–Es que ella espera...

–Dile que alguien lo derribó, que se embadurnó la pintura, que se arruinó.

–Pero ¿por qué?

–La has retratado no como es, sino como ella quisiera hacernos creer que es. Y no quiero que sepa cuán soberbia es su representación.

–¿Representación?

–No es ninguna dama, Nastia.

–Qué desatino –protestó Anastasia con una breve risa–. He pasado mucho tiempo con ella, Mitia. ¿Acaso sugieres que no puedo descubrir la diferencia entre una dama y una vulgar campesina? Su padre es un conde inglés. Es sumamente culta, más que cualquier mujer que yo conozca.

–Nikolai y Konstantin son también cultos, así como...

–¿Crees que es una bastarda como ellos? –exclamó Anastasia con sorpresa.

–Eso explicaría su cultura y su falta de posición social.

–Muy bien, pero ¿y qué? –Anastasia acudió en defensa tanto de su amiga como de sus medio hermanos.

–En Rusia se acepta a los bastardos.

—Unicamente si son reconocidos. Sabes tan bien como yo que por cada bastardo noble criado como un príncipe, hay diez o doce que son criados como siervos. Y en Inglaterra es mucho peor. Allí llevan siempre la mancha de su nacimiento y son despreciados por la nobleza, no importa quién se los atribuya.

—Pero ella habló de una familia, Mitia, de vivir con este conde de Strafford.

—Es posible que sólo sean sus deseos recónditos.

—¿Por qué no te agrada ella? —inquirió Anastasia, ceñuda.

—¿He dicho tal cosa?

—Pero no le crees.

—No, pero ella me intriga. En todo caso, es coherente en sus mentiras. Ahora ¿harás lo que te pido?

Aunque permaneció ceñuda, ella asintió con la cabeza.

CAPITULO 20

La nave estaba de nuevo silenciosa. Esta vez Katherine se negó a atribuirse las culpas, por más a menudo que los criados de Dimitri la miraran suplicantes, como si ella pudiera hacer algo con respecto al pésimo humor reciente del príncipe. Lo único que ella había hecho era negarse a cenar con él. No era posible que eso explicara semejante enfado en él. Dimitri ni siquiera había manifestado interés al invitarla, y se mostró totalmente impávido cuando ella se negó. No; esta vez ellos no echarían la culpa sobre sus hombros.

Pero... ¿y si te equivocas, Katherine? ¿Y si un poco de cordialidad pudiera tener influencia y aliviar, en parte, la tensión? La misma Anastasia ha estado silenciosa y abatida. Y ya pensabas hablar con él acerca de su biblioteca.

Esa mañana la joven se decidió y, una hora más tarde, llamó a la puerta de Dimitri. Maxim la abrió y salió enseguida, tan pronto como ella entró en la habitación. Se sorprendió de verla, pero no más que Dimitri. De inme-

183

diato, el príncipe se irguió y se alisó el cabello; luego se dio cuenta de lo que hacía y volvió a arrellanarse en el sillón, detrás de su escritorio. Katherine no lo advirtió. Observaba los papeles que se esparcían sobre el escritorio, preguntándose en qué estaría ocupado Dimitri durante tan largo viaje. Le habría interesado saber que, en ese momento, el príncipe examinaba propuestas de numerosas fábricas e hilanderías del Rin cuya compra él estaba considerando. Precisamente Katherine se destacaba en el análisis de informes tediosos.

Finalmente lo miró y quedó desilusionada al ver que él le devolvía una mirada tan inescrutable, bella, pero totalmente desprovista de emoción. Se puso nerviosa, deseando que no se le hubiese ocurrido nunca la idea de pedirle algo, aunque fuese tan insignificante.

—Espero no molestarte —dijo, apartando enseguida la vista de él para fijarla en la pared cubierta de libros—. No pude dejar de notar... antes... quiero decir cuando estuve aquí antes, tu vasta colección... *Por amor de Dios, Katherine, ¿por qué tartamudeas como una mentecata?* —¿Te molestaría prestarme uno o dos libros?

—¿Prestar? No. Aquí el aislamiento impide que el aire marino los arruine. Pero no hay inconveniente en que leas aquí mismo lo que te agrade.

La joven se volvió con demasiada rapidez, revelando su sorpresa y su inquietud.

—¿Aquí?

—Sí. No me molestaría tener compañía, aunque fuese silenciosa... a menos que tengas miedo de estar en la misma habitación que yo.

Ella se puso tiesa al responder:

—No, pero...

—No te tocaré, Katia, si eso es lo que te preocupa.

Dimitri habló sinceramente, con expresión hastiada. Katherine comprendió que a él no le interesaba. Acababa de formular un ofrecimiento simple y muy razonable. Ella no había pensado siquiera en el aire del mar, que en efecto podía arruinar un libro costoso.

Después de asentir con la cabeza, Katherine se acercó a los estantes, tratando vanamente de fingir que estaba sola en la habitación. Al cabo de unos instantes eligió un libro y fue a ponerse cómoda en el sofá de raso blanco. El libro era un breve comentario sobre Rusia, escrito por un conde francés que había vivido allí cinco años. A Katherine le habría encantado leerlo, para obtener así una percepción más honda de esas personas, y podía leer en francés con tanta facilidad como en inglés. Pero ese día era como si hubiese sido ciega.

Transcurrió más de una hora sin que Katherine pudiera digerir todavía ni una sola palabra. Era imposible concentrarse cuando estaba en la misma habitación con Dimitri, preguntándose si él estaría mirándola, demasiado nerviosa para alzar la vista y averiguarlo. Aun sin mirarlo podía sentir su presencia dominándola, obrando de manera extraña sobre sus sentidos. Sentía gradualmente tibieza y calor, mientras que en realidad la habitación estaba agradablemente fresca. Y tenía los nervios hechos añicos. El menor ruido la hacía sobresaltarse, y a su corazón detener sus latidos.

–Esto no resulta, ¿verdad, Katia?

Dios, qué alivio era que él pusiese fin a esa tortura. Y no le hacía falta pedirle que explicara su afirmación. ¿Acaso para él había sido igualmente difícil concentrarse estando ella presente? No, eso era una tontería. Era probable que tan solo hubiese percibido la incomodidad de ella.

–No, no resulta –replicó ella con cierta turbación.

Antes de mirarlo, cerró el libro en su regazo. Fue un error. Los ojos del príncipe revelaron lo que no había revelado su voz. Eran pardos, de ese matiz aterciopelado que ella había llegado a relacionar con la pasión que él sentía, brillantes, casi negros y muy intensos. Parecían desnudarla, buscar en el alma de ella una respuesta, una respuesta, un acorde de sentir que ella no se atrevía a ofrecer.

–Tus alternativas son limitadas por ahora –dijo él con voz calmada, que contradecía en mucho la emoción de su mirada –. O te metes en ini cama, o tomas el libro y te marchas. Pero haz lo uno o lo otro... ya.

Katherine no pudo resistirse a echar una mirada al lecho de él. Dios, que tentaciones le lanzaba aquel hombre, una tras otra. Había creído que no habría más. *Erraste otra vez, Katherine.*

–Me... me parece mejor irme.

–Como... tú... quieras.

Pronunció con esfuerzo estas palabras. Dimitri apenas lograba permanecer sentado, cuando cada músculo suyo clamaba por incorporarse e impedirle escapar. ¿Qué clase de sacrificado era él para infligirse tal tortura? Era inútil. Ella no cambiaría jamás. ¿Por qué perseveraba él?

Katherine se apoyó en la puerta cerrada, con el corazón aún latiendo violentamente, las mejillas enrojecidas, y apretaba tanto el libro contra su pecho, que le dolían los dedos. Tenía la sensación de haber escapado apenas a su ejecución. Tal vez fuese así. Dimitri Alexandrov amenazaba sus convicciones, sus principios, su autoestima. Era capaz de destruir su fuerza de voluntad, ¿y qué quedaría de ella entonces?

Pero había ansiado tan desesperadamente caminar hasta esa cama. Y si él se hubiese puesto de pie, si hubiese hecho un solo movimiento hacia ella... Con la última mirada furtiva que había lanzado hacia él, ella había visto lo que le había costado permanecer inmóvil: los puños crispados, los músculos tensos, la mueca marcada en sus facciones.

Dios, qué locura había sido ir en busca de él. Debería haber recordado que era peligroso estar sola con él. Pero había pensado que él había perdido todo interés por ella. ¿Ni siquiera podía presuponer lo obvio en cuanto a él se refería?

Katherine se alejó con marcas de preocupación arrugándole la frente una vez más. Pero se había disipado la melancolía que la venía persiguiendo en los últimos tiempos.

CAPITULO 21

El carruaje avanzaba tan veloz que casi convertía en un borrón el paisaje que se divisaba por la ventanilla. Katherine padecía de jaqueca por tratar de distinguir algo del panorama, pero su propósito principal era tratar de permanecer sentada sin caerse.

Anastasia rió de sus exclamaciones ahogadas y sus respingos.

—Este es un viaje normal, querida mía, nada que deba causarte alarma. Aguarda al invierno, cuando los vehículos se deslicen sobre el hielo. Entonces sí que corre la *troika*.

—¿Quieres decir que convierten los carruajes en trineos?

—Por supuesto. Tenemos que hacerlo, ya que casi todo el año las rutas están cubiertas de nieve. Sé que en Inglaterra suelen reservar el trineo tan solo para cuando nieva. Nosotros podríamos hacer lo mismo, solo que al revés, pero en vez de guardar una *troika* para apenas unos meses de uso, la convertimos poniéndole ruedas. Es mucho más económico, ¿no te parece?

Katherine tuvo que sonreír, totalmente segura de que Anastasia no se había preocupado ni una sola vez por la economía, al menos en un plano personal. Pero su sonrisa no duró. El carruaje viró bruscamente; ella perdió su asidero en el asiento y fue a golpearse contra la pared del costado, afortunadamente bien acolchada con un grueso terciopelo dorado. Indemne, se echó a reír, viendo que también Anastasia se había dado un topetazo contra la pared del coche; la otra joven la imitó.

Cuando recobró la compostura, Anastasia dijo:

–Ya casi hemos llegado.

–¿Adónde?

–¿No te lo dijo Dimitri? Ha decidido dejarme con su medio hermana mayor, Bárbara, y la familia de ella. Pocas veces sale de la ciudad, salvo para escapar por un tiempo de la humedad otoñal. A mí no me molesta en absoluto, aunque San Petersburgo es tan aburrida en agosto, cuando todos se han ido a sus palacios de verano en la costa del Mar Negro o están viajando. Pero esto me tendrá por un tiempo más fuera del dominio de la tía Sonia, lo cual me cuadra perfectamente.

–¿Y adónde va Dimitri?

–A Novii Domik, nuestra finca rural; lleva una prisa terrible –continuó Anastasia, ceñuda–. Ni siquiera se detendrá para ver a Bárbara, lo cual está en realidad muy mal de su parte. Pero estoy segura de que antes te verá instalada y a salvo, probablemente con una de las familias que se vinculan con la embajada británica. Ojalá pudieras quedarte conmigo. Estoy segura de que a Bárbara no le importaría. Pero Mitia dijo que no sería conveniente ahora. ¿Sabes por qué?

–Lo siento, pero no he hablado con él para nada.

–Bueno, yo no me preocuparía por ello. Sin duda Mitia sabe lo que hace. Pero debes prometerme que me visitarás lo antes posible. Quiero mostrarte todo.

–Princesa, creo que hay algo que debes saber...

–¡Oh, hemos llegado! Y mira, allí está una de mis sobrinas. ¡Cuánto ha crecido!

La carroza se detuvo frente a una casa enorme que en Inglaterra se habría denominado un palacio, pero parecía que cada dos edificios que Katherine viera en esa desatinada carrera por San Petersburgo era un palacio o un cuartel. Pero no estaba sorprendida. Sabía algo de historia rusa, en particular que Pedro el Grande, quien había construido esa bella ciudad con el trabajo forzado de sus siervos, también había obligado a sus nobles a erigir allí mansiones de piedra, con la amenaza del exilio o la ejecución si se negaban.

De inmediato Anastasia bajó del carruaje, pero los muchos lacayos que acudieron a la carrera se aseguraron de que no se cayera. Katherine observó que dos de ellos la llevaban prácticamente cargada escaleras arriba, sosteniéndola por los codos como si pensaran que ella no podía subir sola unos cuantos escalones. Y luego la sobrinita de dorados cabellos se echó en sus brazos clamando por un fuerte abrazo.

Una bienvenida al hogar. Katherine sintió la garganta oprimida. ¿Cuándo tendría la suya? Debería haber dicho algo a Anastasia antes. Esa muchacha era la única que podría realmente ayudarla, la única que pensaría siquiera en desafiar a Dimitri. Quedaba tiempo aún, pero solo unos minutos.

Katherine iba a abrir la portezuela, pero fue derribada contra el asiento cuando el carruaje volvió a partir. Frenéticamente asomó la cabeza por la ventanilla, pero todo lo que pudo hacer fue devolver el ademán con que la despedía Anastasia. Ya estaba demasiado lejos para oírla gritar "adiós".

Por primera vez advirtió entonces que los cosacos de Dimitri seguían al carruaje. ¿Para acompañarla hasta la Embajada? Por algún motivo no lo creía. ¡Rayos y centellas! ¿Por qué había esperado tanto para decir la verdad a Anastasia? *Por que llegaste a estimar a esa tontuela, y no querías herirla diciéndole qué miserable era realmente su hermano. ¿Qué hacer? Esperar a ver, nada más. El no podrá mantenerte aislada de otras personas. De algún modo podrás hablar con alguien que te ayudará.*

Alentadores pensamientos, ¿por qué no la alentaban entonces? Porque ese día había estado encerrada en su camarote, como lo había estado cada vez que la nave tocara algún puerto para cargar provisiones durante ese largo viaje. Había esperado y esperado, pensando que jamás llegaría la noche, cuando tal vez la dejaran salir. Y no llegó. Finalmente comprendió que Rusia debía ser similar a esos otros pocos países del norte que no tenían noche en el verano; San Petersburgo, por lo menos, estaba casi paralela a Dinamarca, Suecia y Noruega. Era tarde cuando Vladimir la sacó del barco y la instaló en el carruaje, con Anastasia. ¿Y adónde la llevaban ahora?

El carruaje no tardó mucho en detenerse frente a otro palacio, más imponente aún que el de Bárbara. Pero como nadie fue a abrir la portezuela para Katherine, ella presumió que no estaba destinada a quedar allí. Al cabo de un minuto más o menos, se abrieron las enormes puertas en lo alto de los anchos escalones, apareció Dimitri y bajó directamente hasta el carruaje.

Katherine estaba demasiado tensa para mostrarse cordial cuando él ocupó el asiento frente a ella.

—No me agrada ser zangoloteada de un lado a otro por un conductor demente, en una ciudad que no conozco a Dios sabe qué hora, y además...

—¿Qué dijo ella cuando se lo dijiste?

Ella lo miró con enojo por la interrupción.

—¿Decir a quién? ¿Qué cosa?

—No seas tediosa, Katia —suspiró él—. A Nastia. Le contaste tu triste historia, ¿verdad?

—A decir verdad, no.

—¿No? ¿Por qué no? —El príncipe elevó las cejas.

—No hubo tiempo —replicó ella.

—Has tenido semanas...

—Calla, Dimitri. Iba a decírselo, no pienses que no. Ella debe saber qué vil sinvergüenza eres. Y empecé a hacerlo, pero llegamos demasiado pronto a la casa de tu otra hermana; Anastasia estaba entusiasmada y se bajó tan rápido... ¡No te atrevas a reírte!

Alexandrov no pudo evitarlo. No la había visto así desde el inicio del viaje, con tal fuego en esos bellos ojos verde azulados. Había olvidado cuán deliciosa podía ser ella en su furia. Además, había dejado de lado su última preocupación. Anastasia podría haber causado un problema si hubiese decidido abogar por la causa de Katherine. El se había descuidado en demasía al pensar que, si Katherine no se lo había dicho al final del viaje, ya no le diría nada. No se había dado cuenta hasta después de efectuados los arreglos para el viaje, cuando se dio a las dos mujeres un carruaje para ellas solas, que el último minuto sería el momento oportuno para que ella consiguiera la ayuda de Nastia. Pero Katherine había fracasado. ¿Intencionalmente? Dulce Jesús, cómo le habría gustado a él creerlo así.

—Menos mal que no se lo dijiste, Katia —comentó mientras se reclinaba en el lujoso asiento.

—Para ti —replicó la joven.

—Sí, eso hace más fáciles las cosas.

—¿Y ahora qué, pues?

—Permanecerás conmigo por un tiempo más.

Esa tarde Dimitri se había ocupado de todos sus asuntos inmediatos en la ciudad. Varios sirvientes se habían adelantado para informar a su tía que él estaba de vuelta y pronto llegaría a casa. Otros habían sido enviados en busca de Vasili y, por supuesto, de Tatiana. No quería pensar todavía en reanudar su galanteo, aunque sabía que pronto tendría que hacerlo. Pero sus pensamientos estaban llenos de Katherine y de las semanas venideras. Habiéndose quedado Anastasia en la ciudad, él la tendría más para sí mismo. Imposible saber a qué podía llevar eso.

—¿No puedes enviarme simplemente a mi país ahora?

El tono melancólico y nostálgico de Katherine irritó a Dimitri, pero se encogió de hombros.

—No hasta que me entere de que el zar concluyó su visita a Inglaterra. Pero vamos, sin duda querrás ver algo de Rusia, ya que estás aquí. Disfrutarás del viaje a Novii Domik. Dista unos cuatrocientos kilómetros hacia el este, en la provincia de Vologda.

—¡Dimitri! ¡Esa es prácticamente toda la extensión de Inglaterra! ¿Es que me llevas a Siberia?

El príncipe sonrió ante la ignorancia de la joven.

—Querida mía, Siberia está al otro lado de los Montes Urales, y los Urales se hallan a mil quinientos kilómetros de distancia. ¿No tienes en realidad ningún concepto de la extensión de mi país?

—Es evidente que no —masculló la inglesa.

—Es probable que en Rusia quepan cien Inglaterras... Novii Domik está relativamente cerca, y tardaremos menos de una semana en llegar, gracias a las horas adicionales de luz diurna que tenemos para viajar durante esta temporada.

—¿Debo ir? ¿No puedes dejarme aquí?

—Ciertamente, si quieres permanecer un mes o más detrás de una puerta cerrada con llave. En el campo no hay ingleses, Katia —agregó; no hacía falta que explicara a qué se refería—. Tendrás mucha más libertad y más cosas que hacer. Según dijiste, eres hábil con los números...

—¿Acaso me confiarías tus cuentas?

—¿No debo hacerlo?

—No, en realidad... cuernos, Dimitri, tú piensas realmente que saldrás de esto sin la menor consecuencia, ¿verdad? ¿Crees que soy una badulaque tan cobarde que no te haré pagar, que no haré *algo* que te perjudique? Tú nunca advertiste lo que me has hecho, a mí y a mi familia, o mejor dicho, no te importa. Has arruinado mi reputación al arrastrarme hasta aquí sin una acompañante adecuada. Tendré literalmente que comprar un marido cuando esté dispuesta a casarme, porque soy demasiado honesta para no admitir lo que ahora me falta, gracias a ti. Es probable que ahora, la vida de mi hermana esté arruinada además, por lo cual también eres responsable, porque yo estaba allí para impedir que huyera con un cazafortunas. Mi hermano no estaba preparado para la responsabilidad que, sin duda, mi ausencia le ha impuesto. Y mi padre...

La perorata de Katherine fue bruscamente interrumpida cuando Dimitri se inclinó, le asió los hombros y la trasladó a sus rodillas.

—Así que te he perjudicado... Soy el primero en admitirlo. Pero tu situación no es tan mala como la presentas, Katia. Pagaré a una acompañante que jurará que ha estado contigo cada minuto y que no modificará esa versión bajo amenaza de muerte. En cuanto a tu perdida virtud, te daré una fortuna para que compres el marido que quieras, si insistes en tenerlo, pero también te permitirá vivir de modo independiente si lo prefieres, sin marido ni hombre alguno ante quien responder. Y si tu hermana se ha casado con este individuo a quien objetas, puedo dejarla viuda... es muy simple. En cuanto a tu hermano... ¿qué edad tiene?

—Veintitrés años —repuso ella sin pensar, demasiado aturdida por el momento.

—¿Veintitrés, y te preocupa que no pueda sobrellevar alguna responsabilidad? Dale una oportunidad al muchacho, Katia. En cuanto a tu padre, no deseo hablar de él. Si te echa de menos, sin duda te apreciará mejor cuando vuelvas. Déjame decirte en cambio qué otra cosa te he hecho.

—No lo hagas.

—Ah, pero insisto. —Rió entre dientes cuando ella, sin éxito, trató de abandonar su nuevo asiento. —Te obligué a tomar unas vacaciones que necesitabas sobremanera, si es verdad siquiera la mitad de las cosas que afirmas. Te he proporcionado aventura, nuevos amigos, nuevos lugares para ver, hasta un nuevo idioma... sí, Marusia me contó con qué rapidez dominaste el ruso con su ayuda. —La voz de Dimitri se tornó súbitamente más profunda. —También te obligué a experimentar nuevos y maravillosos sentimientos. Te he hecho conocer la pasión.

—¡Calla! —Con ojos dilatados, le empujó el pecho para impedir que él la acercara más a sí. —Crees tener todas las respuestas, pero no. En primer lugar, una acompañante nada significa cuando mi desaparición sin aviso habla por sí misma. Y no aceptaré tu dinero, ya te lo he dicho repetidamente. Mi padre es acaudalado, sumamente acaudalado. Yo podría vivir cómodamente por el resto de mi vida, tan solo con mi dote. Si quieres regalar una fortuna, dásela a Lord Seymour... él la necesita, yo no... y ciertamente que no te permitiría matarlo, por amor de Dios, no importa cuánta desdicha causará a mi hermana.

Antes de que ella pudiera agregar una sola palabra más, Dimitri venció su resistencia y la besó. No fue exactamente un beso ardiente, apenas lo suficiente como para detener el flujo de sus palabras... al principio. Después de solo unos segundos, pasó a ser mucho más que eso. Los besos de Dimitri eran una droga, un potente tranquilizador. Katherine se tornó débil y maleable... y lo oyó gemir.

—¡Dulce Jesús! —Y entonces sus ojos, esos ojos hipnóticos y oscuros, se miraron en los de ella.— No necesitamos una cama. Di que no necesitamos una cama, Katia.

Al hablar, sus dedos se introducían bajo la falda de Katherine, quien bajó la mano para impedírselo.

—No.

—Katia...

—¡No, Dimitri!

El príncipe se reclinó cerrando los ojos.

—Esto es lo que gano por pedir.

Katherine no hizo comentario alguno. Tan confusa estaba, que apenas logró volver a su asiento cuando él la liberó.

—Había pensado compartir el carruaje contigo, pero no es tan buena idea, ¿o sí? —continuó él—. Terminaría atacándote en menos de un kilómetro y medio.

—No harías eso.

—No, pero tú considerarías un ataque cualquier insinuación, ¿verdad pequeña? Y como no logro tener las manos del todo quietas, supongo que lo más decente es salir. —Aguardó un momento, con la esperanza de que ella lo contradijera. Cuando ella no lo hizo, él lanzó otro suspiro, largo y sonoro.— Muy bien. Pero ten cuidado, Katia.

Llegará el momento en que no seré tan fácil de manejar. Más te vale rogar que estés en camino de vuelta a Inglaterra antes de que eso suceda.

CAPITULO 22

Cuando más tarde lo pensó, Katherine se alegró de que Dimitri no estuviera cerca durante ese largo viaje a Novii Domik, y no por la razón más obvia. En cambio iban con ella Marusia y Vladimir; por consiguiente el viaje se convirtió en una experiencia de aprendizaje. De haber estado presente Dimitri, ella no habría percibido más que a él. Pero con Marusia pudo relajarse. Ni siquiera la compañía hosca de Vladimir pudo inhibirla, ni el silencio tolerante de este pareció molestar a su esposa. Marusia fue informativa, entretenida, hablando durante todo el trayecto.

Katherine aprendió un poco más acerca de la gente, el territorio, y entre aldeas y fincas que fueron descriptas en detalle, más acerca de Dimitri. Habría preferido no saber algunas cosas, pero cuando Marusia empezaba, no era fácil disuadirla de que abandonara un tema.

La campiña era soprendente, bañada en colores; flores silvestres, altos bosquecillos de abedul plateado, sembradíos de dorado trigo y el vívido verde de los pinos. Pero lo más pintoresco eran las aldeas, con sus cabañas azules o rosadas, todas con galerías idénticas pintadas de rojo. Katherine las creyó primorosas hasta que se enteró de que esas ordenadas aldeas eran en realidad colonias militares. Cuando el carruaje pasó cerca de una de ellas, Katherine pudo ver hasta niños de uniforme.

Esas colonias militares fueron uno de los temas en que se explayó Marusia, ya que les tenía una antipatía particular. Habían sido iniciadas casi treinta años atrás por orden de Alejandro. Pronto las provincias de Novgorod, Moguilev, Jerson, Ekaterinoslav y Solobodsko-Ukrainski albergaban un tercio del ejército en esos nuevos campamentos. El proceso era sencillo: se trasladaba un regimiento a un distrito, y automáticamente todos los habitantes de ese distrito pasaban a ser soldados, reservas para la unidad militar que se instalaba en su suelo. Las antiguas aldeas eran demolidas, para reemplazarlas por cabañas simétricas. Se enseñaba a los siervos su nuevo rol con bastonazos. Todo se volvía militar, hasta el arar los campos en uniforme, al redoblar de un tambor.

– ¿Y las mujeres? – quiso saber Katherine.

– Al zar se le ocurrió mantener a los soldados junto a sus familias cuando no estuvieran ausentes, combatiendo en la guerra, pero también combinar el trabajo de soldado con el de siervo, a quien se daría entrenamiento militar. Las mujeres son una parte importante de las colonias. La autoridad militar decide los matrimonios. No se pasa por alto a ninguna viuda ni solterona, y ninguna tiene alternativa posible. Tienen que casarse con el hombre con quien se les ordena, y producir hijos. Y se imponen multas si no dan a luz lo bastante a menudo.

– ¿Y los niños?

– Se los enrola como niños del ejército a los seis años para iniciar su entrenamiento. Y todo se hace con reglamentos: cuidar ganado, lavar pisos, pulir botones de cobre, hasta amamantar niños, todo. Por la menor infracción... palos.

– ¿Y el pueblo aceptó esto? –preguntó Katherine, incrédula.

– El *pueblo* eran siervos. Simplemente pasaron de la obediencia civil a la obediencia militar. Pero no, muchos protestaron, suplicaron, huyeron o se ocultaron en los bosques. En la colonia de Chuguyev hasta hubo una rebelión en gran escala, la cual cobró tales proporciones que el tribunal militar pronunció muchas sentencias a muerte. Estas fueron ejecutadas, no por fusilamiento, sino haciendo que el condenado pasara bajo la vara doce veces entre las filas de un batallón de mil hombres. Más de ciento cincuenta hombres murieron a causa de los golpes.

Katherine miró a Vladimir para que le confirmara tan espantoso relato, pero él se esmeraba en no hacer caso de las dos mujeres, pues consideraba ese tema como sumamente inadecuado para comentarios femeninos. Pero su esposa estaba en su elemento, especialmente cuando tenía una oyente tan ávida. Además, tenía olfato para el drama. Vladimir no tenía ánimos para poner coto a su goce.

– A Alejandro le encantan sus colonias –continuó Marusia–. También le encantaban al zar Nicolás... Pero claro que es más militar que su hermano. Insiste en el orden, la pulcritud y la regularidad, y por eso es natural que se sienta más a sus anchas sobre todo entre oficiales del ejército. Dijo el príncipe Dimitri que el zar duerme inclusive en un lecho militar en su palacio, y también cuando viaja por su imperio, inspeccionando sus tropas e instituciones. El príncipe lo ha acompañado varias veces en esas inspecciones, cuando formaba parte de la Guardia Imperial.

Katherine nada sabía de esa unidad tan escogida de las fuerzas armadas, ni que Dimitri hubiese pertenecido antes a ella, pero Marusia la informó. Y así la conversación llegó a Dimitri, y el interés de Katherine se reavivó, junto con la desaprobación de Vladimir por los temas que ellas elegían.

Tras describir la ilustre, aunque corta carrera militar de Dimitri Alexandrov, Marusia pasó a delinear con orgullo su linaje, jurando que era posible remontarlo hasta Rurik, a quien se veneraba como fundador del Estado ruso.

–Rurik formaba parte de un grupo de varanguianos llegados de Escandinavia que se establecieron junto al río Dnieper en el siglo IX, reemplazando en el liderazgo a las bandas de ladrones eslavos ya instaladas allí.

–¿Se refiere a los vikingos? –dijo Katherine. Por cierto que Dimitri habría podido ser un vikingo de antaño–. Pero, por supuesto, debí haberme dado cuenta. La estatura, la coloración...

–Vikingos, varanguianos, sí, eran parientes, pero no muchos en Rusia son tan altos como nuestro príncipe. La familia real, sí. El propio zar es altísimo.

En los días subsiguientes, encerradas en el carruaje sin otra compañía, Marusia y Katherine tocaron todos los temas posibles. Katherine supo del resto de la familia de Dimitri: del hermano mayor, Mijail, que había muerto; de sus dos hermanas, una de las cuales era Bárbara, y sus respectivas familias, de todos los hijos ilegítimos, que eran tan bien cuidados como los legítimos; y de Sonia, la tía de Dimitri, quien según Marusia era una tirana. Ningún tema fue sagrado, ni siquiera la situación financiera de los Alexandrov. Hilanderías textiles, una fábrica de vidrio, minas de cobre, además de extensas fincas en los Urales con más de veinte mil siervos; la residencia de verano a orillas del Mar Negro, el palacio en la Fontanka de San Petersburgo; otro en Moscú, Novii Domik... y estas eran tan solo algunas posesiones de la familia.

Evidentemente Dimitri tenía también su propia fortuna personal, heredada de su madre, y muchos negocios dispersos por toda Europa, de los que Marusia no sabía gran cosa. Vladimir, que sí sabía, no quiso ofrecer ninguna información. Marusia solo mencionó con algún detalle sus naves –no una, ɔino cinco–, un castillo en Florencia, una villa en Fiesole y una finca solariega en Inglaterra, así como el hecho de que hasta la muerte de Mijail, Dimitri había pasado más tiempo fuera de Rusia que en ella.

Cuando se refirieron a los siervos, Katherine descubrió que el uso del bastón no era exclusivo de las colonias militares; algunos terratenientes utilizan inclusive un collar con púas para imponer obediencia a sus siervos. Katherine llegó a entender por qué los siervos de los Alexandrov eran tan vehementemente leales, y por qué preferían tener dueño que verse libres para ganar jornales de miseria en condiciones de trabajo deplorables en las ciudades.

—¿Saben ustedes en qué año estamos?

Marusia rió, sin que le hiciera falta una explicación de la ironía de Katherine.

—Los zares han hablado de abolir la esclavitud. Alejandro quiso hacerlo. Nicolás también. Cómo no quererlo, cuando ven cuán atrasados estamos en comparación con el resto del mundo... Pero siempre se les dan razones para que no lo hagan, no es el momento, no es posible... tantas razones.

—Quieres decir que sucumben a la presión de los terratenientes, quienes se niegan a renunciar a sus esclavos —se mofó Katherine.

Marusia se encogió de hombros.

—Para los aristócratas... es su modo de vida. Las personas temen al cambio.

—Pero Dimitri es diferente —señaló pensativa Katherine—. No es un ruso típico, ¿verdad?

—No, y eso es obra de su madre. Ella influyó en sus primeros años, al menos hasta que llegó Sonia, la hermana de su padre. Entonces tuvo a su muy rusa tía tironeándolo en un sentido y a su muy inglesa madre en el otro. Ambas mujeres se odiaban, lo cual no hizo más que empeorar la situación. El príncipe fue criado en Rusia, pero nunca olvidó realmente las enseñanzas de su madre, especialmente en cuanto a abominar la esclavitud. Aquí está Rusia, tratando de occidentalizarse en todos los aspectos, aunque aferrándose a la antigua costumbre de la esclavitud, que ni siquiera es una costumbre rusa. Siempre ha habido campesinos, es cierto, pero fue Iván el Terrible quien primero los ató a la tierra tan totalmente, que perdieron la libertad de dejarla a voluntad.

Katherine tuvo mucho en qué pensar durante el viaje. En esa época era inconcebible que hubiese tanto poder en las manos de tan pocos, y que la enorme mayoría tolerara el sojuzgamiento. Dios santo, el padre de ella habría estado en su elemento si pudiera haber actuado allí en pro de reformas. Había tantas cosas que requerían cambiar, demasiado para una sola persona... no, eso no era cierto. El zar era un gobernante absoluto. Si un solo hombre podía convertir en siervos a miles de hombres, otro podía liberarlos.

Pensar en Rusia causaba jaqueca a Katherine. Si ese hubiera sido su país, se habría enloquecido al no poder hacer nada en cuanto a la situación imperante. Pero, por otra parte, si ese fuera su país, probablemente ella tendría una perspectiva diferente. Era simplemente una suerte que no fuera a estar allí por mucho tiempo. Y se preguntaba repetidamente por qué tenía que permanecer en ese país. ¿Sólo porque lo decía Dimitri? ¡Ja!

En la primera posta, donde se cambiaron los caballos, Katherine examinó sus posibilidades de escabullirse sin que lo notaran. No fue alentador comprobar que no tenía ninguna. Era obvio que se había dado a Vladimir la responsabilidad de no perderla de vista y mantenerla oculta lo más posible. El tomaba muy en serio su deber. Cuando él no estaba cerca, lo estaba Marusia o Lida o algún otro criado.

Hubo menos oportunidad aún de escapar las pocas veces que pasaron la noche en una finca rural perteneciente a conocidos de Dimitri. Allí Katherine durmió en las habitaciones de la servidumbre junto con otras cinco o seis mujeres, en el suelo, sobre un duro jergón. Podría haber dormido en la casa principal, en un lecho cómodo, aunque no sola, probablemente. Dimitri lo ofreció. Pero una vez enterada de la verdadera situación de los siervos rusos, y sintiendo una nueva furia irrefrenable porque Dimitri la había situado en esa misma categoría, Katherine se volvió obstinada. Si ella no era mejor que las demás criadas, ¿por qué iba él a hacer una excepción por ella? No lo aceptaría. Se le reconocería lo justo o exigiría coherencia. Basta de medias tintas. Tenía demasiado orgullo para aceptar las migajas de la generosidad del príncipe, sabiendo lo que él pensaba de ella en realidad.

Le hacía bien volver a enfrentarse con Dimitri y lograr que su voluntad prevaleciera. Ese príncipe tan arrogante no se saldría *en todo* con la suya. Tal vez pudiera arrastrarla al campo y tenerla allí prisionera, pero no podría controlar su comportamiento. Ella era todavía Katherine Saint John, con su espíritu propio, no cualquier lacayo temeroso de discrepar con Alexandrov.

CAPITULO 23

Similar a las fincas rurales que habían pasado en el trayecto, aunque en escala mucho más grandiosa que cualquier cosa que Katherine hubiera visto hasta entonces, Novii Domik, o Nueva Quinta, fue una sorpresa y un deleite. Katherine casi había estado esperando alguna mansión colosal, teniendo en cuenta lo que acababa de saber sobre la riqueza de Dimitri. Semioculta en una arboleda, era una vasta finca solariega de dos plantas, con extendidas alas, el pórtico y la galería sostenidos por enormes columnas blancas. El calado en los aleros y en las persianas de las ventanas era típicamente ruso, un ejemplo del tallado más hermoso que había visto Katherine en su vida.

Aproximándose a la casa, Katherine pudo ver una avenida de limoneros que conducía hasta un huerto de manzanos, perales y cerezos. Más cerca de la casa había jardines, un tumulto de color en plena floración. Atrás, fuera de su vista, una huerta de vegetales separaba de la casa diversos edificios, y a menos de un kilómetro de distancia se encontraba la aldea.

Dimitri no se había adelantado a caballo, aunque había hecho casi todo el viaje montado y estaba impaciente por llegar a casa. Había cabalgado varios kilómetros junto al carruaje de Katherine. Era lo más que la joven había visto de él desde su partida de San Petersburgo. Aun en las postas había logrado eludirla. A ella no le importaba. En el barco se había habituado a no verlo. Y cada vez que lo veía, siempre experimentaba una violenta sensación de la cual, ciertamente, prefería prescindir.

¿Acaso el príncipe estaba todavía disgustado con ella por insistir en dormir de nuevo con las criadas la noche anterior, en la casa de su amigo Alexei? Por supuesto que lo estaba. Era muy fácil descifrar su expresión cuando estaba encolerizado: el profundo ceño, los labios muy apretados, ese pequeño músculo que le latía en la mandíbula cuando apretaba los dientes, y su mirada asesina cuando por casualidad la desviaba hacia ella, como si tuviese ganas de retorcerle el cuello.

Con razón sus criados le temían cuando estaba así. Katherine suponía que también debería temerle, pero en cambio no podía evitar el sentirse divertida, al menos en ese caso. Dimitri se parecía tanto a un niño en su carácter... Le recordaba a su hermano Warren cuando era niño, y las rabietas que solía tener cuando no se salía con la suya. No haciéndole caso a Warren, se había logrado curarlo de ese hábito. No hacerle caso a Dimitri era más difícil. A decir verdad, era imposible no hacer caso a semejante hombre. Ella podía fingirlo, pero la verdad era que siempre estaba consciente de su presencia, vitalmente consciente. Aun cuando no podía verlo, sabía que él estaba cerca.

Cuando llegaron a la casa, Katherine se inquietó, viendo tantas personas que allí aguardaban para dar la bienvenida a su amo. Peor; de los cuatro carruajes que formaban parte de la cabalgata, el de ella tuvo que ser el que se detuvo directamente frente a la casa. Peor aún, Dimitri no hizo caso de nadie, ni siquiera de su tía que esperaba en el pórtico, para abrir el carruaje y arrastrar a Katherine afuera, escaleras arriba y dentro de la casa. Esto fue lo que consiguió ella por burlarse del carácter de Dimitri... mortificación.

En el amplio vestíbulo de entrada, Dimitri obligó a Katherine a volverse hacia él antes de soltarle la muñeca.

–¡Ni una palabra, Katia! –la interrumpió cuando ella abrió la boca para protestar contra tan extraño comportamiento–. Ni una sola palabra. Estoy harto de tu testarudez, harto de tu oposición y sobre todo, harto de tus discusiones. Aquí dormirás donde yo decida, no donde tú quieras, ni con los criados, sino donde yo te ubique. ¡Vladimir! –gritó luego por sobre el hombro–. ¡Al Salón Blanco, y hazte cargo de que se quede allí!

Katherine estaba incrédula. Entonces él le volvió la espalda sin miramientos y se alejó hacia su tía. Tratada otra vez como una niña... ¡peor que una niña!

–Si serás...

–Virgen santa, ahora no –le susurró al oído Vladimir–. Ya se desahogó. Ahora su talante mejorará, pero no si lo vuelve a desafiar.

–Por lo que me importa, su talante puede ser perpetuamente colérico –susurró a su vez Katherine–. No puede darme órdenes de esa manera.

–¿No puede?

La joven iba a contradecirlo, pero cerró la boca. Por supuesto que Vladimir podía darle órdenes. Mientras ella estuviera en su maldito poder, él podía obligarla a hacer lo que se le ocurriera. Y allí en el campo, rodeado por la gente de Dimitri, no cabían dudas de que ella estaba en su poder. Intolerable. Increíblemente frustrante. Pero ¿qué podía hacer ella?

No le hagas caso, Katherine. De todos modos, su conducta no merece ni siquiera desprecio, y mucho menos una reacción. Llegará tu momento, y cuando llegue, Dimitri Alexandrov lamentará el día en que te conoció.

Dimitri Alexandrov ya lamentaba el día en que había conocido a Katherine. Ninguna mujer le había causado jamás tal exasperación, y ni siquiera podía afirmar que ella se lo compensara de alguna manera. Y no cabían dudas de que lo hacía deliberadamente, que se complacía en fastidiarlo, se regocijaba en mortificarlo, y ella lo hacía tan bien... Qué moza desagradecida. Pero él estaba cansado de seguirle la corriente y cansado de perder la razón y el control cuando se trataba de ella. Le bastaba mirar a su alrededor para ver que había hecho el papel de tonto.

Pero en realidad había hecho más que eso, aunque no intencionalmente. Le bastó ver la desaprobación en el rostro de Marusia, para saber que además había menoscabado la valía de Katherine ante todos los presentes. En ese momento no le importaba. De todos modos, mejor así. Era tiempo de que terminara el jueguito de Katherine. Marusia y los demás la trataban con demasiada deferencia. Ellos daban alas a sus ilusiones, lo cual le hacía creer que podía salirse con la suya en todo. Tampoco había servido de nada que él se acomodara a sus caprichos. Pero no más.

Viendo la expresión confundida de su tía, Dimitri advirtió que había pasado frente a ella sin decir una sola palabra. Entonces la saludó correctamente, pero Sonia Alexandrovna Rimsky no se destacaba por ser circunspecta.

—¿Quién es ella, Mitia?

Al seguir la mirada de Sonia, él vio que Katherine subía los peldaños en pos de Vladimir. La cabeza erguida, los hombros echados atrás, la falda apenas alzada y solo un levísimo balancear de caderas. Al príncipe le irritaba infinitamente que ella hasta caminase como una dama.

—No es importante, tan solo una inglesa que volvió con nosotros.

—Pero la ubicas en nuestra ala privada...

—Por ahora —la interrumpió él concisamente—. No te preocupes, tía Sonia. Encontraré algo para que haga mientras esté aquí.

Sonia iba a protestar, pero lo pensó mejor. Era una mujer alta, de cuerpo delgado. Viuda, cuyo matrimonio había durado menos de un año, no había llorado la muerte de su despótico marido y se había negado a casarse otra vez y sufrir las indignidades del lecho matrimonial con otro hombre más. Su vida, preñada de una desilusión tras otra, dejaba poca tolerancia para las necesidades más bajas con que estaban malditos los hombres. Su propio hermano había llegado al extremo de casarse con una inglesa tan solo porque no pudo tenerla de ningún otro modo, y ahora el linaje de los Alexandrov estaría mancillado para siempre. Ojalá que Misha no hubiese muerto, o que al menos hubiese dejado un heredero, un heredero legítimo...

Una breve expresión de disgusto pasó por los rasgos de Sonia mientras extraía sus propias conclusiones en cuanto a la acompañante de Dimitri. Así que él traía mujerzuelas a su hogar. ¿No podía ser discreto como sus hermanos y su padre, contentándose con revolcar de vez en cuando a una criada bien dispuesta? Tenía que traerse una desde Inglaterra. ¿En qué estaba pensando él? Pero no se lo preguntó. En ese momento, el talante de Dimitri no era propicio para las críticas, a juzgar por su brusquedad. Y ella no quería que los siervos presenciaran más escenas humillantes.

Esperó mientras Dimitri hablaba unas palabras con todos los que se habían presentado para darle la bienvenida. Era ridículo en realidad, ese respeto que él manifestaba a unos simples criados, pero la madre de Dimitri era culpable de sus peculiaridades y él era, en realidad, demasiado mayor para tratar de cambiarlo. No obstante, Tatiana sería una buena influencia. Lo único de lo cual Sonia no tenía quejas, era la novia elegida por Dimitri. Pero esta larga ausencia no había sido buena para el noviazgo. Dimitri no tenía tiempo que perder, y menos para desperdiciarlo con una campesina inglesa.

Tardíamente, Sonia notó la ausencia de su sobrina.

—¿Nastia no ha vuelto contigo?

—Sí, pero la dejé por un tiempo de visita en casa de Bárbara.

La verdad era que Anastasia se había apegado en exceso a Katherine, lo cual podía causar interminables problemas que él no necesitaba.

—¿Es juicioso eso, Mitia? En esta época del año no

207

faltan reuniones sociales en San Petersburgo, aunque está casi desierta. ¿O acaso interpreté mal tu mensaje cuando partiste de prisa para traer de regreso a esa jovencita?

—Entendiste bien. Pero no hace falta que te preocupes mucho tiempo más por ella. Accedió a casarse tan pronto como podamos ponernos de acuerdo acerca de un esposo aceptable.

Los ojos azules de Sonia se dilataron de sorpresa.

—¿Acaso le permitirás elegir?

—Es mi hermana, tía Sonia. Quisiera verla feliz en su matrimonio. A ti no te permitieron elegir y mira cómo resultó eso.

Sonia se irguió, rígida.

—No tenemos por qué discutir eso. Nastia tiene suerte de que seas tan indulgente, pero solo un hombre excepcional tolerará su obstinación. Vaya a saber qué ideas ha traído consigo de Inglaterra. Jamás se le habría debido permitir que viajase allá, pero claro que tú sabes lo que pienso al respecto.

—Sí, tía —suspiró él.

Demasiado bien lo sabía. Sonia se había opuesto ardientemente a que su único hermano se casara con una extranjera, y se ofendió cuando él lo hizo de todos modos. Nunca había olvidado a Piotr, y la guerra entre ambas mujeres estalló de inmediato cuando Sonia tuvo que volver a casa al morir su esposo. Los celos le impidieron ver la bondad de Anne. En cuanto a Sonia se refería, todo lo que hacía Anne estaba mal, sus opiniones eran absurdas, y al morir Anne estos sentimientos se transfirieron a Inglaterra en general. Dimitri estaba seguro de que la única razón por la cual mantenía correspondencia con la duquesa era el placer que hallaba en señalar todos los defectos de Dimitri y de Anastasia, que ella atribuía únicamente a la madre de ellos, aunque se abstenía de mencionar *eso* a la madre de Anne.

—En fin, cualquier escándalo que haya provocado Nastia en Inglaterra no la seguirá hasta aquí, loado sea

Dios —comentó Sonia mientras ambos pasaban a la sala de recibo—. Aquí podrá casarse bien. Y hablando de casarse, ¿ya has visto a Tatiana Ivanova?

Qué mujer empecinada. Lo único que sorprendió a Dimitri, fue que no lo hubiese preguntado antes.

—Acabamos de llegar, tía Sonia, y vine aquí directamente desde el barco. Pero mi gente está indagando su paradero.

—Bastaba con que me lo preguntaras. Actualmente se encuentra en Moscú, visitando a su hermana casada. Pero no ha languidecido precisamente durante tu ausencia, Mitia. He oído decir que el conde Grigori Lysenko comenzó a cortejarla tan pronto como partiste, y según el rumor, ella lo acepta.

Dimitri se encogió de hombros sin preocuparse especialmente. Jamás le había gustado Lysenko, desde que había estado en la misma unidad militar del Cáucaso y él había tenido el infortunio de salvar la vida al conde, recibiendo entre tanto una herida menor. Su gesto no habría sido nada, se lo habría olvidado, de no haber sido porque Lysenko no se lo había agradecido en lo más mínimo, a decir verdad lo había humillado su ayuda, y con posterioridad se había empeñado en demostrar que él era superior en puntería, como cazador, en todo. Por eso no le sorprendió que Lysenko hubiese puesto su mira en la encantadora Tatiana, pero no se inquietó. El conde no había demostrado todavía que fuese más que un imbécil.

—Le haré avisar que he vuelto.

—¿No deberías ir en persona, Mitia?

—¿Y mostrarme demasiado ansioso?

—Se sentirá halagada.

—Se sentirá divertida —replicó Dimitri empezando a fastidiarse por la insistencia de su tía—. Mi constante atención no la convenció antes de mi partida. No le hará daño que la deje por un tiempo dudando si aún estoy interesado.

—Pero...

–¡Nada de peros! –dijo el príncipe secamente–. Si no me crees capaz de conquistar por mi cuenta a esa bella dama, tal vez deba cesar de intentarlo.

Era una advertencia pura y simple, que Sonia tuvo la sensatez de escuchar. Con los labios apretados, se volvió y salió del cuarto.

Dimitri fue hacia el armario de los licores y sirvió vodka en un vaso. No necesitaba que su tía le dijera que él debería reiniciar de inmediato su galanteo, pero simplemente no tenía paciencia para hacerlo enseguida y no la tendría hasta que hubiese liberado en parte esa tensión sexual que lo tenía tan irascible. Había allí muchas mujeres con quienes podría aliviar sus deseos contenidos, pero no quería a cualquiera. Deseaba a Katherine. Maldición, siempre terminaba volviendo a ella.

Furiosamente, Dimitri lanzó a la chimenea el vaso todavía lleno y salió de la habitación a grandes pasos. Halló a Katherine en el Salón Blanco, mirando por la ventana con indiferencia. Boris, que en ese momento le traía su baúl, apresuró la tarea y salió cuando vio a Dimitri esperando para hablar con ella.

–No preguntaré si encuentras a tu gusto la habitación. Me dirás simplemente que no, y entonces...

–Entonces tendrás otra de tus rabietas –sugirió Katherine al volverse con lentitud hacia él–. Te diré, Dimitri, que esos berrinches se están volviendo muy tediosos.

–¡Berrinches!

–¿Otro? –inquirió ella con fingida inocencia.

El príncipe cerró la boca. Ella lo estaba haciendo otra vez, provocándolo deliberadamente de modo que él no podía pensar, no podía recordar por qué había ido a verla en primer lugar. Pero esta vez no olvidó, y el jueguito de ella podía ser jugado por dos personas.

–Omites mencionar tu mal carácter.

–¿Yo tengo mal carácter?

–No, por supuesto que no –se mofó él–. Solo vociferas porque es buen ejercicio para los pulmones.

La joven lo miró un momento con incredulidad; luego

se echó a reír... una risa cálida y franca que llenó la habitación y dejó hechizado a Dimitri. Nunca la había oído reír antes, no de esa manera. Eso le hizo comprender que había pasado por alto un aspecto de la personalidad de ella... el sentido del humor, o hasta posiblemente picardía. Si pensaba en muchas de las cosas que ella le había dicho, cosas que lo habían irritado, podrían haber sido, en realidad, amables bromas.

—Dios mío —suspiró Katherine al cabo de un momento, enjugándose las lágrimas—. No tienes precio, Dimitri. Ejercitar mis pulmones... tendré que recordar eso cuando mi hermano se queje de que soy una tirana. A veces pierdo la paciencia con él.

Dimitri no quiso quebrar el buen humor de la joven.

—Y conmigo.

—Contigo, sin duda.

Pero lo dijo sonriendo y un extraño placer colmó al príncipe.

—Debe haber algún modo de que podamos repararlo —dijo Dimitri mientras, como al descuido, se le acercaba.

—¿Repararlo?

—Sí, repararlo... tu falta de paciencia, la mía, nuestro genio vivo que estalla. Dicen que los enamorados nunca encuentran tiempo para discutir.

—¿Volvemos a eso?

—Nunca nos hemos alejado en demasía.

Cuando él se acercó demasiado, Katherine se apartó, desconfiada.

—En realidad, oí decir que los enamorados tienen discusiones muy violentas.

—Algunos tal vez, pero no a menudo, por cierto no. Sin embargo, cuando las tienen, se reconcilian de una manera deliciosa. ¿Quieres que te diga cómo?

—Puedo... —La retirada de Katherine terminó contra la pared, y con una exclamación ahogada finalizó. —Adivinarlo.

—¿Por qué entonces no nos reconciliamos?

Para contenerlo, la joven tuvo que poner sus manos contra el pecho del príncipe. *Concéntrate, Katherine. Tienes que distraerlo. ¡Piensa algo!*

—Dimitri, ¿querías verme por alguna razón particular?

Sonriendo al ver el intento de ella, él le tomó las manos.

—Estoy llegando a la razón, pequeña, si tan solo te callas un momento.

Katherine se perdió en la sonrisa de Dimitri y en el beso que la siguió. Este no era un ataque depredador, destinado a someterla. La pasión del príncipe había sido suavizada por la conversación, pero aún estaba presente, comunicada en una dulce exploración de los labios y la lengua del hombre, más embriagadora que todo lo sucedido antes. Dimitri compartía, se brindaba, y por un momento celestialmente prolongado Katherine tomó todo lo que él tenía para ofrecer... hasta que Dimitri se tornó más demostrativo.

Entonces apartó la boca, sin aliento, ya asustada.

—Dimitri...

—Katia, tú me deseas —dijo él con voz tan ronca, que pareció repercutir en todo el cuerpo de la mujer—. ¿Por qué te lo niegas y me lo niegas?

—Porque... porque... No, yo no te deseo, no.

Tan escéptica fue la mirada de Dimitri, que la llamaba mentirosa sin palabras. Ella no podía engañarlo ni engañarse. Oh, ¿por qué no podía entender él la posición de ella? ¿Por qué tenía que presuponer que tan solo porque una vez habían hecho el amor, ella estaría otra vez dispuesta? Por supuesto que ella lo deseaba... ¿cómo podría no ser así? Pero rendirse a ese deseo era impensable. Uno de los dos debía ser juicioso, tener en cuenta las consecuencias. Obviamente, él no quería hacerlo o simplemente no le importaba.

—Dimitri, ¿cómo puedo hacer que comprendas? Tu beso fue agradable, pero para mí termina en eso. Para ti termina en la cama.

–¿Y qué tiene eso de malo? –preguntó él, a la defensiva.

–No soy una ramera. Era virgen hasta que te conocí. Y por mucho que me beses, por mucho que pueda... gustarme eso, no puedo permitirte que vayas más allá. Para mí, tiene que terminar allí. Así que...

–¡Terminar allí! –la interrumpió él bruscamente–. Un beso en la mano termina allí. Un beso en la mejilla termina allí. Pero cuando estrechas tu cuerpo contra el mío, por Dios, ¡eso es una invitación a hacer el amor!

El calor enrojeció las mejillas de Katherine al darse cuenta de que acababa de hacer precisamente eso.

–Si me hubieses dejado terminar, iba a sugerir que sería prudente de tu parte abstenerte de volver a besarme, así podríamos evitar estas desagradables discusiones.

–¡Es que *quiero* besarte!

–Tú quieres más que eso, Dimitri.

–¡Sí! A diferencia de ti, nunca lo he negado. Te deseo, Katia. Quiero hacerte el amor. Es absurdo que sugieras que no lo intente siquiera.

La joven apartó de él su mirada. La ira del príncipe era tan solo otra forma de su pasión, y era demasiado potente mientras ella estaba a su vez emocionalmente cargada.

–Lo que no entiendo, es que tus sentimientos al respecto sean tan fuertes, Dimitri. ¿Te das cuenta de que nunca hemos hablado, simplemente hablado, para saber algo cada uno acerca del otro, acerca de lo que nos agrada y lo que nos desagrada? Todo lo que sé de ti, lo he sabido por tus sirvientes o por tu hermana. Y tú sabes mucho, mucho menos con respecto a mí. ¿Por qué no podemos hablar por una vez, sin que se interpongan estas tensiones?

–No seas ingenua, Katherine –respondió él con amargura–. ¿Hablar? No puedo pensar cuando tú estás cerca de mí. ¿Quieres hablar? Escríbeme una maldita carta.

Cuando la inglesa alzó la vista, el príncipe se había marchado, y la habitación, pese a ser espaciosa, repentinamente pareció reducida. ¿Estaba ella equivocada? ¿Podía haber algún futuro para ella con semejante hombre? Si ella cedía, ¿no menguaría acaso el interés de él? Eso había predicho la hermana de Dimitri.

¿A quién pretendes engañar, Katherine? Ya estás emocionalmente enredada hasta las orejas. Deseas a ese hombre. El te hace sentir cosas que nunca creíste poder sentir, creer en cosas de las que siempre te burlaste. ¿Para qué te resistes?

En realidad, ya no estaba segura. Y cada vez que tenía uno de esos encontronazos con Dimitri, quedaba menos segura todavía.

CAPITULO 24

Ese primer día en Novii Domik fue torturantemente largo para Katherine. Después de retirarse Dimitri, la depresión la dominó. Habría podido recorrer la casa para distraerse. Nadie le dijo que no pudiera hacerlo. No era un impedimento, por cierto, la orden gritada por Dimitri a Vladimir cuando llegaron: "¡Al Salón Blanco, y ocúpate de que se quede allí!" Pero ella todavía estaba avergonzada por la llegada de ambos y no estaba en condiciones de fingir valentía cuando tenía simplemente ganas de esconderse. Y ni siquiera se atrevía a correr el riesgo de tropezarse otra vez con Dimitri cuando tan cerca estaba de renunciar a su decisión.

Dios santo, ¿jamás mejoraría esa situación? ¿Solo iba a volverse cada vez más ardua?

Cuando daba un paso atrás y observaba el cuadro general, pensaba que ella debía estar loca. Estaba metida en el campo, instalada en una habitación tan abiertamente lujosa que desafiaba toda descripción, y deseada por el hombre más apuesto que existía. Esta era la sustancia de la cual se tejían los sueños. ¿Qué mujer en su sano juicio deploraría el destino que le proporcionaba una fantasía en la vida real?

Pero Katherine lo hacía. Y necesitaba alguien a quien culpar por ella, cansada de culparse a sí misma. No fue sorprendente que hallara víctimas propiciatorias en abundancia. Su hermana, por ser tan sigilosa y obligar a Katherine a seguirla aquel día. Lord Seymour, naturalmente, por perder su herencia y convertirse en un candidato inaceptable. Hasta se podría culpar a su padre. Podría haber aceptado a Lord Seymour, ayudándolo a resarcirse de sus pérdidas. Estaba también Anastasia, por causar el escándalo que llevó a Dimitri a Inglaterra. La duquesa de Albemarle también estaba en falta, por llamar a Dimitri en vez de resolver ella misma el problema de Anastasia. Y por supuesto Vladimir se llevaba los máximos honores por su temeraria decisión de recurrir al secuestro. Cada uno de ellos podría haber obrado de otro modo, impidiendo que tuviera lugar esa intolerable situación.

Y era más intolerable que nunca. Katherine vacilaba. Se estaba acercando demasiado a sacrificar sus principios, a sucumbir a lo que equivalía a la más primitiva motivación. Y ella sabía que ahora, ceder era solo cuestión de tiempo. Allí residía la causa de su depresión. Ella no quería ser tan solo otra de las conquistas de Dimitri. No quería tan solo algunas semanas de devoción. Quería más que eso. Su orgullo exigía más.

Katherine supo que se hallaba en un estado lamentable cuando, esa noche, vio la bandeja con su cena, pero no pudo recordar que la hubiesen traído. Entonces reaccionó, disgustada consigo misma por revolcarse en la autocompasión durante la mitad del día. Ni siquiera había desempacado. Habría podido estar haciendo algo constructivo. Dimitri había mencionado sus cuentas; Vladimir se las habría podido traer. Ella ni siquiera había examinado sus nuevos aposentos.

Lo hizo después de cenar, mientras se preparaba su baño. Advirtió que varios criados la atendían, y esto le causó extrañeza, pero en fin, probablemente hubiera tantos allí en Novii Domik, que sobraban algunos hasta para ocuparse de ella.

Eran desconocidos e incomunicativos; de hecho su actitud parecía de resentimiento, pero tal vez esa fuera su disposición habitual. Katherine no podía reprochárselo. En Inglaterra los criados podían irse si su ocupación les resultaba demasiado tediosa. Esas personas no podían hacerlo.

La habitación era magnífica en su mobiliario y accesorios, prístina en su blancura. El nombre era apropiado, por cierto. Blancas eran las alfombras, blancas las cortinas. Todo el mobiliario estaba pintado de blanco, con filigrana dorada: las mesas, la cama, el ropero y el tocador, hasta la repisa de la chimenea era de mármol blanco. El sofá y las sillas eran un sedante contraste en dorado y azul, al igual que el grueso cubrecama.

En color y sencillez, era el cuarto de una mujer. El tocador, los delicados adornos colocados en todas partes, los cuadros en los muros, aceites y perfumes en el cuarto de baño separado, todo lo confirmaba. Era una habitación sumamente cómoda. Katherine casi se alegró de que Dimitri hubiera insistido en que lo tuviera ella hasta que abrió otra puerta, una puerta de intercomunicación, y vio que daba acceso directo a la alcoba del amo, Dimitri.

Katherine cerró la puerta con violencia tan pronto como vio a Maxim preparando las ropas de Dimitri. El rostro le ardía, y luego se le calentó más aún cuando las dos criadas que extendían los cubrecamas la miraron socarronamente. Dios santo, ¡y en la casa todos sabían que él la había ubicado allí, a su lado, en el cuarto que estaba evidentemente asignado a la esposa del amo, o en su caso, a la amante! Hasta la tía de él lo sabía. ¿Qué pensaría esa pobre mujer? ¿Qué otra cosa podía pensar?

—No es verdad —dijo Katherine en ruso, para que las dos criadas pudieran entenderla. Pero solo obtuvo una risita de la más joven y una mueca burlona de la otra, lo cual encendió su cólera fuera de toda proporción con el motivo—. ¡Fuera! ¡Ustedes dos, fuera! Por necesidad me habitué a desenvolverme sola. No necesito la ayuda de ustedes. ¡Fuera!

Cuando ambas se quedaron inmóviles, enmudecidas por el estallido de Katherine, ella entró al cuarto de baño y cerró con fuerza otra puerta más. Se arrancó las ropas, sin detenerse en los botones que no cedían, y rogó que el baño la sosegara. No fue así.

¿Cómo se atrevía él a hacerle eso a ella? ¿Cómo se atrevía él a hacer que todos allí pensaran que ella era su amante, a anunciar realmente ese hecho al estipular dónde dormiría ella, y a voz en cuello además, para que lo oyeran hasta los sordos? ¡Lo mismo habría sido ordenar a Vladimir que le instalara en su propia habitación!

Estaba demasiado agitada para permanecer en la bañera de porcelana. Le habían preparado una bata de seda, y se la puso de un tirón, sin molestarse siquiera en secarse antes, ni preguntarse de quién sería esa bata. La tela color melocotón se le adhirió instantáneamente al cuerpo, pero ella tampoco advirtió eso.

El no iba a salirse con la suya esta vez. Katherine quería que la cuestión fuese aclarada de inmediato. Y no se quedaría en el Salón Blanco ni por una sola noche. Sería preferible un granero, un simple montón de heno, un jergón en el suelo, en cualquier parte mientras no fuese cerca del dormitorio de Dimitri Alexandrov.

Se habían marchado las criadas cuando ella salió del cuarto de baño tan enérgicamente como había entrado en él. El dormitorio estaba vacío, se habían llevado la bandeja. Alguien había encendido el fuego en la chimenea, por la ventana entraba una refrescante brisa que avivaba los rescoldos y hacía fluctuar las pocas lámparas que había en el cuarto. De la que se había apagado brotaba humo en espiral.

Katherine contempló el humo por unos instantes, tratando de concentrarse, procurando sosegarse y ponerse en un estado mental más razonable. Sus esfuerzos fueron inútiles. Tenía que hablar claramente con Dimitri antes de que pudiera tener siquiera esperanzas de calmarse. Y pensando eso volvió a abrir de un tirón la puerta de comunicación, pensando pedir a Maxim que buscara a Dimitri. Pero el valet se había marchado. Sentado a una mesita, poniendo fin a una cena tardía, estaba Dimitri en persona.

Por un momento Katherine quedó tan desconcertada, que dijo automáticamente:

—Mil perdones —y de inmedito, recordando la ofensa: —No, no te pido perdón. Esta vez has ido demasiado lejos, Alexandrov. —Con un dedo tieso, señaló a sus espaldas. —¡No me quedaré en ese cuarto!

—¿Por qué?

—¡Porque es contiguo al tuyo!

Dejando su cuchillo y su tenedor, Dimitri se reclinó y dedicó a la joven toda su atención.

—¿Crees que iré a tu habitación sin ser invitado, cuando he tenido la oportunidad de hacerlo desde que nos conocimos?

—No era eso lo que pensé, no. Es solo que no quiero esa habitación.

—No me has dicho por qué.

—Te lo dije. Tú no estabas escuchando —repuso ella. Empezó a pasearse ante la puerta, con los brazos cruzados sobre los senos, rígido el cuerpo, el cabello volcándose hacia todas partes cada vez que daba una vuelta—. Si tengo que ser más específica, es porque esa habitación forma parte de esta, es parte de los aposentos principales, y no es ese mi lugar. La implicación es inaceptable, ¡y tú sabes *exactamente* a qué me refiero!

—¿Lo sé?

Ante su impavidez, los ojos de la inglesa se clavaron brevemente en él.

—¡No soy tu amante! ¡No seré tu amante, y no permitiré que tu gente crea que lo soy!

En vez de replicar, él la miró simplemente con fijeza. Estaba demasiado despreocupado. ¿Dónde estaba la ira que siempre se manifestaba cuando ella desafiaba sus deseos? La había deseado en el Salón Blanco. ¿Por qué no discutía con ella al respecto? A decir verdad, ¿qué había

219

pasado para apaciguar su mal genio desde la última entrevista de ambos? Habitualmente cavilaba días enteros después de sus más acalorados encontronazos. Aquí estaba ella, deseando con vehemencia una pelea, el pulso acelerado por esa necesidad, y él no quería complacerla.

—¿Y bien? —insistió la joven.

—Es demasiado tarde para pensar en trasladarte esta noche.

—Qué tontería...

—Créeme, Katia, es demasiado tarde.

Algo en su tono sugería que ella debía saber por qué era demasiado tarde. Katherine se interrumpió mirándolo con los ojos entrecerrados, mientras su furia iba en aumento por la ambigüedad de Dimitri. ¿No se daba cuenta acaso de que ella no estaba en situación de jugar con las palabras? Tan furiosa estaba que casi no podía pensar correctamente, casi no podía permanecer inmóvil. Estaba tan furiosa que podía sentir el calor que irradiaba de su cuerpo, oír que el corazón le latía en los oídos, percibir el peso de la sangre por sus venas. Y él se quedaba allí sentado, mirándola fijo, esperando, sí, esperando, como si ella fuese a iluminarse de pronto con alguna milagrosa comprensión.

Así fue. Tratando de permanecer inmóvil, ella comprobó que era imposible, literalmente imposible no moverse de alguna manera. Ya una vez se había sentido así, y la ira no había causado aquellos exagerados síntomas, como tampoco estos.

Horrorizada, Katherine dio un paso hacia Dimitri; luego casi saltó hacia atrás, dándose cuenta de que no se atrevía a acercársele demasiado. Oh, Dios, casi podía anhelar la ignorancia, la buenaventuranza de no saber qué ocurriría luego. Pero sí lo sabía, sabía que nada podía hacer para impedir el remolino que ya crecía en su interior y que pronto modificaría su personalidad, haciéndola postrarse a los pies de él.

Katherine retrocedió ante ese pensamiento en una explosión de virtuosa furia.

—Maldito seas, Dimitri, *tú* has hecho esto, ¿verdad?

—Lo siento, pequeña.

Era verdad. En su expresión había pesar, hasta un destello de desprecio por sí mismo. Eso no la apaciguó en lo más mínimo: la enfureció todavía más, si eso era posible.

—¡Mal rayo te parta, maldito! —gritó—. ¡Me dijiste que nunca se me volvería a dar esa asquerosa droga! ¡Me dijiste que confiara en ti! ¿Es así como puedo confiar en ti? *¡Cómo pudiste hacerme esto!*

Cada palabra apuñaló la conciencia de Dimitri. Ya se había torturado con esa misma pregunta cien veces ese día. Había encontrado bastantes respuestas para sí mismo cuando aún estaba enfurecido; luego, cuando se tranquilizó y las respuestas ya no sirvieron, se embriagó.

—Di la orden en un momento de cólera, Katia, y después partí. Volví a la casa de Alexei, donde nos detuvimos anoche. Allí bebí hasta olvidarlo todo. No estaría aquí ahora si una de sus criadas no hubiese dejado caer una bandeja fuera del cuarto donde yo dormía mi borrachera.

—¿Crees acaso que me importa si estás aquí ahora o no?

Bajo el escarnio de Katherine, él se encogió.

—¿Preferirías pasar por esto sola? No permitiré que nadie más se te acerque —advirtió el príncipe.

—Por supuesto que no. Eso frustraría tus propósitos, ¿no?

—Traté de regresar a tiempo para cancelar la orden, pero cuando subía las escaleras, vi que en ese momento retiraban la bandeja con tu cena.

—Ahórrame tus excusas y tus mentiras. Nada que puedas decir...

Katherine se interrumpió al sentir que una ola de calor parecía envolverla, haciendo vibrar las puntas de sus nervios. Se inclinó, con los brazos en torno a su vientre, tratando de contener su torbellino interior. Sabiendo que no podría, lanzó un gemido.

Al oír que Dimitri se incorporaba, preocupado, alzó la cabeza y clavó en él tal mirada de aborrecimiento, que él príncipe se detuvo.

—¡Te odio por esto!

—Pues ódiame —replicó él con calma, pesaroso—. Pero esta noche... esta noche me amarás.

—Estás loco si crees eso —le espetó ella mientras retrocedía lentamente hacia la puerta—. Me sobrepondré a esto sola... sin... ayuda alguna... tuya.

—No podrás, Katia. Lo sabes. Por eso estás tan furiosa.

—¡Solo mantente lejos de mí!

Durante largos momentos Dimitri miró con fijeza la puerta cerrada; luego las emociones que había tenido a raya se liberaron y derribó la mesa que tenía adelante, esparciendo comida y bebida por la habitación. El estallido no sirvió de nada.

Ella jamás lo perdonaría. Aunque no debería importar... Dulce Jesús, sí importaba. Merecía latigazos. Habría podido tener una mujer con solo chasquear los dedos. No tenía excusas para forzar esta, aun cuando estaba seguro de que ella lo deseaba y de que solo necesitaba un incentivo para admitirlo. Ni siquiera podía hacer lo que ella pedía ahora, y mantenerse alejando de ella. ¿Cómo podía hacerlo? Dejarla sufrir innecesariamente era impensable. Pero él no extraería de ello ningún placer. Era lo que merecía, verla en un constante estado de excitación y no hacer nada para apaciguar su propio deseo. Verla dispuesta y negarse a sí mismo.

Decidido a mantener tal resolución aunque le costara la vida, Dimitri se desvistió rápidamente y entró en el cuarto de Katherine. Ella ya estaba en la cama. Había apartado su bata, ya que tenía la piel demasiado sensible para soportar aun el más leve contacto que no ofreciese alivio. Y el cuerpo de ella se retorcía, ondulando. Solo faltaban las sábanas de raso para que se repitiera aquella primera noche en Londres.

Los pies de Dimitri se desplazaron automáticamente

hacia la cama, sus ojos hipnotizados por la curva de un muslo, la tirante pujanza de un seno, ora su vientre vuelto hacia él, ora la suave pendiente de su espalda. Era la mujer más excitante, más sensual que Dimitri había conocido en su vida, y la ansiaba, su cuerpo clamaba por ella. Se hallaba en un estado de excitación desde que viera sacar del cuarto de ella la bandeja. Aunque se despreciara por lo que había hecho, su cuerpo había reaccionado a lo que él sabía que ocurriría; debía estar loco para someterse a esa tortura sin esperanza alguna de alivio. Estaba en llamas, nunca en su vida había deseado tanto a una mujer. Y no podía tenerla. Había fijado su propio castigo.

–¡Dimitri, por favor!

Katherine acababa de advertir su presencia. Alexandrov la miró y lanzó un gemido al ver la desatinada súplica que se reflejaba en sus ojos. Ella ya había olvidado su orgullo; él no podía hacer menos.

–Ssssh, pequeña, por favor. No digas nada. Estarás bien, lo juro. No tienes que dejarme hacerte el amor esta noche. Solo déjame ayudarte.

Mientras hablaba se introdujo en la cama, cuidando de no tocar a la mujer hasta que, con sus ojos fijos en los de ella, deslizó su mano entre las piernas de ella para encontrar el centro de su tormento. El orgasmo de Katherine fue inmediato; sus caderas se alzaron de la cama con violencia, su cabeza se echó atrás; de sus labios brotó un penetrante grito, mitad dolor, mitad éxtasis.

Dimitri cerró los ojos y los mantuvo cerrados hasta que sintió ceder la tensión de Katherine. Cuando los abrió, comprobó que ella lo miraba con fijeza, con ojos inescrutables, sus facciones tan calmadas que parecía estar durmiendo. Dimitri sabía que ella estaba plenamente consciente, con la mente despejada y activa mientras su cuerpo se hallaba temporariamente libre de la esclavitud de la droga. En ese momento ella podía tener cualquier reacción normal que correspondiese a su carácter. A decir verdad, él anticipaba otra diatriba lacerante, no la serena pregunta que ella finalmente hizo.

– ¿Qué quisiste decir, con que no tengo que dejarte amarme esta noche?

– Eso exactamente.

Dimitri estaba reclinado junto a Katherine; ella solo tenía que bajar la vista para ver cuán excitado estaba él.

– ¿Dejarías que esto se desperdicie?

Dimitri estuvo a punto de ahogarse al ver dónde fijaba ella su mirada.

– No será la primera vez.

– Pero esta vez no es necesario. Ya no puedo resistirme.

– Es la droga. No me aprovecharé de ella.

– Dimitri...

– ¡Katia, por favor! No tengo tanto control, y esta discusión no ayuda.

La joven suspiró exasperada. Dimitri no la escuchaba. Tan decidido estaba a pasar por esa prueba sin extraer de ella ningún placer, que no podía oír lo que ella le decía en realidad. La droga nada tenía que ver con su rendición. Simplemente la había apresurado, pero ella quería que él la aprovechara. *Ella* quería aprovecharla. ¿Por qué tenía él que volverse noble *ahora*?

No había tiempo para convencerlo de que ella lo deseaba, con o sin la droga. Empezaba de nuevo, el fuego que corría por sus venas, el dolor en lo profundo de su entrepierna.

– Dimitri, hazme el amor –clamó la mujer.

– Oh, Dios...

La besó para hacerla callar, violentamente, exquisitamente, pero no le hizo el amor. En cada ocasión, frustró los esfuerzos de ella por acercarlo más. Las únicas partes a las que él permitía tocarla eran sus labios y sus manos, sus mágicas manos. El orgasmo de Katherine fue rápido e intenso, pero sin compartir no había verdadera satisfacción.

Cuando se aquietó su pulso y su respiración volvió a la normalidad, Katherine decidió que no aceptaría más paños tibios. Soportar horas enteras de ese tipo de tortura sensual cuando no era necesario, era una locura. Peor aún era la resolución de Dimitri, privarse cuando su necesidad era tan obvia. Es verdad que ella había estado furiosa con él. No le gustaba ser manipulada. Pero comprendía la motivación de Dimitri. Pensándolo, hasta estaba complacida de que él pudiera estar tan desesperado por tenerla como para hacer algo semejante.

—¿Dimitri?

El príncipe gimió. Tenía el cuerpo semirretorcido, la frente apretada contra el brazo, los ojos fuertemente apretados. Parecía nada menos que un hombre presa de mortal dolor. Katherine sonrió mientras mentalmente sacudía la cabeza.

—Dimitri, mírame.

—No... al menos, dame un momento para...

No pudo terminar. Katherine observó sus músculos tensos en el cuello, sus puños cerrados. Tenía el cuerpo cubierto por una pátina de humedad, enrojecido por el esfuerzo. Toda esa potencia obrando para resistir una inclinación tan natural... Y ella podría haberse hallado en el mismo estado, si la droga no le hubiese imposibilitado resistir.

Se volvió de costado hacia él y dijo con serena deliberación:

—Si no me haces el amor, Dimitri Alexandrov, juro que te violaré.

La cabeza de él se alzó de pronto.

—¿Que harás *qué cosa*? No seas absurda, Katia. Eso no es posible.

—¿No?

Ella le tocó el hombro, dejando que sus dedos le recorrieran el brazo. Dimitri le asió la muñeca instantáneamente, con fuerza, y la sostuvo lejos de sí.

—¡No hagas eso!

La brusquedad de Dimitri no la conmovió.

—Puedes sujetarme las manos, Dimitri, pero ¿y mi cuerpo?

Katherine lanzó una pierna sobre la cadera de Dimitri, cuya reacción fue saltar de la cama. Momentáneamente distrajo a la joven esa visión total y sin trabas del hombre. Dios, qué glorioso era en su desnudez, tan en evidencia su firme musculatura, poderosa, bella en su simetría.

—Detente —dijo él, ceñudo, mientras ella observaba cada centímetro de su cuerpo.

Ella alzó la vista, con expresión algo burlona.

—¿Me vendarás los ojos también? ¿Y tal vez me amarres? Después de todo prometiste ayudarme, pero no puedes si no te acercas a mí, y yo no prometeré no tocarte.

—Maldición, mujer, ¡no quiero que me odies!

—Pero si no te odio —repuso ella con cierta sorpresa—. No podría.

—En este momento no sabes lo que dices —insistió él—. Mañana...

—¡Al cuerno el mañana! Dios santo, no puedo creer que esté discutiendo contigo por esto. Los escrúpulos no te sientan bien, Dimitri, en lo más mínimo. O acaso me estás castigando porque tardé tanto...

—¡Dulce Jesús, no!

—Entonces no me obligues a suplicar... Oh, Dios, empieza otra vez. Basta de necedades, Dimitri. Tienes que hacerme el amor. ¡Tienes que hacerlo!

El príncipe se reunió con ella sobre la cama y la estrechó en sus brazos diciendo:

—Oh, Dios, Katia, perdóname. Yo pensé...

—Piensas demasiado —susurró ella mientras le envolvía el cuello con sus brazos, gozándose en el total contacto con el cuerpo del hombre.

Los labios de Dimitri saquearon el rostro de Katherine, y luego empezó a besarla, hundiendo la lengua profunda, implacablemente, la plena energía de su pasión liberada en una explosión de anhelo. Cuando la penetró, segundos más tarde, fue una gloria, la más pura gloria sentirlo extinguir el fuego; era lo que ella necesitaba... ser completamente poseída. Y el dulce palpitar posterior fue tanto más dulce porque él tuvo su clímax junto con ella.

Dimitri tan solo había empezado. Esto era su fantasía hecha realidad, lo que él había soñado durante tanto tiempo: lograr que ella lo necesitara, que lo deseara con la misma intensidad que lo dominaba a él. Y se aprovechó de ello plenamente, ahora que la locura de su propia represión quedaba derrotada. Mientras ella yacía aturdida por la potencia de su propia descarga, él la idolatraba con su boca y sus manos, sin poder dejar de amarla ni siquiera por un segundo.

Katherine sonreía, sintiendo el tibio y suave tironeo en sus senos, los fuertes dedos que se deslizaban sobre su piel con tan tiernas caricias. Acaso estuviese exhausta, por el momento, solo por el momento, pero su mente funcionaba a la perfección.

Y en ese instante, Katherine supo que lo amaba.

CAPITULO 25

La luz matinal convertía al Salón Blanco en una esplendente exhibición de enjoyados tonos, luminosos cual diamantes. A través de las ventanas abiertas se derramaba la luz del sol sobre la alfombra, pero no llegaba del todo a la cama. Como soles minúsculos, las motas de polvo danzaban y remolineaban con cada ráfaga de tibia brisa, o desaparecían más allá del rayo de sol.

En la ancha cama, Katherine se desperezó con exuberancia mientras recobraba con lentitud la conciencia. Había algo importante... ah, sí, la noche anterior. Sonrió mientras los recuerdos pasaban veloces por su mente. Se le escapó un suspiro de felicidad poco antes de abrir los ojos.

Estaba sola. Con rápida mirada recorrió la habitación. Seguía estando sola. Se encogió de hombros y volvió a hundir la cabeza en la almohada.

¿Qué esperabas, mentecata? Solo porque él estaba allí la vez anterior cuando despertaste, no quiere decir que esté siempre. Tiene cosas que hacer, personas que ver. No cabe duda de que tiene que ocuparse de muchas cosas.

Pero era innegable que podría haber sido agradable despertarse junto a Dimitri. Estaba ansiosa por revelarle que recordaba todo, y asegurarle que todo lo dicho por ella la noche anterior seguía siendo cierto esa mañana. Y si él hubiese estado allí en ese momento, ella podría haberle dicho... sí, no había razón para guardarlo en secreto... podría haberle dicho que lo amaba.

Katherine sonrió al sentir que una oleada de calor la inundaba al solo pensarlo. Todavía no podía creerlo. Había caído presa de esa emoción, la más tonta de todas. ¿Ella? Increíble. Pero el amor no era tonto, después de todo. Era real, potente, glorioso. Y Katherine se regocijaba al poder admitir ese error suyo. Se quedó acostada allí, pensando en esa nueva emoción, durante casi una hora, antes de saltar repentinamente de la cama, ya sin poder contenerse más. Tenía que encontrar a Dimitri y decirle lo que sentía. No se daba cuenta de que el anhelo que la impulsaba era, en realidad, oír que sus sentimientos eran retribuidos.

Se vistió de prisa, con solo una rápida ojeada en el espejo del tocador para asegurarse de que tenía decorosamente cerrados todos los botones. Hacía tiempo que había renunciado a hacer algo con su cabello. Era algo de lo cual nunca había tenido que ocuparse sola, y algo que nunca había podido dominar por necesidad. Mientras lo tuviera pulcramente atado atrás con una cinta, como lo había llevado en el barco, estaba convencida de tener un aspecto formal, aunque fuera de moda.

Como el sitio más probable donde buscar primero a Dimitri era su habitación, golpeó la puerta de comunicación, y cuando no obtuvo respuesta, la abrió. No se detuvo a pensar que el día anterior no habría sido tan audaz. Mentalmente había aceptado como amante a Dimitri, y eso le daba ciertos privilegios que no habría soñado en tomarse de otro modo. Lamentablemente él no estaba junto al escritorio que Katherine había visto la noche anterior, como ella había esperado. No estaba allí en absoluto, ni tampoco Maxim, quien habría podido ayudarla a dar con él.

Impaciente, Katherine cruzó la habitación de Dimitri

para llegar al pasillo, en vez de pasar por su propio cuarto. Por eso se sorprendió un poco cuando se encontró cara a cara con la tía de Dimitri al abrir la puerta.

Sonia había estado por llamar. Se sobresaltó al descubrir que Katherine salía de los aposentos de Dimitri, cuando había oído claramente la orden de que la colocaran en el Salón Blanco. Si había necesitado mayores pruebas de lo que estaba haciendo allí esa mujer, ya las tenía. Y su aspecto... Una mujer no llevaba el cabello suelto, salvo en el dormitorio. El que esta estuviera por salir con el cabello cayéndole por la espalda no hizo más que acrecentar la indignación de Sonia.

Katherine se recuperó primero, lo suficiente como para dar un paso atrás, así no tendría que estirar el cuello para mirar desde abajo a la solemne mujer. Empezó a sonreír, pero en cambio se ruborizó al advertir la expresión de censura en los fríos ojos azules de la otra mujer. Dios santo, *eso* era algo en lo cual ella no había pensado en su flamante felicidad, pero aquí abundaba. Por supuesto que su nueva relación con Dimitri era escandalosa. Habría sido ella la primera en admitirlo, si no hubiera sido uno de los partícipes. Cualquier otra persona lo diría sin vacilación.

Y sin embargo había tomado una decisión, o mejor dicho, había sido tomada por ella. Amaba a ese hombre. Y estaba segura de que los sentimientos de él hacia ella también eran muy intensos. Así que no tenía un anillo en el dedo... aún. Tenía grandes esperanzas de que ese asunto se rectificara tarde o temprano. Al fin y al cabo, este no era un enamoramiento de niña escolar al que ella había sucumbido. Para ella, este era un compromiso eterno. Demasiado tiempo había luchado contra él, para no luchar por él ahora.

Inconscientemente, Katherine irguió la columna vertebral, asumiendo una postura que era intrínsecamente majestuosa. Sonia lo vio como arrogancia y se escandalizó.

—Busco a mi sobrino.

—Yo también —respondió cortésmente Katherine—. Así que, si me permite usted...

–Un momento, señorita. –El tono de Sonia fue imperioso, el "señorita", despectivo. –Si Dimitri no está aquí, ¿qué hace sola en su habitación?

–Como dije, estoy buscándolo.

–O aprovecha esta oportunidad para robarle.

Tan incongruente era la acusación, que Katherine no pudo tomarla en serio.

–Con todo el debido respeto, señora, yo no robo.

–¿Acaso debo creer en su palabra? No sea absurda. Tal vez los ingleses sean tan crédulos, pero los rusos no. Deberá ser registrada.

–¿Qué dice usted?

–Ya lo sabrá si le encontramos encima algo de valor.

–Pero qué... –exclamó Katherine cuando Sonia empezó a arrastrarla por el pasillo.

Procuró zafarse de la mujer que la asía, pero era como si unas garras se hubieran enganchado en su brazo. Sonia era bastante más alta que ella, y su enjuto cuerpo era engañosamente fuerte. Katherine se encontró llevada a tirones escaleras abajo, donde varios sirvientes se habían detenido en el vestíbulo para contemplar boquiabiertos otro espectáculo en el cual ella estaba involucrada.

Refrena tu carácter, Katherine. Dimitri aclarará esto. Después de todo, no has hecho nada que él pueda objetar. Su tía no hace más que desahogar su rencor. ¿No te advirtió Marusia que era una tirana, que los criados personales de Dimitri se mantenían bien alejados de ella?

En el espacioso zaguán de entrada, Katherine se vio empujada a las manos del lacayo más cercano. De más edad que los demás, pero también más robusto, pareció genuinamente estupefacto en cuanto a qué hacer con ella.

Sonia no tardó en aclararlo.

–Regístrala en busca de cualquier cosa de valor, y hazlo con minuciosidad. Se la encontró sin compañía en los aposentos del príncipe.

–Aguarde un minuto –dijo Katherine con forzada

serenidad –. Dimitri no toleraría esto, madame, y creo que usted lo sabe. Exijo que se lo llame.

– ¿Exigir? ¡Usted exigir!

– Su oído es excelente –intervino sarcásticamente Katherine.

Probablemente debería haber soportado la pulla, pero claro que ya estaba realmente enfurecida y su diplomacia se había desbarrancado. Esa bruja no tenía ningún derecho a acusarla de ninguna fechoría. No había simplemente base alguna para tal acusación. Y que se atreviera a tratar a Katherine como una criada más era demasiado.

Para Sonia, el sarcasmo de Katherine fue el colmo. Nadie le había hablado nunca con tal falta de respeto, y ante los criados. No se podía permitir eso.

– Haré que la... –empezó a gritar Sonia; luego pareció serenarse, aunque tenía el rostro enrojecido por la cólera –. No, dejaré que se ocupe de ello Dimitri, entonces verá usted que no significa nada para él. ¿Dónde está el príncipe? –Se encaró con los criados, que observaban esta escena, fascinados. –Vamos, vamos, alguien debe haberlo visto esta mañana. ¿Dónde está?

– No está aquí, princesa.

– ¿Quién dijo eso?

La muchacha estuvo a punto de no adelantarse. No era lo más juicioso llamar la atención cuando el ama estaba encolerizada como tantas veces. Pero había abierto la boca, ya había cometido una torpeza. Ya estaba en aprietos y no podía irle peor si lo decía todo.

A primera vista Katherine creyó que la jovencita era Lida, pero esta era más joven y, carente de la seguridad de Lida; parecía francamente asustada. ¿Qué motivo tenía *ella* para estarlo? Era Katherine quien se hallaba en apuros.

– Mi hermana me despertó antes del amanecer, princesa, para despedirse –explicó la muchacha, con la mirada fija en el suelo –. Tenía prisa porque el príncipe ya había partido, y tanto ella como el resto de su séquito debían apresurarse para alcanzarlo.

–¡Deja todo eso! –dijo bruscamente Sonia–. ¿Adónde fue él?

–A Moscú.

Hubo un momentáneo silencio; luego Sonia sonrió levemente y sus fríos ojos se clavaron en Katherine.

–Así que, después de todo, él toma en serio sus deberes. No debí haber dudado de él. Debí saber que él partiría muy presuroso para seguir cortejando a la princesa Tatiana. Pero la dejó aquí a usted para que yo me ocupe. Debería echarla sin más ni más.

–Qué magífica idea –dijo Katherine, tiesa.

Aún estaba lo bastante furiosa como para que esa noticia no la abatiera. ¿Que Dimitri se había marchado? ¿Y en busca de una prometida? No, eso era una presunción de su tía, no un hecho confirmado. *No te atrevas a sacar conclusiones apresuradas, Katherine. Es probable que haya una muy buena razón para que él parta sin decirte una sola palabra. Y él regresará. Tendrás respuestas, las respuestas justas, y te reirás de haber dudado de él por un segundo.*

–¿Así que le gustaría marcharse? –interrumpió bruscamente sus pensamientos Sonia, pasado ya su instante de mejor humor–. Entonces tal vez deba retenerla aquí. Sí, quizá Dimitri haya olvidado ya su existencia, pero su criado, Vladimir, no es tan indulgente, aunque evidentemente esta mañana estaba tan confundido que omitió dejar instrucciones acerca de usted. Pero debe haber alguna razón para que la hayan dejado aquí, por lo cual supongo que debo asegurarme de que esté aquí todavía cuando ellos vuelvan, por mucho que yo desee lo contrario.

–Puedo decirle exactamente por qué estoy aquí –replicó Katherine indignada.

–No se moleste. Cualquier cosa que digan las de su especie debe ser puesta en duda.

–¿Mi *especie*? –chilló casi Katherine.

Sonia no explicó sus palabras. Su expresión, y el

modo en que miró de arriba a abajo a Katherine, lo decía todo. Entrecerró los ojos. Volvía a ser la abeja reina, superada su furia, bajo control, y en todo detalle la vieja tirana reseca, como la había llamado Marusia.

—Ya que debe permanecer en Novii Domik, se le debe enseñar la conducta adecuada. Aquí no se permiten irrespetuosidades.

—Entonces a usted misma le vendrían bien algunas lecciones de cortesía, madame, pues recuerdo haber sido muy amable con usted hasta que formuló sus infundadas acusaciones contra mí. Usted, en cambio, ha sido insultante desde el primer momento.

—¡Basta! —gritó Sonia—. Ya veremos si una visita a la leñera no pone coto a su insolencia. Semión, llévala allá de inmediato.

Katherine estuvo a punto de reír. Si esa bruja creía que con encerrarla en la leñera iba a modificar la situación, se equivocaba de medio a medio. Acababa de pasar unas semanas interminables encerrada en el barco. Unos pocos días más de encierro hasta que regresara Dimitri no le molestarían en absoluto. Y podía pasar el tiempo imaginando la intensa cólera de Dimitri por la tiranía de su tía Sonia.

Hasta los criados podían imaginarlo, pensó Katherine con cierta presunción. El individuo que la sujetaba —¿se llamaba Semión?— había vacilado cinco segundos enteros antes de ponerse a tironear de ella hacia los fondos de la casa. En los demás que los observaban, se registraban expresiones que iban desde la sorpresa y el asombro hasta el franco temor.

Katherine fue llevada afuera y luego hacia una de las dependencias que ella había visto al llegar. Desde atrás de la casa vio por primera vez la aldea, a casi un kilómetro de distancia, y las interminables extensiones de trigo, como un mar de oro bajo el sol de la mañana. Gracioso, que pudiera apreciar la espléndida escena que se le presentaba mientras iba en camino a que la encerraran. Pero podía. Era la búsqueda de nuevas vistas, nuevas experiencias, lo que hacían de todo ese viaje una aventura que satisfacía un anhelo que había sido caro para ella por mucho tiempo.

La leñera era una pequeña estructura parecida a un cobertizo, donde se almacenaba leña cortada. No tenía ventanas y casi no tenía piso; la primera mirada que echó Katherine adentro disminuyó un poco su presunción.

Anímate, Katherine. Y bien, no será agradable. Tanta más razón para esperar profusas disculpas de Dimitri cuando esto termine. El te lo compensará, ya verás.

Además de Semión, el más fornido de los lacayos también la había acompañado a una seña de Sonia, así como la propia Sonia. Los cuatro estaban ahora dentro de la leñera. Por la puerta abierta entraba luz de sol suficiente como para iluminar el caluroso recinto. Pero en vez de que la soltaran y la dejaran sola, Katherine fue entregada al sujeto más joven y musculoso, que le sujetó ambas manos con las suyas y la sostuvo bien apretadas por delante de ella.

—¿Me atarán también? —se burló entonces Katherine—. Qué ameno.

—No hacen falta sogas —repuso condescendiente Sonia—. Aquí Rodión es muy capaz de sujetarla durante todo el tiempo necesario.

—¿Todo el tiempo necesario para qué?

—Será apaleada hasta que esté dispuesta a implorarme perdón por su insolencia.

El rostro de Katherine quedó momentáneamente exangüe. ¡Eso significaba entonces una visita a la leñera! ¡Dios santo, eso era digno de la Edad Media!

—No está usted en sus cabales —Katherine pronunció cada palabra con lentitud y claridad, mientras volvía la cabeza para mirar ceñuda a la otra mujer, que se erguía detrás de ella.— No podrá hacer esto y salirse con la suya. Soy miembro de la nobleza británica, Lady Katherine Saint John.

Sonia se sobresaltó, pero solo por un momento. Ya

había extraído sus conclusiones acerca de Katherine, y los siervos no eran los únicos que se aferraban tenazmente a sus primeras impresiones. Esa mujer era de poca monta. Lo demostraba el tratamiento que le daba Dimitri. Era deber de Sonia quebrar tanta arrogancia antes de que se contagiara a los demás sirvientes.

– Quienquiera que sea – dijo fríamente Sonia –, debe aprender un poco de buenos modales. Puede determinar usted misma cuánto tiempo llevará mejorar su actitud. Puede implorarme perdón ahora...

– ¡Jamás! – lanzó Katherine –. Solo brindo respeto a quienes lo merecen. Usted, madame, no tiene más que mi desprecio. – ¡Empiecen! – graznó Sonia, con el rostro lívido de furia otra vez.

Girando la cabeza, Katherine clavó su mirada en el lacayo, que al oír la orden le había apretado más las muñecas.

– Suélteme ahora mismo.

Había tal autoridad en su voz, que Rodión aflojó realmente las manos. Pero la princesa estaba de pie allí mismo. Katherine vio el dilema del criado, vio cruzar la indecisión y la inquietud por sus escabrosos rasgos y supo que la princesa había vencido.

– Les conviene esperar que no estén cerca cuando el príncipe se entere de...

Katherine se interrumpió, acorazándose, oyendo el horrendo silbido del bastón antes de golpear. El dolor fue peor que cualquier cosa que ella pudo haber imaginado. El aliento silbó entre sus dientes. Su mente gritó. Ese primer golpe la derribó de rodillas.

– Dígale lo que ella quiere, señorita – susurró implorante Rodión mirándola desde arriba.

Fue el único que le vio la cara cuando el bastón golpeó, y luego el segundo golpe, peor aún por dar en el mismo sitio, y después el tercero, que dio en la parte inferior de la espalda. Las manos de la joven temblaban. Apareció sangre en su labio, donde se habían hundido sus dientes. Era tan diminuta, tan delicada, no una campesina sufrida, cuyo cuerpo habría sido condicionado por el duro trabajo para sobrellevar semejante castigo. Unos cuantos bastonazos no eran nada para un siervo. Pero ella no era ninguna sierva. Quienquiera que fuese, no podía soportar ese tipo de maltrato.

–Suélteme –fue lo único que respondió Katherine a la súplica de Rodión.

–Virgen María, no puedo, señorita –dijo él, acongojado, mientras Semión blandía el bastón otra vez más.

–Entonces no... me deje... caer.

–Sólo dígale a ella...

–No puedo –boqueó ella, oscilando luego hacia adelante bajo el golpe siguiente–. El orgullo de los Saint John... usted me entiende.

Rodión sintió incredulidad. ¿Orgullo? ¡Y hablaba en serio! Solamente los aristócratas dejaban que el orgullo rigiera sus acciones. Virgen Santa querida, ¿en qué era partícipe él allí? ¿Era posible acaso que ella dijera la verdad sobre quién era?

Fue con gran alivio que, un momento más tarde, pudo decir:

–Se ha desvanecido, princesa.

–¿Quiere que la reviva, princesa? –inquirió Semión.

–No –repuso malhumorada Sonia–. Qué mujer obstinada. Es obvio que de nada servirá tratar de obligarla a pedir perdón... Pero aplícale unos golpes más, Semión, por las dudas.

Fue Semión quien protestó contra esta orden.

–Pero si está inconsciente, princesa.

–¿Y qué? No lo sentirá ahora, pero sí cuando despierte.

Con cada golpe de ese maldito bastón, Rodión se encogió, deseando ser él quien recibiera el castigo. Pero al menos sostuvo a la mujer, sujetándola por los antebrazos. Ella no cayó, como había temido, aunque él jamás sabría qué sentido tenía eso.

–Regístrenla –fue la última orden de Sonia.

Semión se inclinó para hacerlo; poco después alzó la vista y meneó la cabeza.

—Nada, princesa.

—Bueno, nada costaba asegurarse.

Al oírla, Rodión y Semión cambiaron una mirada. Pero Rodión, con los labios apretados al sacar de la leñera a la mujer, sentía toda la impotencia y la furia que solo podía sentir alguien sometido al yugo de la esclavitud. ¿No costaba nada? La inglesa pensaría otra cosa.

CAPITULO 26

—¡Oh, Dios mío!

Katherine saltó de donde estaba acostada tan pronto como comprendió qué era. El esfuerzo hizo brotar de sus labios un fuerte gemido. Sin aliento, se agazapó, mirando el objeto con furioso ceño. Una cosa era despertar en un lugar desconocido, pero otra muy distinta encontrarse asándose sobre carbones.

—¡Un fogón! ¡Te pusieron encima de un maldito fogón, Katherine! Están locos. ¡Están todos locos!

—*Zdravstvui, Gospoja.*

—¡Buen día un cuerno! —Katherine se encaró con la mujer que se le había acercado por detrás sin hacer ruido. Al verla retroceder sobresaltada, comenzó a hablar en ruso.— ¿Acaso pensaban servirme para la cena?

Cuando entendió lo que Katherine quería decir, la mujer mostró los dientes en una sonrisa.

—El fogón no está encendido —la tranquilizó—. En invierno ofrece un buen lecho caliente para los niños y los

239

más viejos. Ya ve, por eso es tan grande. Pero en verano hace demasiado calor y se hornea afuera.

Katherine lanzó otra mirada fulminante al fogón. Era enorme, de un metro y medio de largo y dos de ancho, en efecto lo bastante grande como para que en él se acostaran varias personas. Pero si no estaba encendido, ¿por qué ella tenía la sensación de haberse quemado?

—No debería estar moviéndose todavía, señorita —dijo la mujer, ya con más seriedad, llamando de nuevo la atención de Katherine.

—¿No debería?

—Salvo que se sienta capaz, por supuesto.

—Por supuesto.

Aunque irritada por la falta de explicación, Katherine se encogió de hombros, lo cual fue lo peor que podría haber hecho. Se le dilataron los ojos, luego los cerró con fuerza al tiempo que soltaba el aliento. Desgraciadamente se puso en tensión contra el fuego que le azotaba la espalda, y eso empeoró la situación. Gimió lastimeramente, sin poder resistir, sin preocuparse por quién la oyera.

—¡Esa... maldita... zorra! —siseó por entre los dientes, más doblada todavía por el dolor—. ¡Realmente ella... increíble! ¿Cómo pudo atreverse?

—Si se refiere a la tía del príncipe, ella manda aquí en ausencia de él, por eso...

—¿Qué condenada excusa es esa? —exclamó Katherine.

—Todos saben lo que usted hizo, señorita. El error fue suyo. Nosotros aprendimos hace mucho qué actitud adoptar en presencia de ella. Verá usted, ella pertenece al antiguo orden, los que exigen sumisión total. Muéstrele un poco de temor y el máximo respeto, y ella será más que benévola. Ya no se apalea a nadie aquí... salvo a usted, por supuesto. Solo tiene que saber cómo manejarla.

A Katherine le habría gustado manejarla, por cierto, con una antorcha y un látigo. Pero no lo dijo. Estaba haciendo lo posible por disipar el dolor a pura voluntad. Si no movía un solo músculo, el dolor no era tan torturante.

—¿Estoy muy mal? —inquirió vacilante.

No llevaba puestas sus propias ropas, de modo que alguien la había desvestido y debía presuponer que era esa mujer. El vestido que le habían puesto encima era de burdo algodón, fresco, pero que le raspaba mucho. Probablemente lo había donado esa déspota que se hacía llamar princesa. Sin duda no pertenecía a esa mujer, ya que esta era gruesa, y el vestido, aunque incómodo, al menos era de la talla de Katherine.

—¿Se magulla usted con facilidad?

—Sí —replicó Katherine.

—Entonces no está tan mal, creo. Usted podría juzgarlo mejor. Ellos no han querido llamar a un médico, aun cuando usted tuvo fiebre tan alta.

—¿Yo tuve fiebre?

—Durante un día y medio. Por eso la trajeron aquí.

—¿Dónde? Ah, no sé su nombre. El mío es Katherine, de paso sea dicho.

—¿Ekaterina? —sonrió la mujer—. Es un bello nombre, un nombre imperial...

—Sí, eso me han dicho —la interrumpió Katherine, exasperada con otra versión más de su nombre—. ¿Y usted se llama...?

—Parasha, y usted está en la aldea, en mi casa. Rodión la trajo ayer. Estaba muy preocupado. Parece que la princesa no asignó a nadie para que la custodiara, aunque estaba enterada de su fiebre. Y con una desatención tan deliberada de su parte, nadie estaba dispuesto a ofrecer sus servicios, pues todos temían que se los relacionara con alguien mal visto por la princesa.

—Ya veo —dijo Katherine, tensa—. Entonces, de hecho, pude haber muerto.

—Válgame, no —replicó Parasha—. Su fiebre fue causada tan solo por la paliza. No fue grave, es decir, la fiebre. Rodión, sin embargo, no se dio cuenta de eso. Como dije, estaba muy preocupado. Parece pensar que el príncipe se disgustará cuando se entere de lo sucedido.

Al menos, algo de lo dicho por ella había impresionado a ese hombre. Pero la furia predicha de Dimitri no había impedido que tuviera lugar la paliza. Y Parasha tan solo presumía que él estaría furioso. ¿Y si no? ¿Y si a él no le importaba?

Esa posibilidad formó un nudo en la garganta de Katherine, que solo se aflojó con un esfuerzo deliberado por encaminar a otra parte sus pensamientos.

—¿Vive sola aquí, Parasha?

La mujer se mostró sorprendida por la pregunta.

—¿En una casa tan grande? No, no, está mi marido Savva, sus padres, nuestros tres hijos y hay espacio para más, como puede ver.

Era una casa grande, construida con madera, ya que la madera abundaba en esa zona. Consistía en una sola planta, pero extendida, y ciertamente más grande que todo lo que había visto Katherine en las muchas aldeas por donde había pasado en su ruta hacia allí. Había presumido que esas cabañas de troncos serían moradas de una sola habitación, pero esta tenía varias; ella podía ver por lo menos otro cuarto más allá de la puerta de la cocina, que había quedado abierta. La cocina misma era espaciosa, nada atestada; el punto central era una mesa grande, además del monstruoso fogón. Un aparador finamente tallado, el más elaborado que ella había visto en su vida, contenía una variedad de utensilios de madera.

La casa estaba en silencio, sin señales de que alguien más anduviera entonces por ella.

—¿Todos están trabajando en el campo?

Parasha sonrió con indulgencia.

—Hasta la cosecha, que pronto empezará, hay poco que hacer en el campo. Aún hay trabajo, por supuesto, arrancando las malas hierbas en los plantíos de vegetales, esquilando las ovejas, carneando y preparándose para el invierno, pero nada parecido a la época de la siembra y la cosecha, cuando somos afortunados si trabajamos nada más que dieciséis horas diarias. Pero hoy es sábado...

Hablaba como si Katherine debiera saber qué significaba eso, y a decir verdad la inglesa lo sabía, gracias a esas largas conversaciones con Marusia durante el viaje a Novii Domik. Los sábados, en toda Rusia, aldeas enteras solían converger en la casa de baño comunal, donde se producía vapor echando agua sobre un gran fogón de ladrillos. Los bañistas se acostaban en unos estantes que bordeaban las paredes, más calurosos cuanto más altos; algunos se azotaban solos o unos a otros con ramitas de abedul para lograr más efecto, y como culminación de esto, se zambullían luego en un gélido río o arroyo, o en invierno se revolcaban desnudos en la nieve. Increíble, pero Marusia le había asegurado que la experiencia era auténticamente vigorizante; hasta que ella misma la hubiera probado, no debía juzgar de buenas a primeras.

–Usted misma se está perdiendo el baño de vapor, ¿o no? –comentó Katherine.

–En fin, yo no podía dejarla sola aquí cuando no había despertado aún de la fiebre, aunque se le pasó durante la noche. Habría pedido a Savva que la llevara a la casa de baños, ya que el vapor le habría hecho bien. Pero anoche se presentó Nikolai, el hermano del príncipe, y pasó la noche con su madre aquí en la aldea, de modo que probablemente esté allí. Y no creí que usted quisiera que él la importunara cuando recobrase el sentido, al menos hasta que estuviese más recuperada.

–¿Por qué iba él a importunarme?

–Importuna a todas las mujeres –rió Parasha entre dientes–. Sigue de prisa los pasos de su hermano en cuanto a mujeres se refiere. Pero no es tan delicado como el príncipe. "Todas y cualquiera" es su lema.

Katherine no supo si sentirse insultada o no. Al final no respondió nada. Sabía quién era Nikolai, Nikolai Baranov, hijo natural de Piotr Alexandrov y una sierva de la aldea. Al nacer Nikolai, su madre había recibido la libertad, pero nunca la había utilizado, se había quedado en Novii Domik y con el tiempo se casó con un poblador. Sin embargo Nikolai, como todos los demás varones bastardos de los Alexandrov, fue criado en el seno de la familia, con toda una serie de siervas para atenderlo y consentirlo.

Katherine no se explicaba cómo Lady Anne, una altiva inglesa, podía haber tolerado tan clara prueba de infidelidad. Por cierto, Nikolai tenía solo siete meses menos que Dimitri. Y sin embargo, según Marusia, Lady Anne nunca se había quejado, había amado fielmente a Piotr hasta el día de su muerte.

Katherine sabía que ella no podría ser tan comprensiva. No obstante, era realista. Sabía que los hombres son gobernados por sus cuerpos, que hasta los maridos más enamorados de sus esposas suelen cometer indiscreciones. Ese era un hecho de la vida. Ella había visto y oído demasiadas cosas para dudarlo. Siempre había creído con firmeza en el antiguo adagio de que aquello que no sabes no puede causarte daño, y había creído que, cuando se casara tarde o temprano, mientras no se enterara de las indiscreciones de su marido, desconocería dichosamente la probabilidad de que le fuese infiel.

Así había creído que se sentiría cuando se casara alguna vez. Ahora no estaba tan segura. No había contado con enamorarse. No estaba tan segura de poder desconocer dichosamente algo que hiciese Dimitri, y tendría que presuponer que él sería infiel si se alejaba de ella por algún tiempo. Esa posibilidad dolía. Una confirmación sería devastadora. ¿Cómo podría ella resolver esa situación cuando estuviesen casados? ¿Cómo podría resolverla ahora?

Dimitri se había marchado, supuestamente para cortejar a otra mujer. Katherine no creía en eso ni por un momento, pero él estaba lejos, en Moscú, donde tantas mujeres atraerían su mirada. Por supuesto, Katherine estaba presumiendo que él se interesaba en ella. Estaba presumiendo muchas cosas.

Rayos, ¿por qué tuvo Parasha que recordarle la predilección de los Alexandrov varones por perseguir mujeres y engendrar bastardos? Marusia nunca había mencionado que Dimitri los tuviera, pero eso no significaba que no los tuviese o que no los tendría en el futuro. Pensaba en Misha, que tenía treinta y cinco años al morir, y su bastardo mayor tenía ya dieciocho años.

Debería olvidarse de Dimitri, nada más. Era demasiado apuesto, demasiado enamorado de las mujeres en general, de acuerdo con Anastasia. No sabría ser fiel a una sola mujer, aunque la amara. ¿Acaso ella necesitaba eso? No, por cierto. Necesitaba alejarse de él antes de que lo que sentía se tornara tan avasallador, que no le importaría lo que él hiciera con tal de que le diese algunas migajas de cariño. Y si iba a marcharse, más le valía hacerlo mientras él no estaba cerca y mientras Vladimir no estaba allí para vigilar todos sus movimientos.

CAPITULO 27

Katherine se agazapaba en las sombras, junto a la casa; tardó un momento en absorber el dolor que le causaba tan solo un pequeño movimiento. Pero había llegado hasta allí. Llevaba consigo unos pocos alimentos que había reunido presurosamente, y no estaba dispuesta a permitir que algo de tan poca monta como sus músculos doloridos y magullados la detuviesen.

Esa mañana había aguardado con impaciencia mientras Parasha y su familia se preparaban para asistir a la iglesia. Habia tenido un momento de pánico cuando la bondadosa mujer comenzó a insistir en que Savva cargaría con agrado a Katherine para llevarla a la iglesia, pero Katherine gimió y se lamentó tanto cuando Parasha intentó ayudarla a bajar de la cama, aun sobre el fogón, que Parasha abandonó la idea.

El día anterior Katherine había conocido al resto de la familia; todos consideraban al príncipe y sus parientes como parte de su propia familia. Katherine llegó a comprender que la dicha y el bienestar de un siervo dependían por entero del carácter y la riqueza de su amo. Bajo el poderío de un buen amo, el siervo sentía que tenía un hogar y que estaba protegido contra la mala suerte en una relación que era casi como el antiguo sistema feudal. Bajo el poderío de un amo cruel, su existencia se parecía más a un infierno en vida, con apaleos y trabajo forzado, en el cual vivía en el constante temor (o esperanza, por cierto) de que lo vendieran, lo perdieran en una partida de naipes, o peor, lo enviaran al servicio militar durante los veinticinco años siguientes de su vida.

Todos los siervos de Dimitri estaban satisfechos con su sino y eran plenamente sabedores de su buena suerte. Abominaban la idea de ser libres porque entonces perderían la protección y la generosidad que les permitía prosperar, así como la tierra que ellos consideraban propia. En nombre de ellos, Dimitri vendía las mercancías que ellos producían durante los largos inviernos. En Europa se obtenía un precio mayor que en Rusia, lo cual se evidenciaba en el más alto nivel de vida que existía allí, en Novii Domik.

Para asistir a la iglesia todos vestían buenas ropas, una costumbre común en todas partes, al parecer. Los hombres lucían camisas de color, siendo favorito el rojo, en vez de la camisa suelta, ceñida en torno a la cintura, que se usaba a diario. Los pantalones eran de mejor tela, pero también holgados, en el estilo heredado de los tártaros siglos atrás. Todos calzaban botas de campaña de buena calidad. Completaban sus atavíos los altos gorros de fieltro, o para algunos, el largo sobretodo turco.

También las mujeres se engalanaban, cambiando la pañoleta por un *kokóshnik*, un tocado alto ricamente decorado según los recursos de quien lo llevaba; Parasha tenía en el suyo perlas y ornamentos de oro. El vestido de fiesta sin mangas se denominaba *sarafán*, y estaba hecho de telas suaves con muchos colores.

Allí un domingo era como un domingo en Inglaterra, un día de reposo después de una prolongada misa. Katherine contaba con que la de ese día durara por lo menos dos horas, como había oído decir que solían durar. Después los

247

jóvenes jugarían, como le habían informado con entusiasmo los niños, mientras los adultos se visitaban y conversaban. ¡Cuán inglés sonaba eso! Pero Katherine no esperaba estar cerca para observar las festividades ni participar en ellas. Tenía la esperanza de hallarse lejos antes de que se descubriera su ausencia.

Habría sido no solo más fácil, sino menos doloroso, si hubiera podido tener unos días más para recuperarse antes de darse a la fuga. Pero tan pronto como viera el caballo que se mantenía en el cobertizo junto a la casa, supo que tenía los medios para escapar. Después de oír que en la aldea nadie, absolutamente nadie, se perdía de ir a la iglesia a menos que guardase cama, supo que el domingo le ofrecía la única oportunidad que probablemente obtuviera. No estaba dispuesta a esperar una semana entera hasta el domingo siguiente, cuando era posible que Dimitri estuviese de vuelta.

Parasha le había dicho que se tardaba tanto en llegar a Moscú como en llegar a San Petersburgo, pues Novii Domik estaba situada entre ambas ciudades, aunque muy al este. Ya hacía tres días que Dimitri estaba ausente. Además, no había esperado a los carruajes que transportaban a sus criados, a los que el viaje llevaría por lo menos cinco días. El príncipe se había adelantado a caballo, podía reducir considerablemente su tiempo de viaje si llevaba realmente prisa. Ella no correría ese riesgo.

Estaba también la posibilidad de que la princesa Sonia recordara que había prometido retener allí a Katherine hasta que volviese Dimitri. En ese momento, teniendo en cuenta su estado, se creería imposible lo que intentaba Katherine, razón por la cual no se había enviado a nadie que la vigilase para que no huyera. Una vez que ella tuviera tiempo para recuperarse, aunque solo fuesen unos días más, lo más probable era que se enviara a alguien para vigilarla, o peor, tal vez la instalaran de nuevo en la casa grande, quizá bajo llave y cerrojo, y perdiera totalmente esa oportunidad.

Esta era su ocasión, probablemente la única, cuando

la aldea estaba desierta, todos congregados en la pequeña iglesia, y nadie allí que conociese la verdadera situación: que en realidad Dimitri quería que se la tuviese prisionera en Novii Domik durante el resto del verano. Esa era su carta de triunfo; por el momento, todos ignoraban por qué la había traído el príncipe. Hasta era posible que la tía de él dijese "menos mal" cuando se enterara de que Katherine había desaparecido.

Cautelosamente se movió hacia el pequeño cobertizo, sin dejar de mirar la iglesia, situada al final del camino. Se distinguía de las casas de la aldea solamente por el campanario, con una vasta cúpula azul en forma de cebolla, característica de todas las iglesias que había visto Katherine desde que llegara a Rusia, salvo que esta, siendo pequeña, tenía una sola cúpula, mientras que algunas otras tenían hasta siete u ocho, todas pintadas en colores vivos diferentes, o bien intrincadamente talladas.

La joven tenía la esperanza de que el constante murmullo de las oraciones ocultara cualquier ruido que hiciese el caballo. Pero, claro está, ahora todas sus esperanzas se reducían a que ella pudiera alejarse de la finca de Dimitri sin ser vista; que pudiera recordar el camino a San Petersburgo sin extraviarse; que nadie se molestara en ir a buscarla, y que estuviera a salvo, refugiada en la comunidad inglesa de San Petersburgo, antes de que Dimitri supiese siquiera que ella había huido.

No le molestaría volver a verlo cuando ella estuviese a salvo, ya no en su poder, y ambos estuviesen finalmente en terreno igual. Pero entonces lo único que ella quería realmente era volver a su país y olvidarlo. Así era mejor.

¡Mentirosa! Lo que quieres real y verdaderamente es que él venga en tu busca, que te implore que no lo abandones, que te jure que te ama y quiere casarse contigo. Y lo harías también, grandísima mentecata; te casarías con él pese a todas las sólidas y buenas razones que hay para no hacerlo.

Katherine sintió casi gratitud por el torturante tironear de sus músculos mientras preparaba el caballo y lo montaba, ya que eso volvía sus pensamientos a la realidad.

Lo único importante en ese momento, era huir. Necesitaba que Dimitri la viera como su igual, y él no lo haría hasta que ella pudiera demostrar quién era en realidad. Y no podía hacer eso allí. Más tarde se preocuparía por la reacción de él y por lo que haría respecto de su fuga.

Mientras se alejaba lentamente montada en el caballo, tuvo su primera muestra de lo que sería el viaje, y solo quiso gritar, tan intenso era el dolor. Jamás en su vida había experimentado algo semejante. Si hubiera tenido un arma, no habría estado alejándose de Novii Domik, sino yendo hacia ella, pues en ese instante no quería otra cosa que encontrar a ese miserable de Semión y matarlo con un disparo. Semión podría haber sido más blando con ella. Podría haber atemperado su fuerza en vez de aplicarla en cada golpe de ese maldito bastón. Pero no; pavonearse ante la princesa, seguir sus órdenes al pie de la letra, eso había hecho el mastuerzo. A Katherine le sorprendía que no le hubiese quebrado todos los huesos de la espalda.

Para llegar al camino tenía que circundar la casa grande, lo cual hizo con celeridad, sin acercarse a ella. Ya en el camino, partió al galope, lo cual fue en realidad más fácil para ella que un medio galope más lento, pero que igual la hacía encogerse y gemir cada pocos segundos. Mantuvo esa velocidad, de a ratos, durante cuatro horas, o lo que presumió fueron cuatro horas, hasta que pasó frente a la finca donde había pasado una noche yendo hacia Novii Domik, y donde Dimitri había vuelto al día siguiente para embriagarse.

Se proponía detenerse en los demás lugares donde se habían detenido antes, ya que no tenía dinero, necesitaría comida y los criados la conocían. No era probable que le negaran alimentos, aunque ella estuviera sola esta vez. Tal vez consideraran extraño el que ella viajara sola, pero Katherine podía urdir una explicación si era necesario. Pero no pasaría la noche en ninguna de esas fincas. No se atrevía. Sería demasiado fácil que la atraparan si alguien la persiguía. Y había muchos bosques donde podría recostarse para dormir unas horas, a salvo, lejos del camino y de cualquier perseguidor. Hasta era posible que sus perseguidores siguieran de largo, lo cual también sería conveniente.

En ese preciso momento no necesitaba detenerse, pues tenía comida suficiente hasta el día siguiente, y quería poner toda la distancia posible entre ella y Novii Domik. También temía detenerse, temía que si se apeaba del caballo, no tendría voluntad para montar otra vez, ni posibilidad, por cierto. Esperaría hasta la noche, cuando podría descansar y recuperarse un poco antes de iniciar otro día de dolor incesante.

Katherine estuvo a punto de sofrenar el caballo para detenerlo cuando comprendió que había omitido algo en su plan perfecto: la noche. Había olvidado que en esa época del año no había noche, o muy poca. Y no había modo de que pudiera seguir cabalgando, aun cuando no tuviese la espalda magullada e hinchada. Tendría que detenerse, pero no tendría la protección de la oscuridad para ocultarse en el bosque. Tendría que internarse más en el bosque, alejarse más del camino, tan solo para esconderse. Era una pérdida de tiempo, pero ¿qué alternativa le quedaba?

Varias horas más tarde, abandonó finalmente el camino y halló un lugar aislado en el cual dejarse caer, y eso hizo literalmente, cayéndose del caballo cuando sus músculos se negaron a ayudarla a desmontar con donaire. Ni siquiera le quedaba fibra suficiente para acomodar mejor sus miembros, sino que quedó tal como había caído, cuidando tan solo de mantener las riendas en el puño, ya que no pudo sujetar adecuadamente al caballo, antes de perder simplemente el sentido.

CAPITULO 28

– Así que usted es la palomita que voló de la jaula.

Esta declaración fue acompañada por un toque en el pie de Katherine para que ella no dejara de oírla. Ella abrió los ojos, desorientada, y lo vio erguido a sus pies en arrogante actitud, las manos apoyadas en las caderas: era su dorado gigante. ¿Allí? ¿Tan pronto? Su corazón dio un vuelco; luego, en un instante, se elevó embriagado.

– ¿Dimitri?

– Ah, es usted entonces – le sonrió él –. No estaba seguro. No tiene usted exactamente el aspecto que esperaba en una... ejem... conocida de Dimitri.

El corazón de Katherine dio otro vuelco. No era Dimitri, aunque podría haber sido su hermano gemelo. En fin, no del todo. El mismo cuerpo y la misma estatura, sí, exactamente. El mismo cabello dorado y el mismo semblante. Pero la frente era tal vez un poco más ancha, la barbilla un poco más cuadrada, y los ojos lo delataban. Ella debería haberlo advertido de inmediato; no eran del pardo oscuro aterciopelado al que ella estaba habi-

252

tuada, sino de un asombroso azul diáfano, chispeantes, alegres.

–¿Nikolai?

–A su servicio, paloma.

El buen humor de Nikolai era irritante, dadas las circunstancias.

–¿Qué está haciendo aquí?

–Sería mejor hacerle a usted esa pregunta, ¿sí?

–No. Yo tengo una muy buena razón para estar aquí. Usted, en cambio, no, salvo que lo hayan enviado en mi busca...

–Pero, por supuesto.

La inglesa entrecerró apenas los ojos.

–Pues ha desperdiciado su tiempo. No volveré.

Katherine empezó a incorporarse. Esto de yacer en tierra a los pies de Nikolai no facilitaba la discusión, y por cierto que ella se proponía argüir en su propio favor. Pero había olvidado su estado. Sus hombros estaban a pocos centímetros del suelo cuando ella gimió, mientras brotaban lágrimas a sus ojos.

–Ya ve lo que ocurre cuando intenta dormir en el duro suelo, en vez de la blanda cama que abandonó –la amonestó suavemente Nikolai mientras le aferraba la muñeca y ella se ponía de pie. Sorprendido por el grito de dolor de Katherine, la soltó instantáneamente–. Dulce Jesús, ¿qué le ocurre? ¿Se ha caído del caballo?

–¡Idiota! –exclamó Katherine–. No finja que no lo sabe. Todos lo saben en Novii Domik, y usted ha estado allí.

–Si lo saben todos, pues se las arreglaron para ocultármelo, aunque no sé a qué se refiere.

Katherine clavó en él una mirada de enojo. Nikolai estaba pálido, con expresión preocupada. Decía la verdad.

Tras un suspiro, la joven declaró:

–Lamento haberlo llamado idiota. Si por el momento estoy un poco susceptible y resentida... –Sonrió para sí por las palabras elegidas— es porque fui apaleada con suma violencia.

—¡Mitia no haría eso! —exclamó Nikolai, espantado y, a decir verdad, enfurecido por esa calumnia a su hermano.

—Por supuesto que no, grandísimo... —Katherine se detuvo antes de llamarlo "idiota" otra vez—. El no sabe, y cuando lo sepa habrá un escándalo. Su condenada tía me hizo esto.

—No puedo creerlo —resopló Nikolai—. ¿Sonia? ¿La dulce, la afable Sonia?

—Oiga, en estos últimos meses se ha puesto en duda mi palabra y se me ha difamado lo suficiente como para que me dure toda la vida. Pero esta vez tengo magulladuras que demuestran lo que digo, y su *dulce,* su *afable* tía pagará por cada una de ellas cuando yo llegue a la Embajada Británica. Resulta que el embajador inglés es un buen amigo de mi padre, que resulta ser el conde de Strafford, y si el haberme raptado Dimitri no hace hervir el caldero, esta última ofensa lo hará sin duda. ¡Ganas tengo de reclamar que su tía sea exiliada a Siberia! Y ya puede dejar de mirarme como si yo me hubiera convertido en un nabo —añadió irritada—. No estoy loca.

Nikolai cerró la boca de golpe, enrojeciendo levemente. Hasta entonces, nadie le había lanzado tan violenta diatriba, o por lo menos ninguna mujer. Bueno, a veces Dimitri lo había reprendido... Dulce Jesús, cómo se parecían esos dos. ¡Qué fuego! ¿Acaso ella se conducía de ese modo con el hermano de él? En tal caso, podía comprender ahora lo que Dimitri había hallado de interesante en ella, mientras que, por lo demás, ella no era su tipo en absoluto. El mismo Nikolai estaba intrigado.

Con sonrisa juvenil, dijo:

—Qué bien usa las palabras, paloma. Y cuánta emoción en un envoltorio tan pequeño —agregó; la mirada fulminante de la joven lo hizo reír entre dientes—. Aunque no demasiado pequeño, ¿eh? Crecido y agradable en todo, muy agradable.— Sus cálidos ojos azules la recorrieron apreciativamente de pies a cabeza. —Y es conveniente que haya encontrado esta enramada privada, tan bien protegida. Podríamos...

—No, no podríamos —lo interrumpió ella bruscamente, leyéndole con facilidad los pensamientos.

—Pero, por supuesto que podemos —insistió él, impávido.

—¡No, no podemos!

Parasha había estado en lo cierto con respecto a ese joven. Allí estaba ella, con su peor aspecto, cubierta con el vestido menos sentador posible, peor aún que esa mortaja negra de Lucy. Tenía el cabello enredado y lleno de pinochas. La pañoleta que había hurtado a Parasha para no llamar la atención en su atavío de campesina (se había preocupado otra vez por lograr un disfraz perfecto) le colgaba del cuello, ya que se le había soltado mientras dormía. Aunque no lo sabía, cubría su rostro una fina capa de polvo, veteada en algunos lugares por el sudor y las lágrimas. Y ese hombre, ese bodoque, estaba sugiriendo que hiciesen el amor allí en el bosque, a plena luz del día, en ese momento, pese a que no se conocían. Increíble.

—¿Está segura, palomita?

—Muy segura.

—¿Si cambia de idea, me lo hará saber?

—Indubitablemente.

—Qué bien usa las palabras —sonrió él.

Katherine sintió alivio al ver que, evidentemente, Nikolai no se alteraba en lo más mínimo por su negativa a acostarse con él. ¡Qué diferente de su hermano era eso!

—Supongo que está enamorada de Mitia —continuó él, suspirando—. Verá, siempre ocurre lo mismo. Lo ven primero y... —castañeteó los dedos— tanto daría que yo fuese invisible. No puede imaginarse cuán deprimente es estar en la misma habitación con él, durante una fiesta o un baile. Las mujeres lo miran y se disponen a caer a sus pies. Me miran y quieren sonreír y palmearme la cabeza. Ninguna me toma en serio.

–Tal vez porque usted no quiere que lo tomen en serio –sugirió la inglesa.

Nikolai volvió a sonreír ampliamente.

–Qué astuta es usted, paloma mía. Esa pequeña confesión suele obrar en mi favor.

–Lo cual demuestra que es un bribón incorregible.

–Sí, lo soy. Y ya que me ha descubierto, bien podemos partir.

–No iremos a ninguna parte juntos, Nikolai.

–Vamos, no sea difícil, paloma. Además de que sería impensable para mí dejarla aquí sola, tengo que pensar en las órdenes de la anciana señora. Claro que es bastante fácil engañarla, pero es que ella controla los fondos cuando Mitia está ausente, así que siempre es mejor hallarse en buenas relaciones con ella. Y estaba muy alterada por su fuga.

–Sin duda –replicó Katherine–. Pero, por lo que me importa, ella puede ponerse morada de furia. No volveré allá para ser sometida otra vez a su tiranía. Dimitri no me dejó allí para que me maltrataran.

–Por supuesto que no. Y no lo será, aunque deba protegerla yo mismo. De veras, paloma, no tiene nada que temer en Novii Domik.

Nikolai no podía creer todavía que Sonia, la dulce Sonia, hubiese ordenado apalear a alguien. Era inconcebible. Por alguna razón esa mujer quería culpar de su dolor a Sonia, y era lo bastante inteligente como para presentar su versión de manera convincente. De cualquier modo, se lo había enviado a llevarla de vuelta, había llegado hasta ese sitio y habiéndola encontrado, no veía ninguna buena razón para no ejecutar su misión. Además, ella tenía el caballo de Savva. ¿Qué pensaría ese buen hombre si Nikolai tenía que decirle que la dejó seguir viaje con él? Ciertamente no creería que Nikolai no había podido encontrarla. Y tampoco Sonia. Acabaría teniendo que restituir *él* al caballo y además la vieja quedaría enojada con él.

–Escuche, Ekaterina... ¿es Ekate...?

–No, por Dios, es Katherine, Katherine en buen

inglés, o hasta Kate o Kit... Dios, ¡oírme llamar Kit otra vez!

—Muy bien, Kit —sonrió él con indulgencia, aunque ese nombre no sonaba igual para nada con su acento franco-ruso—. Mitia resolverá este malentendido tan pronto como regrese, y usted quiere estar allí cuando él vuelva, ¿o no?

—Si así fuera, ¿iría rumbo a San Petersburgo? Además, Dimitri tardará semanas o más en volver. No, ni pensarlo. Aunque claro que... —Hizo una pausa, pensativa, examinando sus alternativas, ya que Nikolai insistía tanto. —Puesto que, en efecto, será Dimitri quien tendrá que desentrañar este malenendido, como usted lo llama, ¿por qué no me lleva en cambio hasta él? No pondría objeción a eso.

Nikolai rió con regocijo.

—Espléndida idea, pequeña Kit, mientras comprenda usted la consecuencia de viajar tan lejos sola conmigo.

—Le aseguro que mi reputación no podría estar más arruinada.

—Y yo le aseguro que no podría llevarla hasta la mismísima Moscú sin acostarme con usted, lo quiera o no. *Esa* es la consecuencia a la que me refiero. Hasta Novii Domik puedo arreglármelas para controlarme, ya que la distancia es corta.

—¡Corta! —replicó la joven, furiosa con él por burlarse de ella—. Ayer debo haber cabalgado setenta kilómetros.

—Treinta, paloma, y no fue ayer, sino esta mañana.

—Quiere decir...

—Se avecina apenas el anochecer. Podemos estar de vuelta a tiempo para la cena, si deja usted de hacer tanta alharaca al respecto.

—¡Está bien! —rabió ella—. ¡De acuerdo! Pero si esa bruja a la que llama tía acaba matándome por su locura, la culpa será suya... ¡mujeriego lujurioso! ¡Y mi espíritu lo atormentará después, es decir, si se presenta la ocasión,

257

porque es probable que antes lo mate Dimitri, cuando sepa que usted es responsable de mi deceso!

Tenía más para decir, pero le volvió la espalda para montar en su caballo sin ayuda. Si él se la ofrecía, le arrancaría los ojos. Y no era fácil. ¡Dios, cuánto dolía cada pequeño movimiento! Pero lo hizo por su cuenta, con ayuda de una piedra grande. Y él se quedó inmóvil, mirándola con asombro y sintiéndose un poquito, no, en realidad más que un poquito culpable al captar una que otra palabra.

—No podría ser un caballero, no, eso sería demasiado pedir, ¿verdad? Eso es algo que no abunda en su familia, como he aprendido en detrimento mío. Secuestrada, drogada, usada, aprisionada, estos son refinamientos comunes para los Alexandrov. ¡No permita Dios que uno de ustedes tenga conciencia!

Cerró un momento los ojos. No sucumbiría a ese dolor. Jamás.

—¿Por qué? ¿Por qué yo? —continuó diciendo, y Nikolai oyó eso con claridad—. ¿Por qué tuvo que arrastrarme consigo hasta Rusia? ¿Por qué tuvo que perseguirme hasta que... hasta que... Dios santo, cualquiera creería que soy una condenada belleza, cuando sé perfectamente que soy apenas pasable. Por qué fue tan importante para él que...

Nikolai habría rogado al cielo que ella pusiera fin a esa declaración en particular, pero ella no lo hizo. Cuando espoleó al caballo, la joven gimió, agobiada de evidente dolor. El ruso experimentó dudas, no en cuanto a dejarla viajar en su estado, sino en cuanto a su importancia real para Dimitri.

—Kit, paloma, tal vez...

—Ni una palabra más de alguien como usted —dijo ella, con tal desdén que Nikolai se encogió—. Regresaré para hacer frente a esa zorra, pero mientras tanto no tengo por qué seguir escuchando su cháchara.

Dicho esto partió, y Nikolai tuvo que darse prisa para alcanzarla, lo cual solo consiguió cuando ella llegó a los arbustos rotos, junto al camino, que le habían permitido hallarla poco antes. Maldición, sí que él estaba en un atolladero con respecto a qué hacer. Satisfacer a la tía Sonia era una cosa; suscitar la furia de Dimitri, otra muy diferente. Y tratar de hablar con esa pendenciera mujer en ese momento era algo muy distinto. Al final decidió que, si ella era realmente importante para Dimitri, entonces su hermano querría que ella estuviese allí cuando él volviera, y no en San Petersburgo, donde tendría que buscarla. Es decir, si quería encontrarla. Dulce Jesús, sería bueno saber la verdad sobre lo que estaba ocurriendo allí.

CAPITULO 29

Dimitri contempló con estupor la habitación vacía: la cama ordenada, nada fuera de su sitio, todo estéril, como un blanco sepulcro. La sensación de que estaba así desde días atrás, lo hizo precipitarse al ropero y abrir de un tirón las puertas. Todas las ropas estaban allí. ¿Dónde estaba entonces?

Rápidamente lo dominó la irritación. Se había preparado para hacerle frente. Durante horas, mientras su caballo galopaba los últimos kilómetros que lo separaban de Novii Domik, se había preparado para aceptar cualquier cosa que ella pudiera decirle, y esperaba lo peor. Al llegar se sintió igual que un condenado a quien se le suspendió la ejecución de su sentencia, cuando él solo quería terminar con todo de una vez.

Había esperado encontrarla en el Salón Blanco, tal vez leyendo un libro o acicalándose frente a su tocador, o hasta acurrucada en su lecho, comiendo bombones. *Así* era como siempre había encontrado a Natalia cuando se dignaba visitarla. Había pensado inclusive que hallaría a Katherine paseándose por el cuarto, ahogada de tedio. Sus previsiones nada valían.

No era tan tarde aún ese anochecer, cuando irrumpió en la casa y subió las escaleras sin detenerse ni decir palabra. A la entrada, dos lacayos de librea lo miraron con asombro. Una doncella lanzó una exclamación ahogada al verlo en el pasillo de arriba. Habitualmente su familia y la servidumbre recibían aviso previo de su llegada. Pero en los últimos tiempos, Dimitri no hacía nada de la manera habitual.

Ni siquiera había regresado con sus siervos para aligerar la marcha.

No era propio de Dimitri hacer nada con tanta prisa. Ciertamente, su carrera hacia Moscú no provenía de ningún loco deseo de ver a su futura prometida. No pensaba para nada en ella, que era tan solo la vaga razón por la cual él había partido rumbo a Moscú y no en cualquier otra dirección. A decir verdad, cualquier dirección habría servido para su cobarde partida. Era exactamente así como él había pensado en sí mismo después de disiparse el enloquecido deseo de irse. La razón de su prisa había sido alejarse de Katherine, estar muy lejos cuando ella despertara después de pasar esa noche juntos, evitar el desprecio y el aborrecimiento que sin duda ella sentiría, pese a haber dicho lo contrario cuando aún se hallaba bajo el efecto de la droga.

A mitad de camino a Moscú, Dimitri había vuelto a su sano juicio. Y bien, había cometido un error. No era la primera vez. Este error era particularmente grave. Simplemente esta vez llevaría más tiempo doblegar la ira de Katherine. Afortunadamente era una mujer sensata, que no guardaba rencores. Esa era una de las características que le agradaban en ella, además de sus bríos, su altivez, su pasión y una docena más de cualidades.

El príncipe había proseguido su marcha en un estado de ánimo mucho mejor, convencido de que el hoyo que había cavado para sí mismo no era *tan* profundo. Hasta había empezado a preguntarse si, de algún modo, podría convencer a Katherine para que se quedara en Rusia. Le compraría una mansión, que llenaría de servidores; le prodigaría joyas y las ropas más costosas. Tatiana era apropiada para darle un heredero, Katherine para amar. Dimitri tejió una fantasía que la situaba firmemente en su propio futuro.

Y entonces recordó cómo había partido, sin decirle siquiera una palabra. Ni se había asegurado de que ella estuviese allí todavía cuando él volviera, pues suponía que ella no tendría coraje para aventurarse sola en un territorio desconocido. Pero si ella estaba lo bastante encolerizada, era capaz de hacer cualquier cosa. Y aburrida, no tenía otra cosa por hacer que roer el duro hueso de su ira.

Dimitri había emprendido el regreso de inmediato. Tatiana podía esperar. Antes debía arreglar las cosas en casa, aunque eso significara hacer frente a la furia de Katherine antes de lo que él había planeado, antes de que ella tuviera ocasión de calmarse.

El quería que lo peor terminara de una vez, así podría seguir adelante desde ese punto. También sentía un deseo avasallante de verla otra vez. Había estado ausente cinco días. Si lo primero que quería hacer cuando la viese era hacerle el amor, entonces estaba de vuelta donde había empezado, y su estupidez al drogarla habría sido inútil.

Saliendo del Salón Blanco, Dimitri regresó por el pasillo. Ya no estaba allí la criada a quien había visto antes, pero otra subía las escaleras con una bandeja repleta de comida, sin duda destinada a él. No había tardado mucho en difundirse la noticia de su inesperado regreso.

–¿Dónde está ella? –preguntó bruscamente a la muchacha.

–¿Quién, mi señor?

–La inglesa –replicó él con impaciencia.

La jovencita pareció amedrentarse ante él.

—No lo sé.

El príncipe pasó junto a ella, y mientras aún bajaba las escaleras, gritó a uno de los lacayos:

—¿Dónde está la inglesa?

—No la he visto, mi príncipe.

—¿Y tú?

Semión, que conocía a Dimitri de toda la vida y sabía que sus cóleras eran casi siempre inofensivas explosiones emocionales, sintió de pronto tanto miedo, que no pudo hallar su voz.

—¿Por qué callas, Semión? —Dimitri penetró en sus pensamientos con estas cortantes preguntas.

—Yo... creo que se la ha visto en la cocina... antes —repuso el criado. Dimitri había llegado al pasillo, estaba a solo treinta centímetros de distancia, y Semión pareció encogerse dentro de sus botas—. En este preciso momento... —Tuvo que despejarse la garganta, no una, sino dos veces.— En este momento, no sé, mi señor.

—¿Quién puede saberlo? —insistió Dimitri, pero solo obtuo encogimientos de hombros.

¿Se hacía el mudo? ¿Desde cuándo sus hombres se hacían los mudos con él? ¿Qué demonios ocurría allí?

Miró ceñudo a cada uno de sus criados antes de encaminarse hacia la parte posterior de la casa, vociferando:

—¡Katherine!

—¿Para qué gritas, Mitia? —inquirió Sonia, saliendo de la sala cuando Dimitri pasaba frente a ella—. Realmente, no hace falta que grites para comunicarnos tu regreso, aunque no sé por qué ha sido tan pronto...

El príncipe se encaró con su tía.

—¿Dónde está ella? Y si valoras la paz y el silencio, no me preguntes quién es *ella*. Sabes perfectamente bien a quién me refiero.

—A la inglesa, por supuesto —respondió Sonia con calma—. No la hemos extraviado, ¿sabes? aunque se fugó en una ocasión, robando un caballo de un aldeano. Fue una suerte que Nikolai estuviera entonces aquí para traerla de vuelta.

Varias emociones inundaron simultáneamente a Dimitri. Sorpresa porque Katherine *había* intentado marcharse, cuando no había sido esa su principal preocupación. Alivio porque ella estaba allí, en algún sitio, aunque a él le costara averiguar exactamente dónde. Y celos; unos celos vivos, ardientes y absurdos, de que uno de sus hermanastros tan apuestos y mujeriegos, Nikolai en particular, hubiese conocido a su Katherine.

–¿Dónde está él? –preguntó Dimitri, tenso.

–Quisiera que fueses más preciso, querido mío. Si te refieres a Nikolai, no se quedó aquí mucho tiempo. Vino a darte la bienvenida tan pronto como supo que estabas de vuelta, y siguió camino a Moscú con la misma intención. Es obvio que se cruzaron en la ruta.

Dimitri pasó junto a ella rozándola, entró a la sala y se encaminó sin vacilar hacia el armario de los licores. Para él, la posesividad era una experiencia nueva. No le gustaba. Por un momento había pensado realmente en estrangular a su hermano, tan solo por hacerle el favor de traer de vuelta a Katherine... no, por eso no. "Por estar solo con ella en la campiña, lo cual le daba la oportunidad de hacer lo que mejor hacía. Si Nikolai la había tocado tan solo..."

–Supongo que estás cansado, Mitia, y por eso te estás conduciendo de un modo tan grosero. ¿Por qué no duermes bien esta noche? Por la mañana podemos hablar sobre lo imprevisto de tu regreso.

Dimitri se bebió un vodka antes de clavar en la mujer su sombría mirada.

–Tía Sonia, si no logro pronto algunas respuestas aquí, vas a pensar que mi comportamiento actual es digno de un santo. He vuelto para ver a Katherine, por ningún otro motivo. Ahora dime, ¿dónde diablos está ella?

Después de esas palabras tan precisas, Sonia tuvo que sentarse, pero cabe reconocerle que su voz no tembló tanto como lo hacía ella por dentro.

– Me imagino que ya se habrá acostado.

– Visité su cuarto. ¿Dónde está durmiendo entonces?

– Con los criados.

Dimitri cerró los ojos. Otra vez *esas* tácticas. Tratando de hacerlo sentir culpable por todas las veces que él le había reprochado su origen, y además haciendo una afirmación muy clara: la más mísera cama era preferible a la suya.

– Maldita sea, ¡debería haber sabido que ella saldría con algo parecido tan pronto como yo partiera!

Sonia pestañeó sorprendida. Dimitri estaba furioso con la inglesa, no con ella. Esto era más de lo que ella podría haber esperado, teniendo en cuenta que había comprendido su error tan pronto lo oyó llamar a gritos a su ramera. Tal vez ella pudiera acrecentar ese enojo.

– Es la mujer más altanera e insultante que yo he conocido, Mitia. La puse a trabajar fregando pisos para ver si eso la humillaba un poco, pero dudo de que eso sea posible.

– ¿Ella aceptó eso? – preguntó incrédulo Dimitri.

Sonia se sintió enrojecer. ¿Aceptar? ¡Aceptar! ¿Acaso él le habría permitido negarse? ¿No lo oía? Había sido insultada. ¿En qué estaba pensando para consentir de tal modo a esa mujer?

– No puso objeciones, no.

– Parece entonces que perdí mi tiempo al regresar – dijo el príncipe con amarga aspereza, sin mirar siquiera a su tía. ¡Así que ahora quiere fregar pisos! Pues si piensa que con esa actitud me hará sentir más culpable, se equivoca lamentablemente.

Antes de salir de la habitación a zancadas, furioso, echó mano de la botella de vodka. Semión y el otro lacayo tuvieron que apartarse de la puerta donde estaban escuchando a escondidas, antes de que él irrumpiese fuera de la habitación y subiera las escaleras prácticamente corriendo.

Sonia se sirvió un vaso de jerez y, mientras bebía un sorbo, sonrió. No había entendido los últimos comentarios de Dimitri, pero eso no importaba. El volvería a Moscú y a Tatiana, y probablemente se ausentara meses enteros, olvidándose completamente de la inglesa.

CAPITULO 30

Nadejda Fedorovna observaba en secreto a la inglesa con sus azules ojos entrecerrados de resentimiento y aversión. Y cuanto más la miraba empujar su cepillo por el suelo de la cocina, sin hacer caso de quienes la rodeaban, como si fuese demasiado noble para relacionarse con la servidumbre, más se enconaba el resentimiento de Nadejda.

¿Quién era ella, al fin y al cabo? Nadie. Era menuda, tan menuda que habría podido hacerse pasar por una niña, mientras que nadie podía confundir la figura rotunda de Nadejda con otra cosa que la de una mujer. Su cabello era de un castaño opaco, indefinible, mientras que el de Nadejda era de un rojo llameante, brillante, espeso, su mejor característica sin duda. Lo único notable que tenía esa extranjera, eran sus ojos, fuera de lo común. A decir verdad, nada había en ella que pudiera haber atraído a alguien como Dimitri Alexandrov. ¿Y entonces, qué había visto en ella el príncipe que nadie más veía? Para Nadejda, que años atrás había tenido una sola gloriosa noche con el príncipe, pero nunca había podido tentarlo otra vez, esa pregunta era quemante.

Nunca había logrado sobreponerse a su fracaso con el príncipe. Había tenido planes maravillosos. Daría un hijo varón al príncipe, lo que elevaría enormemente su propia estatura, asegurándose una vida de holgura.

No había concebido por su única noche con el príncipe. Algunos empezaban a pensar que él era estéril; hasta ella misma lo sospechaba. En ese momento tuvo la sabiduría suficiente para comprender que igual podía afirmar que un hijo era de él si lograba quedar embarazada poco después de haber estado con él. Con una pequeña ayuda de los lacayos más lujuriosos, había hecho eso precisamente, y tan dichosa estaba, tan orgullosa de su logro, que tuvo que alardear de él ante su hermano, quien la delató al padre de ambos; se granjeó así una zurra tan feroz por proponerse engañar al príncipe, que ella perdió su bebito. Desde entonces Nadejda se revolcaba en su amargo fracaso.

Ahora estaba esa extranjera, esa fea intrusa a quien el príncipe había llevado allí e instalado en el Salón Blanco. ¡El Salón Blanco! Y pretendía hacer creer a todos que el príncipe se interesaba realmente en ella, aparte de acostarse con ella a su propio antojo.

Nadejda se había reído al oír que la princesa Sonia había dado órdenes de que la apalearan por su insolencia. Le había encantado ver que la ponían a trabajar en la cocina, en las tareas más viles. Ya no estaba tan altanera. Y el príncipe tampoco había vuelto a salvarla de su faena, como muchos habían predicho, neciamente convencidos de que a él no le gustaría el modo en que su tía había tratado a esa mujer. Pero él *sí* la había llevado allí. Y *sí* la había dejado allí. Y también la había buscado la noche anterior, tan pronto como regresó; noticias que Nadejda había recibido con inquina, hasta enterarse más tarde de que él estaba furioso con la inglesa, sin duda por evidenciar tal irrespetuosidad frente a su tía Sonia.

Nadie había dicho a la extranjera que el príncipe estaba de vuelta. A decir verdad, los demás criados le ocultaban esa noticia deliberadamente, en un ridículo intento de no herir sus sentimientos. Ella ni siquiera percibía los cuchicheos y las miradas compasivas, tan poca atención prestaba a lo que ocurría a su alrededor. Se merecía descubrir que el príncipe había estado allí después de que él volviera a partir, pero Nadejda no podía esperar tanto. Nadie le había dicho que ese tema estuviese prohibido. Y se debía hacer ver a esa mujer que no había engañado a nadie con sus delirios acerca del príncipe Dimitri, que era *de ellos.*

Nadejda estaba sorprendida únicamente de que no hubiera sido la princesa Sonia quien se lo dijo. Había sido evidente que no estaba complacida la mañana anterior, cuando la inglesa no protestó por su nuevo cargo de limpiasuelos. Sin duda la princesa, igual que Nadejda, esperaba resistencia, para así volverla a castigar.

Al menos Nadejda había estado allí para presenciar esa humillación. Y se había apresurado a informar a la mujer cuán afortunada era de librárselas con tan poco después de huir, robar un caballo y causar al hermano del príncipe la molestia de traerla de vuelta, que habría debido ser apaleada en cambio. ¿Y qué respondió la muy zorra a la meditada revelación de Nadejda?

—No soy una sierva, estúpida, sino una prisionera. Es perfectamente natural que una prisionera trate de escapar. Es lo que se espera de ella.

Qué insolencia. Qué ingratitud. Qué pretensión. Era como si se creyese tan superior a todos ellos, que era incapaz de ser humillada por algo que ellos le hicieran o dijeran. Pero Nadejda tenía recursos para hacerla bajar uno o dos escalones, y si nadie más tenía iniciativa o deseos de hacerlo, ella sí, por cierto.

Las maliciosas miradas que le lanzaba la pelirroja Nadejda debieron haber advertido a Katherine que se avecinaban nuevas desazones, pero no había pensado que esa jovencita sería tan rencorosa como para pasar a su lado y derramar deliberadamente un recipiente lleno de húmedos restos del desayuno, fingiendo haber tropezado. Si Katherine no se hubiese movido con suficiente rapidez, los desechos habrían ido a parar a su regazo, en vez de salpicarle tan solo las rodillas y los brazos.

–¡Qué torpeza la mía! –proclamó sonoramente Nadejda antes de arrodillarse como si se propusiera limpiar el montón de gachas de avena, tomates podridos, crema agria con trocitos de huevos, cebollas, hongos y caviar rezumando en ella... a los rusos les encantaba el caviar con sus *blini,* las tortillas que se servían todas las mañanas en Novii Domik.

Katherine se apartó, a la espera de que la joven recogiera esa inmundicia. Pero lo único que hizo Nadejda fue empujar el recipiente, ya vacío, frente a Katherine.

–Son unos tontos al hacerla fregar el suelo una y otra vez, cuando ya está inmaculado –murmuró maliciosamente Nadejda–. Se me ocurrió darle algo para que sus esfuerzos valgan la pena.

Así que ya había dejado de fingir que ese era un accidente.

–Cuán propicio de su parte –repuso Katherine sin expresión.

–¿Propicio?

–Discúlpeme. A veces no me doy cuenta de que hablo con una ignara.

Nadejda tampoco sabía qué significaba *ignara,* pero sí sabía cuándo se la insultaba sutilmente.

–Cree ser muy lista con sus palabras rebuscadas, ¿eh? Y bien, señorita Zorra Lista, ¿qué opina de la vuelta del príncipe, y de que la ha estado eludiendo?

La expresión de Katherine se tornó un libro abierto lleno de entusiasmo.

–¿Volvió Dimitri? ¿Cuándo?

–Anoche temprano.

La noche anterior, temprano, Katherine había estado muerta para el mundo tras doce horas de dura faena. No habría oído nada aunque la casa se le hubiese derrumbado encima, de modo que, ciertamente, tampoco habría oído a Dimitri clamando en defensa de ella. Pero entonces, ¿por qué no la había buscado? Ya era entrada la mañana. ¿Por qué ella estaba todavía allí?

–Usted miente.

Nadejda sonrió burlonamente.

–No tengo necesidad de mentir a este respecto. Pregúntele a Ludmilla, que está allí. Ella lo ha visto entrar. Pregúntele a cualquiera de los presentes. Todos pensaron en ocultárselo, debido a su insistencia en que él estaría furioso cuando se enterara de lo sucedido. Y bien, pequeña necia, él se enfureció, por cierto, pero con usted.

–Entonces su tía no le dijo la verdad.

–Crea eso si gusta, pero yo sé que no fue así. La conversación que tuvieron ambos fue oída. La princesa Sonia le dijo todo. El príncipe sabe que usted está aquí, fregando suelos, y no le importa. Mujerzuela estúpida –escupió Nadejda–. ¿Creyó realmente que él se pondría de su parte? Hace horas que está levantado, haciendo preparativos para volver a marcharse hoy. No parece muy ansioso por verla.

Katherine no lo creyó. No podía creerle. Nadejda era una jovencita rencorosa, maliciosa, aunque Katherine no sabía qué había hecho para ganarse su enemistad. Pero en ese preciso momento entró Rodión en la cocina, y conjeturando la situación, obligó a Nadejda a ponerse de pie. Rodión no mentiría a Katherine. Era pura amabilidad desde que Nikolai la trajera de vuelta allí.

–¿Qué has hecho, Nadejda? –inquirió el criado.

La muchacha no hizo más que reír, y zafando su mano de un tirón, volvió contoneándose a su rincón de la cocina. De inmediato Rodión se inclinó para ayudar a Katherine a recoger otra vez en el recipiente el montón de desecho. La inglesa nada dijo hasta que finalizaron la enfadosa tarea; después preguntó sin rodeos:

–Rodión, ¿está Dimitri realmente aquí?

–Sí –contestó él sin alzar la vista.

Transcurrió un minuto entero.

–¿Y sabe dónde puede encontrarme?

–Sí.

Entonces Rodión la miró, pero habría deseado no haberlo hecho. Virgen Santa, nunca había visto antes un dolor tan descarnado en los ojos de una persona. El apaleamiento no lo había logrado, pero sí algunas palabras ofensivas de esa rencorosa Nadejda.

–Lo siento –agregó él.

Katherine no pareció oírla. Bajó la cabeza e inició los movimientos mecánicos con que empujaba el cepillo de un lado a otro sobre el suelo. Rodión se incorporó y miró en derredor, pero súbitamente todos parecían estar desmedidamente atareados, sin que nadie arriesgara siquiera una mirada hacia ellos... salvo Nadejda, que sonreía regocijada. Rodión se volvió y salió de la cocina a zancadas.

Katherine siguió fregando una y otra vez el mismo sitio. Qué furiosa estaría Sonia si supiera cuán beneficiosa para Katherine era esa tarea en particular. En vez de agravar su espalda lastimada, la tarea física había mitigado su estado, ya que el lento y constante movimiento de sus brazos estiraba y masajeaba cada músculo, aliviando la tirantez, reduciendo la hinchazón en vez de inflamarla como lo hiciera esa accidentada cabalgata. Y el día anterior, tras una jornada entera de fregar, cuando habría podido creer que tendría que arrastrarse hasta su cama, atormentada de dolor, quedó simplemente exhausta por el trabajo, con una torcedura en la parte baja de la espalda y un inequívoco dolor en los brazos y las manos, pero eso no le molestaba en absoluto. Ahora todo movimiento era más fácil, con apenas una leve punzada aquí y allá. Casi podía olvidar el apaleamiento, si no se tocaba directamente la espalda.

Las lágrimas que se venían acumulando en sus ojos, se derramaron. *Así que intentabas distraerte, idiota. ¿Cuándo fue la última vez que lloraste sin que algún dolor te hiciese soltar las lágriams? No hay dolor ahora, estúpida mentecata. ¡Basta ya! ¡No hay ninguna buena razón! Siempre supiste que a él no le importabas. Mira cómo partió sin una palabra, sin garantizar tu seguridad. Tan solo unas palabras a su tía pudieron haber impedido esa tunda.*

Oh, Dios, le dolía tanto que casi no podía respirar

por la opresión que sentía en la garganta. ¿Cómo era posible que él la dejara simplemente allí? Ni siquiera iría a ver si ella estaba bien después de esa violenta zurra. Qué poco le importaba. Eso era lo que más le dolía.

Dimitri había pasado allí la noche, se había ido a dormir sabiendo que su tía la había condenado a la esclavitud en la cocina, no había hecho nada para alterar esa circunstancia. Ninguna disculpa. Ninguna defensa. Y estaba por partir otra vez. ¿Era esa, entonces, su idea de cómo se la mantendría ocupada mientras ella estuviese allí? Miserable.

Y tú te enamoraste de él, tonta despreciable, aun cuando sabías que hacerlo era una idiotez. Pues no recibiste más que lo que te merecías. Siempre supiste que el amor es una emoción demente, y esto lo prueba.

Fue inútil. No había dónde asentar la cólera, nada dentro de ella salvo el dolor que le adormecía con rapidez los sentidos, hasta que finalmente no quedó nada que sentir, salvo un bienvenido vacío.

CAPITULO 31

–¡Las botas, hombre! –gruñó Dimitri con impaciencia–. No voy a presentarme en la corte. Al final del día estarán cubiertas de polvo.

Semión se adelantó precipitadamente, con las botas aún lustradas solo a medias. ¿Por qué tenía que estar *él* al pie de la escalera cuando el príncipe necesitaba un valet para reemplazar al ausente Maxim? Semión era un revoltijo de nervios, pues en cualquier momento esperaba que apareciera la inglesa y contara a Dimitri todo lo sucedido, no solo las semiverdades que le había dicho la princesa Sonia. Pero claro está, ella ni siquiera sabía que el príncipe estaba de vuelta. ¿Por qué iba a salir de la cocina? Pero Semión no podía contar con eso. No podría tranquilizarse hasta que Dimitri volviera a partir, y gracias a Dios, en ese momento se preparaba para hacerlo.

Al tener un atisbo de su propia imagen en el espejo, Dimitri se sorprendió por la expresión funesta de su mirada. No era extraño que Semión estuviera tan nervioso. ¿Acaso él había tenido esa expresión colérica toda la mañana? ¿Cómo iba a saberlo? A decir verdad, estaba todavía medio ebrio. Dos botellas de vodka no habían producido el efecto deseado de hacerlo dormir. Tan solo habían vuelto discordantes sus pensamientos con el paso de la noche. Y aun después de una noche de insomnio, él no estaba fatigado. Dulce Jesús, qué no habría dado él por un poco de sueño que borrara de su mente todo el problema.

—¿Quiere la espada de gala, mi señor?

—Supongo que también debería ponerme las medallas para el viaje —dijo bruscamente Dimitri, pero luego se disculpó por su malhumor.

Alguien llamó a la puerta.

—Entre —dijo bruscamente el príncipe antes de que Semión pudiera moverse para abrirla.

Rodión entró en el cuarto; su expresión fue de intranquilidad cuando vio el ceñudo semblante de Dimitri. Una cosa había sido pensar en aclarar las cosas por el bien de la inglesa, pero otra muy distinta hablar en alta voz cuando el príncipe tenía ese aspecto.

Semión se había puesto literalmente lívido, pues conjeturaba las intenciones de Rodión.

—¿Y bien? —ladró Dimitri.

—Yo... yo creo que hay algo que debe usted saber... acerca de la inglesa... antes de partir, señor.

—Katherine. Se llama Katherine —gruñó Dimitri—. Y no te molestes, pues nada que puedas decirme sobre ella me sorprendería. ¡A decir verdad, si nunca oigo nada más acerca de ella será demasiado pronto!

—Sí, mi señor —Rodión se volvió para marcharse, aliviado y no obstante decepcionado al mismo tiempo.

Semión estaba soltando el aliento, mientras sus mejillas recobraban un poco de color, cuando el príncipe detuvo a Rodión.

—Lo lamento, Rodión —suspiró Dimitri, haciéndole señas de que volviera—. No quise decir realmente nada de eso. ¿Qué querías decirme sobre Katherine?

—Tan solo que... —Rodión cambió una mirada con Semión, pero fortaleció su decisión.— Su tía la hizo apalear, mi señor, con tal violencia que no despertó durante casi dos días. Ahora trabaja en la cocina, pero no por propia decisión. Si se hubiese negado, habría sido apaleada otra vez.

Dimitri no dijo una sola palabra. Largo rato permaneció inmóvil, mirando con fijeza a Rodión; luego salió de la habitación con tal rapidez, que Rodión tuvo que saltar para apartarse de su camino.

—¿Por qué tuviste que hacer eso, imbécil? —inquirió Semión—. ¿Viste su expresión?

Rodión no estaba arrepentido en lo más mínimo.

—Ella tenía razón, Semión. Y habría sido mucho peor si él se hubiese enterado más tarde, después de partir, sin que nadie se molestara en decírselo mientras él aún estaba aquí. Pero es un hombre justo. No nos culpará a nosotros por cumplir las órdenes de la princesa. No le preocupará quien blandió el bastón, sino por qué se hizo, y eso toca explicarlo a su tía, si puede.

Desde abajo, el estruendo de la puerta de la cocina se pudo oír en toda la casa.

Todas las miradas estaban en el príncipe, enmarcado en el vano, aunque algunas reservaron una ojeada para el gozne roto que pendía de la puerta. Es decir, todas las miradas salvo la de Katherine. Ella no se molestó en alzar la vista, ni cuando él apareció tan intempestivamente, ni cuando cruzó la cocina para detenerse junto a ella, ni cuando se arrodilló a su lado. Supo que él estaba allí. Su presencia siempre había sido inconfundible. Pero ahora podía irse al demonio. Demasiado tarde. Era demasiado tarde.

—¿Katia?

—Vete, Alexandrov.

—Katia, por favor... yo no sabía.

—¿No sabías qué cosa? ¿Que yo estaba aquí? Resulta que sé lo contrario. Resulta que sé que esa bruja tía tuya te contó todo.

No lo había mirado todavía. Su cabello, suelto bajo el pañuelo que envolvía su cabeza, le caía sobre ambos hombros hacia adelante, ocultándole parcialmente el rostro, inclinada como estaba, aún fregando el suelo. El vestido que llevaba puesto no era de ella, y tan mugriento estaba, que olía mal. Dimitri sintió ganas de matar a alguien, pero antes debía ocuparse de Katherine.

–Ella me dijo que estabas durmiendo con los criados, *no* que ella te puso allí. Pensé que era decisión tuya, Katia, tal como antes, que rechazabas cualquier comodidad que yo te ofreciese. Me dijo que tú habías escapado y que ella te había puesto a trabajar aquí. Dijo que tú no rechazaste la tarea. Pensé también que era decisión tuya.

–Lo cual demuestra lo que obtienes del pensar, Alexandrov, una pérdida total de tiempo para ti.

–Al menos mírame cuando me insultas.

–Vete al infierno.

–Katia, ¡yo no sabía que te habían apaleado –insistió él, exasperado.

–No es nada.

–¿Acaso debo desvestirte para verlo yo mismo?

–¡Está bien! Pues tengo algunos magullones. Ya no me duele, así que tu preocupación es algo tardía, para no mencionar que es un tanto dudosa.

–¿Crees que yo quise que esto sucediera?

–Creo que tu preocupación se evidenció prontamente cuando no te molestaste en explicar a tu tía por qué me trajiste aquí. *Eso*, Alexandrov, resume muy bien la situación.

–¡Mírame!

La joven echó atrás la cabeza; su mirada penetró en la de él, con ojos vidriosos, brillantes, muy próximos a traicionarla.

–¿Estás contento? Avísame cuando hayas visto lo suficiente. Tengo trabajo que hacer.

–Tú vienes conmigo, Katia.

–Jamás en tu vida –replicó Katherine. Pero no se apartó de él con la suficiente presteza. Dimitri la hizo ponerse de pie y, con igual celeridad, la alzó en sus brazos–. ¡Mi espalda, animal! ¡No me toques la espalda!

—Entonces aférrate de mi cuello, pequeña, porque no te soltaré.

Ella lo miró furiosa, pero fue inútil. Había soportado tanto dolor, que no quería sufrir más. Rodeó con sus brazos el cuello de Dimitri, quien de inmediato bajó el brazo a las caderas de ella, sosteniéndola con firmeza bajo sus muslos.

—Te informaré que esto nada significa —siseó Katherine cuando él estaba por salir de la cocina—. Si no temiera hacerme daño, te zurraría.

—Te lo recordaré cuando te sientas mejor. Hasta haré que traigan un bastón y aguantaré mientras tú te desquitas. No es más de lo que merezco.

—Oh, cállate, cállate...

Katherine no terminó la frase. Otra vez brotaban sus lágrimas, aferró con más fuerza el cuello de Dimitri, ocultando el rostro en la curva.

El príncipe se detuvo junto a la puerta rota, y su tono de voz fue muy diferente cuando emitió una viva orden a dos criadas.

—Quiero un baño y coñac en mi habitación, de inmediato.

Katherine reaccionó lo suficiente como para protestar.

—No me dejaría encontrar muerta en tu habitación, de modo que, si eso es para mí...

—En el Salón Blanco —se corrigió Dimitri con brusquedad—. Y que venga un médico en menos de una hora. Tú, y tú... —Fijó en ambas criadas su dura mirada— vengan conmigo para ayudarla.

—Puedo asistirme sola, Dimitri. Ya lo vengo haciendo desde hace tanto tiempo, que lo he aprendido muy bien, gracias.

Alexandrov no le hizo caso, como tampoco las criadas que partieron a cumplir sus órdenes.

Cuando el príncipe salió, hubo en la cocina un suspiro colectivo. También hubo muchas expresiones de "Yo se lo dije" en aquellas que habían tendido a dar crédito a la inglesa. Nadejda no era una de ellas. Encolerizada por la escena que acababa de presenciar, demolió el bollo de pasta que estaba amasando. Pero al arruinar la pasta se ganó una reprimenda de la cocinera, a la que ella respondió con mordacidad, lo cual le valió una bofetada, que fue silenciosamente aplaudida por todas y cada una, ya que a nadie le gustaban en particular Nadejda y sus actitudes hoscas.

Arriba, en el Salón Blanco, Dimitri depositó suavemente a Katherine en la cama, sin recibir agradecimiento alguno por su cuidado. Las criadas se precipitaron a llenar su bañera, lo único que ella no estaba dispuesta a rechazar, pues no se había dado un baño decente desde la partida de Dimitri. En cambio rechazó el coñac, apartando el vaso con fastidio; estaba irritada, ciertamente.

–No sé qué crees demostrar con tantas atenciones, Alexandrov. Yo preferiría que me hubieses dejado donde estaba. Al fin y al cabo, trabajar en la cocina no es más que otra nueva experiencia para mí, y tú has hecho notar que eres responsable por todas mis nuevas experiencias desde que te conocí. Cuánto tengo que agradecerte...

Dimitri se encogió. Se daba cuenta de que, en ese estado de ánimo sarcástico de Katherine, sería inútil tratar de hablarle. Podría haberle dicho que fue su vil cobardía lo que lo había llevado a su irreflexiva fuga. Pero en ese momento, lo que menos quería recordarle era aquella noche.

–El baño está listo, mi señor –anunció una de las siervas, vacilante.

–Bien, pues deshágamse de ese trapo que ella tiene puesto y...

–¡No contigo aquí! –intervino acaloradamente Katherine.

–Muy bien, me iré. Pero dejarás que te examine el médico cuando llegue.

–No es necesario.

–¡Katia!

–Oh, está bien, veré al bendito médico. Pero no te molestes en volver tú, Alexandrov. No tengo nada más que decirte.

Dimitri pasó a su cuarto, pero cuando estaba por cerrar la puerta una exclamación ahogada de una de las criadas lo hizo volver la mirada, y entonces vio que el vestido de Katherine le caía hasta la cintura. La garganta se le llenó de bilis. La plena visión de la espalda de Katherine era literalmente un laberinto azul, pardo y amarillo, con vivísimo púrpura en largas líneas rectas donde cada golpe le había provocado ronchas.

Cerró la puerta apoyando la cabeza en ella, con los ojos fuertemente cerrados. Con razón ella se había negado a escucharlo. ¡Cuánto debía haber sufrido ella, y todo a causa de su propia desatención! Y lo había dejado librarse con facilidad. Ni siquiera le había gritado. Dios santo, ojalá que ella le hubiese gritado. Al menos entonces tal vez habría habido alguna esperanza de llegar a ella, de hacerle entender que él haría cualquier cosa para volver atrás en el tiempo, para librarla de su dolor, que lo que él menos quería en el mundo era causarle daño. Dulce Jesús, lo único que él había querido hacer era amarla. Ahora ella lo despreciaba tanto, que él ni siquiera era digno de su odio.

Dimitri encontró a su tía en la biblioteca. De pie junto a la ventana, la mujer contemplaba el vergel, con la espalda tensa, las manos apretadas por delante. Lo esperaba. En esa casa todo se advertía, y él sabía que probablemente a Sonia le hubieran contado, palabra por palabra, todo lo que Katherine y él se habían dicho en la cocina. Sonia anticipaba lo peor, pero la cólera de Dimitri era profunda y dirigida contra sí mismo. Solo una pequeña parte estaba reservada para su tía.

Silenciosamente se acercó a ella y se detuvo mirando el mismo panorama, pero sin verlo. El cansancio que antes había deseado lo envolvió entonces, agobiándole los hombros.

–Dejo a una mujer aquí, en la seguridad de mi propio hogar, y al volver compruebo que se le ha hecho pasar por un infierno. ¿Por qué, tía Sonia? Nada que pudo haber hecho Katherine podría haber justificado semejante tratamiento.

Su tono suave alivió a Sonia, quien se engañó pensando que él no estaba tan alterado como se le había informado.

—Tú me dijiste que ella no era importante, Mitia —le recordó.

El príncipe suspiró.

—Sí, dije eso en un arranque de ira, pero ¿acaso eso te daba derecho a maltratarla? También te dije que ella no era asunto tuyo. En nombre de Dios, ¿por qué lo hiciste?

—La descubrí saliendo de tus aposentos. Pensé que tal vez te hubiese robado algo.

Dimitri se volvió hacia ella, incrédulo.

—¿Robarme algo? ¡Oh, Cristo! ¡Robarme algo! Ella ha rechazado todo lo que intenté darle. Escupe sobre mi riqueza.

—¿Cómo podía saberlo yo? Solo quería hacerla registrar. Allí terminaba la cuestión si ella no se hubiese puesto tan beligerante. ¿Cómo podía yo desconocer semejante grosería hacia mí frente a los sirvientes?

—Ella es una mujer libre, una inglesa. No está sujeta a las reglas y costumbres arcaicas de este país.

—¿Quién es ella, entonces, Mitia? —inquirió Sonia—. ¿Quién es, aparte de ser tu amante?

—No es mi amante. Desearía que lo fuese, pero no lo es. No sé quién es en realidad, probablemente hija bastarda de algún Lord inglés, pero eso no importa. Desempeña el papel de una gran dama, es cierto, pero yo lo tolero. No tenía razones para suponer que necesitaba modificar su actitud aquí, ni siquiera para ti. Pero lo más importante es que ella estaba bajo mi protección. Dulce Jesús, tía Sonia, ella es una mujer tan diminuta y delicada... ¿No se te ocurrió pensar que semejante tunda pudo haberla lesionado definitivamente? ¿Qué hasta pudo dejarla lisiada?

—Tal vez se me habría ocurrido si ella hubiera mostrado siquiera un mínimo de delicadeza, pero no lo hizo. Solo tres días después de ser apaleada, cruzaba la campiña montada en un caballo al galope.

—Un acto de desesperación.

–Qué disparate, Mitia. No fue más que una pequeña zurra. Si realmente le hubiese hecho daño, ella no habría sido capaz...

–¡Qué no sufrió daño! –explotó él, ofreciendo finalmente a Sonia un atisbo de su verdadero estado emocional–. ¡Ven conmigo!

Le asió la muñeca y la arrastró consigo escaleras arriba y dentro del Salón Blanco, donde abrió de un golpe la puerta del cuarto de baño. Katherine lanzó un chillido, hundiéndose en el agua, pero Dimitri se acercó a la bañera y levantó con firmeza a la joven, mostrándole su espalda a Sonia. Por sus molestias recibió un golpe con el paño de lavar en el cuello y el pecho.

–Mal rayo te parta, Alexandrov...

–Lo siento, pequeña, pero mi tía se imaginaba que no te había hecho daño en realidad.

Volvió a depositarla en la tina y cerró de inmediato la puerta, aunque aún pudo oír la furiosa desmentida de Katherine:

–¡Ya estoy bien! ¡Te lo dije! ¿Crees acaso que una Saint John no puede tolerar un poco de dolor?

No tuvo que explicar más a Sonia. Al ver el resultado de sus manejos, esta había palidecido tanto como él. La tomó del codo y la condujo fuera de la habitación, pero en lo alto de la escalera se detuvo.

–Era mi intención, tía Sonia, dejar a Katherine aquí en Novii Domik durante varias semanas hasta que... en fin, la razón no es importante. Pero esa sigue siendo mi intención. Dadas las circunstancias. Creo que sería mejor que fueses a visitar a una de tus sobrinas por un tiempo.

–Sí, partiré hoy... Mitia, yo no me di cuenta... Ella parecía tan robusta, a pesar de... Sé que eso no es ninguna excusa...

Y se alejó de prisa, sin poder terminar la frase, sin poder hacer frente a la condena de Dimitri ni un instante más.

Sonia era como muchos nobles de la vieja escuela: cometía atrocidades en un momento de ira, lamentándolas luego, cuando era demasiado tarde.

– No, eso no es ninguna excusa, tía Sonia – murmuró para sí Dimitri, con amargura –. No hay ninguna excusa.

CAPITULO 32

Lunes

Mi señor príncipe:

Tan pronto como usted partió rumbo a Moscú, la joven señorita dejó su lecho y no quiso volver a él en ninguna circunstancia (fueron sus palabras, mi señor). Pasó el resto del día en el jardín, podando plantas y arrancando hierbas, y cortando flores para la casa. Ahora hay flores por todas partes, en cada habitación. No queda ninguna en el jardín.

Su actitud no ha cambiado. Se niega a hablar conmigo en absoluto. Habla con las doncellas tan solo para decirles que la dejen tranquila. Tampoco Marusia ha tenido suerte en lograr que hable. No quiso acercarse siquiera a los libros de cuentas que dejó usted para que ella trabajara.

Su servidor,
Vladimir Kirov.

284

Mi señor príncipe:

Nada ha cambiado, salvo que ella sí exploró la casa hoy, aunque no hizo preguntas, ni siquiera respecto de los retratos de familia que halló en la biblioteca. Por la tarde fue a pie a la aldea, pero la encontró desierta, ya que ha empezado la cosecha. Rechazó usar un caballo para esta excursión. La acompañó Rodión, ya que ella parece menos hostil hacia él que hacia ningún otro. El propósito de su visita fue pedir disculpas a Savva y Parasha por haberse llevado su caballo.

Su servidor,
Vladimir Kirov.

Miércoles

Mi señor príncipe:

Esta mañana la joven señorita retiró dos libros de la

biblioteca y pasó el resto del día en su cuarto, leyendo. Marusia no consigue todavía hacerla hablar, y a mí me mira como si no estuviera.

Su servidor,
Vladimir Kirov.

Jueves

Mi señor príncipe:

Ella permaneció todo el día en su cuarto, leyendo, sin salir ni siquiera para comer. Marusia informó que cuando le llevó sus comidas la señorita parecía más abstraída que de costumbre.

Su servidor,
Vladimir Kirov.

Viernes

Mi señor príncipe:

Hoy la joven señorita perturbó a toda la casa con sus exigencias. Quiso que se llevara a su presencia a cada sirviente para relatar sus tareas, y cuando terminó, me informó que en Novii Domik hay demasiados sirvientes desempeñando labores inútiles y que yo debería encontrarles una ocupación más útil.

Su actitud ha mejorado mucho, si se puede llamar mejoría a una vuelta a su actitud imperativa. Marusia jura que su depresión ha pasado finalmente. Ha recobrado inclusive su peculiar hábito de hablar consigo misma.

Su servidor,
Vladimir Kirov.

Sábado

Mi señor príncipe:

La joven señorita pasó casi todo el día observando cómo trabajaban en el campo los aldeanos, y hasta intentó ayudar, aunque se detuvo cuando comprendió que no hacía más que estorbar. Cuando Parasha la invitó al baño comunal, declinó la invitación, pero al regresar a la casa utilizó su cuarto de vapor y hasta se hizo echar agua fría encima después. Su risa por esta experiencia fue contagiosa. Después se vio sonreír a casi todos.

Su servidor,
Vladimir Kirov.

Mi señor príncipe:

Después de la iglesia, sus libros de cuentas fueron llevados a la habitación de la señorita, por pedido de ella. Tenía usted razón, mi señor. Ella no pudo resitir el desafío por mucho tiempo.

Su servidor,
Vladimir Kirov.

Lunes

Mi señor príncipe:

Lamento informarle que mi esposa tuvo la desatinada idea de que la joven señorita quedaría complacida al enterarse de los informes diarios que usted solicitó. No fue ese el caso. Me comunicó en términos nada equívocos lo que opina de mi espionaje, como lo llama. Además, como sabe que no pondré fin a los informes por su pedido, dijo que esta noche, cuando escriba, debo decirle a usted que, aun cuando ella no cuadró todavía ninguna cifra exacta, al hojear sus libros de cuentas ya conjeturó que cuatro de sus inversiones son sin valor alguno, una constante sangría de su capital sobre la cual usted no tiene esperanzas de ver ninguna ganancia en el futuro próximo ni remoto. Estas son palabras de ella, mi señor, no mías. Si me lo pregunta, es imposible que ella haya extraído estas conclusiones en un lapso tan breve, si es que sabe siquiera de qué está hablando.

Su servidor,
Vladimir Kirov.

Después de leer esta carta, Dimitri lanzó una risa breve y seca. Dos de esas malas inversiones que Katherine había descubierto eran, sin duda, las fábricas que él consideraba como sus obras de caridad, ya que cada año arrojaban pérdidas. No obstante, cada una empleaba mucha mano de obra, y él no se imaginaba cerrándolas y dejando sin trabajo a tanta gente. Había planeado hacer tarde o temprano los cambios necesarios, a fin de que las fábricas, además de ser rentables, se autoabastecieran, aunque tuviera que variar la índole de los bienes manufacturados. Es que nunca había encontrado el tiempo para dedicarlo a tal empresa.

Dimitri sabía que Katherine descubriría fácilmente la pérdida proveniente de esas fábricas, si era tan hábil con los números como afirmaba. Pero ¿y las otras dos? Se preguntó si debía escribirle para comentarlas. ¿Acaso ella leería siquiera una carta de él? El solo hecho de que se hubiese dignado examinar los libros de cuentas cuando había dicho que no los tocaría, no significaba necesariamente que estuviera dispuesta a perdonarlo. Antes de marcharse, Katherine había manifestado con toda claridad que sería muy dichosa si no volvía a verlo nunca más.

—Así que finalmente hallé tu rastro. Probé en todos

los clubes, todos los restaurantes, cada fiesta que tiene lugar actualmente. Jamás habría pensado encontrarte en casa...

—¡Vasia!

—Y ocupándote de la correspondencia, nada menos —finalizó Vasili, con una sonrisa, adelantándose para estrechar a Dimitri en un vigoroso abrazo de oso.

La sorpresa encantó a Dimitri, ya que no veía a su amigo desde marzo. Antes de partir hacia Inglaterra, había estado tan ocupado cortejando a Tatiana que había encontrado poco tiempo para Vasili, un error que no permitiría que volviera a suceder. De todos sus amigos, era este el más querido, el que mejor lo comprendía. No tan alto como Dimitri, con cabello negro carbón y ojos celestes, una combinación diabólica según las mujeres. Vasili Dashkov era un seductor, un alma despreocupada, exactamente lo contrario de Dimitri. No obstante, armonizaban tanto que cada uno podía leer el pensamiento del otro la mayoría de las veces.

—¿Y por qué tardaste tanto? Hace casi un mes que he vuelto.

—A tu criado le costó un poco encontrarme, puesto que me hallaba con cierta condesa en su finca y no quería que me descubriesen. Vamos, ¿acaso podía permitir que el marido se enterara de que ella me hospedaba sin que él lo supiera?

—Por supuesto que no —repuso Dimitri con toda seriedad mientras volvía a sentarse.

Vasili rió entre dientes mientras apoyaba su peso en una punta del escritorio de Dimitri.

—De cualquier manera, antes pasé por Novii Domik, creyendo encontrate allí. ¿Y qué demonios le pasa a Vladimir, ese oso? Ni siquiera me dejó entrar a tu casa, tan solo me dijo que te encontraría aquí. Al fin y al cabo, ¿qué hace él allí, cuando tú estás aquí? Nunca supe que se alejara mucho de tu lado.

—Está vigilando, en mi nombre, algo que yo no podía dejar sin custodia.

—Ah, ya aguzaste mi curiosidad. ¿Quién es ella?

–Nadie que tú conozcas.

–No obstante, ¿es un tesoro que debe ser custodiado, y por tu hombre de mayor confianza? –Los ojos de Vladimir se dilataron. –No me digas que has robado la esposa de alguien.

–Esa es tu especialidad.

–En efecto. Está bien, habla. Sabes que no me daré por vencido hasta que lo hagas.

Dimitri no se mostraba evasivo. Deseaba hablar con Vasili acerca de Katherine. Solo que no sabía cómo encararlo, cuánto explicar concretamente.

–No es lo que piensas, Vasia... En fin, sí lo es, pero... No, esta situación tiene que ser única.

–Cuando te decidas, avísame.

Reclinándose, Dimitri fijó en su amigo una mirada tranquilizadora.

–Esa mujer me obsesiona totalmente, aunque no quiere saber nada conmigo. En realidad me odia.

–Eso sí es único, y también increíble –se mofó Vasili–. Las damas no te odian, Mitia. Puede ser que se irriten contigo, pero no te odian. Y bien, ¿qué hiciste para malquistarte con esta?

–No me escuchas; no es que yo no haya hecho todo lo concebible para ganarme su enemistad, pero ella no quiso saber nada conmigo desde el principio.

–Hablas en serio, ¿verdad?

–Podría decirse que nos conocimos en las peores circunstancias –replicó Dimitri.

Vasili esperó a que continuara, pero Dimitri se había vuelto pensativo, recordando, y su amigo estalló.

–¿Y? ¿Acaso tendré que arrancarte la explicación pedazo a pedazo?

Dimitri apartó la vista, no muy orgulloso de su papel en lo sucedido.

–Para ser breve, la vi en una calle de Londres y la deseé. Creyendo que estaría disponible, envié a Vladimir en su busca. Desde allí todo anduvo mal. Ella no estaba en venta.

—Dulce Jesús, ya me lo imagino. El ingenioso Vladimir te la consiguió de cualquier modo, ¿verdad?

—Si... y le administró un afrodisíaco con la comida. Me encontré con la virgen más sensual que Dios ha creado, y viví la noche de amor más memorable que experimenté jamás. Pero a la mañana siguiente, en total posesión de sus facultades, ella insistió en reclamar la cabeza de Vladimir por haberla raptado.

—¿No te culpaba a ti?

—No, a decir verdad estaba impaciente por alejarse de mí. Lo malo fue que hizo ciertas amenazas en cuanto a acudir a las autoridades, y teniendo en cuenta la anunciada visita del zar, me pareció prudente alejarla de Inglaterra por un tiempo.

Vasili sonrió con ironía.

—Supongo que ese plan no la encantó.

—Es dueña de un mal genio glorioso, que me ha dedicado más de una vez.

—Así que tienes a esta bella moza todavía oculta, y todavía sin querer saber nada contigo. ¿Eso resume la situación?

—No del todo —repuso Dimitri con voz queda y lúgubre expresión—. Cometí el error de dejar a Katherine en Novii Domik, y al volver me encontré con que mi tía la había maltratado. Si no me odiaba antes, ahora sí.

—¿Esta vez te culpa?

—Y con toda razón. No garanticé su seguridad como debería haber hecho. Partí con cierta celeridad, por motivos que me avergüenza declarar.

—No me digas que tú... No, no la habrías violado. Ese no es simplemente tu estilo. Así que debes haberla drogado de nuevo.

Dimitri lanzó a Vasili una mirada de disgusto por su perspicacia.

—Estaba enfurecido.

—Naturalmente —rió Vasili—. Antes nunca te topaste con una hembra a la que no pudieras seducir. Debe haber sido muy enfadoso para ti.

–Guárdate el sarcasmo, Vasia. Quisiera saber qué harías tú ante circunstancias similares. Katherine es la mujer más obstinada, discutidora y pretenciosa que conozco, y sin embargo no puedo estar en el mismo cuarto con ella sin querer llevármela a la cama más cercana. Y lo más irritante, lo más frustrante de todo es que sé que ella no es completamente indiferente a mí. Ha habido momentos en que ella retribuye mi pasión, pero siempre recobra su sano juicio antes de que yo pueda aprovechar esos momentos plenamente.

–Entonces es obvio que algún error cometes. ¿Crees que ella pretende casamiento?

–¿Casamiento? Por supuesto que no. Sin duda sabe que eso no es posible... –Hizo una pausa, ceñudo. –Por otro lado, con sus delirios, ella podría creerlo posible.

–¿Qué delirios?

–¿No mencioné que afirma ser Lady Katherine Saint John, hija del conde de Strafford?

–No, pero ¿qué te hace pensar que no lo es?

–Se la encontró caminando por la calle, vestida como una plebeya y sin escolta. ¿Qué conclusión sacarías tú, Vasia?

–Entiendo a qué te refieres –dijo Vasia pensativo–. Pero ¿por qué haría ella tal afirmación?

–Porque sabe lo suficiente acerca de esa familia como para salirse con la suya. Es muy probable que sea hija natural del conde, pero ni siquiera eso la hace casadera.

–Pues, si el matrimonio está descartado, ¿qué es lo segundo que ella podría querer?

–Nada. Ella no quiere absolutamente nada de mí.

–Vamos, Mitia, toda mujer quiere *algo*. Y a mí me parece que esta quiere solamente ser tratada como una dama, para variar.

–¿Quieres decir que debo fingir que le creo?

–Yo no iría tan lejos, pero...

–¡Tienes razón! Debería traerla a la ciudad, llevarla a fiestas, acompañarla...

—¡Mitia! ¿Me equivoco, o estás aquí en Moscú porque Tatiana Ivanova está en Moscú?

—¡Rayos! —exclamó Dimitri, desplomándose otra vez en su sillón.

—Eso pensé. Entonces, ¿no deberías obtener un firme compromiso de la princesa antes de que te vean adorando a otra mujer? Después de todo, está previsto que tendrás tus amantes, pero no mientras cortejas a tu futura esposa. No creo que Tatiana reciba muy bien esa situación. ¿Qué haces en tu casa, de cualquier manera, cuando esta noche ella está en la fiesta de los Andreiev, y con tu viejo amigo Lysenko? De paso sea dicho, ¿qué hace ella con él, cuando tú estás de vuelta?

—Todavía no he ido a verla —admitió Dimitri.

—¿Cuánto hace que estás aquí?

Vasili alzó los ojos al cielo raso.

—Cuenta los días... Por amor de Dios, Mitia, si tanto echas de menos a tu Katherine, envía por ella, ocultála aquí hasta que tengas la respuesta de Tatiana.

El príncipe meneó la cabeza.

—No, cuando Katherine está cerca, no puedo pensar en otra cosa.

—Me parece que no puedes pensar sino en ella, esté aquí o no. Eres un embustero, Mitia.

—Lo que soy, Vasia, es un desdichado, y no soy buena compañía para nadie. Pero ya te entendí. Tengo que resolver esta cuestión del matrimonio antes de que pueda decidir algo con respecto a Katia.

CAPITULO 33

–Grigori, ¿no es el príncipe Dimitri quien acaba de entrar? –preguntó Tatiana mientras ambos valseaban en la pista de baile.

Poniéndose rígido, Grigori Lysenko hizo dar la vuelta a Tatiana para quedar él frente a la entrada.

–En efecto –respondió con voz tensa–. Supongo que ya no estarás disponible, ahora que ha vuelto Alexandrov.

–¿Por qué dices tal cosa? –le sonrió ella con aire inocente.

–No has aceptado mi proposición, querida mía. Según el consenso general, solo has estado esperando que volviera Alexandrov.

–¿Eso dicen? –Tatiana puso cara de enojo.

–Pero está muy mal de su parte no haberte buscado hasta ahora, cuando todos saben que está en Moscú desde hace una semana –agregó deliberadamente Grigori.

Tatiana apretó los dientes. No necesitaba que le recordaran eso, cosa que ella *sí* sabía. Su propia hermana le había señalado que la obvia falta de ansiedad de Dimitri por verla era un tanto insultante. Tatiana se había enfurecido. Y Grigori decía casi lo mismo.

—Algunos se preguntan si él no habrá cambiado de idea en cuanto a proponerte matrimonio.

—¿Y qué si es así? ¿Crees acaso que me importa en realidad?

Pero sí le importaba. Le importaba en demasía. Lo único que ella había querido era tener a Dimitri exclusivamente para ella sola por un tiempo; y solo podía contar con eso durante su noviazgo. Una vez que se casaran, sin duda él perdería interés, sin duda seguiría su propio camino, tal como hacían todos los demás maridos. Habría otras mujeres a quienes su marido dedicaría más tiempo, pues ella sería la mujer a quién él ya había conquistado, guardada a salvo en casa para visitarla o no según él quisiera, mientras que el entusiasmo de la persecución estaría en otra parte.

No se le ocurría pensar que ella podía hacer tan interesante la vida de su marido en casa como para que a él no se le ocurriera alejarse. Tatiana opinaba que todos los hombres se asemejaban, un concepto general erróneo que casi todas las mujeres compartían. Además, era muy egoísta cuando se trataba de sus propias necesidades, y ni siquiera había pensado en la frustración de Dimitri cuando jugaba con él.

Ahora no estaba tan segura de que su estrategia hubiese sido juiciosa, en absoluto. ¿Era demasiado pedir tener la total atención de Dimitri por algunos meses? ¿Acaso lo había hecho esperar demasiado? Si él ya no estaba interesado, ella haría el papel de tonta, mientras que antes había sido la envidia de cada mujer de Rusia.

Eso era intolerable. Que la gente murmurara a sus espaldas, que se compadecieran de ella o algo peor, pensando que había recibido ni más ni menos que su merecido. Todos sabían que Dimitri le había propuesto matrimonio; ella se había asegurado de que lo supieran. No lo culparían si él retiraba su proposición. Tatiana lo había tenido a la espera durante meses. Sería culpa de ella, todo culpa de ella.

Por supuesto que tenía allí a Grigori, y a cinco o seis admiradores más en quienes refugiarse, todos los cuales aseveraban amarla locamente. Pero eso no sería ningún consuelo si Dimitri ya no la deseaba.

Tatiana esperó, esperó a que Dimitri descubriera su presencia, esperó a que interrumpiera su baile con Grigori. Dimitri no se adelantó. Advirtió, sí, la presencia de ella, y la saludó con un movimiento de cabeza, pero siguió conversando con el príncipe Dashkov y varios hombres más que lo habían saludado al entrar.

Tan pronto como terminó el vals, Tatiana se acercó a su acompañante y susurró:

– Grigori, ¿quieres llevarme hasta él?

– Pides demasiado, princesa – Grigori ya no pudo esconder su desengaño –. No soy de los que pierden con elegancia.

– Por favor, Grigori. Creo que te complacerá lo que voy a decirle.

Lysenko la miró un momento con fijeza, notando su ansiedad, su tez enrojecida y también el brillo decidido de sus ojos. Cuán etérea era Tatiana en su belleza. Grigori se había propuesto conquistarla para quitársela a Alexandrov, pero mientras tanto había cometido el error de enamorarse de ella. ¿Qué podía decir Tatiana a su rival, que lo complaciese a él? ¿O acaso lo estaba usando, nada más? Como quiera que fuese, él tenía que saberlo.

Con un brusco movimiento afirmativo de cabeza, la tomó por el codo y la condujo hacia el grupo de hombres que, al ver quién era ella, se alejaron, todos salvo el mejor compinche de Alexandrov, Dashkov. Este permaneció inmóvil, sonriente, sin esforzarse en lo más mínimo por ocultar su interés en esa reunión.

– Mitia, cuánto me alegro de volver a verte – dijo Tatiana sonriendo a Dimitri.

– Tatiana. Veo que estás tan bella como siempre

–replicó Dimitri, aceptando la mano que ella le ofrecía y rozando sus nudillos con un leve beso.

La princesa aguardó, aguardó de nuevo a que él diese algún indicio, a que dijese algo, cualquier cosa, que le indicara que aún quería casarse con ella. Dimitri nada dijo; ni una disculpa por no haberla buscado antes, ni que la había echado de menos, ni que le encantaba volver a verla, nada. No le dejaba ninguna alternativa.

–Creo que conoces al conde Grigori, mi prometido.

–¿Prometido? –repitió Dimitri, alzando apenas una ceja.

Tatiana se acercó a Grigori, quien tuvo la sensatez de rodearle la cintura con un brazo, confirmando así esta sorprendente noticia.

–Sí, espero que no te desilusiones en demasía, Mitia. Pero cuando te marchaste tan repentinamente, enviándome esa breve misiva donde decías que no sabías cuándo regresarías, ¿qué iba yo a pensar? No se puede exigir a una dama que espere eternamente.

Dimitri casi se ahogó al oírla, pero no quiso insultar a la dama.

–Entonces, supongo que debo simplemente felicitar a los dos.

Y ofreció su mano a Grigori, un gesto caballeresco dadas las circunstancias, pero Lysenko no pudo resistirse a decir:

–Lástima, Alexandrov. Ganó el mejor, ¿eh?

–Si así lo crees tú, Lysenko...

Tatiana se dio cuenta de que eso era todo. Ni furia, ni celos. Ella había hecho lo correcto. Alexandrov no habría vuelto a proponerle matrimonio. Lo había perdido ya antes de que él volviese a Rusia. Pero de esta manera, ella no aparecía como una estúpida. Había impedido eso, aunque fuera entregándose a un hombre a quien no amaba. Por otro lado, podría zafarse de ese compromiso más tarde.

–Cuánto me alegro de que comprendas, Mitia –fueron las últimas palabras de Tatiana antes de alejarse arrastrando consigo a Grigori.

–Sabes que habrías podido impedir eso, ¿o no? –dijo Vasili, junto de Dimitri, en tono cargado de disgusto.

–¿Eso crees tú?

–Vamos, Mitia. Ella se quedó allí, esperando alguna señal tuya de afecto. Bien sabes que ella no había aceptado la propuesta de Lysenko antes de ese momento. Viste la expresión de sorpresa en él. Fue tan novedad para él como para ti.

–En efecto.

Vasili aferró un brazo a Dimitri y lo hizo volverse para quedar ambos cara a cara.

–No puedo creerlo. Estás aliviado, ¿verdad?

–El caso es que siento mucho más livianos los hombros –sonrió Dimitri.

–No puedo creerlo –repitió Vasili–. Seis meses atrás, me dijiste que ella es la mujer con quien te casarías antes de terminado el año, que tendrías tu heredero el año próximo. Nada iba a impedírtelo, decías. Hiciste una verdadera campaña para conquistarla, y te enfurecías porque no podías lograr de ella una respuesta. Por cierto, estabas en una furia constante por sus titubeos. ¿Tengo o no razón?

–No hace falta que insistas tanto, Vasia.

–Entonces, ¿te importaría decirme por qué estás tan encantado de que ella te haya rechazado? Y no te atreves a decirme que tiene algo que ver con esa mujer por quien languideces. El matrimonio nada tiene que ver con el amor. Tatiana era una pareja muy adecuada para ti. No hacía falta que la amaras. ¡Dulce Jesús, ella es la mujer más hermosa de Rusia! Aunque su cerebro sea del tamaño de una semilla, aún sería deseable. Y su linaje es impecable. Era perfecta para ti. También tu tía opinaba eso.

–Basta ya, Vasia. Actúas como si *tú* acabaras de perderla.

–Pues, al demonio con todo, si tenías que casarte, yo quería que tuvieras lo mejor. Pensé que eso era también tu intención. ¿O acaso ya no es imprescindible que te cases y produzcas un heredero? ¿Has oído algo acerca de Misha, que tal vez...?

–No me digas que todavía abrigas esperanzas de algo imposible. Misha está muerto, Vasia. Pasó demasiado tiempo para esperar lo contrario. Y no ha cambiado nada, no. Sigo necesitando una esposa. Es solo que no necesito esta. Para decirte la verdad, la razón por la cual demoraba en volver a cortejarla era que no me imaginaba empezando todo de nuevo, teniendo que pasar otra vez por meses de evasiones y subterfugios tan solo para obtener una simple respuesta, y de tener que agasajar a la dama mientras ella me hiciera esperar. Tengo cosas mejores que hacer que perder mi tiempo de esa manera.

–Pero...

–¡Vasia! Si la crees tan condiciable, cásate *tú* con ella. Personalmente, descubro que no quiero atarme a una mujer que no sabe lo que quiere. He descubierto cuán estimulante puede ser la franqueza.

–¿Otra vez tu inglesa? –se burló Vasili, pero luego exclamó. –No estarás pensando...

–No, no he perdido la razón, aunque no puedo negar que no me molestaría atarme a ella –sonrió Dimitri antes de suspirar–. Pero hay disponibles muchas otras mujeres aceptables, que no vacilarán en responder, lo cual me permitirá poner fin a este asunto. ¿Alguna sugerencia?

–Ninguna para la cual tú no hallarías alguna objeción, sin duda.

–Tal vez Natalia pueda recomendar a alguna. Como es una casamentera incorregible, se mantiene informada de tales cosas.

–Magnífico. Una amante eligiendo una esposa –dijo secamente Vasili.

–Pensé que era una idea brillante –rió Dimitri–. Al fin y al cabo, Natalia sabe muy bien lo que me agrada y lo que me desagrada, de modo que no sugeriría a alguien con quien yo no podré llevarme bien. Ella puede hacerme mucho más fácil esta faena.

–Ni siquiera sabes dónde está en esta época del año –señaló Vasili.

–Pues tendré que rastrearla. Realmente, Vasia, me

gustaría terminar con este asunto, pero no tengo *tanta* prisa. Otras cosas me mantendrán ocupado mientras tanto.

Cuando Dimitri Alexandrov regresó a su casa, lo esperaba otra carta, esta vez de su hermana... y nada bienvenida.

Mitia:

Debes venir de inmediato a cumplir tu promesa. He conocido al hombre con quien quiero casarme.

Anastasia

¿Qué promesa? Jamás había prometido aprobar de inmediato al marido que ella eligiera. Pero si no lo hacía, sin duda la muy osada encontraría modo de casarse sin su aprobación. ¿Qué prisa había?

Rayos, en el preciso momento en que creía haberlo arreglado todo a la perfección para disponer de más tiempo con Katherine antes de que tuviera que enviarla de vuelta a su país, o al menos ofrecerse a enviarla de vuelta. Cuanto más lo pensaba, más deseaba poder hallar una razón suficiente para retenerla allí por más tiempo. Había sido muy hábil hallando razones para postergar otro galanteo. ¿Por qué no se le ocurría algo que impidiera a Katherine alejarse de su vida?

CAPITULO 34

−¿Mi señora? −Marusia asomó la cabeza por la puerta.− Finalmente ha llegado un mensajero del príncipe. Debemos partir de inmediato para reunirnos con él en la ciudad.

−¿Moscú?

−No, San Petersburgo.

−Entre, pues, Marusia, y cierre la puerta. Es que hay corriente de aire −dijo Katherine, acomodándose la pañoleta en torno a los hombros−. Veamos, ¿por qué San Petersburgo? Pensé que Dimitri estaba todavía en Moscú.

−No, desde hace un tiempo. Estuvo por negocios en Austria y acaba de regresar.

Katherine pensó: ¿Por qué iban a decirle que él había salido del país? ¿Por qué iban a decirle algo? Dimitri la dejaba en el campo durante meses y se olvidaba de ella.

−¿Ha vuelto por fin el zar? ¿Es por eso que vamos a San Petersburgo?

−No lo sé, mi señora. El mensajero dijo tan solo que debíamos darnos prisa.

–¿Por qué? ¡Cuernos, Marusia! no me moveré hasta que sepa qué esperar –dijo irritada Katherine.

–Me imagino que, si ha vuelto el zar y el príncipe piensa enviarla de vuelta a su país, habría que hacerlo pronto, antes de que se congele el Neva y se cierre el puerto.

–Oh –Katherine se reclinó de nuevo en su sillón, junto al fuego. – Sí, eso explicaría la prisa –agregó con voz queda.

¿En qué situación quedaba ella? Llegando a Inglaterra con el estómago hinchado por la preñez y sin marido que se hiciera cargo. Jamás, mientras ella tuviera algo que decir al respecto. No podía hacer eso a su padre. ¿Desaparecer por medio año y después traer a casa un escándalo todavía peor? No y otra vez no.

Había planeado revelar su estado a Dimitri cuando él volviera a Novii Domik. Había planeado exigirle que se casara con ella. Pero habían pasado casi tres meses desde que lo viera por última vez. El verano se había esfumado con rapidez. También había pasado el otoño. Ella no se había propuesto pasar el invierno en Rusia, pero *no* volvería a su país sin un marido. Si Dimitri creía que iba a meterla en un barco y no pensar más en ella, estaba loco.

–Muy bien, Marusia, mañana puedo estar lista para partir –concedió Katherine–. Pero en cuanto a darse prisa, puede olvidarlo. Basta de carruajes voladores para mí, muchas gracias, y puede decir a su marido que lo he dicho yo.

–De cualquier modo, mi señora, no podremos volver tan rápido como llegamos aquí, ahora que las noches son más largas.

–Eso es inevitable, pero me refería al viaje diurno. No más de treinta o cuarenta kilómetros por día. Eso nos aseguraría un trayecto más cómodo.

–Pero así tardaremos el doble de tiempo.

–No discutiré por esto, Marusia. Seguramente ese río puede esperar unos cuantos días más antes de helarse –insistió la joven. Esperaba que no, pero claro que ese era todo el motivo de retrasar su llegada a San Petersburgo; eso y asegurarse de que los dementes cocheros rusos no zangolotearan a su hijo no nacido aún.

Cuando recibió el mensaje de Katherine, Dimitri sufrió un ataque de cólera. Katherine insistía en viajar a paso de caracol. Era probable que no llegaran todavía durante casi una semana. Maldición, eso no tenía que ocurrir.

Su idea de retenerla en Rusia debido al clima había tenido sus desventajas desde el primer momento; principalmente que él tendría que privarse de verla por varios meses, hasta que llegara el invierno. Pero sabía que, cuando terminara el verano, ella estaría reclamando constantemente saber cuándo podría partir. Por eso tuvo que eludirla, para evitar sus preguntas, para pasar el otoño y esperar que el invierno llegara.

La espera en San Petersburgo había sido larga y deprimente, en especial entre el frío y la humedad del otoño. Y ni siquiera había tenido que planear una boda para su hermana, lo cual lo habría mantenido ocupado. Tan pronto como llegó, ella le había informado que, después de todo, "ese joven" en particular no le serviría. Dimitri no tuvo nada que hacer, salvo ocuparse de los asuntos normales, que había desatendido en los últimos tiempos, como lo demostraban los libros de cuentas que le había enviado Katherine, revelando no cuatro compañías cercanas a la ruina, sino cinco. Hubo algunos amigos que visitar, pero casi todos evitaban la ciudad tanto en otoño como en verano, y en ese momento estaban apenas regresando para la temporada invernal. La semana anterior se había presentado finalmente Natalia, quien había prometido pensar de inmediato en su problema de a quién elegir como esposa, aunque él mismo no quisiera pensar en eso.

Lo más irritante, deprimente y ofensivo en cuanto a ese período en el cual él se había mantenido deliberadamente lejos de Katherine era que había permanecido célibe... él, que nunca había pasado tres noches seguidas sin una mujer. Dondequiera que él iba, había mujeres que evi-

denciaban estar disponibles. Pero no eran Katherine, y él
seguía dominado por su obsesión con esa florecilla inglesa.
Hasta que se la quitara del corazón, ninguna otra lo satisfaría.

Tan pronto como se empezó a formar el hielo sobre
el Neva, Dimitri envió en busca de ella. Después de mucho
tiempo, sentía una loca impaciencia por volver a verla. ¿Y
qué hizo ella? Retrasó deliberadamente su llegada. Qué
propio de ella. Cualquier cosa para desafiarlo y exas-
perarlo. Cuánta razón tenía Vladimir: ella había vuelto de
todo corazón a su testarudez habitual. Pero eso era sin
duda preferible al callado desprecio que ella le había brindado cuando se despidieron por última vez. Cualquier cosa
era preferible a eso.

Así que Dimitri volvió a esperar, pero aprovechó el
tiempo para perfeccionar las excusas que planeaba ofrecer
a Katherine por no sacarla de Rusia a tiempo. Se pondría
furiosa, pero él esperaba que no tardara demasiado tiempo
en aceptar lo inevitable.

Seis días más tarde, Katherine pensaba lo mismo
mientras los carruajes rodaban por las anchas calles de San
Petersburgo. Dimitri se pondría furioso con ella, y con
razón, por perder su barco. Ella había descubierto que la
mejor manera de contener su ira era atacar en algún otro
frente. Podía elegir entre una reserva de agravios, todos
insignificantes a la luz de su estado y de lo que ella quería
ahora, pero todos armas listas que ella podía utilizar.

La vasta apertura de San Petersburgo era una visión
asombrosa para alguien habituado a la congestión de Londres. Katherine disfrutó de su primera mirada verdadera a
la ventana de Rusia hacia el mundo occidental, ya que no
había visto en realidad nada durante su vertiginosa llegada
a ese país.

Todo era monumental en esa grandiosa ciudad. El
Palacio de Invierno, un edificio ruso barroco de unas cua-
trocientas habitaciones, era tal vez lo más imponente de
ver, pero había tantos palacios y otras construcciones de
enorme tamaño, tantas plazas públicas... La calle principal

305

de la ciudad, con sus muchas tiendas y restaurantes... Tuvo también un vislumbre de la fortaleza de Pedro y Pablo, situada al otro lado del río, la prisión donde Pedro el Grande había enviado a la muerte a su propio hijo.

Lo que más interesó a Katherine fue el mercado al aire libre, que la distrajo lo suficiente como para olvidar por un momento su destino final. Allí se llevaban grandes cantidades de animales congelados, en trineo, desde todo el país. Se utilizaba todo tipo de objetos helados para preservar la lozanía de las vacas, ovejas, cerdos y aves de corral, mantequilla, huevos, pescados.

Y qué deliciosas peculiaridades. Barbados mercaderes en túnicas de colores opacos, junto a sus esposas, pintorescamente ataviadas, con vestidos de brocato y altos tocados de vivos colores que formaban un mantón que casi llegaba al suelo. Bashkires con pieles, tártaros con turbantes. Santones con sus túnicas hasta los tobillos, de largas barbas flotantes. Katherine pudo distinguir algunas de las muchas regiones diferentes que comprendían al pueblo ruso.

Había allí amas de casa que se llevaban sus compras en pequeños trineos, mientras que unos músicos callejeros de largos chaquetones y gorros de piel las entretenían con un *gusli* o una *dudka*, y vendedores ambulantes que pregonaban *kalachi*, hogazas de pan trenzadas hechas con la mejor harina, procuraban tentarlas para que se desprendieran de algunos kopecks más.

Era esta la Rusia de la cual ella había visto tan poco; la gente, las diferencias, la belleza de tantas culturas que se fundían todas en una. Katherine tomó nota mental de pedir a Dimitri que la llevara allí cuando hubiese tiempo para ver todo en vez de pasar lentamente en coche... pero entonces volvió a recordar adónde iba.

Habría podido reconocer el palacio de Dimitri cuando estuvieron cerca, pero no fue necesario intentarlo. El príncipe estaba afuera, en los escalones, de los que se había retirado la nieve caída, y se acercó al carruaje tan pronto como este se detuvo; abrió la portezuela y se estiró para asir la mano de Katherine.

La joven inglesa había estado nerviosísima en el último tramo del viaje, cuando se acercaban a la ciudad. Después de todo, ella se había mostrado particularmente hostil e inexorable durante la última entrevista de ambos, negándose a escuchar lo que intentaba decirle Dimitri, dejando que su congoja se convirtiera en uno de los peores enfurruñamientos que ella había tenido en su vida. En ese momento, su nerviosismo sacó a la superficie sus defensas. Claro que la pasmaba verlo, tan deslumbrante en su espléndido uniforme ruso, que su corazón latía al doble de velocidad. Pero ya no tenía que pensar solo en ella misma. Aunque sus sentidos estuvieran devastados, su cerebro estaba bien preparado para la batalla.

Dimitri la atrajo hacia adelante y la bajó al suelo.

– Bienvenida a San Petersburgo.

– Ya he estado antes aquí, Dimitri.

– Sí, pero por muy poco tiemo.

– Tienes razón. El ser arrastrada a través de una ciudad no le da tiempo a una para apreciarla. Mi llegada, lenta y pausada como ha sido resultó mucho más placentera que mi partida.

– ¿Debo disculparme también por eso, cuando tengo tantas otras cosas por las cuales disculparme?

– No querrás decirme que *tú* has hecho algo por lo cual disculparte. Tú no, seguramente.

– Katia, por favor. Si quieres cortarme en pedacitos, ¿puedes al menos esperar hasta que entremos? Aunque no lo hayas notado, está nevando.

¿Cómo podría no advertirlo ella, cuando sus ojos observaban fascinados cada pequeño copo blanco que se derretía en su rostro? ¿Y por qué no le estaba gritando él por tomarse tanto tiempo para llegar allí? Parecía estar haciendo un esfuerzo extremo por ser amable, demasiado amable, cuando ella había estado esperando lo peor. ¿Acaso el río no se había congelado aún? Después de todo, ¿ella había llegado demasiado pronto?

– Por supuesto, Dimitri, guíame. Estoy a tu disposición, como siempre.

Su tono hizo que Dimitri se encogiera. El talante de Katherine era peor de lo que él había previsto, y ni siquiera se le había dicho que estaba varada en Rusia. ¿Qué podía esperar entonces cuando ella se enterara de su nueva situación?

Tomándola por un codo, la condujo escaleras arriba. Las grandes puertas dobles se abrieron cuando ambos llegaron hasta ellas, y se cerraron de inmediato después de entrar ellos. Un momento más tarde se abrieron de nuevo para dar paso a Vladimir y los demás, que traían parte del equipaje; de inmediato volvieron a cerrarse. Este abrir y cerrar de puertas, como si ella no tuviese manos propias para hacerlo, había irritado antes a Katherine, pero no desde la llegada del frío, pues sin duda la rapidez de los lacayos reducía al mínimo las corrientes frías.

Habituada a la tranquila elegancia de Novii Domik, Katherine quedó momentáneamente asombrada por la opulencia de la residencia urbana de Dimitri. Suelos de madera lustrados, anchas escaleras de mármol gruesamente alfombradas, cuadros en marcos dorados, una enorme araña de cristal colgada en el centro de esa vasta habitación, y este no era más que el salón de entrada.

Sin decir nada, Katherine esperó hasta que Dimitri la condujo a otro recinto de gran tamaño, la sala de recibo, provista con muebles de mármol, palisandro y caoba, las sillas tapizadas con seda y terciopelo en tonos apagados de rosado y oro, que hacían juego con las alfombras persas.

En la chimenea chisporroteaba un gran fuego, que calentaba sorprendentemente toda la habitación. Katherine se acomodó en un sillón donde no cabía más que una persona, una actitud defensiva que Dimitri notó. Sentándose, desató la pesada esclavina que le había prestado Marusia y la echó atrás sobre el sillón. Nada de lo que Dimitri le había comprado en Inglaterra era apto para un invierno ruso. Eso sería rectificado con presteza. El vestuario de invierno para ella estaba encargado y casi terminado. Ya se había ordenado a un servidor que llevara un vestido a una costurera para que ajustara las medidas, tan pronto como se desempacó el equipaje de la joven.

—¿Quieres un coñac para que te dé calor? —inquirió Dimitri, ocupando un asiento frente a ella.

—¿Eso también es un curalotodo ruso?

—Aquí es más apropiado el vodka.

—Ya he probado vuestro vodka, gracias, y no me agradó particularmente. Si no te molesta, pediré té.

Dimitri hizo un ademán, y alzando la vista, Katherine vio que uno de los dos lacayos apostados junto a la puerta se volvía y abandonaba la habitación.

—Qué bonito —dijo ella con voz tensa—. Ahora tengo dama de compañía. Es un poco tarde, ¿no te parece?

Dimitri hizo otro ademán y la puerta se cerró, quedando ellos solos.

—Los sirvientes están siempre en el medio, de modo que al cabo de un tiempo no se los nota.

—Es obvio entonces que no he estado aquí el tiempo suficiente —Katherine abrió la puerta de lo que ambos estaban pensando, pero en seguida, cobardemente, volvió a cerrarla.— Y bien, Dimitri, ¿cómo has estado?

—Te eché de menos, Katia.

Ese no era el giro que la conversación debía tomar.

—¿Cómo voy a creer eso, después de que tú desapareces durante tres meses?

—Tuve que ocuparme de unos asuntos...

—Sí, en Austria —interrumpió ella bruscamente—. Me lo dijeron, pero solo después que tú enviaste a buscarme. Antes de eso, no sabía si estabas vivo o muerto.

Dios santo, cómo se notaba su resentimiento por la prolongada desatención de Dimitri. No había pensado revelarle cuánto lo había echado de menos ella también.

Llegó el té, evidentemente preparado por adelantado. Esto salvó a Katherine de cometer más torpezas y le dio tiempo para poner de nuevo bajo control sus pensamientos. Ella misma sirvió el té, demorándose con el ritual. Habían servido coñac para Dimitri, pero no lo tocó.

Cuando Katherine permaneció en silencio, sorbiendo su té, Dimitri se excusó.

—Verás, tenías razón —dijo con suavidad, atrayendo de nuevo la mirada de ella—. Debí haberte enviado mi mensaje antes de partir rumbo a Austria. Pero como ya dije, tengo muchas cosas por las cuales disculparme. También habría debido irme antes de Austria, pero lamentablemente mis asuntos llevaron más tiempo de lo previsto y... Katia, lo siento, pero el puerto ya está cerrado. No se podrá viajar por mar desde aquí hasta la primavera.

—¿Entonces no podré volver a mi país?

Dimitri esperaba oírle responder que el país entero no podía estar cerrado, y en efecto, no lo estaba. Dimitri tenía preparada más mentiras para convencerla de que los puertos abiertos no le convenían. No obstante, la simple pregunta de la joven lo desconcertó.

—¿Por qué no estás alterada? —inquirió él.

Katherine comprendió su equivocación.

—Claro que estoy alterada, pero temía que sucediera esto cuando empezó a nevar durante el trayecto hacia aquí. Ya he tenido varios días para aceptar esa idea.

Tanto se regocijó Dimitri al ver que ella ya estaba resignada a quedarse, que casi sonrió, arruinando así la contrición que se suponía debía sentir.

—Por supuesto, los puertos del sur están abiertos, pero a mil quinientos kilómetros de distancia, y es un viaje penoso en esta época del año, aun para un ruso habituado al clima.

—En fin, eso queda ciertamente descartado para mí —replicó Katherine con presteza—. Prácticamente me congelé al venir aquí.

—No iba a sugerirlo —le aseguró Dimitri—. También está la ruta occidental por tierra hasta Francia... —Omitió mencionar todos los puertos abiertos que bordeaban la costa entre ambos lugares, pero contaba con que la joven no pensara en eso. —Pero tampoco es un viaje recomendado para el invierno.

—Ya me lo imagino —replicó Katherine—. Quiero

decir, si el ejército invencible de Napoleón fue derrotado por un invierno ruso, ¿qué posibilidad tendría yo? ¿Y qué puedo hacer entonces?

—Dado que esto es culpa mía... después de todo, prometí enviarte de vuelta a Inglaterra en un barco antes de que se helara el río... solo espero que aceptes mi hospitalidad hasta el deshielo primaveral.

—¿En el mismo carácter? —inquirió ella—. ¿Como prisionera?

—No, pequeña. Estarás libre para ir y venir como gustes, para hacer lo que gustes. Serías mi huésped, nada más.

—Entonces supongo que no tengo otra alternativa que aceptar —suspiró ella—. Pero si ya no seré vigilada y custodiada como antes, ¿no temes que te denuncie como secuestrador a la primera persona que encuentre?

Dimitri quedó pasmado. Esto era demasiado fácil. En todas las horas que había pasado urdiendo su plan, imaginando las reacciones de Katherine, esta inmediata aceptación no era una de las respuestas que él había previsto. Pero no era hombre que se lamentara de su buena suerte.

—Será un relato muy romántico, ¿no te parece? —le sonrió.

Katherine se ruborizó. Viendo cómo el cálido color le cubría las mejillas, Dimitri recordó otras ocasiones en las que ella había tenido ese mismo aspecto, momentos en que había sido más receptiva con él. Tan conmovido estaba, que olvidó su decisión de ir despacio con ella esta vez y cerró de inmediato el espacio que los separaba, demostrando que la táctica defensiva de Katherine, sentarse en un sillón pequeño para quedar alejada de él, era insustancial. Dimitri la levantó, se sentó y suavemente la colocó sobre sus rodillas.

—¡Dimitri!

—Calla. Protestas antes de saber siquiera cuáles son mis intenciones.

—Tus intenciones nunca han dejado de ser indecorosas —repuso ella.

– ¿Ves qué bien nos complementamos, pequeña? Ya me conoces tan bien...

Se burlaba de ella, y Katherine no sabía bien cómo interpretarlo. Pero no había ninguna burla en su modo de sujetarla. Este era firme e íntimo; con un brazo la mantenía contra su pecho, otro colgaba sobre el regazo de ella, con la mano le acariciaba audazmente la cadera. Cálidas sensaciones recorrieron las puntas de los nervios de la mujer. Hacía meses que no se sentía tan viva. Dimitri siempre había podido hacerle eso; siempre la conmovía de un modo puramente físico...

– Creo que será mejor que me sueltes, Dimitri.

– ¿Por qué?

– Podrían entrar los sirvientes – sugirió ella, vacilante.

– Si esa es tu única razón, no sirve. Nadie abrirá esa puerta, bajo amenaza de muerte.

– Hablas en serio.

– Es que lo hago, corazón mío, muy en serio. Aquí no seremos molestados, así que piensa en otra razón, o mejor aún, no lo hagas. Solo déjame abrazarte un rato... ¡Dulce Jesús! – exclamó –. ¡No te menees tanto, Katia!

– Lo siento. ¿Te he hecho daño?

Con un gemido, Dimitri la acomodó en un sitio menos crucial.

– Tú podrías remediarlo, si quisieras.

– ¡Dimitri!

– Perdóname – sonrió él al ver que las manchas rojas aparecían de nuevo en las mejillas de la inglesa –. Eso fue un tanto grosero de mi parte, ¿verdad? Pero es que nunca pude pensar con claridad cuando tú estabas cerca, y este momento no es ninguna excepción. ¿Por qué te muestras tan sorprendida? ¿Acaso creíste realmente que dejaría de desearte tan solo porque estuve lejos de ti estos tres meses?

– A decir verdad...

Dimitri no pudo contenerse ni un momento más. El que ella le hubiera dejado abrazarla tanto tiempo lo estimulaba de tal manera, que estaba a punto de arrancarle las ropas. La besó, tan intensamente, tan cabalmente, que el resultado era inevitable, aun cuando él no lo sabía todavía. Alzó una mano para acariciar un seno de la joven, y gimió al sentir formarse bajo la tela esa dura y diminuta protuberancia.

El gemido de Katherine quedó atrapado en la boca de él, junto con el suyo. Dios, cómo lo había echado de menos ella, cómo había echado de menos el modo en que sus besos la volvían de jalea, cómo había echado de menos el modo en que sus manos la incendiaban, el modo en que sus ojos podían emocionarla con una mirada. Y su cuerpo, su bello, duro, excitante cuerpo, y lo que este podía hacerle a ella. También eso había echado de menos. Seguir negándolo no tenía sentido. Le encantaba hacer el amor con él... y quería hacerlo ya.

—¡Dim... Dimi... Dimitri! Déjame tomar aliento.

—No, esta vez no.

Siguió besándola con vehemencia, y Katherine sintió que le calentaba todo el cuerpo la pura alegría de comprender que él tenía miedo, ese hombre tan poderoso y fuerte, miedo de que ella quisiera detenerlo. Dulcemente le tomó el rostro entre las manos para contenerlo, sonriéndole con la mirada.

—Llévame al sofá, Dimitri.

—¿Al sofá?

—Este sillón es un tanto incómodo ahora, ¿no te parece?

Al comprender, asomó al rostro del príncipe Alexandrov tal expresión de asombro y puro deleite, que Katherine estuvo a punto de llorar. Creyó caer al suelo, por la rapidez con que él se incorporó, pero no; Dimitri la sujetó firmemente en sus brazos y, un instante después, la depositaba cuidadosamente en el sofá de raso, que era tan cómoda como una cama.

De rodillas junto a ella, ya forcejeando con los botones de su propia chaqueta, Dimitri se detuvo una sola vez.

—¿Estás segura, Katia?... No, no me contestes.

Antes de que ella pudiera hacerlo, volvió a besarla,

pero de todos modos Katherine le dio una respuesta ciñéndole el cuello con los brazos y devolviéndole el beso con total abandono. Sabía exactamente lo que estaba haciendo; no hacían falta drogas para estimular su deseo. Dimitri hacía todo eso por su cuenta. Era el hombre a quien ella amaba pese a todo recelo, el padre de su hijo por nacer, el hombre con quien ella se casaría. Los detalles podrían resolverse más tarde. Había tiempo de sobra. Ahora era el momento del reencuentro.

CAPITULO 35

Con la nieve que remolineaba al otro lado de las ventanas y el fuego que ardía en la gran chimenea, el vasto salón de recibo resultaba acogedor, especialmente con el sofá frente al fuego, lo bastante cerca como para recibir directamente su calor. Según el reloj que se veía sobre la repisa de la chimenea, era ya entrada la tarde. A lo lejos se oía maullar a un gato, una puerta que se cerraba en alguna parte de la casa, un carruaje que pasaba veloz por delante. Cerca se oía tan solo el crepitar del fuego y el latir del corazón de Dimitri.

Katherine no tenía ninguna prisa por turbar la intimidad del momento. Estaba recostada, mitad sobre el borde del sofá y mitad sobre Dimitri. El le rodeaba la espalda con un brazo cálido y firme, sosteniéndola junto a sí.

En ese momento, él le había tomado la mano con la que ella recorría distraídamente la maraña de pelos dorados que le cubría el pecho, y le besaba cada dedo, una experiencia erótica ya que además él se los mordisqueaba y succionaba. Katherine lo observaba simplemente con ojos semicerrados, fascinada por lo que le hacían sentir la lengua, los labios y los dientes del hombre en las sensitivas puntas de sus dedos.

—Si no te detienes, pequeña, tendré que hacerte el amor otra vez —Dimitri la sobresaltó con su ronca voz.

—¿Yo? ¿Qué estoy haciendo?

—Mirarme con esos ojos sensuales que tienes. En realidad es lo único que hace falta, ¿sabes?

—Qué desatino —se burló Katherine, pero no pudo contener una sonrisa—. ¿Y qué me dices de lo que tú estás haciendo? Si no te detienes —agregó, formulando la misma advertencia—, yo tendré que...

—¿Lo prometes?

—Eres incorregible —rió la joven.

—¿Qué esperas cuando me he negado este placer durante tantos meses?

—Dime, ¿por qué creo eso? —dijo Katherine con cierta sorpresa.

—Porque es verdad... y porque en estas últimas horas te he demostrado cuánto te deseaba. ¿No es así? ¿O necesitas más pruebas?

—¡Dimitri! —rió ella mientras el hombre la daba vuelta debajo de sí. Pero comprobó que él no bromeaba cuando la penetró rápida y profundamente. —Dimitri...

Esta vez el nombre de él fue un suspiro, poco antes de que ella se estirara hacia arriba en busca de su beso.

Un poco más tarde, cuando su respiración se normalizó, Katherine estaba por hacer un comentario sobre la insaciabilidad de Dimitri, pero él se le adelantó.

—Me costarás la vida, mujer.

—Ya estás exagerando otra vez —rió ella—. Vaya, puedo recordar dos ocasiones distintas en que tu resistencia fue muy notable.

El príncipe la miró con sorpresa.

—¿Y tal vez apreciada?

—En ese momento, sin duda, lo cual no significa que no habría podido prescindir de tales experiencias. Pre-

fiero con mucho mi propia espontaneidad y mi libertad de
elegir.

Alexandrov no podía creer lo que estaba oyendo. *Ella*
mencionando las drogas estimulantes, y sin el menor rastro
de ira. Lo había perdonado. Y admitía que esta vez era por
elección de ella. Admitía que lo había deseado.

¡Dulce Jesús! ¿Cuántas veces había fantaseado él
acerca de oírle una confesión semejante?

—¿Sabes cuán feliz me haces, Katia?

Tocó a Katherine el turno de sorprenderse, tan
sincero parecía él.

—¿Quién, yo?

—Hace tanto tiempo que ansiaba tenerte así, besarte
—y lo hizo—. Me atormentaba la necesidad de tocarte, de
hacerte el amor. Este es tu lugar, Katia, aquí en mis brazos.
Y haré cuanto esté en mi poder para persuadirte de que te
quedes en Rusia permanentemente. Haré cualquier cosa
para convencerte de que tu lugar está a mi lado.

—¿Eso... eso es una propuesta matrimonial? —susurró Katherine, vacilante e incrédula.

—Quiero que estés siempre conmigo.

—Pero ¿eso es una propuesta matrimonial, Dimitri?
—replitió ella con más firmeza.

¡Maldición!

—Katia, sabes que no puedo casarme contigo. Sabes
qué es lo que te pido.

Katherine se puso tensa, con la sensación de que un
golpe le había quitado la respiración.

—Suéltame, Dimitri.

—Katia, por favor...

—Condenado seas, ¡suéltame!

Con un empujón, se zafó de él y logró sentarse.
Cuando se volvió hacia él, su cabellera le azotó el rostro.
No le preocupaban su desnudez y su vulnerabilidad.

—Quiero que mis hijos tengan padre, Dimitri —dijo
sin preámbulos.

—Adoraré a tus hijos.

—Eso no es lo mismo, y tú lo sabes. Soy aceptable

como amante, pero no como tu esposa, ¿verdad? ¿Sabes cuán insultante es eso?

–¿Insultante? No, ya que una esposa me importa un cuerno, puesto que no es sino el medio de lograr un heredero y cumplir mis obligaciones. Me importas tú. Quiero que seas parte de mi vida.

Ella lo miró, ceñuda, pero su enojo se estaba disipando. Dios, él sabía bien qué decir para maniobrar su corazón. Ella lo amaba. Lo que él quería era lo que quería ella: ser parte de su vida. Su insensibilidad acerca de una esposa era... en fin, ella se apiadaría de su esposa... si esa esposa no era ella misma. No se daría por vencida. Le quedaban cinco meses hasta la primavera para hacerse imprescindible para él, para lograr importarle más aún, para hacer que él la amara tanto, que desafiara a la sociedad que decía que un príncipe no podía casarse con una plebeya, como él creía que era Katherine. Que se sorprendiera más tarde al descubrir que ella era su par en el aspecto social.

La joven tendió una mano para tocarle la mejilla, y él la tomó, y le besó la palma.

–Lo siento –dijo con suavidad–. Me olvido de que tienes tus obligaciones. Pero cuando llegue mi primer hijo, Dimitri, pienso estar casada. Si no contigo, entonces con otro.

–No.

–¿No?

–¡No! –repitió él, terminante, estrechándola contra sí–. No te casarás nunca.

Ante tan vehemente manifestación, Katherine no dijo nada. Apenas sonrió, contenta de no haberle dicho que ya estaba esperando su primer hijo, aunque dentro de muy poco él podría barruntarlo por sí mismo. Y cuando lo hiciese, que recordara lo que ella había dicho; que de un modo u otro *tendría* marido. Un buen lance, pero por supuesto que él no sabría eso.

CAPITULO 36

El vestido de baile era exquisito, nada parecido a lo que Katherine habría elegido jamás para ella misma. De un raso oscuro, color turquesa lustroso, con un encaje blanco inserto en el corpiño y cientos de perlas que bajaban en gallardetes por la falda acampanada. Era llamativo, con un ancho escote que terminaba fuera de los hombros, el encaje colgante sobre las manguitas abullonadas. No parecía Katherine. Con él, la joven tenía la sensación de ser una princesa de cuento de hadas.

Le habían peinado el cabello partido al medio, estirándolo hacia atrás en bucles laterales al estilo del momento, con ornamentos de perlas. Se habían incluido todos los accesorios: los largos guantes blancos, los zapatos de raso en el mismo color turquesa brillante, hasta un abanico de encaje blanco para colgar de la muñeca. Y Dimitri había entrado poco antes para ofrecerle un estuche de joyas que contenía el collar, los aretes y el anillo de perlas y diamantes que ahora lucía, además de otro conjunto en zafiros y esmeraldas, de modo que ella pudiera elegir, según dijo él. Chucherías, las llamaba. Lo mismo dijo del vestuario invernal de Katherine. Ese mismo día habían llegado varios vestidos junto con el de baile; los demás serían entregados pronto.

Se dio cuenta de que él la trataba ya como a una amante, pero no la inquietó pensarlo. En poco tiempo, no podría ponerse ninguna de las ropas que Dimitri había encargado para ella, y entonces le divertiría ver cómo la trataría él. Dio la vuelta frente al espejo que la reflejaba de cuerpo entero, tomando nota en particular de su cintura. Aún estaba tan esbelta como siempre, y en eso tenía suerte, pues su embarazo llevaba ya tres meses y medio. Solamente los pechos se le habían rellenado un poco, pero nada perceptible todavía, nada que anunciara a Dimitri que pronto tendría uno de esos hijos a los que, según afirmaba, adoraría.

Oh, qué sorpresa te espera, príncipe mío. Pronto sabrás por qué mis sentimientos han cambiado tan drásticamente.

Por supuesto, ella no habría sido tan complicada en cuanto a su situación, si hubiera estado en Inglaterra. Eso habría sido una historia totalmente distinta. Pero ya que estaba en Rusia, ¿por qué no podía disfrutar, por el momento? Al fin y al cabo, ya no tenía que preocuparse por quedar embarazada.

Katherine sonrió para sí, echando otra mirada a su nuevo dormitorio antes de salir. Se le había dado otra vez la habitación que normalmente correspondería a la señora de la casa, y que era puro lujo en todos los detalles. Pero no había dormido allí la noche anterior. Su sonrisa se ensanchó. Dudaba que fuera a dormir allí esa noche tampoco.

Oh, había sido un paraíso, un verdadero paraíso, pasar toda la noche con Dimitri, dormir en sus brazos y, al despertar, encontrarlo aún junto a ella. Y ser recibida con una de sus devastadoras sonrisas antes de que ella despejara siquiera el sueño de sus ojos, y con un beso, que condujo a otras cosas... No tenía duda alguna de haber tomado la decisión justa. Era feliz; eso era lo único que importaba por el momento.

Dimitri Alexandrov la estaba esperando al pie de la escalera, sosteniendo una magnífica capa de armiño blanco forrada de raso blanco, con la cual le envolvió los hombros antes de entregarle el manguito, que hacía juego con la capa.

—Me estás consintiendo, Dimitri.

—Esa es la idea, pequeña —repuso él con toda seriedad, con sonrisa cálida y una mirada apreciativa de la imagen que ella presentaba.

También él estaba fulgurante en otro uniforme, esta vez de chaqueta blanca, con pesadas charreteras de oro sobre los hombros, cuello recamado en oro y el cordón azul de la Orden de San Andrés colgado sobre el pecho; lucía esa medalla por la sola razón de impresionar a Katherine. No obstante fue Dimitri quien quedó impresionado, y no pudo apartar de ella los ojos mientras la acompañaba hasta la carroza y luego recorría las pocas calles para llegar al baile de gala donde él la llevaba.

Katherine estaba exquisita con sus galas, y Dimitri recordó vívidamente el retrato de ella pintado por Anastasia, que ahora colgaba en su estudio y le causaba tanta inquietud cada vez que lo miraba. Nadie confundiría a esta mujer con una criada, una actriz o lo que fuera... con ese aspecto, no. Tampoco se habría formado él su concepción de la categoría de Katherine si la hubiera visto así la primera vez, lo cual le hizo comprender que solo las ropas y las circunstancias lo habían convencido de que ella no era quien afirmaba ser. ¿Y si estaba equivocado, qué? En su vientre se formó un apretado nudo de recelo. No, no podía equivocarse. Pero acaso no fuese tan buena idea llevar a Katherine a una reunión social tan importante la primera vez que aparecía en público.

Había querido complacerla, lucirla, hacer lo sugerido por Vasili y tratarla como a una dama, en vez de tenerla oculta tras puertas cerradas. Pero repentinamente tuvo miedo de compartirla. Repentinamente quiso tenerla encerrada, toda para él solo.

—Presumo que me presentarás a otras personas, Dimitri. Dime pues, ¿quién voy a ser?

¿Acaso ella había leído sus pensamientos?

—La que dices ser... Katherine Saint John.

—No es exactamente así como lo diría yo, pero si es así como piensas presentarme, supongo entonces que no sería cortés corregirte.

Se estaba burlando de él. ¿Por qué lo hacía, y nada menos que con respecto a su identidad?

—Katia, ¿estás segura de que quieres ir a esta fiesta?

—¿Y no lucir este vestido divino? Vaya, si hace siglos que no asisto a un baile. Claro que quiero ir.

Allí estaba de nuevo ella, dejando caer datos fragmentarios sobre su vida que no podían ser ciertos; sin embargo decía esas cosas espontáneamente, sin pensarlo, sin razón alguna, tan solo en el curso natural de una conversación. El carruaje se detuvo antes de que él pudiera decidirse entre desilusionarla y llevarla a casa, o esperar lo mejor. Conociendo la franqueza de Katherine, era probable que esa noche ofendiera a algunos, y las hipótesis acerca de ella no tendrían coto. ¿Y si su genio vivo se manifestaba allí?

—Tú sabes cómo... quiero decir, no causarías...

—¿Qué te preocupa, Dimitri? —le sonrió Katherine, quien tenía una idea de lo que le inquietaba repentinamente.

—No es nada —replicó evasivamente él, ayudándola a bajar—. Ven conmigo, no quiero que te resfríes aquí afuera.

Y la condujo al interior de una enorme mansión, donde ambos entregaron sus pieles a un lacayo de librea que esperaba; luego subieron al salón de baile por una ornada escalera doble. Sus anfitriones fueron los primeros en saludarlos, deteniéndolos al trasponer la ancha puerta, y tal como le había advertido Dimitri, la presentó como Katherine Saint John.

Katherine quedó impresionada cuando tuvo un momento para mirar en derredor. El salón era tremendamente espacioso, un salón de baile real en vez de varios cuartos convertidos en uno solo; cinco o seis arañas creaban un deslumbrante despliegue de luz, reflejándose en joyas que seguramente valdrían varios millones de rublos. De los más o menos doscientos invitados, algunos bailaban, otros se congregaban en los costados del salón, hablando en grupos o de a dos, o yendo y viniendo de las mesas con refrigerios, instaladas al fondo del largo recinto.

Se acercó un criado de librea con bebidas en una bandeja, pero Katherine declinó beber por el momento. Dimitri aceptó una copa, la vació y la dejó de nuevo en la bandeja. Katherine no pudo contener una sonrisa.

–¿Nervioso, Dimitri?

–¿Qué motivo podría tener para estarlo?

–No sé. Tal vez te avergüence aquí, entre tus amigos. Despúes de todo, ¿qué podría saber una simple campesina en cuanto a comportarse en tan augusta compañía? Aunque se le ponga un bonito vestido, sigue siendo una campesina y nada más, ¿cierto?

Alexandrov no sabía cómo interpretar su estado de ánimo. No estaba enojada; el buen humor iluminaba su expresión. Sin embargo, sus bromas le quitaban la calma.

–Mitia, ¿por qué no me dijiste que vendrías esta noche? Yo habría... oh, ¿acaso interrumpo?

–No, Vasia, nada que no pueda quedar para más tarde –replicó aliviado Dimitri–. Katherine, ¿puedo presentarte al príncipe Vasili Dashkov?

–¿Katherine? –Vasili posó en ella una breve mirada; luego sus ojos se dilataron considerablemente al volverse hacia Dimitri–. ¡No será *esa* Katherine! Pero yo esperaba... quiero decir...

Al ver el gesto ceñudo de Dimitri, calló totalmente, mientras enrojecía.

–Parece que ha cometido una torpeza, príncipe Dashkov, ¿no es cierto? –dijo Katherine con intención–. Déjeme adivinar. Como es obvio que Dimitri le ha hablado de mí, ¿usted acaso esperaba alguien con plumaje más bri-

llante? Pero entonces, no todas podemos ser bellezas rutilantes, señor, es lamentable. Su asombro por el interés de
Dimitri en mí no es mayor que el mío, se lo aseguro.

–Katia, por favor, harás que en cualquier momento
mi amigo se corte la lengua para satisfacerte. No se da
cuenta de que te estás burlando de él.

–Tonterías, Dimitri. Sabe que bromeo. Tan solo está
avergonzado por desecharme a primera vista.

–Un error que jamás volvería a cometer, querida
señora, ¡lo juro por Dios! –le aseguró enfáticamente Vasili.

Sin poder contenerse, Katherine rió regocijada, cauti-
vando a Vasili, que la percibía de otra manera. El alegre
sonido afectó a Dimitri de manera similar. Le encataba
oírla reír, aunque eso lo colmara de una calidez que estaba
totalmente fuera de lugar allí.

Alexandrov la atrajo hacia sí, rodeándole el brazo con
la cintura, y le susurró al oído con voz ronca:

–Si insistes en eso, corazoncito, me tendrás en la
situación que suelo hallarme contigo... deseoso de encontrar una cama.

Cuando miró a Dimitri ella se sorprendió al ver que
hablaba en serio, y se ruborizó tan decorosamente que él se
inclinó para besarla, sin importarle dónde se hallaban y
quiénes los observaban. El seco ingenio de Vasili lo detuvo.

–Te salvaré de hacer el papel de tonto enamorado,
Mitia, bailando con tu dama. Es decir, si no te molesta.

–Sí me molesta –dijo concisamente Dimitri.

–Pero a mí no –agregó Katherine, saliendo de los
brazos de Dimitri para sonreír cálidamente a Vasili–. No
obstante, debo advertirle que no es posible que yo sepa
bailar, príncipe Dashkov. ¿Está dispuesto a arriesgar sus
pies para enterarse de la verdad al respecto?

–Con sumo placer.

Antes de que Dimitri pudiese volver a protestar, Vasili la condujo a la pista de baile. Dimitri los siguió con la
vista, sin darse cuenta de su gesto adusto, esforzándose por
no ir en pos de Katherine y traerla de nuevo a su lado,

como fue su primer impulso. Tuvo que recordarse que era tan solo Vasili. Vasili no intentaría seducirla, sabiendo lo que sentía Dimitri hacia ella. Pero no le gustaba ver que la tocara otro hombre, ni siquiera su amigo.

Diez minutos más tarde, cuando Vasili volvió solo, Dimitri estalló.

—¿Qué demonios quieres decir, que se la entregaste a Alexandr?

—Calma, Mitia —repuso Vasili, consternado—. Viste que nos arrinconó antes de que saliéramos de la pista... ¿qué podía yo hacer cuando ella aceptó bailar otra vez?

—Bien habrías podido ahuyentarlo.

—Es inofensivo y... —Vasili tuvo que contener a Dimitri cuando este iba hacia la pista de baile. Lo apartó a un lado, lejos de los oídos curiosos—. ¿Estás loco? ¿Vas a causar una escena tan solo porque ella está bailando y divirtiéndose? Por amor de Dios, Mitia, ¿qué te pasa?

Dimitri clavó en Vasili una dura mirada; luego soltó el aliento con lentitud.

—Tienes razón. Yo... oh, demonios; tonto enamorado fue poco decir —sonrió como disculpándose.

—¿No la has conquistado todavía?

—¿Por qué? ¿Crees acaso que eso disminuirá la obsesión? Te aseguro que no.

—Lo que necesitas entonces, amigo mío, es distracción. Natalia está aquí, por si no te has dado cuenta.

—No me interesa.

—No, mastuerzo, ya lo sé —dijo impaciente Vasili—. Pero ella estuvo buscando y finalmente tiene un nombre para ti, según me confió hace un rato. Tu perfecta futura esposa. Recuerda que le pediste...

—Olvídalo —interrumpió concisamente Dimitri—. He decidido no casarme.

—¿Qué?

—Ya me oíste. Si no puedo casarme con Katherine, no me casaré con nadie.

—Pero ¡no hablarás en serio! —protestó Vasili—. ¿Y el heredero que necesitas?

—Sin esposa, será perfectamente aceptable que yo adopte a cualquier hijo que me dé Katherine.

—Hablas en serio, ¿verdad?

—Silencio —siseó Dimitri—. Alexandr la trae hacia aquí.

Durante la hora siguiente, Dimitri no perdió nunca de vista a Katherine, quien estaba encantada. Bailaron una y otra vez, ambos de excelente humor.

Al cabo de un rato la dejó al cuidado de Vasili mientras él iba en busca de una bebida refrescante, y de Vasili se apoderó inmediatamente una descarada condesa que no aceptó una respuesta negativa y lo arrastró a la pista de baile. Si Vasili hubiese estado allí todavía, habría alejado a Katherine para que no oyese al grupo de chismosas que se encontraban tras ella, a quienes no parecía importarles que pudiera oírlas. Habría podido alejarse por su cuenta, pero al principio le divirtió escuchar:

—Pero te dije, Ana, que ella es inglesa, una parienta suya por parte de su madre. ¿Por qué otro motivo la custodiaría Mitia tan celosamente?

—Para poner celosa a Tatiana, por supuesto. ¿No la viste entrar con su prometido?

—Tonterías. Si quisiera provocar celos a Tatiana, se quedaría cerca de Natalia. También está aquí ¿sabes? Después de todo, Tatiana sabe que Natalia es la amante de Mitia y sin duda está enterada de que él la ha estado visitando otra vez desde que Tatiana prefirió al conde Lysenko y no a él. ¿Oíste decir cuán furioso estuvo Mitia por eso?

—Furioso no, Ana. El pobre muchacho ha estado tan deprimido, que vino derecho a San Petersburgo y no ha salido casi nunca de su casa en estos últimos tres meses.

—Pues ciertamente parece haberse sobrepuesto a su depresión esta noche.

—Por supuesto. ¿Crees acaso que él quiere que Tatiana sepa cuán desdichado ha sido? Estuvo realmente muy mal de parte de ella poner fin al galanteo entre ambos presentándole a su prometido. Y después de que Mitia vino a Moscú tan solo para reanudar el galanteo.

– ¿Entonces tú crees que él la ama todavía?

– ¿Y tú no? Sólo mírala, allá junto a la orquesta. Dime, ¿qué hombre no la amaría?

Sin poder contenerse, Katherine también miró a Tatiana. Luego se dio vuelta con rapidez y se alejó hasta que ya no pudo oír los comentarios. Pero el daño ya estaba hecho. La princesa Tatiana era la mujer más bella que Katherine había visto en su vida. ¿Dimitri la amaba todavía? ¿Cómo podía no amarla?

El te usó, Katherine, y te mintió en cuanto a su ausencia del país. ¿Por qué? ¿Acaso estaba tan trastornado por su princesa, que simplemente olvidó enviarte de vuelta a tiempo? ¿Para qué se molesta contigo? ¿Por qué simula desearte cuando tú no puedes rivalizar con un ser tan bello como Tatiana Ivanova?

– ¿Lady Katherine?

Estuvo a punto de no volverse, tanto tiempo hacía que nadie la llamaba así. Pero lo hizo al reconocer la voz. Lanzó un gemido interior, y entonces vio de reojo que Dimitri había vuelto. Pero se detuvo a poca distancia, palideciendo mortalmente al oír que un hombre la interpelaba. Ahora no se podía preocupar por él. Antes tenía que habérselas con el embajador, un querido amigo de su padre... Dios santo, ¿cómo había podido olvidar la posibilidad de encontrarse con él allí?

– Qué sorpresa, Lord...

– ¡*Usted* está sorprendida! No pude creer lo que veía cuando la vi pasar bailando hace un rato. Me dije "no, esa no puede ser la pequeña Katherine", pero es usted, Dios mío. ¿Qué demonios hace en Rusia?

– Es largo de contar –replicó ella evasivamente, cambiando de tema–. Supongo que no habrá tenido noticias de mi padre recientemente.

– Por cierto que sí, y no me importa decirle que...

– ¿Mencionó algo acerca de mi hermana... un casamiento tal vez?

En esta ocasión, Katherine logró distraer su atención.

– A decir verdad, Lady Elisabeth se fugó con Lord

Seymour, ¿lo recuerda? Un joven muy simpático... Pero el conde estuvo furioso, por supuesto, hasta que descubrió que cierta información que tenía respecto del joven Seymour era totalmente errónea.

—¡Qué! —chilló casi Katherine, tan sorprendida estaba—. ¿Quiere decir que todo fue para nada?

—¿A qué se refiere? No sé nada sobre eso —repuso él con aspereza—. Su padre mencionó el casamiento de su hermana al relatar la desaparición de usted, porque ambas se esfumaron el mismo día. Verá, George preveía una fuga, de modo que por un tiempo pensó simplemente que usted había ido con ellos como dama de compañía, ya me entiende. No se enteró de lo contrario hasta que los recién casados volvieron a casa, unas dos semanas más tarde. Ellos creen que usted ha muerto, mi señora.

Katherine lanzó un gemido de abatimiento.

—La... ah, la carta donde yo explicaba todo debe haberse perdido, no sé cómo. ¡Oh, esto es terrible!

—Quizás debas escribir otra carta a tu padre —dijo Dimitri, tenso, adelantándose por fin.

Al volverse, Katherine vio que el príncipe se había recuperado totalmente de su asombro. Por cierto, a juzgar por su expresión, su famoso mal genio estaba por explotar. Bueno, ¿y por qué diablos se enfurecía *él*?

—Dimitri, hijo mío... Es cierto, ya conoce a Lady Katherine Saint John, ¿verdad? Los vi bailar antes.

—Sí, Lady Katherine y yo nos conocemos, y si nos disculpa, embajador, quisiera hablar unas palabras con ella.

No dio tiempo a nadie para protestar, y menos a Katherine, a quien arrastró literalmente fuera del salón de baile y fuera de la casa. En los peldaños exteriores, ella tomó aliento, pero cuando se disponía a reconvenirlo, se sintió empujada dentro de una carroza, y fue el príncipe quien habló primero.

—¡Entonces todo es cierto! ¡Hasta el último detalle es verdad! ¿Sabes lo que has hecho, *Lady* Katherine? Tienes alguna idea de las repercusiones, del...

–¿Lo que *yo* hice? –exclamó ella con incredulidad–. ¿Por qué demonios te enfureces? Te dije quién era yo. Eres tú el condenado sabelotodo que no quiso creerme.

–¡Habrías podido convencerme! Habrías podido explicarme qué hacía la hija de un conde en la calle, sola, vestida con trapos.

–Pero sí te lo dije. Y no tenía puesto ningún trapo, sino el uniforme de mi doncella. ¡Te lo dije!

–¡No me lo dijiste?

–Claro que sí. Te dije que estaba disfrazada para poder seguir a mi hermana, porque creí que planeaba fugar. ¡Y ya ves! Elisabeth se fugó, sí. ¡Y yo habría podido impedirlo, de no haber sido por ti!

–Katia, no me dijiste nada de eso.

–Te digo que sí. Debo haberlo hecho. –Al ver su persistente ceño agregó, inquieta y brusca. –Y bien, ¿qué importancia tiene eso? Te dije mi nombre, mi categoría social. Hasta te enumeré mis conocimientos, algunos de los cuales demostré luego a la perfección. Pero hasta hoy, seguiste siendo tan obstinado que no aceptaste lo obvio. Dios santo, Marusia tenía razón. Ustedes, los rusos, se llevan todos los honores por la inflexibilidad de sus primeras impresiones.

–¿Has terminado?

–Sí, eso creo –replicó ella con enojo.

–Muy bien. Mañana nos casaremos.

–No.

–¿No? –volvió a gritar él–. Ayer mismo querías casarte conmigo. Hasta te enfureciste cuando expliqué que eso era imposible.

–Exactamente –repuso ella, con ojos que resplandecían sospechosamente húmedos–. Ayer no era yo lo bastante buena para ti. ¿Y hoy, de pronto, lo soy? Pues no, gracias. No me casaré contigo en ninguna circunstancia.

Apartándose de ella, Dimitri clavó una mirada mortífera y ceñuda al otro lado de la ventanilla. Katherine lo imitó. Si hubiese conocido mejor a Dimitri, aunque solo fuese un poquito, se habría dado cuenta de que él estaba furioso no tanto con ella, sino consigo mismo. Pero no lo sabía, y tomó a pecho el castigo que él le propinaba. ¿Cómo se atrevía a culparla por lo sucedido? ¿Cómo se atrevía a ofrecerle matrimonio *ahora*, si no la amaba, si lo hacía tan solo para satisfacer algún erróneo sentido de la expiación? Ella no lo aceptaría. No necesitaba la piedad de él. No necesitaba un marido que se casara con ella porque *tenía* que hacerlo. Su orgullo no se lo permitía, por Dios.

CAPITULO 37

El liso manto de nieve, sin marcas hasta donde llegaba la vista, daba la impresión de una tierra no tocada por el hombre, vacía de vida, desolada, o bien renacida, limpia de todos los estragos de la civilización. Esta escena era tan cegadoramente hermosa... arbustos convertidos en pequeñas colinas con pesadas capas blancas, abetos sin hojas que lanzaban sus oscuros dedos al encapotado cielo... una escena tan silenciosa, tan tranquila para un espíritu atribulado.

Dimitri Alexandrov se detuvo en el camino, o donde presumía que este se hallaba, pues la tormenta de nieve que acababa de azotar esa zona lo había borrado, junto con cualquier señal del terreno que pudiera indicarle que seguía estando en la senda correcta. Su anfitrión, el conde Berdiaev, le había advertido que no se aventurara afuera tan pronto; que debía permanecer allí una noche más, solo para tener la certeza de que la tormenta hubiera pasado. Dimitri se había negado.

Lo que había empezado como la simple necesidad de alejarse y estar solo por un tiempo, para poder pensar sin la presencia perturbadora de Katherine, se había convertido en una ausencia de San Petersburgo de casi una semana. El príncipe estaba de vuelta, después de cabalgar sin rumbo durante tres días, cuando se desencadenó inesperadamente la tormenta, obligándolo a pasar varios días más como huésped del conde. Lo consumía la impaciencia por llegar a casa. Ya había dejado sola a Katherine por demasiado tiempo, y el hecho de haberse marchado él la misma noche de su discusión con ella no ayudaba.

Hubo otro incentivo para que abandonara la residencia de Berdiaev tan pronto como amainara la tormenta: Tatiana Ivanova se había presentado allí con un grupo de diez personas, el cual incluía a Lysenko, buscando reparo contra la tempestad, tal como lo hiciera Dimitri. En la casa, la situación era intolerable, empeoraba cuando él tuvo la mala suerte de ver cómo Tatiana rompía su compromiso con Lysenko. A juzgar por sus miradas, era obvio que el sujeto culpaba a Dimitri por este giro de los acontecimientos.

En el silencio, la detonación de un arma fue ensordecedora. Sorprendido, Dimitri cayó de espaldas al encabritarse su caballo. La nieve amortiguó su caída, pero quedó sin aliento por un momento. Cuando alzó la vista, vio que su caballo asustado desaparecía a lo lejos, pero no fue eso lo que lo preocupó.

Rodando, se agazapó y escudriñó el bosque a sus espaldas. Vio de inmediato a Lysenko, ya que este no intentó ocultarse. El corazón de Dimitri se detuvo. Lysenko estaba por alzar su arma para disparar de nuevo... pero vaciló. Sus miradas se cruzaron a lo lejos, y la angustia que vio Dimitri lo hizo titubear. Entonces Lysenko bajó el arma y, con un tirón de riendas, hizo dar la vuelta a su caballo antes de emprender la carrera por donde había venido.

¿Qué demonios podía empujar a un hombre a hacer algo semejante? Dimitri creía saberlo: Tatiana. Era obvio; Grigori Lysenko creía que Dimitri era responsable por haberla perdido él.

—¿Qué te ocurre, Mitia? Ese individuo trató de matarte, y aquí te quedas tú, buscándole excusas. —Lanzó un suspiro de disgusto. —¡Dulce Jesús!, ahora hablo solo, igual que ella.

Se volvió para ver si su caballo se había detenido más lejos, pero no. No se lo divisaba por ninguna parte, aunque era muy fácil seguirlo. Dimitri volvió a suspirar. Justamente lo que él necesitaba: una larga caminata por entre los ventisqueros. Pero al menos podía hacerla. Aquel idiota podría haberlo matado, pero no había aprovechado la ocasión. Tal vez Lysenko tuviera conciencia, al fin y al cabo.

Dimitri cambió esa opinión cuando, una hora más tarde, encontró su caballo con una pata rota y tuvo que eliminarlo. Le quedó la irritante sospecha de que el conde Lysenko sabía exactamente lo que hacía. Sin conocer la zona, a horas de distancia de la residencia de Berdieaev, sin casas ni poblados a la vista, y bajo un cielo cada vez más amenazador, Dimitri tuvo la sensación de que estaba no solo varado, sino además en peligro de verse atrapado en otra tormenta sin reparo posible. En ese caso, sus posibilidades eran nulas.

Partió de inmediato en la dirección hacia donde antes se encaminaba. Se había alejado en demasía de la casa de Berdiaev para intentar el regreso allí, de modo que su única esperanza de encontrar reparo antes del anochecer era continuar la marcha.

No tardó mucho el frío en filtrarse a través del cuero de sus guantes y sus botas; sus extremidades se entumecieron. Su chaqueta con forro de piel le fue útil, pero no cuando descendió la temperatura al aproximarse el anochecer. Pero al menos ya no nevaba. Y poco antes de apagarse totalmente la última luz del día, Dimitri encontró un pequeño cobertizo, indicio de que había penetrado en la propiedad de alguien. Aunque mucho le habría gustado hallar a los dueños de esa propiedad, no se atrevió, pues no había ninguna casa a la vista. Estaba muy debilitado por andar entre la nieve todo el día y ya no había luz.

Aparentemente era un cobertizo abandonado, tal vez

utilizado como depósito en otra época, pero ya vacío, totalmente vacío. No había un solo elemento que Dimitri pudiera usar para encender fuego, salvo que quisiera arrancar tablas de las paredes y perder así el poco aislamiento que ellas ofrecían contra el frío. Con todo, era mejor que nada, y cuando llegara la mañana él podría encontrar la casa, que debía estar cerca.

Dimitri se acurrucó sobre el frío suelo de tierra, en un rincón, envuelto en su chaqueta, y se durmió deseando tener a su lado el tibio cuerpo de Katherine... no; era mejor que reservara sus deseos para simplemente poder despertar a la mañana, pues ese era uno de los riesgos de quedar expuesto al gélido clima de Rusia: dormirse con él y no despertar jamás.

CAPITULO 38

Desde la niebla vino hacia él Katherine, cálida y ardiente, y ya no estaba enojada con él. No lo culpaba por haberle arruinado así la vida. Lo amaba a él, solo a él. Pero cayó otra vez la nieve y ella empezó a esfumarse. Dimitri no podía verla a través de la nieve, no podía hallarla, pese a que corría muy lejos, pese a que la llamaba a gritos. Ella ya no estaba.

Cuando Dimitri Alexandrov abrió los ojos, lo que vio lo hizo sentir tan seguro de que estaba muerto, que tal vez habría tenido un ataque cardíaco si no hubiese visto con la misma rapidez a Anastasia y Nikolai también. Su mirada volvió a fijarse en la aparición.

—¿Misha?

—Ya ves, Nastia —rió entre dientes Mijail—. Te dije que no hacía falta esperar a que él se recuperara más.

—No lo sabías con certeza —protestó Anastasia—. Pudo haber tenido una recaída. Sé que yo la habría tenido ante un fantasma.

—¿Soy yo un fantasma? Debes saber...

–¡Dulce Jesús!– exhaló bruscamente Dimitri–. ¿Eres tú realmente, Misha?

–En carne y hueso.

–¿Cómo?

–¿Cómo? –repitió Mijail, sonriendo–. Pues, podría contarte cómo mis cobardes camaradas me abandonaron con tres heridas de sable, para dejar que mi sangre fertilizara la tierra. O podría contarte cómo los armenios me arrastraron hasta su campamento para divertirse conmigo antes de mi muerte. –Hizo una pausa de efecto, sonriendo de nuevo. –O podría contarte cómo la hija del jefe miró una vez esta famosa cara mía de Alexandrov y fastidió a su padre hasta que me entregó a ella.

–¿Y cuál me contarás?

–No dejes que se burle de ti, Mitia –intervino Nikolai–. Todo eso es cierto, si podemos creerlo, y supongo que debemos hacerlo, ya que se trajo consigo a esa misma princesa armenia.

–¿Es demasiado esperar que te hayas casado con ella, Misha? –arriesgó Dimitri.

–¿Demasiado esperar?

Nikolai rió.

–Sin duda eso le resulta de particular interés, ya que la tía Sonia lo persigue desde que se informó sobre tu muerte, Misha. Al pobre Mitia no le quedaba otra alternativa que casarse y conseguirse un heredero antes de que no quedara ningún Alexandrov.

Dimitri miró ceñudo a su hermano.

–Ya veo que encuentras humor en esa situación. Te aseguro que yo no.

–Bien, ya puedes quedarte tranquilo –informó orgullosamente Mijail a Dimitri–. No solo me casé con ella, sino que ya me ha dado un hijo, razón por la cual tardé tanto en volver. Tuvimos que esperar a que naciera el niño antes de que ella pudiera viajar.

Dimitri sí se tranquilizó, pero por pura debilidad.

–Puesto que se ha explicado tu fantasmal aparición, ¿alguien quisiera decirme qué hacen los tres rodeando mi cama, y cómo diablos llegué aquí? O es que solo soñé con quedarme varado en...

– No fue ningún sueño, Mitia. – Anastasia se sentó en la cama para ofrecerle un poco de agua. – Por un tiempo estuviste tan enfermo, que no sabíamos con certeza si te recuperarías.

– ¿Te burlas de mí otra vez? – inquirió Dimitri, pero ninguno de los tres sonreía –. ¿Por cuánto tiempo fue?

– Tres semanas.

– ¡Imposible! – explotó Dimitri.

Trató de incorporarse, pero se mareó y se volvió a recostar en la almohada, cerrando los ojos. ¿Tres semanas de su vida esfumadas, no recordadas? Lo abrumaron las emocions que esa posibilidad removía.

– Por favor, Mitia, no debes alterarte – insistió Anastasia con ceñudo gesto de preocupación –. El médico dijo que cuando recobraras el sentido por completo, tendrías que permanecer tranquilo y progresar con lentitud.

– Lo has pasado mal – agregó Nikolai –. Casi siempre ardías de fiebre, aunque hubo varias ocasiones en que despertaste y parecías perfectamente normal, haciéndonos pensar que estabas curado, pero la fiebre reaparecía.

– Sí, yo misma te conté tres veces cómo llegaste aquí y qué te ocurría – dijo Anastasia –. Estabas lo bastante despierto como para exigir, dar órdenes y fastidiar ¿No lo recuerdas?

– No – suspiró Dimitri –. ¿Cómo llegué aquí, si no te molesta decirlo de nuevo?

– Algunos soldados te encontraron mientras buscaban a un siervo fugitivo – explicó Anastasia –. Creyeron tenerlo en sus manos cuando vieron tus huellas, que conducían a ese refugio donde estabas. Nadie sabe con certeza cuánto tiempo habías estado allí, pues ya delirabas y no pudiste decirlo. Ni siquiera pudiste decirles quién eras.

– Te llevaron de vuelta a su cuartel, donde afortunadamente alguien te reconoció y nos envió un mensaje

—continuó Nikolai—. Cuando llegó allí Vladimir, estabas apenas lo bastante lúcido como para pedirle que te trajera a casa.

—Lo cual fue un error —agregó Anastasia—. Los sorprendió una tormenta que aparentemente ya se había desatado en esa zona varios días atrás, y les llevó varios días llegar aquí. Para ese entonces habías empeorado tanto, que temimos por tu vida.

—Estas mujeres —refunfuñó Mijail—. No comprenden que un hombre no permite que una nadería ponga fin a sus días, cuando hay maneras mucho más excitantes...

—Ahórrame por ahora tus sangrientas aventuras, Misha —dijo con fatiga Dimitri—. Al fin y al cabo, ¿cuándo has llegado aquí?

—Hace una semana. Vaya, yo que esperaba una gloriosa bienvenida y encuentro a todos sentados, con caras largas, preocupándose por ti.

—¿Todos? —se reanimó el príncipe—. ¿Katherine también?

—¿Katherine? ¿Quién es Katherine?

Nikolai rió por lo bajo.

—Se refiere a esa mujercita...

—Lady Katherine Saint John —dijo Dimitri mirándolo con enojo.

—¿Realmente? ¿Quieres decir que ella decía la verdad, aun con respecto a Sonia?

—Sí, y eso me recuerda algo: ¿qué ocurrió cuando la encontraste?

La pregunta, hecha en ese tono, tuvo el poder de hacer que Nikolai retrocediera, aun cuando no tenía nada que temer de Dimitri en ese momento, débil como estaba.

—Nada. Te aseguro que nunca me acerqué a ella siquiera.

—¿Alguien me dirá quién es esta Katherine? —repitió Mijail, sin obtener tampoco respuesta.

—¿Dónde está ella? —preguntó Dimitri, primero a Nikolai, cuya expresión desconcertada lo hizo volverse luego hacia su hermana—. Nastia, ¿ella está aquí o no?

–A decir verdad...

No pudo continuar, ya que su expresión inquieta advirtió al príncipe que ella le ocultaba malas noticias.

–¡Vladimir! –Ya frenético, se volvió hacia Nikolai.– ¿Dónde está? Tráinganmelo. ¡Vladimir! –repitió.

Anastasia lo obligó a recostarse en la cama mientras Nikolai salía a toda prisa.

–¡No puedes hacer esto, Mitia! Tendrás una recaída...

–¿Sabes dónde está ella?

–No, no lo sé, pero sin duda lo sabe tu criado, así que si te calmas y esperas a que él llegue aquí...

–¿Mi señor? –Vladimir apareció y se acercó a la cama, ya enterado del desasosiego de Dimitri. –Fue a la Embajada Británica, mi señor.

–¿Cuándo?

–El día después de su partida. Está allí todavía.

–¿Estás seguro?

–Ordené a un hombre que vigilara, mi señor. No la ha visto salir aún.

La tensión se disipó, dejando a Dimitri tan débil que casi no pudo mantener los ojos abiertos. Mientras supiera dónde estaba ella...

–Ahora, ¿alguien me dirá quién es esa tal Katherine? –insistió Mijail.

–Será tu cuñada, Misha, tan pronto como yo vuelva a estar en pie. De paso, me alegro de tenerte de vuelta –agregó Dimitri poco antes de quedarse dormido.

–Yo tenía la impresión de que no estaba muy entusiasmado por casarse –comentó Mijail, mirando inquisitivamente a sus hermanos.

Tanto Nikolai como Anastasia sonreían al salir del cuarto sin hacer ruido, pero fue Nikolai quien sugirió:

–Me parece que alguien ha cambiado de idea.

CAPITULO 39

– Lady Katherine, ¿recibirá usted esta mañana?

Con un suspiro, Katherine apartó la vista de los libros de cuentas.

– ¿Quién es esta vez, Fiona?

¿Cuándo dejarían sus vecinos de ser tan fisgones?

– Dijo que era la duquesa de Albemarle.

Katherine se limitó a mirar a la joven con fijeza, mientras el color abandonaba lentamente su rostro. ¿La abuela de Dimitri? ¿Aquí? Acaso eso significaba... No, si Dimitri estuviera en Inglaterra, él mismo habría acudido. ¿O no?

– ¿Mi señora?

Katherine fijó otra vez la vista en la doncella.

–Sí, la recibiré. Llévala al... aguarda, está sola, ¿verdad? –Al ver que Fiona asentía con la cabeza, continuó: –Muy bien. Pensándolo bien, trae aquí a esa dama. Mi oficina es más informal. Y trae también algún refrigerio, Fiona.

Katherine no se movió de atrás de su escritorio. Permaneció sentada, mordisqueando entre los dientes la punta de su pluma de escribir, y poniéndose cada vez más nerviosa a cada segundo que pasaba. ¿Por qué venía a verla la abuela de Dimitri? No era posible que supiese nada. Nadie sabía la verdad, ni siquiera su padre.

El conde había sido muy comprensivo en la carta que ella había recibido de él antes de partir de Rusia; pero eso fue en respuesta a la carta enviada por ella, que estaba compuesta de intrincadas mentiras destinadas a calmar su preocupación y asegurarle que ella estaba muy bien, aunque no lista para volver a su país todavía. No podía decirle la verdad, pues un padre tenía el deber de vengar el honor de su hija y Katherine no quería nada de eso. La versión de haber sido secuestrada por error y acabar en Rusia fue lo más que se acercó a la verdad. Utilizó la excusa que había dado al embajador, afirmando que *había* escrito inmediatamente después de llegar a Rusia, pero la carta debía haberse extraviado y ella acababa de enterarse de que nadie sabía qué le había ocurrido. Y luego, a su manera indómita, le informaba que, ya que se le había obligado a viajar, lo aprovecharía y viajaría un poco más. Esto no alegró mucho al conde, pero le deseó buena suerte y le envió una considerable suma de dinero para cubrir los gastos de su hija.

Sí, el conde había comprendido hasta que ella llegó a Inglaterra con Alek, tres semanas atrás. No comprendió en absoluto la presencia de Alek, ni por qué Katherine se negaba a disculparse por esa presencia, diciendo simplemente que se había enamorado y que los hijos son el resultado habitual de tales acontecimientos. El mayor motivo de discordia entre ambos fue que ella se negaba a mencionar al padre del niño, diciendo solamente que lo había conocido mientras recorría Rusia y que no, simplemente no quería casarse con él. ¿Qué diría a la gente? Absolutamente nada.

Katherine no era la primera en traer a casa un nieto después de sus viajes, pero no estaba dispuesta a sostener que era un huérfano a quien había encontrado. Esa excusa había sido dada con tal frecuencia por otras damas de alta cuna, que simplemente no se le habría creído. Como no se la consideraba de las que se gratifican con amoríos, Katherine confiaba en que los rumores y especulaciones a su respecto no fueran tan dañinos. Los hechos le dieron la razón. La opinión general, aunque ella ignoraba que la había iniciado la querida Lucy, era que ahora Katherine era viuda, tan devastada por la muerte de su marido que se negaba a hablar de él.

Esto la divertía. Le permitía hacer caso omiso de todas las preguntas sobre el padre de su hijo sin la menor turbación. Y tampoco estaba avergonzada. Estaba, por cierto, tan orgullosa de su hijo que le encantaba mostrarlo a todos aquellos que pedían verlo. Pero "todos aquellos" no incluían a la abuela de Dimitri.

Desafortunadamente, Alek tenía ese famoso rostro de los Alexandrov, así como el color de tez de su padre. Claro que a Katherine le encantaba su aspecto, pero era demasiado evidentemente un hijo de Dimitri. A la duquesa le bastaría mirarlo para descubrir el parecido. En algún futuro encuentro entre Dimitri y su abuela, se mencionaría el hijo de Katherine, notablemente parecido a los Alexandrov, y entonces Dimitri sabría que ella se había marchado sabiendo que llevaba en sus entrañas un hijo de él; que se había negado a casarse con él sabiendo que así le negaría su heredero. No recibiría esa información de buen grado. Hasta podría tratar de arrebatarle a Alek. Ella no podría correr ningún riesgo.

Al oír que alguien se despejaba levemente la garganta, Katherine se incorporó con presteza y nerviosidad.

—Señora, entre usted, por favor. —Indicó una silla, frente a su escritorio. Tengo entendido que conoce usted a mi padre... Está en Londres, por si ha venido a verlo...

—Estoy aquí para verla a usted, querida mía, y por favor, dejemos de lado las formalidades. Me gustaría que me llame Lenore.

Lenore Cudworth no se parecía nada a lo que habría esperado Katherine, aunque no sabía qué había esperado en realidad, salvo que algunas damas de la misma jerarquía y edad de la duquesa se aferraban a las antiguas costumbres, al extremo de usar ropas anticuadas, algunas inclusive empolvándose aún el cabello. Lenóre lucía un traje de viaje muy elegante, de color vívido, mientras que su único detalle acorde con su edad era su cabello, pulcramente peinado en un estilo anterior que le sentaba muy bien. Era gris plateado, aunque su rostro mostraba pocas arrugas. Era todavía una mujer muy hermosa y Katherine se acordó al ver de dónde heredaba Dimitri sus ojos color pardo oscuro, ya que los de ella eran exactamente iguales, aunque un poco más cálidos, rodeados por más arruguillas.

–No debe ponerse nerviosa.

–No lo estoy –le aseguró Katherine. Rayos, empezaba mal–. Y por favor, llámeme Kate. Mi familia me llama así.

–¿Y cómo la llama Dimitri?

Los ojos de Katherine se agrandaron, delatándola antes de que pudiera preguntar "¿Qué Dimitri?"

–¿Para qué ha venido? –preguntó en cambio sin rodeos, ya temerosa.

–A conocerla. A satisfacer una curiosidad. Acabo de enterarme de que usted ha vuelto a Inglaterra.

–No habría creído que era usted de las que husmean en busca de un escándalo.

A pesar de sí misma, Lenore rió.

–Oh, mi querida Kate, cuán deliciosamente estimulante es conocer a alguien que no mide sus palabras. Pero no, le aseguro que no soy una propagadora de escándalos. Verá, el año pasado recibí una carta bastante larga de la tía paterna de Dimitri... ¿Aceptaremos que conoce usted a mi nieto? –Leonore sonrió, impávida, cuando Katherine ni siquiera pestañeó. –Pues, de cualquier manera, a la tía de Dimitri, Sonia, le encanta quejarse ante mí de sus muchos pecadillos amorosos. Me ha escrito durante años, sin duda procurando convencerme de que el pobre muchacho es una causa perdida, lo cual nunca creí ni por un momento. Habría desalentado sus cartas si no fuesen tan divertidas. Pero esta carta en particular no fue nada divertida. Me decía que ahora Dimitri se traía sus... ¿mujeres, digamos?

343

Que ahora se traía sus mujeres de Inglaterra y que había llegado al extremo de instalar una en su propio hogar.

Katherine estaba muy pálida.

—¿Acaso mencionó a esa mujer?

—Me temo que sí.

—Entiendo —suspiró la joven—. Verá usted, ella nunca entendió por qué estaba yo allí. No era lo que ella pensaba, ciertamente. Y dudo que Dimitri haya confesado alguna vez... oh, esto no tiene nada que ver. Usted... usted no trajo esa información a mi padre, ¿verdad?

—¿Por qué iba yo a hacer tal cosa?

—Para tranquilizarlo. Por un tiempo, después de mi desaparición, él me creyó muerta.

—Quiere decir... Lo siento, querida, no tenía la menor idea. Yo sabía de su ausencia de Inglaterra, pero no que George ignorara su paradero. Se presumió que usted había ido a recorrer Europa. Pero ¿no fue eso un poco desconsiderado de su parte? Me doy cuenta de que Dimitri atrae mucho a las mujeres, pero huir con él así como así...

—Permítame —la interrumpió bruscamente Katherine—, pero ocurre que no tuve otra alternativa.

La duquesa se ruborizó.

—Entonces lo lamento realmente, querida mía. Y es evidente que he venido aquí con una impresión errónea. Pensaba... presupuse... que usted había tenido amoríos con mi nieto y que tal vez el hijo con quien usted volvió fuera de él. Ya ve, oí hablar del niño, y había tenido la esperanza, realmente la tengo todavía... Me refiero a que...

—¡Alek no es hijo de Dimitri!

Sorprendida por la enfática negativa, Lenore se echó atrás.

—No quise sugerir... Y bien, sí, supongo que sí. Perdóneme. Pero teniendo en cuenta que casi todas las mujeres hallan bastante irresistible a mi nieto, fue natural presumir... Oh, al infierno con todo, Kate, quisiera ver al niño.

—No. Quiero decir, está durmiendo y...

—No me molesta esperar.

–Es que no se siente muy bien. Realmente no creo que fuese buena idea importunarlo.

–¿Por qué me esquiva? Hablamos del hijo de mi amado nieto.

–No lo es –insistió Katherine furiosa, pues no le gustaba sentirse arrinconada, pero totalmente incapaz de pensar claramente, dada su ansiedad–. Ya le dije que Dimitri no es el padre de mi hijo. Vaya, si me dejó en Novii Domik durante meses. ¿Sabe usted cuántos hombres hay en Novii Domik? Centenares. ¿Hace falta que diga más?

Lenore sonrió.

–Bastaba con que dijera que nunca tuvo relaciones íntimas con Dimitri, pero no lo dijo, ¿o sí? No, y tampoco me convencerá de que es de las que corretean de un hombre a otro, así que no se moleste en intentarlo. El niño no lo sabe, ¿verdad? ¿Eso es lo que teme?

–Lo siento, pero tendré que pedirle que se marche –replicó duramente Katherine.

–Muy bien, querida mía, usted gana por ahora –repuso Lenore, en tono amable todavía. No sucumbió a la emoción, como lo hacen tan a menudo los jóvenes. Empero, fue muy firme al agregar una predicción–. Pero tarde o temprano veré a su Alek. No permitiré que se me niegue mi primer bisnieto, aun cuando tenga que traer aquí a su padre para zanjar la cuestión.

–No se lo aconsejaría –replicó Katherine, dominada por la exasperación–. ¿Se da cuenta de lo furioso que se pondría si usted lo trajese aquí para nada? Y sería para nada.

–No sé por qué, pero lo dudo.

CAPITULO 40

—¿Y bien? —inquirió Dimitri Alexandrov.

Vladimir entró al comedor con gran renuencia.

—Ella no quiso aceptar las flores, mi señor, ni su carta. Me fueron devueltas, la carta sin abrir.

Dimitri golpeó la mesa con el puño, derramando el vino y derribando el candelabro. Un lacayo se precipitó a sostenerlo antes de que se iniciara un incendio. El príncipe ni siquiera lo advirtió.

—¿Por qué no quiere verme ella? ¿Hice algo tan terrible? Le pedí que se casara conmigo, ¿verdad?

Vladimir no dijo palabra. Sabía que las preguntas no eran para él. Ya las había oído cien veces. De cualquier manera, él no tenía respuestas. Ignoraba qué había hecho el príncipe, salvo que fuese lo mismo que él había hecho, y Virgen María, cuán a menudo se había preguntado cómo había podido ser tan estúpido, tan ciego, tan increíblemente perverso para juzgar. Cómo se lo había refregado Marusia en la cara, regocijándose porque ella lo había sabido

346

siempre, mientras que él se había atenido obstinadamente a sus errores acerca de Lady Katherine.

—Tal vez si usted...

Vladimir no pudo continuar, pues el lacayo de la puerta lo interrumpió anunciando:

—La señora duquesa...

Tampoco ese individuo pudo continuar, ya que la abuela de Dimitri lo empujó a un lado y entró a la habitación. Era obvio que estaba muy alterada, aunque en su sorpresa Dimitri, que se incorporó velozmente, no lo advirtió.

—¡*Babushka*! (Abuelita).

—No me llames *"babushka"*, hombre desconsiderado e irresponsable —repuso Lenore agriamente, rechazándolo cuando él intentó abrazarla—. ¿Imaginas cómo me avergoncé cuando me preguntaron qué hacías tú de vuelta en Londres tan pronto, si había estado aquí tan solo unos meses atrás, y yo no sabía que estabas aquí ahora ni entonces? ¿Qué te propones al venir a Inglaterra y no visitarme, ni siquiera decirme que estás aquí, no una, sino dos veces?

Dimitri tuvo el donaire de ruborizarse.

—Te debo disculpas.

—Me debes más que eso —replicó la duquesa—. Me debes una explicación.

—Por cierto, pero siéntate. Bebe un vaso de vino conmigo.

—Me sentaré, pero no quiero vino.

Se sentó y, de inmediato, empezó a tamborilear con los dedos en la mesa, a la espera, colérica, impaciente. Con un ademán, Dimitri hizo salir a los sirvientes y volvió a su sitio, sintiéndose muy arrinconado. ¿Qué podía decirle? No la verdad, por cierto.

—Iba a verte, *babushka* —empezó.

—¿Con tres semanas de retraso?

Entonces ella sabía que él estaba en Inglaterra desde tanto tiempo atrás. Se preguntaba qué más sabía, cuando Lenore agregó:

–Te escribí hace no más de un mes, y sé muy bien que no pudiste recibir mi carta, de modo que no estás aquí por eso. Y ahora, habla. ¿Qué haces aquí, y por qué debo ser yo la última en saberlo?

–¿Tú me escribiste? ¿Fue por algo importante?

–No me podrás eludir, Dimitri. Exijo saber qué te propones. Vamos, si hasta obligas a mi hijo a que me oculte secretos. Debe saber que estás aquí, o no estarías utilizando la casa urbana.

–No debes culpar al tío Thomas –suspiró Dimitri–. Le pedí que no dijera nada por ahora, porque sabía que tú insistías en que fuera al campo a visitarte. Pero lo que estoy haciendo es demasiado importante... Debo quedarme en Londres, *babushka*. Tengo que asegurarme de que ella no vuelva a desaparecer.

–¿Quién?

–La mujer con quien quiero casarme.

Lenore alzó de pronto las cejas.

–¿Ajá? Según recuerdo, dijiste que estarías casado a fines del año pasado. Cuando eso no ocurrió, y cuando recibí tus noticias sobre el regreso de tu hermanastro de entre los muertos, presumí que ya no tendrías mucha prisa en atarte a ninguna mujer.

–Eso fue antes de conocer a Katherine.

–¡No será Katherine Saint John! –exclamó Lenore.

–¿Cómo lo supiste? No, no me lo digas. Supongo que hice el papel de estúpido total. Fui rechazado de su puerta tantas veces, que la ciudad entera debe saberlo. Y perseguirla por Piccadilly fue una locura, especialmente cuando ella logró eludirme igual.

–Muy bien, interpreto que seguiste hasta aquí a Lady Katherine, y por eso estás ahora en Londres. Pero ¿y antes, este mismo año?

–También entonces buscaba a Katherine. Pensé que había vuelto aquí, pero me equivocaba. Todo lo que pude averiguar entonces, fue que supuestamente viajaba por Europa, nadie sabía exactamente dónde.

–Al menos habrías podido venir a verme por un día

348

o dos, ya que estabas aquí −se lamentó la duquesa.

−Lo siento, *babushka*, pero en ese entonces no era yo buena compañía. Por cierto, me alteré mucho cuando descubrí que Katherine no estaba aquí, como yo suponía, y no tenía idea dónde buscarla luego.

−¿Estabas desesperado, eh? −Lenore sonrió entonces por primera vez. −Si no te conociese mejor, podría pensar que estabas enamorado.

−¿Es tan imposible eso? −inquirió ceñudo el príncipe.

−No, por supuesto que no. Solo que conocí a Lady Katherine y es una mujer formidable, pese a ser tan menuda. No la verás corriendo a satisfacer tus deseos, hijo mío. Tampoco la verás coincidir con todas tus opiniones. Hace demasiado tiempo que maneja las cosas a su manera y no será fácilmente adaptable a un rol subordinado, si en efecto es adaptable, cosa que dudo sobremanera. Es una dama que sabe lo que piensa, no exactamente del tipo que habría esperado que quiere por esposa un hombre de tu temperamento.

−No me estás diciendo nada que yo no sepa ya.

−No, ¿eh? −rió entre dientes la duquesa.

Habría podido decirle una o dos cosas, pero decidió lo contrario. ¿Por qué dar al muchacho armas que no necesitaba? Había tenido todo con demasiada facilidad en su vida. No le haría daño tener que poner cierto esfuerzo para lograr lo que quería esta vez, y si la pequeña Kate le hacía pasar un mal rato, tanto mejor. Por supuesto que, si al final no lograba conquistar a la dama, sería otra historia. Lenore no permitiría que le negaran su primer bisnieto.

−¿Dices que Katherine no quiere verte? −inquirió entonces la duquesa−. ¿Y por qué?

−Ojalá lo supiera. La última vez que estuvimos juntos discutimos, pero claro que discutíamos a menudo, de modo que eso no fue nada extraordinario. Ella acababa de convertirse en mi... en fin, eso nada tiene que ver. El caso es que huyó, desapareciendo por completo, y ahora que finalmente he vuelto a encontrarla, se niega a hablar conmigo. Tengo mucho que enmendar, ciertamente, pero ella no quiere darme siquiera la ocasión. Es como si temiera verme.

—Si lo teme o no, es al margen. Si la quieres, hijo mío, tendrás que encontrar un modo, ¿verdad? Y creo que me quedaré un tiempo en Londres para observar tus avances. Por supuesto, recordarás invitarme a la boda, si es que la hay.

Dimitri permaneció donde estaba después de marcharse su abuela, el humor de ella muy mejorado, el de él mucho peor. Ojalá no hubiera tenido la sensación de que ella sabía algo que él ignoraba.

CAPITULO 41

−Kit, ¿estás levantada? −Elisabeth llamó a la puerta; luego se sobresaltó al verla abrirse en seguida. −. Oh, ya veo que sí.

−Por supuesto. La pregunta es, ¿qué haces tú tan temprano?

−Pensé que esta mañana podríamos salir juntas, a cabalgar o de compras, ya sabes, como solíamos hacer antes.

Katherine se echó a andar por el pasillo, acompañada por su hermana.

−Me agradaría, pero realmente tengo demasiado...

−Oh, vamos, Kit. Solo tengo estos dos días para ir de visita mientras William está ausente por negocios. A decir verdad, él pensó que era una necedad de mi parte pasar aquí el fin de semana, cuando nuestra casa se halla a solo unas calles de distancia.

−Tienes razón −asintió Katherine, sonriente.

–Tonterías. Solo quise que fuese una vez más como en otros tiempos, antes de que tú... es decir...

–¿Antes de que yo qué?

–Oh, ya sabes.

–Beth –dijo Katherine en tono de advertencia.

–Oh, antes de que te casaras tú también, o algo parecido, y...

–No me voy a casar, Beth, ¿por qué demonios lo pensaste?

–Oye, no te enfades tanto. ¿Qué iba yo a pensar? Te diré, no es ningún secreto lo que ha estado sucediendo aquí. Tus criados están emocionadísimos al respecto, y ellos, por supuesto, contaron todo a mi doncella. El hombre más apuesto del mundo llama a tu puerta dos veces por día, te envía regalos, flores y cartas...

–¿Quién dijo que es apuesto?

Elisabeth rió.

–Francamente, Kit, ¿por qué estás tan a la defensiva? Lo he visto, por supuesto. Un príncipe ruso es, naturalmente, una curiosidad –continuó. Ambas habían llegado al comedor, donde el conde desayunaba, pero Elisabeth no puso fin a la conversación–. Me lo señalaron varias semanas atrás y yo no podía creer que tú lo conocieras en realidad. Y después me enteré de lo persistente que ha sido él tratando de verte. ¡Es tan excitante! ¿Cómo lo conociste? Por favor, Kit, debes contármelo todo.

Katherine se sentó sin hacer caso de la mirada que le lanzó su padre. También él esperaba oír su respuesta, pero ella se empecinó en guardarse para sí la verdad.

–No hay nada que contar –dijo con indiferencia–. Simplemente lo conocí en Rusia.

–¡Nada que decir! –resopló George Saint John–. Es él, ¿verdad?

–No, no es –repitió Katherine, quien había respondido esa misma pregunta seis o siete veces en las últimas tres semanas.

–¿Se refieren al padre de Alek? –exclamó Elisabeth.

– Oh, cállate, Beth. No importa quién sea. No quiero tener nada que ver con él.

– Pero ¿por qué?

Katherine se puso de pie, fijando primero en su hermana y luego en su padre una mirada que decía que ya estaba harta.

– Iré al parque con Alek. Cuando vuelva, no quiero oír que se me vuelva a mencionar ese hombre. Tengo edad suficiente para tomar mis propias decisiones, y he decidido que no quiero volver a verlo nunca más. Es cuanto hay que decir.

Cuando ella salió, Elisabeth miró a su padre, cuya expresión indicaba que estaba sufriendo por su propio arranque de exasperación.

– ¿Qué supones que hizo ese hombre para que Katherine se encolerizara tanto con él?

– ¿Encolerizada? ¿Crees que se trata de eso, nada más?

– Por supuesto. Si no, ¿qué motivo tendría ella para no querer siquiera hablar de él? ¿Has hablado *tú* con él?

– Nunca estoy en casa cuando él viene –admitió George–. Pero tal vez deba hacerle una visita. Si es el padre de Alek...

– Oh, no, tú no debes obligarlos a casarse. Ella nunca te lo perdonaría, salvo, claro está, que se reconcilie con él. Pero ¿cómo puede hacerlo si no lo quiere ver?.

Katherine se paseaba por el linde de los árboles, buscando sombra. Además, vigilaba a Alek, que jugaba al sol, sobre su manta, aunque su nodriza, Alice, estaba sentada junto a él. Era mediados de setiembre, pero después de pasar todo un invierno en Rusia, el sol de Inglaterra, aun en esa época del año, incomodaba a Katherine si permanecía mucho tiempo expuesta a él. Pero a Alek le encantaba, y le encantaba también observar las hojas otoñales que el viento arrastraba.

A los cuatro meses y medio, se estaba volviendo mucho más activo y era mucho más difícil de manejar. En ese momento su dicha, ahora que lo había descubierto, era mecerse de un lado a otro sobre las manos y las rodillas. Según su nodriza, su etapa siguiente sería gatear. Katherine habría deseado saber más sobre niños, pero estaba aprendiendo con rapidez, y además se regocijaba con cada fase nueva del aprendizaje de Alek.

—¿Katia?

Katherine giró sobre sí misma, instantáneamente enfurecida, lanzando fuego por los ojos, pero al mirar una sola vez a Dimitri, las acaloradas palabras se le atascaron en la garganta. Menos mal. No quería que él supiera que aún podía encender sus emociones. Dimitri la miraba con fijeza, sin una sola mirada a Alek. Ella no tenía nada que temer todavía.

Un momento más tarde se enorgulleció, cuando su voz brotó con tanta calma.

—Seguramente, esto no es ninguna coincidencia.

—Yo no dejo esas cosas al azar.

—No, me lo imagino. Muy bien, Dimitri, ya que al parecer no te darás por vencido ni te irás a tu país, dime qué es tan importante como para que debas...

—Te amo.

Oh, Dios, fantasías otra vez, vívidamente claras, a plena luz del día. Katherine necesitaba sentarse pronto, pero no habiendo cerca ningún banco (no iba a desplomarse a los pies de él), debió contentarse con el tronco del árbol más próximo, y se encaminó vacilante hasta apoyarse en él, agradecida. Acaso él se esfumara, como suele ocurrir con las fantasías.

—¿Me oyes, Kate?

—No es cierto.

—¿Qué cosa?

—Que me amas.

—Más dudas. —El tono del ruso se tornó brusco, pero

ella no quiso mirarlo. –Primero mi abuela, ahora tú. ¡Dulce Jesús! ¿por qué es tan imposible creer que yo pueda...?

–¿Viste a tu abuela?... Oh, qué pregunta estúpida. Claro que debes haberla visto. ¿Te dijo que vino a verme recientemente?

Dimitri clavó la mirada en Katherine. Ella eludía sus ojos, mirando al costado de él, a todas partes menos a él. ¿Qué le ocurría? Hacía casi un año que no la veía. ¡Un año! Tuvo que luchar contra el ansia de estrecharla en sus brazos. Y ella, ella cambiaba de tema cuando él intentaba decirle que la amaba. A ella no le importaba. Sinceramente no le importaba. Era como un cuchillo destripándolo, pero en vez de sangre brotaba ira.

–Muy bien, Katia, hablaremos de mi abuela –dijo con voz helada–. Sí, mencionó haberte conocido. También cree que no nos llevaremos bien, lo mismo que evidentemente crees tú.

–Y así es.

–¡Sabes perfectamente que nos llevaríamos bien!

–¡No hace falta que grites! –se enojó ella–. ¿Acaso yo te grité? No, aunque *yo* tengo todos los motivos para hacerlo. Tú me usaste, Alexandrov. Me usaste para dar celos a tu Tatiana. Nunca fuiste de viaje a Austria. Estuviste siempre en San Petersburgo, penando con el corazón roto porque tu princesa eligió a otro hombre en tu lugar.

–¿Dónde oíste tales disparates? –inquirió furiosamente él–. Es verdad que no fui a Austria. Esa fue simplemente la excusa que necesitaba por no enviar en tu busca a tiempo para que zarparas hacia Inglaterra. Pero mentí porque no soportaba el que me dejases. ¡Dulce Jesús! –explotó–. ¿Crees que me habría mantenido lejos de ti en Novii Domik durante tantos meses por cualquier otra razón? Necesitaba esa excusa para impedir que te alejaras de mí. ¿Qué tiene eso de malo?

–Nada, si fuese la verdad, pero no creo ni una palabra –repuso Katherine con obstinación–. Solo querías tenerme cerca para dar celos a Tatiana. Es a ella a quien amas, y sin embargo te habrías casado igual conmigo. Pues yo no necesito esos gestos grandiosos de nadie, gracias. Y para tu información, te habrías casado conmigo para nada. Volví a mi país sin que el menor escándalo acompañase a mi nombre, de modo que no necesité que te sacrificaras por mí. Si alguien habla de mí, es para compadecerme. Verás, de algún modo se difundió el rumor de que me fugué al mismo tiempo que mi hermana, lo cual desorientó a mi padre, por así decir. Pero mientras ella tiene un marido que mostrar, yo, desgraciadamente, perdí el mío.

–¡Viuda! –resopló Dimitri–. ¡Todos te creen viuda!

–No estimulé esa presunción, pero eso nada tiene que ver. Se trata de que mi reputación sigue intacta. Perdiste el tiempo buscándome, Dimitri, si pensabas que el matrimonio limpiaría tu conciencia.

–¿Eso crees realmente? ¿Que vendría hasta Inglaterra tan solo por una conciencia intranquila, no una sino dos veces?

–¿Dos veces?

–Sí, dos veces. Cuando no pude encontrarte en ninguna parte de San Petersburgo, tuve que presumir que tu amigo el embajador te había hecho salir del país. Estuve a punto de zurrar a ese hombre por su insistencia en que ni siquiera te había vuelto a ver después de la noche del baile.

–¡Oh, no lo habrás hecho! –exclamó ella.

–No; desahogué mi furia en otra parte, sobre un sujeto que lo merecía igualmente.

Al ver el destello de satisfacción que apareció por un instante en los ojos del príncipe, Katherine se estremeció, compadeciendo al responsable de ese destello. –¿Vive todavía ese individuo? –preguntó con un hilo de voz.

Dimitri rió irónicamente.

–Sí, aunque es una lástima. Y creo que, después de todo, hasta es posible que se case con Tatiana. Verás, la muy estúpida pensó que nos peleábamos por ella. Y cuando no fui a reclamarla como vencedor fue a consolar al perdedor. Pero en cuanto me incumbe, Katia, que se quede él con ella. No la amo. Jamás la he amado. A decir verdad, quedé enormemente aliviado cuando ella eligió a Lysenko en mi lugar. Lysenko no lo creyó, por supuesto, pero él estaba enamorado de ella. Cuando ella rompió con él, el muy idiota me culpó, y pensó que si se libraba de mí podría reconquistarla.

Katherine palideció súbitamente.

—¿Qué quiere decir librarse de ti?

—¿Preocupada, pequeña? Entenderás que me resulta difícil de...

—¡Dimitri! ¿Qué hizo él?

El príncipe se encogió de hombros.

—Fue responsable de que me quedara varado en una tormenta de nieve, lo cual me costó un mes y medio en cama. Lapso durante el cual, podría agregar, tú abandonaste convenientemente el país.

—¿Nada más? —preguntó ella con alivio—. ¿No te hirió ni nada? —Al ver su expresión de enojo, sonrió débilmente. —Lo siento. No quise tomar a la ligera lo que... ¿Un mes y medio? Debe haber sido un resfriado terrible. En fin, si quieres saberlo, no salí de Rusia, al menos hasta este verano.

—Mientes, demonios. Tuve gente buscándote por todas partes, mujer. Hice vigilar la Embajada, seguir al embajador, sobornar a sus sirvientes...

—Pero él te decía la verdad, Dimitri. No me había visto. Oh, sí fui a la Embajada cuando salí de tu casa, pero antes de que pudiera ver al embajador, conocí a la condesa Starov. Es una mujer tan amable, y tan fácil hablar con ella. Cuando mencioné que necesitaba un lugar donde alojarme por un tiempo, me abrió generosamente su hogar.

—No crees que Vladimir haya sido tan descuidado que no te haya hecho seguir ese día, ¿verdad?

—Al contrario —replicó ella—. Exactamente por eso, la condesa sugirió que yo cambiara de ropas con su doncella. Salí por donde había entrado, sin que nadie se diera cuenta, y pasé el resto del invierno con Olga Starov. ¿La conoces? Es una señora tan buena, aunque un poquitín excéntrica, y...

–¿Por qué creíste necesario ocultarte de mí? ¿Sabes que casi enloquecí preocupándome porque tú viajaras en pleno invierno?

–No me oculté –protestó la joven, pero se corrigió–. Bueno, tal vez al principio sí. Es que... –No, no iba a admitir que temía que, si volvía a verlo, toda su firme decisión se desbarrancaría, sin mencionar que se habría revelado su estado. –Digamos que aún estaba muy enojada por... por...

–¿Sí? ¿Porque te usé? ¿Porque te mentí? ¿Porque estaba enamorado de otra mujer?

Su tono burlón y cáustico la quemó. Sus mejillas se tiñeron de rojo. ¿Realmente ella había creído todo eso? ¿No había sospechado, el día en que él se había presentado en la residencia Brockley, llenándola de pánico y haciéndola huir a Londres, que él no habría estado allí si hubiese amado a otra mujer?

Piénsalo, Katherine. No has podido hacerle frente en estas últimas semanas porque sabías que odiabas haberte equivocado. También sabías que estaría furioso contigo por ocultarle a Alek. Tuviste miedo, puro y simple.

Pero ni una vez había pensado que él pudiera amarla. Había relegado esa posibilidad al reino de la ficción. ¿Acaso esos sueños podían hacerse realidad? Pero olvidaba la reacción de Dimitri al enterarse de la verdad en cuanto a su identidad.

–Tú no querías casarte conmigo, Dimitri. Te enfureciste al pensar que tendrías que hacerlo. Tan encolerizado estabas, que dejaste la ciudad. ¿Sabes cómo me hizo sentir eso?

–Para ser una mujer inteligente, Katia, a veces evidencias una marcada falta de sentido común. Estaba furioso conmigo mismo, no contigo. Esa misma noche, antes de saber quién eras, dije a Vasili que había decidido no casarme con nadie si no podía casarme contigo. Y la ironía es que, menos de un mes más tarde, Misha llegó a casa con esposa y un hijo.

–Pero yo creía...

–Todos lo creíamos, pero no estaba muerto. Y su regreso me liberó de mis obligaciones. Entonces habría podido casarme contigo, Katia, sin tener en cuenta quién eras. Pero esa noche del baile, solo pude pensar en cuánto te había perjudicado y cuán imposible era que me perdonaras. Quedé espantado por mi propia conducta, dado especialmente que había visto la verdad en el retrato tuyo que hizo Nastia, pero la desconocí obstinadamente para poder mantener cierto control sobre ti. Admitir quién eras significaba arriesgarme a perderte, y no podía soportar eso. Pero te perdí de todos modos.

–Dimitri...

–Lady Katherine, las mejillas de Alek se están poniendo rosadas –interrumpió Alice–. ¿Quiere que lo lleve a la sombra, o debo llevarlo ahora a casa?

Katherine gimió por dentro, y miró con enojo a la mujer, deseosa de estrangularla por llevar a Alek tan cerca de su padre. Pero Dimitri apenas miró a la nodriza y al niño. Simplemente fijó en Katherine una mirada inquisitiva, como si presupusiera... ella no sabía qué. Sin embargo, antes de que ella pudiera decir algo, contestar a la nodriza, decirle a él alguna mentira o hasta la verdad, Dimitri debió haber meditado sobre la pregunta de la nodriza y llegado a la verdad por su cuenta.

Volviéndose bruscamente, clavó la mirada en Alek con una intensidad que paralizó a Katherine. Luego tomó al niño de los brazos de la nodriza, contemplándolo, observando cada pequeño detalle, y Alek lo miró a su vez en silencio, fascinado como siempre por algo nuevo. Y por cierto que su padre era nuevo para él.

–Lo siento, Dimitri –dijo Katherine con un hilo de voz–. Iba a decírtelo cuando me reuniera contigo en San Petersburgo. Iba a hacerlo, de veras. Pero después de lo que tú dijiste ese primer día, decidí esperar, y entonces... después del baile, estaba demasiado alterada, furiosa y... y lastimada. Quería casarme contigo, pero no si tú te creías *obligado* a casarte conmigo. Y... y no me ocultaba de ti.

Cuando pasaron varios meses sin que me encontraras, salía con frecuencia, hasta pasé frente a tu casa. Pero supongo que ya te habías marchado de la ciudad.

Tan solo entonces la miró él, para recordarle:

—Buscándote.

—Ahora me doy cuenta de eso. Pero en ese entonces me di por vencida, decidiendo que lo mejor era que no volviésemos a vernos. Por eso volví a mi país tan pronto como Alek tuvo la edad suficiente para viajar. No niego eso. Y te habría escrito para decírtelo, pero te presentaste aquí con tanta rapidez... Yo acababa de instalarme, hacía solo un mes que estaba en casa.

—Cuando no te pude encontrar aquí, regresé a Rusia. Y cuando tampoco pude encontrarte allá, volví a Inglaterra. No se me ocurría hacer ninguna otra cosa. Pero tú has tenido tiempo de sobra para decírmelo desde que llegué. He venido a verte todos los días.

—Lo sé, pero... yo tenía miedo.

—¿De qué? ¿De que te lo quitara? ¿De que me enfureciera? Katia, estoy alborozado. ¡El pequeño es... es increíble! El niño más hermoso que he visto en mi vida.

Katherine no pudo contener una sonrisa al ver su mirada de orgullo cuando apoyó su mejilla en la de Alek y lo estrechó dulcemente, antes de devolvérselo a la nodriza.

—Llévelo a casa —dijo a la mujer—. Mi criado la acompañará, y su ama volverá en seguida.

Al seguir el ademán de Dimitri, Katherine advirtió un carruaje detenido detrás del de ella, y que Vladimir bajaba de él al encuentro de la nodriza de Alek. El bueno de Vladimir... Siempre estaba presente cuando se lo necesitaba, siempre lleno de recursos. De no haber sido por él, Katherine jamás habría conocido a Dimitri, jamás habría dado a luz a Alek. Y pensar cuánto lo había detestado ella antes.

Dimitri no dijo nada hasta que su carruaje partió; luego se volvió hacia Katherine, expresando en su mirada toda su ternura.

—Te amo, Katia. Cásate conmigo.

—Yo...

Los dedos del príncipe tocaron los labios de la joven.

–Antes de que digas nada, te lo advierto, pequeña. Si no me agrada tu respuesta, es probable que vuelvas a ser raptada, junto con el niño, y esta vez no te escaparás de mí.

–¿Me lo prometes?

Dimitri Alexandrov lanzó un grito y la tomó en su brazos, haciéndola girar una vez en torno a él antes de dejarla deslizarse junto a su propio cuerpo y pegar su boca contra la de ella. En su beso estuvo toda la doliente soledad de tantos meses. Y como de costumbre, no había ninguna cama cerca.

CAPITULO 42

Cuando Dimitri acompañó a Katherine hasta su casa, Vladimir los aguardaba en la entrada. En su exuberancia, Dimitri ciñó a su servidor de tanto tiempo en un abrazo de oso, dejando sin aliento al pobre individuo.

—¡Ella dijo que sí, Vladimir!

—Lo barrunté, mi príncipe. Felicitaciones, y a usted, mi señora.

—Gracias, Vladimir —asintió majestuosamente Katherine—. Y no hace falta que sea tan formal. Solo porque voy a ser su ama, no significa que vaya a haber *tantos* cambios. Verá, soy muy indulgente. Prometo hacerlo azotar solamente los sábados.

Dimitri rió entre dientes al ver que un lento rubor teñía las mejillas de Vladimir.

—Vladimir no sabe que bromeas, Katherine. Realmente, debes elegir con más cuidado a tus víctimas.

—Tonterías. Lo sabe muy bien. Es que tiene la conciencia culpable, ¿no es cierto, Vladimir?

—Sí, mi señora.

—Pues ya puede ponerla a descansar, amigo mío —dijo la joven sonriéndole—. A decir verdad, tengo mucho que agradecerle.

Katherine se alejó, quitándose la cofia y los guantes, y solamente Dimitri oyó suspirar a Vladimir. Sonrió para sí, sacudiendo la cabeza. Su prometida sería un terror sagrado en su casa. Los criados del príncipe Alexandrov nunca sabrían cuándo tomarla en serio y cuándo no, lo cual, sin duda, lo tendría en guardia. Y entonces su sonrisa se ensanchó al comprender que eso mismo valía para él mismo. No le importaba. Mientras ella estuviera siempre cerca, dichosa y amándolo, podía asustarlo a su satisfacción.

Se volvió hacia Vladimir.

—La duquesa me espera para almorzar. Tendrás que informarle... No, mejor aún, tráela aquí. ¿Está bien, Katia?

La joven hizo una mueca.

—Por supuesto, pero creo necesario advertirte, Dimitri. Tus novedades no la complacerán demasiado. Ella y yo no nos hemos entendido muy bien en nuestro primer encuentro. Me negué a permitirle que viera a Alek, y eso no le agradó.

—¿Quieres decir que ella lo sabía?

—Sabía que yo llegué al país con un hijo. Tan solo sospechaba que era tuyo. Es que Sonia le había escrito quejándose de mí.

Dimitri lanzó una breve carcajada.

—Vaya, la muy... Yo sabía que me ocultaba algo. Pero te diré que estás equivocada. Ella admira enormemente tu coraje, según dice. Y estaba tan decidida como yo a vernos reconciliados. Ahora sé por qué. Quiere mimar a su bisnieto.

George Saint John apareció en lo alto de la escalera.

—Ah, eres tú, Kate. Me pareció oír voces, pero no pude entender ni una palabra de semejante jerigonza. ¿Practicas de nuevo tu francés?

—Baja, padre. Quiero que conozcas a tu futuro yerno.

—¿El ruso?

—Sí

–De modo que *era* él –dijo el conde con cierta socarrona satisfacción.

–Sí, era él.

Katherine miró a Dimitri, para ver si estaba fastidiado porque ellos hablaran en inglés. No lo estaba, pero aquello se pondría difícil, ya que su padre no hablaba francés.

–No sé por qué te llevó tanto tiempo confesarlo –dijo George cuando llegó al pie de la escalera–. Yo habría podido conseguírtelo antes.

–Yo lo he conseguido sola, gracias, sin ayuda alguna.

–Y yo que creía haber sido quien la consiguió –dijo Dimitri en perfecto inglés, y a George: –Es un placer conocerlo, señor.

Katherine se volvió hacia él con ojos entrecerrados y centelleantes.

–Grandísimo... grandísimo...

–¿Mastuerzo? ¿Demonio? ¿Bribón? Oh, no debemos olvidar condenado libertino. Y esos no son más que algunos de los insultos que me dedicaste cuando creías que yo no hablaba ni una palabra de inglés.

–¿Fue justo eso?

–¿Justo, pequeña? No. ¿Divertido? Sí. Eres absolutamente adorable cuando hablas sola en un arranque de irritación.

–Sí que lo es –admitió el conde–. Siempre lo pensé. Verá usted, heredó ese hábito de su madre. Ella era una mujer capaz de llevar conversaciones interesantísimas consigo misma.

–Está bien, me rindo –sonrió Katherine. Y luego, para cambiar de tema, esperanzada: –¿Están en casa Warren o Beth? Querrán conocer a Dimitri.

–Tendrá que ser esta noche, Kate. Tu hermana dijo algo sobre ir de compras, y creo que Warren se encuentra en su club. Y yo también estaba por salir. Vendrá a la cena, ¿verdad? –se dirigió a Dimitri–. Verá usted, hay que discutir los preparativos de la boda.

–No me lo perdería –le aseguró Dimitri.

Cuando George Saint John llegaba a la puerta, esta se abrió y entró Elisabeth.

–¿Tan pronto has vuelto? –la saludó George–. Tu hermana también, y creo que tiene novedades para ti.

–¿Ajá? –Elisabeth miró por sobre el hombro y lanzó una exclamación ahogada al ver juntos a Dimitri y a Katherine. Luego se abalanzó hacia ellos, mientras su padre salía riendo por lo bajo.

Katherine hizo las presentaciones y explicó la feliz noticia. Pero su hermana no parecía escucharla. Al ver a Dimitri de cerca por primera vez, no podía hacer otra cosa que mirarlo fijamente, hechizada. Para arrancarla de su estupor, Katherine tuvo que darle un codazo.

–¡Oh! Lo siento. –Elisabeth se recuperó, ruborizada. –Cuánto me alegro de conocerlo al fin, aunque no he oído hablar mucho de usted. Kit ha sido tan reservada y... ¿Significa eso que se llevará a Kit a vivir a Rusia? Hace tanto frío allá...

–Al contrario –sonrió Dimitri–. Imagino que pasaremos casi todo nuestro tiempo viajando para inspeccionar mis muchas empresas financieras. –Echó una mirada a Katherine. –Se me advirtió lo que sucede cuando no vigilo mis inversiones.

Elisabeth no advirtió la escena muda entre ambos.

–Pero ¡qué maravilla! Kit siempre quiso viajar. Y tiene mucho olfato para los negocios... La dejará ayudar, ¿verdad?

–No querría otra cosa. Pero ahora, aunque ansío conocer mejor a su familia, debo pedirle, pequeña Beth, que nos deje un momento. Su hermana acaba de acceder a casarse conmigo y aún tengo mucho por decirle.

–¡Por supuesto! –asintió Elisabeth, pero claro que habría asentido a cualquier cosa que él pidiera, tan hipnotizada estaba–. Tengo cosas que guardar y... y nos veremos más tarde, espero.

El comportamiento de su hermana divirtió a Katherine, pero no la sorprendió en lo más mínimo. Cuántas veces ella misma había sido lanzada a una maraña de confusiones cuando Dimitri la miraba con esos sensuales ojos oscuros. A decir verdad, se hallaba todavía en un placentero estado de conmoción, del cual dudaba que pudiera recobrarse alguna vez en realidad. Ese hombre decía que la amaba... *A ella.* Era tan inconcebible... ¿Cómo podía tener ella tanta suerte?

Un momento más tarde, cuando Elisabeth desapareció escaleras arriba, Dimitri rodeó la cintura de Katherine con su brazo y la condujo a la sala de recibo.

—No tenías otros planes para esta noche, ¿o sí? —decía Katherine—. Me refiero a que mi padre te puso en un brete.

—Todos mis planes giran en torno a ti, pequeña —replicó él.

Al ver que cerraba la puerta, Katherine tuvo la primera advertencia de cuáles eran los planes inmediatos de Dimitri. La expresión de sus ojos lo confirmó.

—¡Dimitri! —Procuró mostrarse escandalizada pero su sonrisa la desmentía. —Oye, esta casa no es como la tuya. Aquí, los criados no vacilan en abrir puertas y entrar sin previo aviso —insistió, pero él resolvió ese problema tomando la silla más próxima y apoyándola en la puerta—. Eres terriblemente malvado.

—Sí —admitió él, tomándola en sus brazos, donde ella estrechó su cuerpo contra el de él, cada vez más—. Pero tú también, mi amor.

—Qué tierno —murmuró ella contra los labios del ruso—. Dilo de nuevo.

—Mi amor. Es que lo eres... Sin ti, mi vida no tiene alegría.

¿Oíste eso, Katherine? ¿Lo crees ahora?

Lo creía. Ese cuento de hadas se había tornado real.